人麻呂の暗号《ヒトマロコード》と偽史「日本書紀」

～萬葉集といろは歌に込められた呪いの言葉～

園田　豪

郁朋社

人麻呂の暗号と偽史「日本書紀」／目次

カバー写真
カバー表／いろは歌解説図（著者製作）
カバー装丁／根本比奈子
※撮影者、出典の記載のないものは全て著者撮影

人麻呂の暗号〈ヒトマロコード〉と偽史「日本書紀」

一．始めに

本論考は天武天皇から聖武天皇の皇統系譜を考察、解明するものである。しかしその解明には歴史の流れへの理解が必須だ。単に天武天皇から聖武天皇までの史書を読み、出来事を並べただけでは本当の歴史は見えてこない。

さて「太安万侶の暗号シリーズ」では、縄文以前のプロト日本人の中東からの海路での現在の東北への移動、定着、建国を描いた『太安万侶の暗号（ゼロ）～日本の黎明、縄文ユートピア～』から今回の『太安万侶の暗号（七）～漢家本朝（下）壬申の乱、そして漢家本朝の完成～』で描いた元正朝までを一貫した眼で見、しかも歴史を科学として取り扱ってきた。「逆説」でも「ナナメ読み」でもなく、古事記や日本書紀の中に埋められている徴、暗号を見つけ、その意味を熟考することに力を注いできた。

縄文時代、日本列島に住むものは東北に限定されていた。それは考古学的発掘調査の結果が示している。採収経済の時代においては、人口支持力は食料の豊かさに比例する。照葉樹林帯に属し、栗、クルミ、栃、ドングリなどの木の実が豊富で、それを背景にシカ、イノシシ、菟、熊などの動物が豊かで、鮭などが川に遡上し、ニシン、ハタハタなどが海岸に押し寄せる東北の人口支持力は突出していたのである。そこにできた国は「日の本の国」と呼ばれた。狭義の日の本の国の範囲は現在の東北六県に相当する。そして基盤を整備した日の本の国は西に向かって生活圏と勢力を拡大する。

そして広大な西側への拡大域の行政機構を置くことを考え、日の本の国の王家のものを派遣する。これが天孫降臨の話の原型となっている。すなわち古事記における神代の巻の舞台であり出来事に対応する。神代の巻の高天原は天上界の物語に古事記編纂の時に変質させられているが、それは後に大和朝廷を奪った北魏系天皇家、すなわち漢家本朝が桓武天皇の時代まで侵略を続け、遂に日の本の国を滅ぼし、併合した歴史を隠すための操作であった。

時が降り、大倭（倭を中心とする西国全体の連合国家）は代々日の本の国から派遣されたエビス尊ではなく、百済からの人質であった王子を天皇にしてしまう。それが崇神天皇である。異民族であった崇神天皇は天孫降臨の時に神勅として受けた劒と鏡との同床同殿の掟に従えず、宮から追放し、霊力をもたぬレプリカの劒と鏡を作って奉斎し始めた。

人口支持力が低く多くの民が暮らすことができなかった西南日本は稲作の導入により飛躍的に人口支持力が上昇し、人口の増加が著しかった。また、作毛をしない日の本系のものは稲作に従事しないので稲作のために多数の帰化人を受け入れた。

垂仁天皇の時に、出生の秘密を出雲大社で知ったホムチワケが日の本の国の援助を受けて垂仁天皇に反旗を翻し、大倭は内乱となり、仲哀天皇は新羅系との協力関係を結ぶために息長帯媛を皇后とする。そして筑紫まで押しこまれ、息長帯姫は玄海灘を渡り新羅に援助を請う。そして大和に神功皇后の子である応神天皇が入る。新羅系王朝の成立である。以後仁徳天皇を除いて新羅系が代々天皇となるが、その異常な虐政に日の本系の氏族は越の国から継体天皇を迎え入れる。しかし新羅系勢力の抵抗の前に大和入りができず、山背の国に二十年間滞在せざるを得なかった。その時北魏の皇統を継ぐ拓跋部のものたちが帰化してきて、継体天皇に忠誠を誓った。この騎馬民族の力を借りて継体天皇は大和入りを果たしたが、新羅系のものたちに暗殺される。北魏系渡来民は後に欽明天皇となる継体天皇の皇子を救ったので欽明天皇の寵臣となり、倭漢氏が担当していた大蔵も任されるようになる。北魏系の渡来氏族は高向氏を名乗った。日本書紀で秦大津父と秦氏の如く記載されている高向大拓は倭国を目指したときから、倭国を奪取して北魏の皇統で支配することを夢に描いていた。そしてその計画を具体化し、数代をかけて完全にすることを考えた。

政権奪取の第一歩は盤石な政権を弱くすることである。天皇には大臣、大連という日の本系の大豪族が補佐役として存在した。言わばトロイカ体制に似たものだったのである。大臣の蘇我氏に仏教を教えながら百済から仏像、仏典を導入し、内大臣としてまた寵臣としての立場を巧みに利用しながら倭国への仏教の導入を図った。神道系の大連の物部氏が猛反対をする中、仏教を奉ずることを蘇我氏に許可させることに成功する。宗教戦争の気配になり、遂に蘇我氏は物部氏を河内の澁川で殲滅してしまう。

蘇我氏の血を引く聖徳天皇（聖徳太子）を擁立し、天皇の制度改革や遣隋使派遣などに協力する中で聖徳天皇は自信を深め、独走し始める。不満を募らせた蘇我蝦夷は聖徳天皇暗殺を高向氏に依頼する。そして蘇我氏に大きな影響力を持った高向鎌足は自らの妃、寶皇女を無理矢理舒明天皇の皇后にすることに成功する。高向鎌足は寶皇女に産ませた中大兄皇子を皇太子とさせ、ついに高向氏、すなわち北魏皇統の後裔を倭国王の皇位継承資格者にした。

舒明天皇の時代も少なくとも後半は蘇我蝦夷の権力下にあったか、または蘇我蝦夷が既に天皇であった可能性が高い。舒明天皇が十年に有馬の湯に出かけ、舒明十一年暮れには伊予の湯に出かけ温泉で越年するなど天皇として極めて重要な新年の行事をまったくしていないことがそれを強く示唆する。そして舒明天皇の後、日本書紀では皇極天皇が即位となっているが、実際には蘇我蝦夷が天皇となり、その子入鹿を皇太子としたというのが本当だろう。蘇我入鹿は増長し独断専行が目立った。遣唐使に対して答使として倭国に来た高表仁と口論となり、高表仁が憤慨して帰国してしまうほどだった。この外交的な失敗だけでなく、蘇我入鹿は何と人望厚い山背大兄王一族を皆殺しにしてしまう。

その機をとらえ、高向鎌足は子の中大兄皇子に命じて蘇我入鹿の暗殺を命じる。これが乙巳（六四五）の変である。

蘇我入鹿が山背大兄王一族を殺害してことで、蘇我氏の命運が尽きたと思っていた蘇我蝦夷天皇は甘樫丘の屋敷で自害する。

高向鎌足は元妃の寶皇女の弟の輕皇子を孝徳天皇という名ばかりの天皇とし、倭国の実権を掌握する。

さて、その三年ほど前の皇極天皇元年（六四二）には百済の義慈王が新羅に攻め込んだ。ついに物部氏に並んで蘇我氏までも滅ぼし、倭国を掌握した高向鎌足は大化の改新と銘打って、倭国の北魏化政策を急激、かつ強力に推し進め始めたが、この朝鮮半島での動乱が大きな障害となって立ちはだかる。北魏に倣った均田制、三長制、驛傳制、冠位、律令制、戸籍の作成などに取り掛かる一方で日本の国への侵攻を開始、日本海沿いに北上して遠く樺太の先のアムール河口域の粛愼《しゆくしん》まで安陪比邏夫に遠征を行わせている。

高向鎌足の子、玄理を新羅に派遣し、新羅の王子を人質として差し出させることに成功し、百済、新羅間の安定を望むも、新羅は大国唐に助けを求めた。唐は新羅を助ける方針を固め、倭国は宗主国として百済を援助せざるを得ず、唐との関係が緊張する。

三十年ぶりに遣唐使を派遣するも、軍事情報の漏えいを警戒する唐に厳しく詮議され、間諜とされたものが死刑や流罪になったりするばかりか、遣唐使団全員が一年以上の長期にわたり幽閉されるなどした。

唐と新羅連合軍が百済を攻撃し百済が六六〇年に滅亡するも、倭国は情報を事前に得ることができず援軍の派遣ができなかった。百済の遺臣、福信などが百済再興のために立ち上がる。倭国は人質として滞在していた王子、豊璋を百済に返還し、援軍を派遣。そして六六三年の白村江の戦いに千艘の水軍を派遣したが大敗し、百済遺民を引き取って筑紫に帰った。この百済再興戦の中で斉明天皇は死去し、中大兄皇子が称制を始める。

百済遺民を筑紫の大済府（後の唐の筑紫都督府、そしてさらに後の大宰府）に居留させ、百済人に水城、大野城等を造らせた。

その後数次にわたり倭国の敗戦処理のために唐から使者が倭国に派遣され、交渉が進む。その間高宗が泰山で行った封禅の儀に東夷四か国の一つとして酋長（王）を派遣して高宗の前にひれ伏した。

そして六七一年に唐の占領軍が筑紫都督府に入った。この前年（六七〇）に倭国は新しい国家に生まれ変わったことを内外に示すために「日本」と国名変更をする。ただし、日本とは東北に古来存在した日の本の国の名前を掠め取ったものであった。

また、唐による占領を解消させるために同族拓跋部が建国した吐蕃に使者を送り、唐に対し戦争をするように策を講じた結果、吐蕃は青海湖の南の大非川で唐軍に大勝した。それを知った新羅は百済の熊津などにあった唐の都督府を攻撃、朝鮮半島の統一に向けた動きを開始した。倭国は新羅にたびたび使者を送り、唐に対する共同歩調をとった。

そして六七一年天智天皇が死去（暗殺）する。

天智天皇は、寶皇女という倭人の血が半分入っているものだった。高向鎌足は北魏皇統を純粋に継ぐものが日本（旧倭国）の天皇になるべきだとの考えの下、天智天皇の皇太子を兄の大海（人）皇子とし、倭種の血が混じらぬ大海皇子が天皇となるようにと命じていた。

天智天皇が自身の子、大友皇子を天皇にすべく行動していたのを知った高向大海は六七二年に兵を起こし（壬申の乱）、大友の皇子、すなわち近江朝を滅ぼし、天武天皇として即位した。

六七三年新羅から朝貢使と天智天皇の弔問使とが来朝するが、天武天皇は朝貢使だけを受け入れ、弔問使は筑紫から追い返した。藤原鎌足（高向鎌足）の言葉通り、北魏皇統の正統な後継者で日本の朝廷を維持していくには天智天皇はできる限り排除すべきものだととらえていたからに他ならない。

六七六年には唐は吐蕃関係に兵力を向けなければならず、ついに朝鮮半島や日本から兵を退いた。つまり朝鮮半島では熊津都督府と安東都護府とを遼東に移したのである。そして日本に置いてあった筑紫都督府は廃止になったものと思われる。

天武天皇は自身と同じく藤原鎌足の子であり、母も同じ高向氏のもの、つまり北魏皇統の純血のものである藤原不比等と共に、日本を北魏のような国家にすることと、その皇統を純血のまま未来永劫継続させる仕組み作りに没頭し、実行していく。

これらの経過は「太安万侶の暗号シリーズ」を通読していただければ分かるが、特に『太安万侶の暗号（五）～漢家本朝（上）陰謀渦巻く飛鳥～』と『太安万侶の暗号（六）～漢家本朝（中）乙巳の変そして白村江の敗戦から倭国占領へ～』の二巻の読破が必要に思う。


さて、倭国朝廷を乗っ取ったこの漢家本朝は自分たちが日本（旧倭国）の皇統の正当な継承者であると主張することにした。そのためには不都合な歴史を抹消し、新たに歴史を言わば捏造する必要があった。現在われわれが目にすることができる、古事記、日本書紀、萬葉集、懐風藻などの資料はそういった趣旨で作成されたものとみて良い。では捏造箇所と史実とをどうやって見分ければ良いのか。例を挙げると、『日本書紀』の斉明天皇の即位前記に、かつて高向王の妻であった寶皇女が舒明天皇の皇后となったと記述されている。はっきり言えば不要な記述である。このような不要で、かつ「不名誉」なことをあえて既述したのはなぜか、それなりに必要性があったに違いない。

もし歴史を改竄し、それを記録した資料を作成したとする。そしてそれに反する真実の歴史を書いた資料を廃棄したとする。その時に一つ重大な問題が生じる。それはどうやって倭国の皇位を奪い、誰がどういう貢献をしてきたのかが一族の歴史の中からもなくなってしまうことだ。一般のものが読んでも分からないが一族のものが読んだときには本当の歴史が分かるような資料にしておかなければならないのである。この相反するような命題を抱えて作成したのが古事記であり、日本書紀だったと考えられる。

ではどうやって真実を伝えるのか。方法は一つ。単純な間違いのように見えて高向一族のものが見た時にその意味が分かるような矛盾した記述をちりばめることだ。そして懐風藻などの記述との間にもずれを生じさせることなのである。

先に書いた、斉明天皇が元は高向王という、史の姓を持つ渡来氏族の長の妃であり、年齢から考えれば舒明天皇との間の子供としている中大兄皇子は前夫の子供だと気付かせる記述をわざわざ入れているのもこの目的のためと考えれば重要なものだと理解できる。乙巳の変の、蘇我入鹿を中大兄皇子が殺害する場面も、日本書紀の表向きの記述では家来筋の中臣（高向）鎌足が後ろで槍を持って助衛したという記述も同様に二人の関係に疑念を持たせるものである。そして藤氏家伝の同じ場面での「翼衛」との記述によって二人が親子関係であることが分かる。そしてそこから高向王が中臣鎌足と同一人物と理解できるのである。さらに尊卑分脈を読めば、中臣氏が天児屋根命の子孫だとしてもずっと卜部氏であり、鎌足の時代のほんの少し前に中臣氏になったことも分かる。中臣氏が神道関係の氏族でありながら鎌足が六韜《りくとう》を諳んじているとか、その死去の際の天智天皇（中大兄皇子）の恩詔の内容などから、鎌足が道教の人であることも分かる。これらは「太安万侶の暗号（五）～漢家本朝（上）陰謀渦巻く飛鳥～」に併録した「藤原鎌足考」に詳述した通りである。

日本書紀に隠し絵のように埋め込まれたサインを見つけるために天智以降の天皇の系譜を男系だけ

でなく女系も含めて吟味した。すなわち従来天武系と言われている天皇の母親が天智天皇の娘であることなどを知れば天武系などという定義自身に信憑性はない。大きな歴史の流れ、矛盾点の摘出、考察により、真実の皇統系譜に迫ろうと思う。

足跡を尻尾で完全に消してしまってはキツネと雖も元の位置には戻れないというか、辿ってきた道が分からなくなってしまう。言わば消し去られた歴史の復元作業なのである。

では復元作業に必要なステップに取り組もう。

二．日本書紀、続日本紀が示す天武天皇から聖武天皇への系譜

まずは日本書紀と続日本紀が示す、天武天皇から聖武天皇までの系譜をまとめよう。「始めに」で書いたように、従来皇統譜は男子のみで書いたものが多いのだが、北魏皇統の純血にこだわる点を考慮するには皇后や妃、夫人の出自も重要な情報であるのでできるだけそれを考慮した系図を作成した。

天武天皇の子女については以下の日本書紀の記述から書き起こしている。

「二年春正月丁亥朔癸巳、置酒宴群臣。二月丁巳朔癸未、天皇命有司設壇場、卽帝位於飛鳥淨御原宮。立正妃爲皇后、后生草壁皇子尊。先納皇后姉大田皇女爲妃、生大來皇女與大津皇子。次妃大江皇女、生長皇子與弓削皇子。次妃新田部皇女、生舍人皇子。又夫人藤原大臣女氷上娘、生但馬皇女。次夫人氷上娘弟五百重娘、生新田部皇子。次夫人蘇我赤兄大臣女大蕤娘、生一男二女、其一曰穗積皇子、其二曰紀皇女、其三曰田形皇女。天皇初娶鏡王女額田姫王、生十市皇女。次納胸形君德善女尼子娘、生高市皇子命。次宍人臣大麻呂女□媛娘、生二男二女、其一曰忍壁皇子、其二曰磯城皇子、其三曰泊瀬部皇女、其四曰託基皇女」

比較のために天智天皇即位（天智天皇七年）の部分の日本書紀の記述を次に引用する。

「七年春正月丙戌朔戊子、皇太子卽天皇位。或本云、六年歳次丁卯三月卽位。壬辰、宴群臣於內裏。戊申、送使博德等服命。
二月丙辰朔戊寅、立古人大兄皇子女倭姬王、爲皇后。遂納四嬪。有蘇我山田石川麻呂大臣女曰遠智娘或本云美濃津子娘、生一男二女、其一曰大田皇女、其二曰鸕野皇女、及有天下居于飛鳥淨御原宮、後移宮于藤原、其三曰建皇子、啞不能語。或本云、遠智娘生一男二女、其一曰建皇子、其二曰大田皇女、其三曰鸕野皇女。或本云、蘇我山田麻呂大臣女曰芽淳娘、生大田皇女與娑羅々皇女。次有遠智娘弟曰姪娘、生御名部皇女與阿陪皇女、阿陪皇女及有天下居于藤原宮後移都于乃樂。或本云名姪娘曰櫻井娘。次有阿倍倉梯麻呂大臣女曰橘娘、生飛鳥皇女與新田部皇女。次有蘇我赤兄大臣女曰常陸娘、生山邊皇女。又有宮人生男女者四人。有忍海造小龍女曰色夫古娘、生一男二女、其一曰大江皇女、其二曰川嶋皇子、其三曰泉皇女。又有栗隈首德萬女曰黑媛娘、生水主皇女。又有越道君伊羅都賣、生施基皇子。又有伊賀采女宅子娘、生伊賀皇子、後字曰大友皇子」

「天皇命有司設壇場」との記述から「壇」を設けるとのいかにも道教的（中国的）な即位の儀が行われたことはさておき、天武天皇の皇后の出自に関する記述がない。帝紀には必ず記載するはずの皇后の出自記載がないというのは異常なことである。天智天皇の場合は「古人大兄皇子女倭姬王」と明記

されている。そして持統天皇の即位の所では、

「高天原廣野姫天皇、少名鸕野讚良皇女、天命開別天皇第二女也、母曰遠智娘更名美濃津子娘、天皇深沈有大度。天豐財重日足姫天皇三年、適天渟中原瀛眞人天皇爲妃。雖帝王女而好禮節儉、有母儀德。天命開別天皇元年、生草壁皇子尊於大津宮。十年十月、從沙門天渟中原瀛眞人天皇、入於吉野避朝猜忌、語在天命開別天皇紀。

天渟中原瀛眞人天皇元年夏六月、從天渟中原瀛眞人天皇、避難東國、鞠旅會衆遂與定謀、廼分命敢死者數萬置諸要害之地。秋七月、美濃軍將等與大倭桀豪、共誅大友皇子、傳首詣不破宮。二年、立爲皇后。皇后、從始迄今佐天皇定天下、毎於侍執之際、輙言及政事、多所毗補」

とあり、皇后が菟野讃良《うののさらら》皇女であり、天武天皇が吉野に隠れた時も、壬申の乱にも同行し、大友皇子を誅したとその記述は詳しい。

であれば何故天武紀に出自を書かなかったのか。天武天皇の皇后は菟野皇女ではなかったのではないか。歴史を改変する時に、天武天皇の本当の皇后の出自と名前を天武紀から削り、持統記を作成したのではないか。

ともあれ、この日本書紀の記述を元に系図を作成してみた。(二十〜二十一頁)

この系図が正しいとすれば、天武天皇の皇后は天智天皇の女である。したがって皇太子とした草壁

皇子には天武天皇の血は五十パーセントであり、天智天皇の血が二十五パーセント。蘇我氏の血が二十五パーセント流れていることになる。そしてその草壁皇子の妻は天智天皇の女であった。したがってその子、珂瑠皇子には天武天皇の血が二十五パーセントに対して天智天皇の血は、菟野皇女由来の十二・五パーセントと阿陪皇女由来の二十五パーセントの合計三十七・五パーセントが流れていることになる。珂瑠皇子（文武天皇）を天武系と呼ぶのは間違いであろう。元正天皇（氷高皇女）は珂瑠皇子（文武天皇）の姉だからやはり天武天皇の血より天智天皇の血の方が多く流れている。そして文武天皇の後に天皇となったとされる阿陪皇女（元明天皇）に至っては、天智天皇の血が五十パーセントで残りの五十パーセントは蘇我氏の血であり、まったく天武天皇の血が入っていない。さらに文武天皇の子の首皇子（聖武天皇）に至っては天武天皇の血が十二・五パーセント、天智天皇の血が十八・五パーセント、藤原氏の血が五十パーセント、そして蘇我氏の血が十八・七五パーセントとなる。つまり聖武天皇が受け継いでいる血も天武天皇より天智天皇のものの方が多いのである。（二十二～二十三頁の図参照）

天武天皇は北魏系皇統を継ぐ高向氏が日本の皇統を独占することを計画していた。だからこそ壬申の乱を戦い、寶皇女という倭種の血が半分混じった天智天皇の系統を滅ぼしたのである。

それを指示する記述がある。日本書紀の天武天皇二年閏六月には、

「己亥、新羅、遣韓阿湌金承元、阿湌金祇山、大舎霜雪等、賀騰極。幷遣一吉湌金薩儒、韓奈末金池

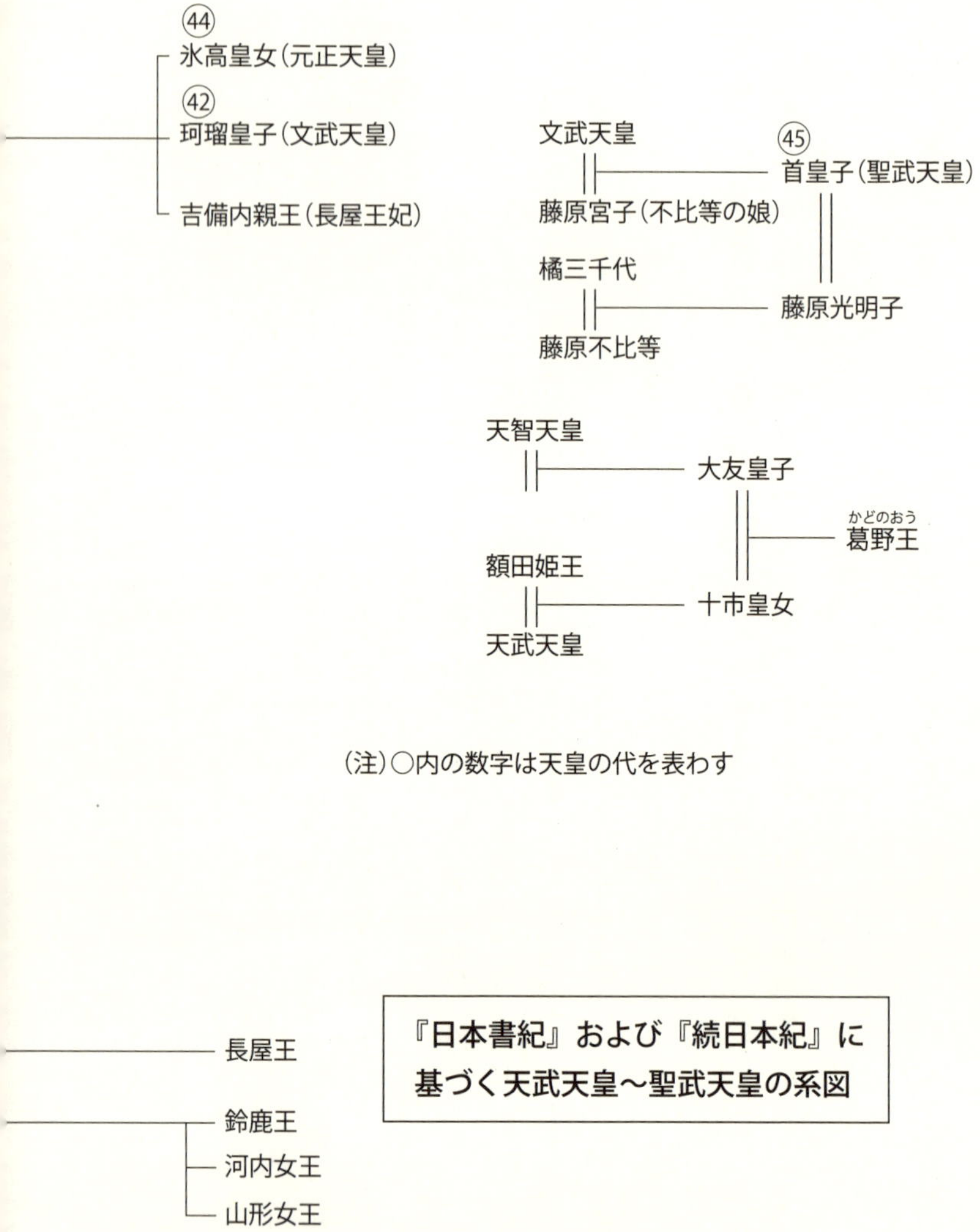

『日本書紀』および『続日本紀』に基づく天武天皇～聖武天皇の系図

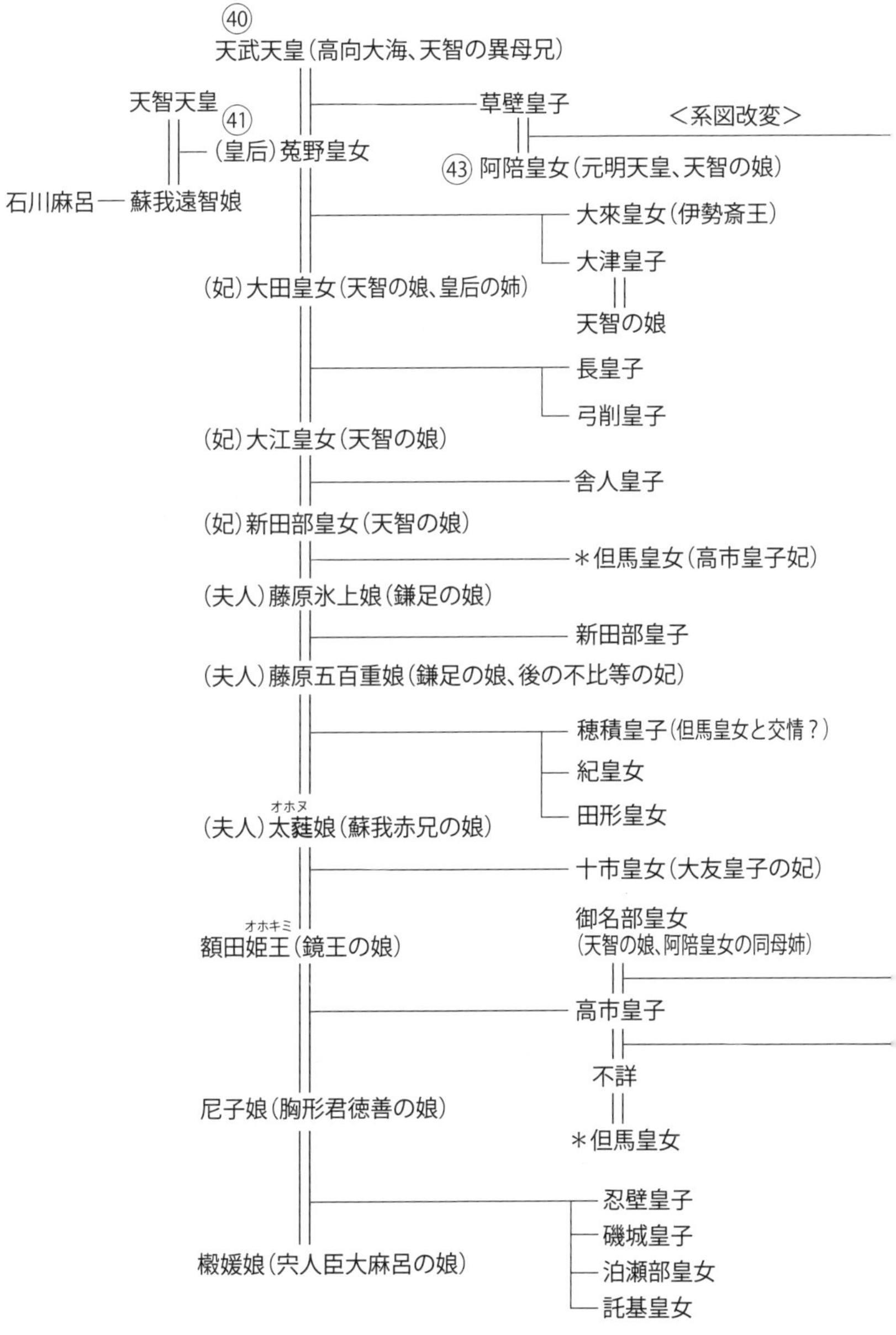

㊵
天武天皇（高向大海、天智の異母兄）
天智天皇
㊶
（皇后）菟野皇女
石川麻呂
蘇我遠智娘
草壁皇子
＜系図改変＞
㊸ 阿陪皇女（元明天皇、天智の娘）
大來皇女（伊勢斎王）
大津皇子
天智の娘
（妃）大田皇女（天智の娘、皇后の姉）
長皇子
弓削皇子
（妃）大江皇女（天智の娘）
舎人皇子
（妃）新田部皇女（天智の娘）
＊但馬皇女（高市皇子妃）
（夫人）藤原氷上娘（鎌足の娘）
新田部皇子
（夫人）藤原五百重娘（鎌足の娘、後の不比等の妃）
穂積皇子（但馬皇女と交情？）
紀皇女
田形皇女
（夫人）太蕤《オホヌ》娘（蘇我赤兄の娘）
十市皇女（大友皇子の妃）
御名部皇女
（天智の娘、阿陪皇女の同母姉）
額田姫王《オホキミ》（鏡王の娘）
高市皇子
不詳
＊但馬皇女
尼子娘（胸形君徳善の娘）
忍壁皇子
磯城皇子
泊瀬部皇女
託基皇女
檝媛娘（宍人臣大麻呂の娘）

山等、弔先皇喪。一云、調使。其送使貴干寶、眞毛、送承元、薩儒於筑紫。戊申、饗貴干寶等於筑紫、賜祿各有差、卽從筑紫返于國。

秋八月甲申朔壬辰、詔在伊賀國紀臣阿閉麻呂等壬申年勞勳之狀、而顯寵賞。癸卯、高麗、遣上部位頭大兄邯子、前部大兄碩千等、朝貢。仍新羅、遣韓奈末金利益、送高麗使人于筑紫。戊申、喚賀騰極使金承元等中客以上廿七人於京。因命大宰、詔耽羅使人曰『天皇、新平天下、初之卽位。由是、唯除賀使以外不召、則汝等親所見。亦時寒浪嶮、久淹留之還爲汝愁、故宜疾歸。』仍在國王及使者久麻藝等、肇賜爵位。其爵者大乙上、更以錦繡潤飾之、當其國之佐平位。則自筑紫返之」

とあり、天武天皇の即位の祝いの使者と、天智天皇の喪に対する弔問使の二つの使節が新羅から来ているのだが、即位を賀しに来た使いだけを受け入れ、弔問に来たものは筑紫から追い返した。

崩御した前天皇の喪に弔いの使節を送るという儀礼上きわめて好ましい新羅の対応に対して天武天皇は「拒否」との強く、

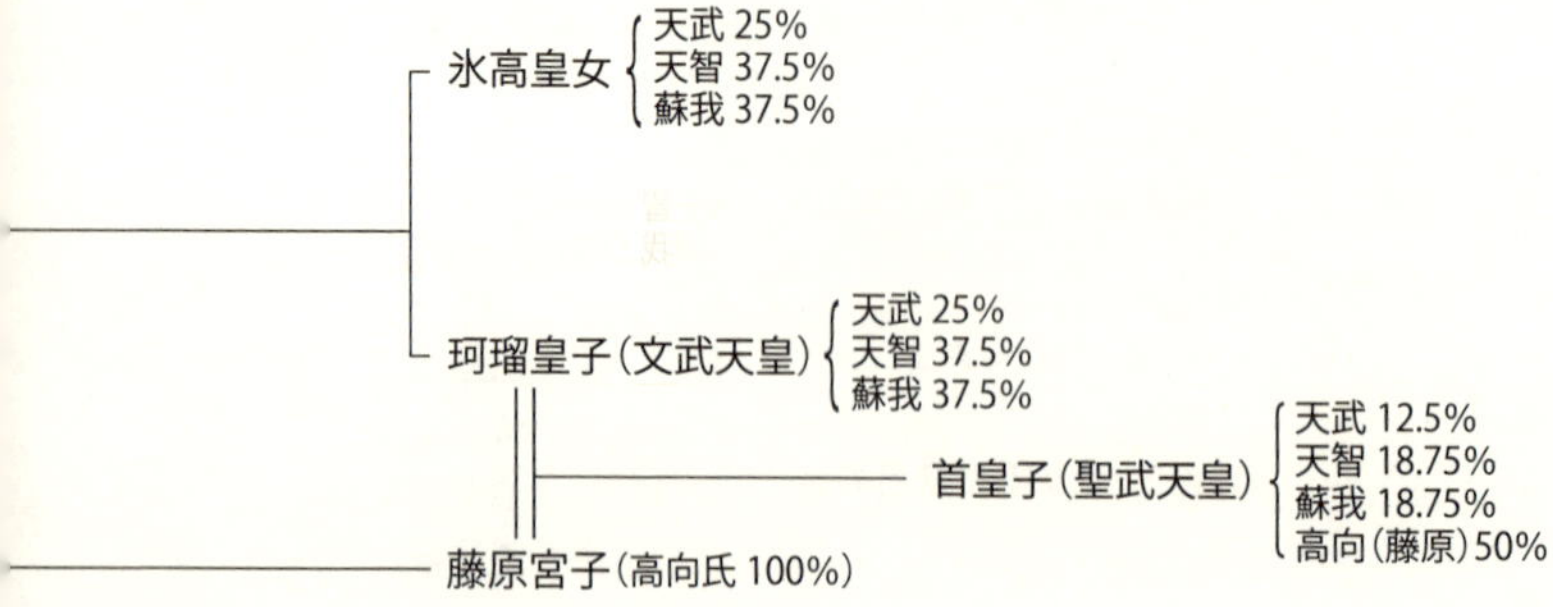

冷淡な態度を示したのである。かつてそのようなことは一度も行われたことはない。勿論日本書紀の記述においてではあるが。

この天武天皇の天智天皇に対する態度からは、大友皇子の天皇即位を阻止するというよりも天智天皇そのものを嫌う強い意思が表れている。

天智天皇の死去の様子を日本書紀は詳述しない。それどころかその記述は他人行儀というか、やはりきわめて冷たい扱いになっている。天智天皇十年の部分に、

「十二月癸亥朔乙丑、天皇崩于近江宮。癸酉、殯于新宮」

とあるだけで、殯宮の様子も、殯の経過も、葬送のことも、誅のことも、陵の造営のこともまったく記載されていない。その取扱いは異常である。

天智天皇の陵に関しては『太安万侶の暗号（六）～漢家本朝（中）乙巳の変、そして白村江の敗戦から倭国占領へ～』の中で（注）としてまとめた。その部分を引用する。

【皇統が『日本書紀』『続日本紀』の通りとした場合の血統】

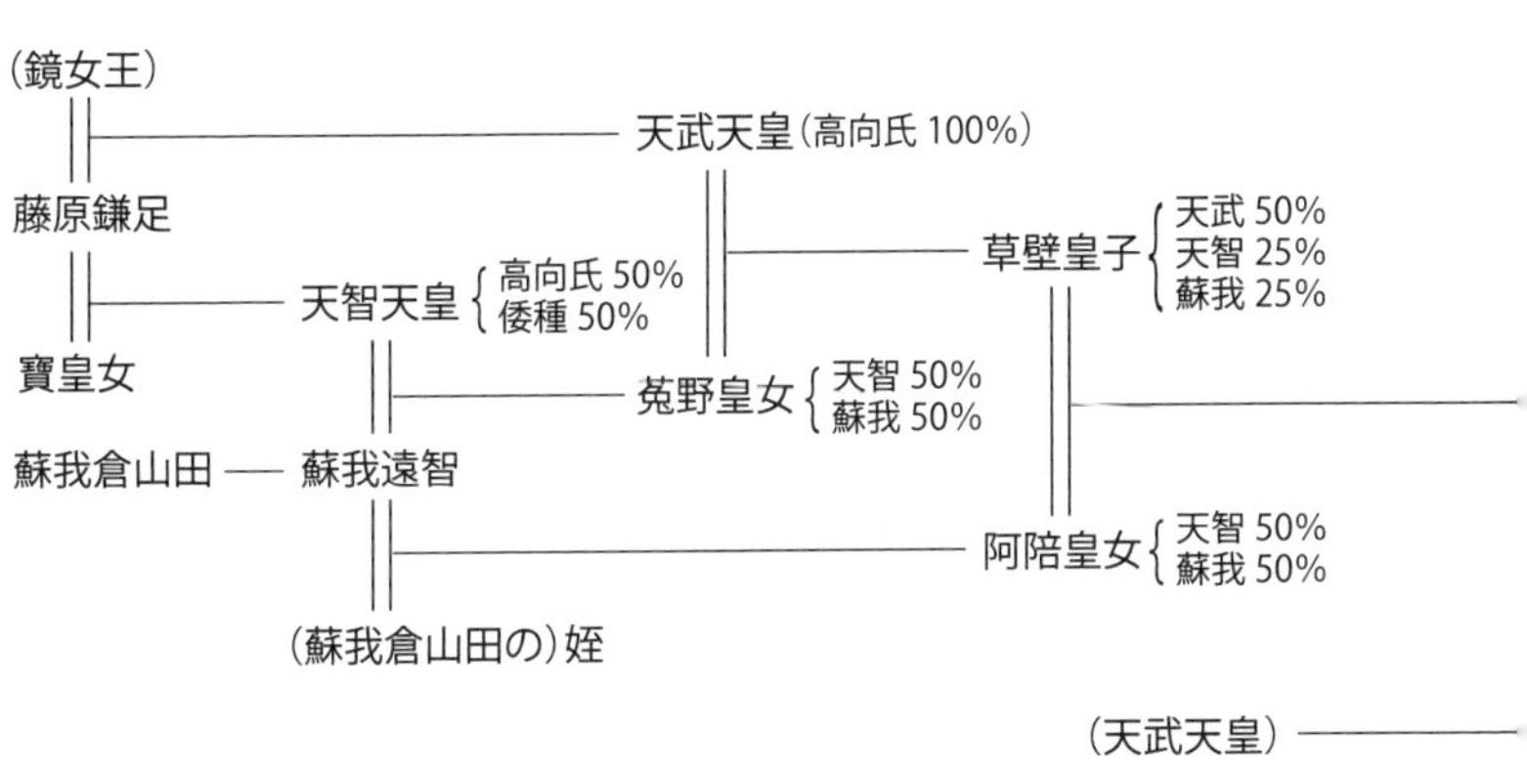

《天智天皇の死については詳しいことが分からない。陵は山科陵とされているが、埋葬の記述が見当たらない。天武元年五月には、

「是月、朴井連雄君、奏天皇曰「臣、以有私事、獨至美濃。時、朝庭宣美濃、尾張兩國司曰、爲造山陵、豫差定人夫。則人別令執兵。臣以爲、非爲山陵必有事矣、若不早避當有危歟。」

との記述がある。その意味は、

「朴井連雄君が大海（大海人）皇子に言った。『私用で美濃に行ったのですが、近江の太政大臣大友皇子側から美濃と尾張の國司に対して、山陵を造るためにあらかじめ人夫を差し出すべく準備せよとの指示があったそうです。ところが、そのものたちはそれぞれ武器を持っているとのこと。どう見ても山陵を造るようには見えない状況です。必ずことを起こすつもりに見えます…』（後略）」

といったものだ。

岩波書店の『日本古典文學大系　日本書紀』の解説では、「天武五年五月是月条に造営のための人夫の徴発が見え」とあるのだが、天智天皇のための山陵造営を装った兵士の準備であることが明瞭であるので、何故この記述が山陵造営の根拠になるのかが不可解である。『延喜諸陵式』の記述も後付けかもしれず、証拠にはなるまい。天智天皇の御陵についての記載は万葉集の中の額田王の歌くらいかもしれない。

万葉集第一巻の和歌の一四七から一五五までは「近江大津宮御宇天皇代、天命開別天皇、謚曰天智天皇」の部分で、挽歌が中心である。一五五は額田王の歌で、

従山科御陵退散之時、額田王作歌一首

八偶知之　和期大王之　恐也　御陵奉仕流　山科乃　鏡山尓　夜者毛　夜之尽　昼者母　日之尽
哭耳呼　泣乍在而哉　百磯城乃　大宮人者　去別南
というものである。意味は、
「やすみしし（枕詞）我大君の　畏れ多い　御陵を造っている　山科の　鏡の山に　夜は　夜通し
昼は　一日中　声を上げて　泣き続けていて　ももしきの（枕詞）大宮人達は　別れて行くこと
だろうか」（小学館、『日本古典文学全集　萬葉集（一）』
である。すなわちこの時点で御陵は造営中である。
そして、『続日本紀』の文武天皇三年（六九九）十月の条には、
「為欲営造越智、山科二山陵也」
とあり、その時に至っても御陵ができてはいないことが分かる。
日本書紀の天武天皇即位前紀には、
「（四年）十二月、天命開別天皇崩。
元年春三月壬辰朔己酉、遣内小七位阿曇連稲敷於筑紫、告天皇喪於郭務悰等。於是、郭務悰等、咸
着喪服三遍擧哀、向東稽首。壬子、郭務悰等、再拜進書函與信物」
とある。ここでの四年は天智天皇十年のことである。天智天皇崩御について「ただ死んだ」と書く
だけで御陵のことも埋葬のことも記述がないことに注意が必要だ。》

この様子を見れば、天武天皇は天智天皇の子である大友皇子が天皇となるのを阻止するために壬申

の乱を起こしたのではなく、もっと深い理由、すなわち天智天皇の血統を絶やすべく戦ったのだと思えるのである。

とすれば、文武天皇（珂瑠皇子）に流れる血が天武天皇系二十五パーセントに対して天智天皇系三十七・五パーセントということなど許容できるわけがないだろう。まして元明天皇（阿陪皇女）の血は天智天皇系五十パーセントで天武天皇系ゼロパーセントであり、到底天皇になどするわけがない。また元正天皇（氷高皇女）の血が、天武天皇系二十五パーセントに対し天智天皇系三十七・五パーセントというのも許せないはずだ。

天智天皇に対する冷たい取り扱いは萬葉集にも見える。萬葉集第一巻の第十三番の歌は中大兄皇子の飛鳥の三山に関する歌だが、その題詞は前後には見られない冷たい書き方になっている。この扱いは特異的なもののようで『日本古典文学全集　萬葉集』（小学館）の解説にも、

「十三の題詞の『中大兄近江宮御宇天皇三山歌一首』の書き方は異様である。『皇子』の字もなく、『御歌』ともしない。また、巻一と巻二とはあい似た巻であるとはいったが、巻一は「何々歌何首」と書かず、また長歌の下に反歌があっても「幷短歌《たんかをあわせたり》」と小書きする習慣を持たない、という違いがある。それなのに、ここに「一首」とあることは不審である……」

と書いている。

萬葉集だけを見ている人には奇異に映るのだろうが、天武天皇が見せた天智天皇（中大兄皇子）に対する憎悪にも似た拒否反応を知り、天智天皇の血を廃して漢家本朝の皇統を永続せしめようとした

藤原不比等の意思と行動を知れば、奇異ではなく「当然」に見えてくる。

それでは天智天皇の血が少なくはないこの系図をどのように考えれば良いのだろうか。日本書紀の示す系図が意図的歪曲というか改変によったものだと理解するのが一番妥当だろう。次章では改変を示唆する諸点を取り上げながら真実に迫っていきたい。

三．『新唐書　日本伝』と『宋史　日本国』が示す系譜

日本書紀の記述を確認するために中国の史書を参照することは重要である。日本書紀は編纂者に都合の悪いことはあえて記載しないからだ。例えば、藤原鎌足、高向玄理、天智天皇、天武天皇などが北魏系渡来氏族のものであることを秘している。もっとも良く読めば読み取れるように工夫をしているのだが。

白村江での敗戦の後に唐に筑紫都督府を置かれ、占領された時期があることもできるだけ分からぬようにとの配慮がなされている。しかし、例えば『舊唐書《くとうじょ》』『三国史記』などを参照することで日本書紀の記述が東アジアの激動の歴史と密接に関連していることが分かる。

さて『舊唐書　倭国日本伝』であるが、そこには天智天皇、天武天皇、持統天皇…などの皇統譜は載っていない。それが記載されているのは『新唐書　日本伝』からだ。

ところが、例えば岩波文庫の『舊唐書倭国日本伝・宋史日本伝・元史日本伝』というものがあるが、後半の「参考原文」には『新唐書東夷伝・日本』の原文が収録されているが、「譯註」には含まれていない。他意はないのかもしれないが、建武式目の「漢家本朝」の含まれる部分をそっくり消して日

本史資料とする作為に似た匂いがしないわけでもない。では、『新唐書』の中の天皇の系譜が含まれる部分を以下に引用する。

「永徽初　其王孝德即位改元曰白雉　獻虎魄大如斗碼碯若五升器　時新羅爲高麗百濟所暴　高宗賜璽書　令出兵援新羅　未幾孝德死　其子天豐財立　死　子天智立　明年　使者與蝦蛦人偕朝　蝦蛦亦居海島中　其使者鬚長四尺許珥箭於首　令人戴瓠立數十歩射無不中　天智死　子天武立　死　子總持立

咸亨元年　遣使賀平高麗　後稍習夏音惡倭名更號日本　使者自言國近日所出以爲名　或云日本乃小國爲倭所并故冒其號　使者不以情故疑焉　又妄夸其國都方數千里　南西盡海　東北限大山　其外即毛人云

長安元年　其王文武立　改元曰太寶　遣朝臣眞人粟田貢方物　朝臣眞人者猶唐尚書也　冠進德冠頂有華蘤四披　紫袍帛帶　眞人好學能屬文進止有容　武后宴之麟德殿授司膳卿還之文武死　子阿用立死　子聖武立　改元曰白龜

開元初　粟田復朝　請從諸儒授經　詔四門助教趙玄默即鴻臚寺爲師　獻大幅布爲贄　悉賞物貿書以歸　其副朝臣仲滿慕華不肯去　易姓名曰朝衡　歴左補闕儀王友多所該識　久乃還

聖武死　女孝明立　改元曰天平勝寶

天寶十二載　朝衡復入朝　上元中　擢左散騎常侍　安南都護　新羅梗海道　更繇明　越州朝貢　孝明死　大炊立　死　以聖武女高野姫爲王　死　白壁立」

天皇の系譜だけに限れば、

永徽初　其王孝德即位改元曰白雉
未幾孝德死　其子天豐財立　死　子天智立
天智死　子天武立　死　子總持立
咸亨元年（六七十年）　遣使賀平高麗　後稍習夏音惡倭名更號日本
長安元年　其王文武立　改元曰太寶
文武死　子阿用立　死　子聖武立　改元曰白龜
聖武死　女孝明立　改元曰天平勝寶
孝明死　大炊立　死　以聖武女高野姫爲王　死　白壁立

となる。天皇の子供のうち、皇子を「子」、皇女を「女」と書き分けているのは明らかであるから、記載の皇統譜は、

天智天皇――（皇子）天武天皇――（皇子）總持天皇――（其王）文武天皇――（皇子）阿用天皇
――（皇子）聖武天皇――（皇女）孝明天皇――（?）大炊天皇――（聖武帝の皇女）高野姫天皇
――（?）白壁天皇

となる。

では、『宋史　日本傳』記載の系譜を見てみれば、

「天智天皇　次天武天皇　次持總天皇　次文武天皇　次阿閉天皇　次皈依《きえ》天皇　次聖武天皇」である。分かりやすくするために『日本書紀・続日本紀』『新唐書』『宋史』の系譜を並べて比較してみる。

『日本書紀・続日本紀』

天智天皇―（弟）天武天皇―（皇后）持統天皇―（孫、男）文武天皇―（母）元明天皇―（娘、文武姉）元正天皇―（文武の子）聖武天皇

『新唐書』

天智天皇―（子）天武天皇―（子）總持天皇―（子）文武天皇―（子）阿用天皇―（子）聖武天皇

『宋史』

天智天皇―天武天皇―持總天皇―文武天皇―阿閉天皇―皈依天皇―聖武天皇

まず天智天皇から文武天皇までを見れば、いずれの資料も四人の天皇で構成されている。差異があるのは三人目の天皇を「持統」「總持」「持總」とそれぞれ異なる名で呼んでいることだ。もう一つは歴代天皇の関係である。

三人目の天皇の名前に関しては前述の岩波文庫の『宋史』の注では「持統天皇の誤り」と切り捨てているが、どちらが間違っているのかの判断は困難なはずだ。『新唐書』の方は譯註がないので「總持」について何と言っているのかは分からない。

私も持統の間違いなのかとも最初は思ったのだが「總持」の意味を知って考えが変わった。

總持とは「ダラニ」すなわち真言のことで、その意味は「所有し続けること」である。その点「持統」という「血脈を継続すること」と意味は極めて近いと言える。

總持は金剛總持という仏教の尊として存在する。仏教には五仏というものがある、すなわち、大日如来、阿閦《あしゆく》如来、宝生如来、観自在王如来および不空成就如来であり、方位としては、中央、東方、南方、西方、北方にそれぞれ対応する。

これら五仏を合わせたもの、五仏を統括する第六の尊として金剛總持が存在する。道教では仁義礼智信の五つを合わせ、統括するものとして「徳」を設定している。この正にぴったりの対応関係から見て、金剛總持の「總持」をとって名としたことは十分考え得ることであろう。かつての高向玄理の「玄理」よりもさらに道教的に格の高い名前と言え、極めて高位のものの名前にふさわしいものである。

ここから、持統天皇は本当は持統天皇ではなく、總持天皇であったのではないかと考えられるのである。

　次の大きな問題は持統天皇が天武天皇の皇后だとしている日本書紀に対して新唐書では天智天皇の皇子が天武天皇であり、その皇子（男）が總持天皇であり、その皇子が文武天皇であり、その皇子が阿用天皇であり、その皇子が聖武天皇であるとしている点である。すなわち新唐書では天智天皇から聖武天皇まではすべて皇子（男）が皇位を継承しているのである。新唐書では皇子の場合は「子」、皇女の場合は「女」と書き分けているので持統天皇に対応する總持天皇は男性に間違いはないと思える。

　先に天智天皇を忌み嫌った天武天皇の行動について触れたが、持統天皇が菟野皇女であるならば、菟野皇女の血は天智天皇五十パーセント（藤原鎌足二十五パーセント＋寶皇女二十五パーセント）、蘇我氏五十パーセントという構成だから明らかに天智天皇系のものであり、天武天皇の後継者として相応しくない。

　また、これも先に書いたように天武天皇紀では、本来必須の項目であるはずの皇后の出自に関する記載がない。そればかりでなく、天武天皇と吉野に同行し、その後壬申の乱でも行動を共にしていた皇后についてもその名前が記載されていないのである。書き忘れとは思えないから、意図的に記載しなかったのであろうと考える。

　文武天皇の次の天皇は『続日本紀』では元明天皇（阿陪皇女）であり、文武天皇の母、草壁皇子の妃だとされているのだが、『新唐書』では阿用天皇とあり、しかも文武天皇の「子」、すなわち皇子とされている。

元明天皇の後は『日本書紀』では元正天皇、すなわち文武天皇の姉とされ、その後が聖武天皇となるのだが、『新唐書』では元明天皇の後は聖武天皇となっていて元正天皇の名はない。しかし『宋史』では元明天皇の後に皈依天皇が来て、その後が聖武天皇となっている。

岩波文庫の『舊唐書倭国日本伝・宋史日本伝・元史日本伝』の注では、皈依天皇を「元正天皇の事」と根拠も示さずに書いているが『日本書紀』に言う元正天皇とは文武天皇の姉の氷高皇女としているから別人のようだ。皈依天皇の「皈依」は「きい」または「きえ」との発音となる。「皈」は「歸」と同じだから「皈依」は「帰依」である。仏教（道教）への信仰厚い人の名前であろうと考えられる。

元明天皇（阿陪皇女、天智天皇の女）に流れる血は天智天皇由来が五十パーセント（藤原鎌足二十五パーセント、寶皇女二十五パーセント）、蘇我系が五十パーセントである。高向系と言うか、換言すれば藤原鎌足系百パーセントを目標にしている天武天皇の意思にはそぐわない。また元正天皇に流れる血は文武天皇（珂瑠皇子）と同様で天武天皇系二十五パーセントに対し天智天皇系三十七・五パーセントであり、やはり高向（北魏系皇統）の純血を目指した天武天皇の考えにそぐわない。

以上を頭に入れた上で、『日本書紀』『続日本紀』の記述の中で矛盾する記述や疑問に感じる点についてさらに考察を進めたい。

四．大海（人）皇子（天武天皇）は中大兄皇子（天智天皇）の兄

『日本書紀』の斉明紀の冒頭には驚くべき記述がある。

「天豐財重日足姬天皇、初適於橘豐日天皇之孫高向王而生漢皇子、後適於息長足日廣額天皇而生二男一女、二年立爲皇后、見息長足日廣額天皇紀。十三年冬十月、息長足日廣額天皇崩、明年正月、皇后卽天皇位。改元四年六月、讓位於天萬豐日天皇、稱天豐財重日足姬天皇曰皇祖母尊。天萬豐日天皇、後五年十月崩。」

というものだ。斉明天皇とは舒明天皇の皇后となり、舒明天皇が崩御すると皇極天皇として即位し、乙巳の変の後、弟の孝徳天皇に皇位を譲り、その孝徳天皇が崩御した後再度皇位に付き斉明天皇となった人である。

先に皇極天皇となった時の日本書紀、すなわち皇極紀には記載せずに何故斉明紀にこのようなことを書いたのか、古来疑問が呈されてきた。

さて、冒頭の記述を分かりやすく言えば、「皇極天皇は、最初、用明天皇の孫である高向王の妃となり漢皇子という子をもうけた。そして後に舒明天皇の皇后となり二男一女を生んだ」というものである。

高向氏は魏の曹操の末と語り、姓は史、すなわち中国系渡来人であり、用明天皇の孫との表記は意図的出自改変である。この時代、多くの倭人が百済救援のために百済に渡っていたし、任那日本府にも滞在していた。それらが現地の女性との間に作った子供、つまり「合いの子」は韓子と呼ばれていた。「漢皇子」との名からは、漢皇子が高向王という中国系渡来人と倭種である寶皇女との間の子であることが明白のように感じる。

さて舒明紀で舒明天皇の皇后と子供についての記述を見れば以下の通りである。

「二年春正月丁卯朔戊寅、立寶皇女爲皇后。后生二男一女、一曰葛城皇子近江大津宮御宇天皇、二曰間人皇女、三曰大海皇子淨御原宮御宇天皇。夫人蘇我嶋大臣女法提郎媛、生古人皇子更名大兄皇子。又娶吉備國蚊屋采女、生蚊屋皇子」

つまり、皇后となったのは寶皇女であり、二男一女を生んだ。長男が葛城皇子であり、後の天智天皇だというのだから中大兄皇子のことである。長女が間人皇女、そして次男が大海皇子、後の天武天皇だと記述している。そして夫人《ぶにん》の蘇我嶋大臣（馬子）の女である法提郎媛が生んだのが古人皇子、別名大兄皇子であるとも記述している。

ここでは寶皇女の結婚歴と子供がいたことを書いていない。

そもそも渡来人という外国人と婚姻をなし、子をもうけた、しかも三十七歳という女性を皇后にすることなど考えられない。皇后の第一の役割は世継ぎを生むことなのだから。平均寿命が三十代といった時代なのだからそれから二男一女を生んだというのは無理な話であろう。これから考えられることは、舒明天皇の皇后に寶皇女がなったのは、別の途方もない政治的圧力が加わったためというものである。

まず、皇后が生んだ長子が「中大兄皇子」とは不可解である。普通、「大兄皇子」とは太子となるべきしかるべき血筋の長子に与えられる呼称である。すると中大兄皇子には「中」のつかない本物の「大兄皇子」がいたはずである。

そこで、寶皇女が舒明天皇の皇后となってもうけたと記述されている二男一女は実は高向王との間にもうけた子供ではなかったと思えるのだ。そうだとすれば寶皇女が三十七歳で皇后になったのにそれから二男一女をもうけたとの無理の裏側の真実が理解できる。そしてその場合は漢皇子と呼ばれたものこそ中大兄皇子だったと考えられる。

時に、舒明天皇が百済宮に崩御した時殯宮は北に設置された。南側に設置される例が多いように感じるのだが、百済宮という名称といい、やや気になるところである。そして誄を開別皇子が行っている。日本書紀では、

「十三年冬十月己丑朔丁酉、天皇崩于百濟宮。丙午、殯於宮北、是謂百濟大殯。是時、東宮開別皇子、

年十六而誅之」

とある。すなわちわざわざ「十六歳の開別皇子が」と記述しているのだ。読み下し文にすれば「歳十六にしてこれを誅す」となる。この年齢表示は不要な記述に見えるのだが敢えて書いているところに何かの意味が隠されているように思われる。第一、舒明紀には皇太子に関する記述はない。そして開別皇子が葛城皇子であるかどうかも定かではない。天智天皇の和風諡号が「天命開別天皇」とあるのに引きずられての思い込みなのかもしれない。注意すべきだろう。

舒明天皇の喪は皇極天皇元年十一月に初めて発せられた。三月には、

「三月丙辰朔戊午、無雲而雨。辛酉、新羅遣賀騰極使與弔喪使」

とあるように既に新羅からの弔問使まで来ているのにずいぶん遅い。それだけでなく、

「甲午、初發息長足日廣額天皇喪。是日、小徳巨勢臣徳太、代大派皇子而誄。次小徳粟田臣細目、代輕皇子而誄。次小徳大伴連馬飼、代大臣而誄。乙未、息長山田公、奉誄日嗣。辛丑、雷三鳴於東北角。庚寅、雷二鳴於東、而風雨。壬寅、葬息長足日廣額天皇于滑谷岡」

から分かるように、大派皇子も、輕皇子も、大臣も自ら誄を陳べずに代理人を送った。いくら「名

ばかり天皇」だったとしてもこの扱いは異常であろう。

中大兄皇子の立太子は皇極天皇四年（六四五）六月の乙巳の変の後、皇極天皇が輕皇子（孝徳天皇）に譲位した時と日本書紀には記載されている。

それはさておいても、十六歳はこの時代には十分に大人である。舒明天皇崩御の後中大兄皇子が即位せずに皇極天皇が即位した背景は単純ではない。この間の流れは『太安万侶の暗号（五）～漢家本朝（上）陰謀渦巻く飛鳥～』で描いた。


では中大兄皇子の弟とされる大海皇子は何故大兄皇子と呼ばれなかったのだろうか。それは大海皇子が寶皇女という倭種の皇女ではなく北魏系渡来氏である高向氏の一族の女性を母としていたからであろう。

大海皇子は後に天武天皇となった。そして日本書紀の記録上唯一女性を自ら見舞っている。そしてその女性は天武天皇が見舞った翌日に亡くなっているのだ。左右大臣も置かず、完全な専制君主であった天武天皇が最初で最後、見舞った女性、それは実の母であったのではないか。その女性は鏡姫王という、藤原鎌足の嫡室であった。

天武天皇が見舞ったことは『日本書紀』では、天武天皇十一年に、

「秋七月丙戌朔己丑、天皇幸鏡姫王之家、訊病。庚寅、鏡姫王薨。是夏、始請僧尼安居于宮中、因簡淨行者卅人出家」

と記述されている。また「興福寺縁起」には、

「爰嫡室鏡女王請伽藍立再三…」

と、鏡女王が藤原鎌足の嫡室だったことを明記している。これらは大海皇子が藤原（高向）鎌足と鏡女王（鏡姫王）との間に生まれた純粋の北魏皇統の血筋であることを意味するのであろう。その点が藤原鎌足と倭種の寶皇女との間に生まれた中大兄皇子との大きな違いである。

さて、天智天皇は六二六年に生まれ、六七二年に四十六歳で没した。大海皇子（天武天皇）は六二一年に生まれ、六八六年に六十五歳で没した。すなわち大海皇子の方が中大兄皇子より五歳年上である。しかし、日本書紀は大海皇子を中大兄皇子の弟と記述する。そして天智天皇の「皇太弟」と呼んでいる。

その理由については、高向鎌足が倭国の天皇位をその一族、すなわち北魏皇統の後裔が完全に奪うために天皇の血を引く寶皇女を妃とし、寶皇女に男子（中大兄皇子）を生ませたのちに舒明天皇の皇后に押し込み、連れ子である中大兄皇子を天皇にするとの計略を考え実行した。そして次の段階で、百パーセント北魏皇統の血を引く大海皇子を天皇にし、以後その皇統を継続させることを考えた。その故に天智天皇の太子をその子供である大友皇子ではなく本当は異母兄である大海皇子としたのである。

この経緯は『太安万侶の暗号（六）～漢家本朝（中）乙巳の変、そして白村江の敗戦から倭国占領へ～』に描いたので参照願いたい。

高向鎌足の深謀遠慮にもかかわらず天智天皇は我が子、大友皇子に天皇位を継承させたくて太政大臣に任ずる。そのことまで見通していた高向鎌足は大海皇子に、天智天皇を滅ぼして大海皇子が即位し、北魏皇統が日本国天皇として永久に君臨するシステムを作れと遺言する、という筋書きとしたのだが、それが真実であったのだと考えている。

しかし、日本書紀に天皇の血を引かない、純粋な中国渡来人が、如何に北魏皇統の後裔といえ日本の天皇になったとは書けない。そこで、中大兄皇子と共に大海皇子も寶皇女が舒明天皇の皇后となってから産んだ子としたのであろう。ところが、それを真実だと間違えて覚え込むものが高向氏（後の藤原氏）に出ることを懸念して、わざと斉明紀に前夫があり、それは高向王だったと敢えて本来不要な記述を加えたとみるべきだろう。足跡は消しすぎては自分が来た道が分からなくなってしまうのである。

五．『日本書紀』『続日本紀』に見る主要な疑問点

（一）天武天皇の皇后が持統天皇になったのか

前章で検討したように、（イ）天武紀には皇后の出自も名前も記載されていない、（ロ）皇后が菟野皇女であったとしても天武天皇が、殯も、誄も、葬送も行わず、陵の造営にも積極的ではなく、新羅からの弔問使を追い返すまでに嫌った天智天皇の血を五十パーセント引くものを後継天皇にするとは考えられない。天武天皇の皇后は本当は同族、高向氏のものだったのではないだろうか。それも藤原鎌足の女《むすめ》であった可能性が高い。

『新唐書』では持統天皇ではなく總持天皇と記されており、しかも天武天皇の子、すなわち男性だとされている。

六八六年九月九日に、「天渟中原瀛眞人天皇崩、皇后臨朝稱制」と皇后称制の記述があるが、それ以降「皇后」の語は見えず、「天皇」との記述になっている。即位直前にも、即位前年の十月十一日

の部分に「天皇幸高安城」とあり、「皇后」とは記されていない。天武天皇崩御後の「天皇」と記述されたものは「皇后」とは別人である可能性が高い。

さて『懐風藻』の「葛野王」に関する次の記述を見てみよう。

王子者、淡海帝之孫、
大友太子之長子也、
母淨御原之帝長女十市内親王
器範宏邈、風鑒秀遠
材稱棟幹、地兼帝戚
少而好學、博渉經史
頗愛屬文、兼能書畫
淨原帝嫡孫、授淨太肆、
拜治部卿
高市皇子薨後、
皇太后引王公卿士於禁中、
謀立日嗣。
時群臣各挾私好、衆議紛紜
王子進奏曰、

王子は淡海帝の孫
大友太子の長子なり
母は淨御原の帝の長女十市内親王なり
器範宏邈、風鑒秀遠
材棟幹に稱ひ、地帝戚を兼ぬ
少くして學を好み、博く經史に渉る
頗る文を屬することを愛し、兼ねて書画を能くす
淨原帝の嫡孫にして淨太肆を授けられ
治部卿を拜せられる
高市皇子薨じて後、
皇太后、王公卿士を禁中に引きて
日嗣を立てることを謀る
時に群臣は各私好を挾みて、衆議紛紜たり
王子進奏して曰く

我國家為法也、神代以此典。
仰論天心、誰能敢測。
然以人事推之、
從來子孫相承、以襲天位。
若兄弟相及、則亂、
聖嗣自然定矣。
此外誰敢間然乎
弓削皇子在座、欲有言。
王子叱之乃止
皇太后嘉其一言定國、
特閲授正四位、拜式部卿。
時年三十七

我國家の法たるや、神代は此の典を以てす
仰いで天心を論ず、誰か能く敢へて測らむや
然も人事を以て之を推せば
從來子孫相承して、以て天位を襲う
若し兄弟相及ぼせば、則ち亂れむ
聖嗣自然に定まる
此の外誰か敢へて間然せむや。と
弓削皇子座に在り、言ふこと有らむと欲す
王子これを叱りて乃ち止む
皇太后、其の一言にて國を定めることを嘉して
特閲して正四位を授け、式部卿に拜す
時に年三十七

葛野王の父は天智天皇の子の大友皇子である。母が天武天皇の娘、十市皇女とは言え、新羅の弔問使を筑紫から追い返したほど天智天皇を嫌った天武天皇がその血を引く葛野王を可愛がるとは思えない。

それはさておき、この懐風藻の説明書きには重大なことが書いてある。珂瑠皇子の立太子の経緯が書いてあるのだ。日本書紀にも続日本紀にも記述がない、或いは敢えて経緯を秘密にしたためにこの

懐風藻にある経緯が真実かどうかは不明だが、経緯以外にも注目すべきことがある。

高市皇子が死去したのちにすなわち六九六年以降に、皇太后が日嗣を立てることを謀ったという所だ。従来、持統天皇が珂瑠皇子を皇太子としたと解釈されているのだが、日本書紀は六九〇年に菟野皇女（天武天皇の皇后）が天皇になったと記述している。同文の中で、天智天皇は淡海帝と、また天武天皇は浄御原帝と書いているのだから菟野皇女は例えば藤原帝などと書く方がより統一が取れているのだが。ともかく日本書紀によれば、高市皇子死去の時には既に天皇に即位して六年が経過しているのに、「皇太后」と称するのは奇妙である。また「皇太后」とあるだけでは実際に誰のことであるか分からない。読むものがこの皇太后を菟野皇女と思い込むことを予想しての詐術のように感じられる。

では六九六年当時の天皇は誰だったのだろう。そして皇太后の正体は。

『懐風藻』のこの部分の内容は、集まった王公諸子がそれぞれの好みで意見を言うので収拾がつかないところ、葛野王が「我が国には神代から決まりがある。天位（天皇の位）というものは子孫が継いでいくものであり、兄弟が継ぐようなことがあればそれは乱れの元である。だから次ぐべきものは明白ではないか」と言った。それに対し弓削王が異論を陳べようとしたところ、葛野王がこれをしかりつけて黙らせた。皇太后はそのお陰で国を定めることができた。」といったものである。

「直系の子や孫が天皇の位を継ぐべきだ」と葛野王が言ったと書いているのだが、実際には兄弟が天皇位を継いでいることを隠し、後世の人に直系が継いだと思わせるための作文かもしれないとも感じる。弓削王が何か言いかけたのも、「そんなことを言っても実際に天武天皇は天智天皇の兄ではないか」と言ったのかもしれない。いや、持統天皇とされている、總持天皇が天武の子ではなく兄弟ではないかと申し立てたのかもしれない。

さて、珂瑠皇子、そしてその姉の氷高皇女は草壁皇子の子とされている。しかし、草壁皇子は即位などしていない。であれば、珂瑠皇子、その姉の氷高皇女は「皇子、皇女」と呼ばれるわけがなく「王、女王」と呼ばれるべきである。世の解説では「本来皇子と呼ぶはずはないが、母の持統天皇に遠慮して皇子と呼んだのだろう」と根拠にもならぬことを挙げて説明している。しかし、皇子というのが本当で、珂瑠皇子、その姉の氷高皇女が共に本当に天皇の子と考えるべきなのではないだろうか。

鍵となるのは「珂瑠」との名前だ。「輕」でないところに留意すべきだ。「珂」とは馬の轡に付ける玉でできた飾りのことである。「瑠」というのは「瑠璃」という語で分かるように、一種の宝玉のことである。これからその母を推察すれば五百重娘となろう。五百個のみすまる（御統）に通じるからである。五百重娘は藤原鎌足の娘であり、天武天皇の夫人であるから、その子であれば当然皇子と呼ばれる存在だ。またそうであれば、天武天皇が嫌った天智天皇の血を引くものではなく、珂瑠皇子は藤原鎌足の子の天武天皇と、同じく藤原鎌足の娘の五百重娘との間にできた子供として、藤原鎌足の血、すなわち北魏皇統の血を受け継ぐものである。そしてそれなればこそ、藤原鎌足がその実現に執念を燃やした漢家本朝の維持システムが完成したといえるのである。

ところが年齢がうまく合わない。珂瑠皇子が生まれたのは六八三年のことで、天武天皇が六十二歳、崩御の僅か三年前のことである。とても天武天皇の子供とは考えられないのだ。では誰の子か。五百重娘は天武天皇の大夫とされているが、驚くことに後に藤原不比等の妃になっているのだ。珂瑠皇子が誕生した時に藤原不比等は二十四歳であり、父親である可能性が高い。

さて天武天皇の皇后の菟野皇女は天智天皇の娘である。天武天皇との夫婦仲が良いか悪いかなどは皇統には関係はない。皇統に一番関係するのは血である。天智天皇と蘇我倉山田石川麻呂の娘、遠智娘との間に生まれた大友皇子には倭人の血が七十五パーセント混じっていた。だからこそ天智天皇の皇太子（「皇太弟」と日本書紀では記述されている）は大友皇子ではなく藤原鎌足と恐らく高向氏の鏡王との間の子である大海皇子であったのである。皇統の継承方針を考慮すれば、菟野皇女が天皇になることなどあり得ないのである。日本書紀の記述をそのまま信じるのではなく注意深く読むと、むしろ菟野皇女（天武天皇の皇后）が天皇になどならなかったのだよ、と教えているように感じられる。

では、持統天皇は中国の歴史書ではどのように書いてあるのだろうか見てみよう。

『舊唐書』には天皇の系譜は記載されていない。ところが『新唐書』になると、

「永徽初　其王孝德即位改元曰白雉　獻虎魄大如斗碼碯若五升器　時新羅爲高麗百濟所暴　高宗賜璽書　令出兵援新羅　未幾孝德死　其子天豐財立　死　子天智立　明年　使者與蝦人偕朝　蝦蛦亦居海島中　其使者鬚長四尺許珥箭於首　令人戴瓠立數十歩射無不中　天智死　子天武立　死　子總持立

咸亨元年　遣使賀平高麗　後稍習夏音惡倭名更號日本　使者自言國近日所出以爲名　或云日本乃小國爲倭所并故冒其號　使者不以情故疑焉　又妄夸其國都方數千里　南西盡海　東北限大山　其外即毛人云

長安元年　其王文武立　改元曰太寶　遣朝臣眞人粟田貢方物　朝臣眞人者猶唐尚書也　冠進德冠

頂有華蘤四披　紫袍帛帶　眞人好學能屬文進止有容　武后宴之麟德殿授司膳卿還之文武死　子阿用立
死　子聖武立　改元曰白龜
開元初　粟田復朝　請從諸儒授經　詔四門助教趙玄默即鴻臚寺爲師　獻大幅布爲贄　悉賞物貿書以
歸　其副朝臣仲滿慕華不肯去　易姓名曰朝衡　歷左補闕儀王友多所該識　久乃還
聖武死　女孝明立　改元曰天平勝寶
天寶十二載　朝衡復入朝　上元中　擢左散騎常侍　安南都護　新羅梗海道　更繇明　越州朝貢　孝
明死　大炊立　死　以聖武女高野姫爲王　死　白壁立」

とあり、興味深い記述が認められる。余談だが、「高句麗と百済に荒らされている新羅を助けるために唐の高宗が新羅救援を命じる璽書を賜った」とある。これが遣唐使の幽閉につながり、そして白村江の戦につながるのであるが、このことに日本書紀はまったく触れない。唐に敗北したことも唐に占領され、筑紫に都督府を置かれたこともできるだけ隠そうとしているのである。日本書紀編纂の目的を考えればそれも理解できるのであるが、岩波文庫では『舊唐書倭国日本伝・宋史日本伝・元史日本伝』とし、この歴史的に重要な『新唐書東夷伝日本』を取り上げない。そして後部の資料の部に原文を掲載している。先に一度指摘したが『建武式目』を資料として示すのに、「漢家本朝」と書いた部分を隠すといった扱いに類似した意図を感じざるを得ない。

それはともかく、『新唐書』による天皇の系譜を切り貼りしてまとめれば、

「天智死　子天武立　死　子總持立　長安元年　其王文武立　改元曰太寶　文武死　子阿用立　死

子聖武立　改元曰白龜　聖武死　女孝明立　改元曰天平勝寶　孝明死　大炊立　死　以聖武女高野姫爲王　死　白壁立」

となる。すなわち、天武天皇の後は天武天皇の子の總持天皇だったと言うのだ。そしてその後が文武天皇だと言うのだから日本書紀に言う持統天皇がこの總持天皇に当たる。

では『宋史日本伝』の記述はどうか。引用してみよう。

「天智天皇　次天武天皇　次持總天皇　次文武天皇　次阿閉天皇　次飯依天皇　次聖武天皇」

天武天皇の後は持總天皇となっている。この「持總天皇」を岩波文庫の解説者は注で「第四十一代持統天皇の誤り」と断定しているのだがそうだろうか。

日本書紀には珂瑠皇子の立太子のこともその時期も書いていない。また持統天皇が譲位した相手も皇太子とあるだけで名を書いていない。そしてその即位、すなわち文武天皇の即位は『新唐書　日本伝』では「長安元年　其王文武立　改元曰太寶」とあるから長安元年、すなわち七〇一年のことになっている。『日本書紀』ではそれは六九七年のこととされている。天武天皇から聖武天皇に至る皇統譜は大きく改変されているようである。

(二) 草壁皇子は皇太子だったか

天武天皇十年(六八一年)二月二十五日に草壁皇子が立太子したと日本書紀は既述する。それだけではない、「万機を皇太子に委ねる」とあるのだ。

しかし、天武天皇十二年(六八三年)二月には「大津皇子が初めて朝政に参加した」とある。二十歳で皇太子になった草壁皇子が立太子から二年して実際に朝政に参加したのなら理解できるのであるが、朝政に参加したと記録にあるのは大津皇子二十一歳の方なのである。草壁皇子と大津皇子の記述に何らかの操作が行われているように感じられる。

天武天皇十四年(六八五年)一月二十一日に草壁皇子は浄廣壹位に叙せられている。また大津皇子には浄大貳位が、高市皇子には浄廣貳位が授けられた。この日定められた十二階は、明大壹、明廣壹、明大貳、明廣貳、浄大壹、浄廣壹、浄大貳、浄廣貳、浄大参、浄廣参、浄大肆、浄廣肆であり、草壁皇子が授かった位は、諸王以上の位というこの十二階の上から五番目のものである。

さて、天武天皇が病の為に弱ってきた朱鳥元年(六八六年)の七月には「政務を皇后と皇太子に委ねる」と述べている。

そして天武天皇が同年九月に崩御すると、直後の十月には大津皇子の謀反が発覚したとして、驚くことに翌日には死罪となり自害させられている。

この時既に二十五歳の皇太子、草壁皇子は皇位を継承せずにいて、何と天武天皇の皇后の菟野皇女が称制をしていたことになっている。さらに六八九年に突然草壁皇子が死去するとすぐに（翌年）天武天皇皇后の菟野皇女が即位して持統天皇になったとのストーリーだ。

ただし、『日本書紀』の天武紀には皇后の出自も名前も記述がないという異常な状態だ。皇后と称するものが何者かを意図的に隠したと思われる。帝紀において皇后が誰かを記さないなどあり得ないことだからである。

天武天皇は大海皇子として天智天皇の皇太子（皇太兄）であった時に、天智天皇の娘二人を妃として受け入れている。大田皇女と菟野皇女の姉妹だ。姉の大田皇女が生んだのが大津皇子であり、妹の菟野皇女が生んだのが草壁皇子である。

母親の序列が子の序列を左右するのだから当然大田皇女が生んだ大津皇子の方が上である。だとすれば大津皇子が皇太子となる方が自然である。

首皇子、すなわち後の聖武天皇の皇太子時代を見れば、元明天皇八年（七一四年）六月に十四歳で立太子している。そして翌元明天皇九年（七一五年）一月に十五歳で初めて拝朝し、元正天皇五年（七一九年）六月に十九歳で初めて朝政を聴くとある。そして二十四歳で聖武天皇となる。

立太子、朝政参加、即位と移っていく様子が分かろう。草壁皇子が立太子し、大津皇子が朝政に参加し、そして皇后が称制、さらに即位という流れはあり得ないと言っても良いだろう。明らかに意図的な歴史改変が行われていると見て良い。

皇后が、実は皇后ではなく藤原不比等のことであるのだがそれは別章で詳述する。ここでは大津皇子が立太子し、その大津皇子が朝政に参加したというのが本当であり、草壁皇子が皇太子であったと記述しているのは事実を改変したものだとの指摘にとどめておく。

（三）吉野の六皇子の誓約の参加皇子

『日本書紀』によれば、天武天皇に従って吉野に行った皇子は、草壁皇子、大津皇子、高市皇子、河嶋皇子、忍壁皇子、芝基皇子の六人である。天武天皇が「朕、汝らと倶に庭に誓いて、千歳の後に、事なからしめんと欲す。いかに」と呼びかける。すなわち、ようやく手にした倭国（日本）の政権、朝廷をこの天武の一族、つまり北魏の皇帝の子孫が千年先までも維持掌握し、安泰にさせる誓いを立てようと呼びかけたのである。一同は同意し、草壁皇子が代表して、「我ら兄弟合計十人余は異腹ではあるが、同腹、異腹の区別なく天武天皇の勅に従って力を合わせていく」と誓った。続いて各皇子が同様に誓った。そして天武天皇が、「お前たちはそれぞれ腹が異なるが同腹のように取り扱う」と誓い、六人の皇子を抱き寄せた。皇后も同様に誓いを立てた。

ここで問題となるのは、河嶋皇子と芝基皇子である。この二人は天武天皇の皇子としてではなく、天智天皇の皇子として別の部分に記述されている。そのためか『日本古典文學大系　日本書紀』（岩波書店）の頭注では「天武天皇の皇子は総計十人だが、ここは河嶋皇子、芝基皇子など、天智天皇の皇子をも合せての称と思われる。天武天皇の皇子でここに見えない者は、まだ成年に達しないために誓盟に加わらなかったのであろう」とある。間違った解釈だろう。

天武天皇の子は、皇子が十人、皇女が九人である。皇子の名を誕生順に挙げれば、高市皇子、草壁皇子、大津皇子、忍壁皇子、磯城皇子、舎人皇子、長皇子、穂積皇子、弓削皇子、新田部皇子である。日本書紀が記す芝基皇子が磯城皇子の誤りであれば、天武天皇の子でないのは河嶋皇子だけとなる。またこの吉野の誓約に参加しなかった皇子は、舎人皇子、長皇子、穂積皇子、弓削皇子そして新田部皇子となる。この吉野の誓約の年は六七九年だから、舎人皇子は六七六年生まれの数えで四歳だった。もちろん誓約への参加は無理だったろう。舎人皇子より後に生まれた諸皇子はなおさらのことである。最年長の高市皇子は六五四年（白雉五年）生まれとすれば数え二十六歳であり、草壁皇子は数え十八歳、そして大津皇子は数え十七歳となる。

天武の子供の盟約との性格を持つ吉野の誓約に天智天皇の子供の河嶋皇子一人が参加しているのはどう考えても腑に落ちない。

繰り返すが、天武天皇は新羅からの天武天皇即位の祝いの使者は歓迎したが、天智天皇への弔問使節の入国を拒否し、筑紫からそのまま引き返させているほど天智天皇を嫌っていた。天智天皇の皇子を信じるわけも誓約に参加させるわけもない。また、皇后である菟野皇女も天武天皇と同じように皇子たちに対し誓った。明らかに天武天皇が我が子供を集めて、先々までの天皇位の相続と日本の支配を継続する相談をしたとみるべきである。すなわち、芝基皇子は天武天皇の子の磯城皇子であろう。

さて資料二の中の「主要人物の生没年表」を参照願いたい。天武天皇の皇子十人のうちこの六六九年に吉野に参集し誓約ができる年齢に達していたものは、草壁皇子、大津皇子、高市皇子、忍壁皇子、磯城皇子の五人である。したがってここで河嶋皇子と記述した皇子は天武天皇の皇子ではないものをわざと参加したと記述し、「本当は他の人物が参加していた」と知らせているように感じる。つまり重要人物の参加を隠しながらしかも隠したことを暗示する操作とみる。北魏の皇統を継ぐ藤原鎌足の子で、漢家本朝の維持システムに大きな役割を果たした人物がいる。天武天皇の弟の藤原不比等である。この重要な誓約の場面に藤原不比等がいなかったとは考えられない。藤原不比等抜きでは天武天皇以降の皇統の継続などできなかったことは明らかであるから、この河嶋皇子とは藤原不比等の参加を隠し、なおかつ気づかせるための記述だと考えるべきだろう。この時藤原不比等数えで二十一歳。天武天皇の弟と言うだけでなく大織冠藤原鎌足の子供であり、北魏皇帝の末であり、高向氏の長であったのである。

「木を見て森を見ざる」が如き解説者の存在は驚きである。

さて、その吉野の誓約の場にいたとされた河嶋皇子であるがその活躍はあまり知られていない。日本書紀では病気のものの見舞いなどに派遣されたとの記述はあるが大きく取り扱われてはいない。ところが、天武天皇が崩御した直後に大津皇子の謀反が発覚したのだが、その謀叛を知らせたのが河嶋皇子だと『懐風藻』に記述があるのである。原文と読み下し文を示す。

皇子者、淡海帝之第二子也。　　皇子は淡海帝の第二子なり
志懐温裕、局量弘雅　　志懐温裕、局量弘雅

始與大津皇子、為莫逆之契
及津謀逆、島則告變
朝廷嘉其忠正、
朋友薄其才情、
議者未詳厚薄。
然余以為
忘私好而奉公者、
忠臣之雅事
背君親而厚交者、
悖德之流耳
但、未盡爭友之益、
而陷其塗炭者、余亦疑之。
位終于淨大參。
時年三十五。

始め大津皇子と莫逆の契りをなし
津の逆を謀るに及びて、島則ち變を告ぐ
朝廷其の忠正を嘉し
朋友其の才情を薄し
議者未だ厚薄を詳かにせず
然、余おもへらく
私好を忘れて公に奉ずる者は
忠臣の雅事
君親に背きて交を厚する者は
悖德の流のみ
但し、未だ爭友の益を盡さざるに
而、其の塗炭に陷るる者は、余またこれを疑う
位淨大參に終ふ
時に年三十五

河嶋皇子は始め、大津皇子と共に天武天皇に忠誠を尽くす誓いを立てていた。（吉野の誓約を指す）天武天皇の崩御の後大津皇子が謀反を企てると、河嶋皇子は直ちにこれを宮に知らせた。朝廷はその忠誠心を褒めたが、河嶋皇子の友人はその薄情さを非難した。世にある識者はそれに対してはっき

りした態度を示さない。私（恐らく懐風藻の作者であると思われる淡海三船）は友人なれば何故謀反を止めるべく働かなかったのかと感じる。

といった感じの文章である。

この状況を知って、筆者は有間皇子の謀反を、蘇我赤兄を使ってでっち上げた中大兄皇子の話を思い出す。

天武天皇崩御は六八六年九月九日のことである。そして大津皇子の謀反発覚が翌十月のことだ。まるで天武天皇の崩御を待っていたかのような間髪を入れぬ謀反発覚に謀略の匂いがする。そして三年後に今度は草壁皇子が死ぬ。大津皇子は二十三歳で、草壁皇子は二十七歳での死だ。この大津皇子と草壁皇子には大きな共通点がある。大津皇子の母は大田皇女、天智天皇の女であり、莵野皇女の姉である。草壁皇子の母は、これまた天智天皇の女で、何と天武天皇の皇后である。つまり二人の皇子の母は二人とも天智天皇の女だったのである。天智天皇の血を排除しようとした天武天皇、いや藤原鎌足の遺志を継いだものがいる。藤原不比等だ。この二人の皇子は藤原不比等に抹殺された可能性が高いとみる。

天武天皇の崩御により皇后の称制が始まった。そして即位して持統天皇となったのが三年後の六九〇年一月である。この前年の六八九年の四月十三日に草壁皇子が二十七歳で死ぬ。まるで草壁皇子が死ぬのを待っていたようなタイミングで即位している。では即位前の称制の期間には何があったのか。その間には天武天皇の殯り、外国からの弔問受付などの行事が続いていたのである。

そして天武天皇崩御の時の皇太子草壁皇子は数え二十五歳であった。すぐに即位して天皇となって良い、いや即位すべき年齢だったのである。

草壁皇子の生みの親である菟野皇女、すなわち天武天皇の皇后が称制する方が奇異なのである。それらからは菟野皇女が持統天皇となったのではなく、藤原不比等が称制し、その間に天智天皇の血を引く大津皇子と、皇太子だった草壁皇子を殺害し、そして天皇となったと判断されるのである。

六．持統天皇から聖武天皇に至る天皇の吉野などへの行幸のまとめ

持統天皇の吉野行幸は在位期間に三十回を超えるという頻繁さゆえに多くの人がその理由を議論してきた。

持統天皇が天武天皇の皇后であった菟野皇女として、壬申の乱の前に天武天皇（当時の大海皇子）に従って籠った懐かしい場所であり、また六皇子の誓約をした場所ということでたびたび訪れたのだという説の人もあるようだが、「懐かしい思い出の地」というだけでこれほど多数回吉野に行幸するとは思えない。また先に書いたように天武紀には皇后の出自、名前が書かれていないのである。菟野皇女だと思い込むのは止めて検討してみる方が良いだろう。

また、持統天皇が男との逢瀬のために吉野に通ったとの説もある。さらに、ひょっとして方違えかと思い、或る気学の先生にコメントを求めたところ、役小角に代表されるものの呪術を利用するために吉野に通ったのではないか。呪詛で好ましくない人物を殺害することは普通だった時代であるとのことだった。

とにかく、持統天皇、文武天皇、元明天皇、元正天皇、聖武天皇の行幸記録を『日本書紀』及び『続

日本紀』から抜粋してまとめた。

［持統天皇の行幸記録のまとめ］

三年（六八九年）
春正月甲寅朔　辛未、天皇幸吉野宮。甲戌、天皇至自吉野宮（十八日～二十一日）
秋八月辛巳朔　甲申、天皇幸吉野宮（日帰り）
冬十月庚戌朔　庚申、天皇幸高安城（日帰り）

四年
二月戊申朔　壬子、天皇幸于腋上陂《わきのかみのいけのつつみ》、観公卿大夫之馬（日帰り）
甲子、天皇幸吉野宮（日帰り）
五月丙子朔　戊寅、天皇幸吉野宮（日帰り）
六月丙午朔　辛亥、天皇幸泊瀬（日帰り）
八月乙巳朔　戊申、天皇幸吉野宮（日帰り）
丁亥、天皇幸紀伊。戊戌、天皇至自紀伊（十三日～二十四日）
冬十月甲辰朔　戊申、天皇幸吉野宮（日帰り）
甲寅、天皇幸吉野宮。丙辰、天皇至自吉野宮（十二日～十四日）
十二月癸卯朔　辛酉、天皇幸藤原観宮地（十九日、日帰り）

五年
春正月癸酉朔　戊子、天皇幸吉野宮。乙未、天皇至自吉野宮（十六日〜二十三日）
三月壬申朔　丙子、天皇觀公私馬於御苑（五日、日帰り）
夏四月辛丑朔　丙辰、天皇幸吉野宮。壬戌、天皇至自吉野宮（十六日〜二十二日）
秋七月庚午朔　壬申、天皇幸吉野宮。辛巳、天皇至自吉野。（三日〜十二日）
冬十月戊戌朔　庚戌、天皇幸吉野宮。丁巳、天皇至自吉野。（十三日〜二十日）
六年（六九二年）
春正月丁卯朔　癸巳、天皇幸高宮。（十二日、日帰り）
二月丁酉朔　甲午、天皇至自高宮（二十七日、日帰り）
丁未、詔諸官曰、當以三月三日將幸伊勢
三月丙寅朔　辛未、天皇不從諫、遂幸伊勢。乙酉、車駕還宮（六日〜二十日）
（二月に、「三月三日に伊勢に行幸する」と天皇が言うも中納言大三輪朝臣高市麻呂が農業に影響が出ると反対した。しかしそれを押し切って天皇は三月六日に伊勢に行幸を敢行した）
五月乙丑朔　丙子、幸吉野宮。庚辰、車駕還宮（十二日〜十六日）
秋七月甲午朔　壬寅、幸吉野宮。甲辰、遣使者祀廣瀬與龍田。辛酉、車駕還宮。（九日〜二十八日）是夜、熒惑與歳星、於一歩内乍光乍沒、相近相避四遍。（天文に異常あり）
八月癸亥朔　己卯、幸飛鳥皇女田荘、即日還宮（十七日）

冬十月壬戌朔　癸酉、幸吉野宮。庚辰、車駕還宮（十二日〜十九日）

七年（六九三年）

三月庚寅朔　乙未、幸吉野宮。壬寅、天皇至自吉野宮（六日〜十三日）

五月己丑朔　幸吉野宮。乙未、天皇至自吉野宮（一日〜七日）

秋七月戊子朔　甲午、幸吉野宮。癸卯、天皇至自吉野（七日〜十六日）

八月戊午朔　幸藤原宮地（一日、日帰り）

甲戌、幸吉野宮。戊寅、車駕還宮（十七日〜二十一日）

九月丁亥朔　辛卯、幸多武嶺。壬辰、車駕還宮（五日〜六日）

十一月丙戌朔　庚寅、幸吉野宮。乙未、車駕還宮（五日〜十日）

八年（六九四年）

春正月乙酉朔　乙巳、幸藤原宮、即日還宮（二十一日、日帰り）

戊申、幸吉野宮（二十四日、日帰り）

夏四月甲寅朔　庚申、幸吉野宮。丁亥、天皇至自吉野宮（七日〜。この月には丁亥がない）

九月壬午朔　乙酉、幸吉野宮（日帰り）

十二月庚戌朔　乙卯、遷居藤原宮（行幸ではない）

九年（六九五年）

閏二月己卯朔　丙戌、幸吉野宮。癸巳、車駕還宮（八日〜十五日）

三月戊申朔　己未、幸吉野宮。壬戌、天皇至自吉野（十二日〜十五日）

六月丁丑朔　甲午、幸吉野宮。壬寅、至自吉野（十八日～二十六日）
八月丙子朔　己亥、幸吉野。乙巳、至自吉野（二十四日～三十日）
十月乙亥朔　乙酉、幸菟田吉隠。丙戌、至自吉隠（十一日～十二日）
十二月甲戌朔　戊寅、幸吉野宮。丙戌、至自吉野（五日～十三日）
十年（六九六年）
二月癸酉朔　乙亥、幸吉野宮。乙酉、至自吉野（三日～十三日）
三月癸卯朔　乙巳、幸二槻宮（三日、日帰り）
夏四月壬申朔　己亥、幸吉野宮（二十八日～）
五月壬寅朔　乙巳、至自吉野（～四日。月をまたいでの吉野行幸）
六月辛未朔　戊子、幸吉野宮。丙申、至自吉野（十八日～二十六日）
十一年（六九七年）
夏四月丙寅朔　壬申、幸吉野宮。己卯、至自吉野（七日～十四日）

行幸先：
吉野宮　飛鳥の南、距離は直線で十数キロ。日帰りは馬でないと難しい。
高安城　大阪府柏原市、龍田口を河内に出た直ぐ北。飛鳥からの方位は西三十度北位だから北西？）
掖上　同じ飛鳥地域の中で近いが、方位は南西。

泊瀬　　　　距離は近い、方位は東北東。

紀伊　　　　古代で言う牟婁の湯だと思われる紀ノ川の中流と言われる。方位は南西。

高宮　　　　大和国葛城郡高宮郷（現在の御所市森脇、宮戸の辺り。蘇我氏の祖廟のあるところ）

飛鳥皇女田荘　場所不詳。皇女の別荘

多武嶺　　　壇山宮（談山神社）のある霊峰

菟田吉隠《よなばり》　奈良県桜井市吉隠（初瀬の東方）

[文武天皇の行幸記録のまとめ]

二年（六九八年）

二月、丙申、車駕幸宇智郡（二月五日、日

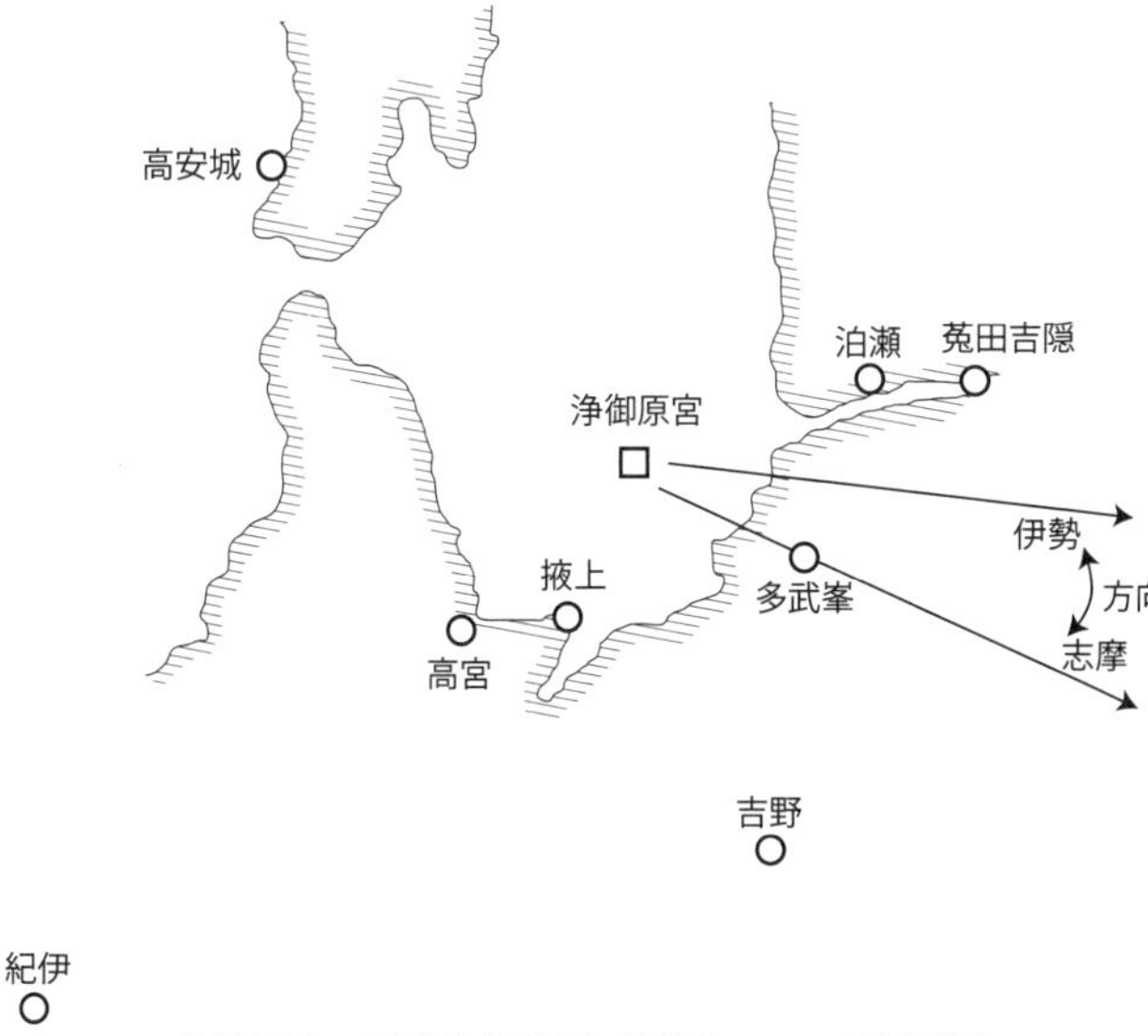

持統天皇の行幸先概念図（紀伊については想像）

帰り）

三年（六九九年）

正月、癸未、是日、幸難波宮。丁未、車駕至自難波宮（一月二十七日〜二月二十二日）

大宝元年（七〇一年）

二月、癸亥、行幸吉野離宮。庚午、車駕至自吉野宮（二月二十日〜二十七日）

六月、庚午。太上天皇（持統帝）幸吉野離宮。秋七月辛巳。車駕至自吉野離宮（六月二十九日〜七月十日）

九月、丁亥、天皇幸紀伊国。冬十月丁未、車駕至武漏温泉。戊午、車駕自紀伊至（九月十八日〜十月十九日）

大宝二年（七〇二年）

七月、丙子、天皇幸吉野離宮。（七月十七日、日帰り）

十月、甲辰、太上天皇（持統帝）幸参河国（十月十日）

十一月、丙子、行至尾張国（十一月十三日）

庚辰、行至美濃国（十一月十七日）

乙酉、行至伊勢国（十一月二十二日）

丁亥、至伊賀国（十一月二十四日）

戊子、車駕至自参河（十一月二十五日）

この太政天皇（持統帝）の三河、尾張、美濃、伊勢、伊賀への一月半にわたる行幸はまさに壬申の乱の跡をたどる旅である。そして行く先々で叙位を行い、調を免除し、賜姓をしている様子は時の天皇（文武帝）をもしのぐ権力を有するがごときである。そして帰郷してすぐの十二月二日には「勅曰。九月九日。十二月三日。先帝忌日也。諸司当是日、宜為廃務焉。」、すなわち九月九日（天武天皇の命日）と十二月三日は先帝の忌日だから仕事を休みにするとその忌日の一日前に詔を出しているのだ。先帝と天武天皇を呼んでいるのだから詔を出したのは太政天皇である。

そして十二月十三日、すなわち太政天皇が帰郷してすぐに病に倒れる。そして二十二日には崩御してしまう。

この時もし、太政天皇（持統帝）が菟野皇女だとすれば年齢は五十八歳である。当時の五十八歳はまさしく老婆であろうからはたして一月半にも及ぶ旅に耐えられたか甚だ疑問である。持統天皇は天武天皇の皇后である菟野皇女ではないとの確信が強くなるではないか。

太政天皇は十二月十七日に火葬され、同二十六日に大内山陵に合奏された。

この間の記述の改変についての検討はいずれ行うとして行幸の記録のまとめを継続しよう。

慶雲二年（七〇五年）

三月、癸未、車駕幸倉橋離宮（三月四日、日帰り）

慶雲三年（七〇六年）

二月、丁酉、車駕幸内野（二月二十三日、日帰り）

九月、丙寅、行幸難波（九月二十五日、遷宮のためか）
十月、壬午、還宮（十月十二日）
慶雲四年（七〇七年）
六月、辛巳、天皇崩。遺詔。挙哀三日。凶服一月（文武天皇崩御、十一月二十日に檜隈安古山陵に葬る）

[元明天皇の行幸記録のまとめ]

和銅元年（七〇八年）
九月、壬申、行幸菅原（九月十四日）
戊寅、巡幸平城。観其地形（九月二十日）
庚辰。行幸山背国相楽郡岡田離宮（九月二十二日）
乙酉、至春日離宮。丙戌、車駕還宮（九月二十七日～九月二十八日）
和銅二年（七〇九年）
八月、辛亥、車駕幸平城宮。
九月、戊午、車駕至自平城（八月二十八日～九月五日）
十二月、丁亥、車駕幸平城宮。（十二月五日）
和銅五年（七一二年）

八月、庚申、行幸高安城八月二十三日、日帰り)
和銅六年(七一三年)
六月、乙卯、行幸甕原離宮(六月二十三日)
霊亀元年(七一五年)
三月、壬午朔、車駕幸甕原離宮(三月一日)
九月、氷高内親王に譲位(九月二日)

[元正天皇の時代の行幸]

養老元年(七一七年)
二月、壬午、天皇幸難波宮(二月十一日)
丙戌、自難波至和泉宮(二月十五日)
庚寅、車駕還(二月十九日)
九月、丁未、天皇行幸美濃国(九月十一日)
戊申、行至近江国(九月十二日)
甲寅、至美濃国(九月十八日)
丙辰、幸当耆郡(九月二十日)
癸亥、還至近江国(九月二十七日)

甲子、車駕還宮（九月二十八日）
養老二年（七一八年）
二月、壬申、行幸美濃国醴泉（二月七日）
三月、戊戌、車駕自美濃至（三月三日）
養老三年（七一九年）
二月、庚午、行幸和泉宮。丙子、車駕還宮（二月十一日〜十七日）
養老四年（七二〇年）
八月、癸未、是日。右大臣正二位藤原朝臣不比等薨。帝深悼惜焉。為之廃朝。挙哀内寝。特有優
勅。弔賻之礼異于群臣。大臣、近江朝内大臣大織冠鎌足之第二子也（八月三日）
養老五年（七二一年）
五月、己酉、太上天皇不予。大赦天下（五月三日）
十月、丁亥。太上天皇召入右大臣従二位長屋王。参議従三位藤原朝臣房前。詔曰。朕聞。万物之
生。靡不有死。此則天地之理。奚可哀悲。厚葬破業。重服傷生。朕甚不取焉。朕崩
之後。宜於大和国添上郡蔵宝山雍良岑造竈火葬。莫改他処。謚号称其国其郡朝庭馭
宇天皇。流伝後世。又皇帝摂断万機。一同平日。王侯・卿相及文武百官。不得輙離
職掌。追従喪車。各守本司視事如恒。其近侍官并五衛府。務加厳警。周衛伺候。以
備不虞
庚寅。太上天皇又詔曰。喪事所須。一事以上。准依前勅。勿致闕失。其轜車・霊駕之具。

不得刻鏤金玉。絵飾丹青。素薄是用。卑謙是順。仍丘体無鑿。就山作竃。芟棘開場。
即為喪処。又其地者。皆殖常葉之樹。即立刻字之碑

十二月、己卯、崩于平城宮中安殿。時春秋六十一。遣使固守三関

乙酉、太上天皇葬於大倭国添上郡椎山陵。不用喪儀。由遺詔也

養老七年（七二三年）

五月、癸酉、行幸芳野宮。丁丑、車駕還宮（五月九日～十三日）

神亀元年（七二四年）

二月、甲午、天皇禅位於皇太子（二月四日）

[聖武天皇の行幸記録のまとめ]

神亀元年（七二四年）

十月、辛卯、天皇幸紀伊国（十月五日）

癸巳、行至紀伊国那賀郡玉垣勾頓宮（十月七日）

甲午、至海部郡玉津嶋頓宮。留十有余日（十月八日～）

丁未、行還至和泉国所石頓宮（十月二十一日）

己酉、車駕至自紀伊国（十月二十三日）

神亀三年（七二六年）

十月、辛亥。行幸、播磨国印南野（十月七日）
甲寅、至印南野邑美頓宮（十月十日）
癸亥、行還至難波宮（十月十九日）
癸酉、車駕至自難波宮（十月二十九日）
神亀四年（七二七年）
五月、乙亥、幸甕原離宮。丁丑、車駕至自甕原宮（五月四日〜六日）
天平三年（七三〇年）
十一月、辛酉、先是、車駕巡幸京中（十一月十八日）
天平六年（七三四年）
三月、辛未、行幸難波宮（三月十日）
戊寅、車駕発自難波。宿竹原井頓宮（三月十七日）
庚辰、車駕還宮（三月十九日）
以下略

さて、持統天皇の最後の吉野行幸は文武天皇の譲位後、すなわち太政天皇となってからの、大宝元年（七〇一年）六月二十九日から七月十日までの吉野行きである。持統天皇時代の六九六年にも三回の吉野行幸をしているし、毎年必ずといって良いほど出かけている。持統天皇を菟野皇女だとすればその生年は六四五年だから、例えば七〇一年には五十六歳だ。当時の寿命を考えればこの歳は既に老婆である。男との逢瀬が考えられる年齢ではなく、また逢瀬のために峠を越えて通える年齢でもない。男との逢瀬説など、非現実的だと分かるだろう。

壬申の乱の頃は敵を呪詛で殺すことがあったので吉野行きはそのためではないかと言う気学の先生のコメントも納得はできない。呪詛で解決するなら壬申の乱であれだけ戦を大規模に行う必要などなかった。また役小角を使ったなら後に伊豆に流すなどということはしなかったはずだ。呪詛で殺す力を持つものを流罪になどできるわけがない。そんなことをしたら、したものが呪詛の対象となることが間違いないからである。

当初は星廻りの関係で吉方へ移動しているのかと思い、その方位と日時から逆に持統天皇の九紫などが判明し、人物特定ができるのではないかと考えた。次には天武天皇が天文と遁甲の達人であれば八門遁甲《はちもんとんこう》によって移動をしているのかと考えた。しかし八門遁甲をこれから学び、飛鳥時代の暦を確認してとなると到底すぐには叶うことではない。いろいろ考えているうちに吉野なる場所がどういう所かが何となく分かってきたのである。

実は吉野は神仙境だと考えられていたのである。すなわち道教の聖地だったようなのだ。北魏系渡来氏族で天皇位を手に入れた藤原氏の繁栄、『藤氏永昌』のために建立された龍門寺もかつて吉野にあったくらいだ。では吉野について章をあらためて検討しよう。

七．神仙境である吉野

天武天皇は壬申の乱の前、つまりまだ大海皇子と言っていた当時に出家して吉野宮に籠った。天智天皇の皇太兄であったのだが、天智天皇が自身の子である大友皇子を太政大臣として皇位を継がせる動きに出たため、身の危険を感じたのである。皇太兄とした理由は本当は大海皇子の方が葛城皇子（中大兄皇子）より年上だからであり、そのことについては既に説明した通りである。

その天武天皇は既に大きくなっていた皇子たちを吉野に集め、いわゆる六皇子の誓約を行う。それは吉野が他の所とは異なり、道教の聖地であったことを意味する。

北魏系渡来氏族の高向氏の長として権謀術数の限りを尽くし、漢家本朝の礎を築いた藤原鎌足は彼らの道観をおいた多武峰を五台山の中心に相当するものと考えていた。そのことは多武峰縁起に明確に書かれている。多武峰縁起のその部分を引用する。

「父、中臣連潜かに告げて云ふ。『和州談峯は勝絶の地也。東、伊勢高山、天照太神、和国を防護す。西、金剛山、法喜菩薩、利生を説法す。南、金峯山、大権薩捶、慈尊出世に侍り。北、大神山、如来

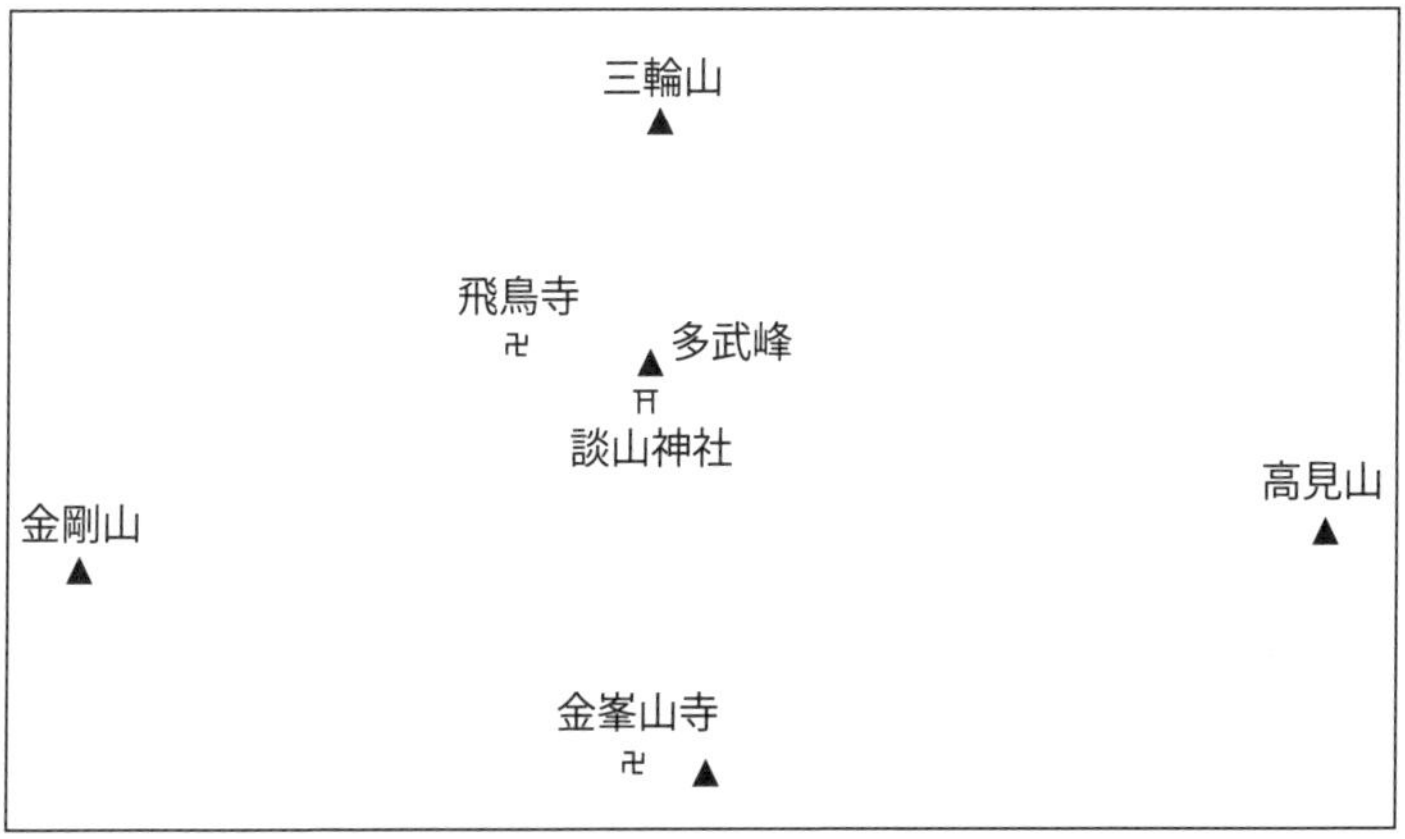

多武峰の位置。東に伊勢高山（高見山)、西に金剛山、南に金峯山、北に大神山（三輪山)、中に談峯との配置を五台山になぞらえる

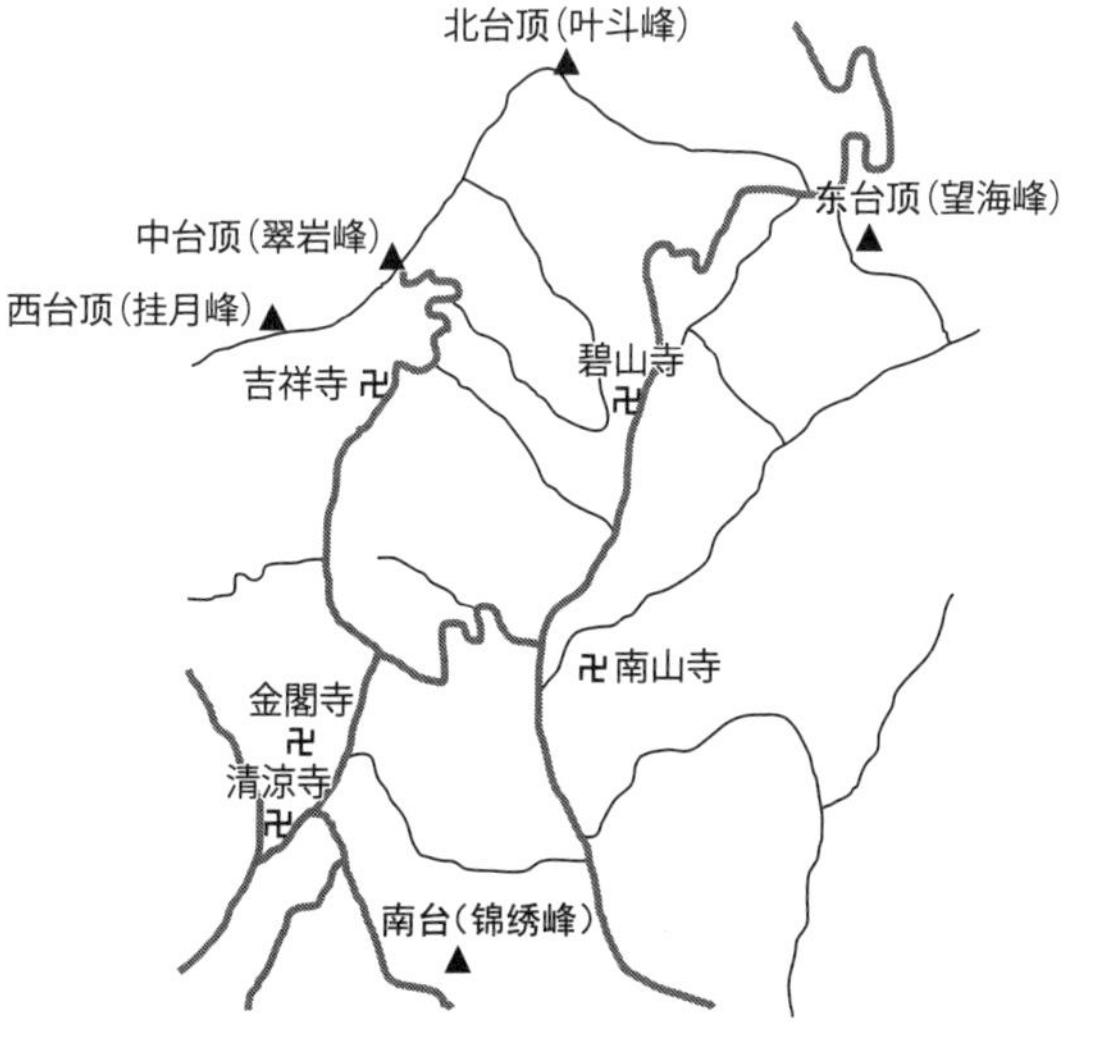

中国五台山 の概要図

垂跡、黎ろの民を抜き済ふ。中、談峯、神仙霊崛。豈に五台と異ならんや。墓所此の地に点めば、子孫大位に昇らん』と。和尚、斯の言を聞きて、五台を拝さんと為し、天智六年丁卯入唐す」

これから、吉野の金峯山が中国の五台山での南台、すなわち锦绣峰《きんしゅうほう》に相当することが分かる。だが、それだけでは何故吉野が特別扱いの場所なのかが分からない。が、吉野が古代には神仙の地と考えられていたとの言葉がヒントになった。吉野の宮滝付近の吉野川の景観は奇岩が連なる独特のものだ。景観というものは、ほぼ水蝕の結果で決まるものである。では水蝕を決定づけるものは何だろう。それは、断層、地質構造そして岩質が主な要因となって決まる。また岩質により化学成分が異なるために植生の変化の原因ともなる。航空写真から水系のパターン分けをし、そこから地質、地質構造を読み取る、航空写真地質なる分野があり、未踏の地の地質の判断に用いられる。

吉野が中国五台山の南台锦绣峰に相当するならその锦绣峰の特徴は何かと考え調べてみた。そして、以下の記述を見つけた。

「南台锦绣峰。五台山的五座主峰、以五方来命名、分别称为东台、北台、西台、南台、中台。其中、东台、北台、西台、中台为一列山脉、南台独立为峰。山石多为片麻岩、大理岩、石英岩组成、强度较大、不易剥蚀。形成了山顶平缓、可降飞机、沟谷纵深」

(簡体字なので日本人には読みにくいが『五台山旅遊』http://www.tydao.com/sxsen/wutai/5nan.htm から句読点以外原文のまま引用した)

南台锦绣峰は中国の道教と仏教の聖地である五台山の主峰であり、他の台が一つの山脈に属するのとは異なり独立峰であると言う。そしてその構成する地質に驚く。何と片麻岩、大理岩などでできていると言うのである。まさしく変成岩なのだ。

変成岩というのは日本では高温低圧型の領家変成帯と低温高圧型の三波川変成帯に認められる。この二つの変成帯は中央構造線を挟んで対峙する形で分布することが多い。

南台锦绣峰にあるという片麻岩とは領家変成帯にある岩石であるがその分布域は限られていることが多い。

さて南台锦绣峰に対比された吉野の地質はどのようなものかを昭和六十年に奈良県が発行した地質図「吉野山」で調べた。元来大きな構造線（断層）や断層帯に沿って大きな河が発達することが多いのだが、吉野川の北には吉野川とほぼ平行に中央構造線が走っている。そして中央構造線から分岐した断層が正に吉野川と重なるように存在することが分かる。吉野川は「断層谷」と言って良いもののようである。吉野川はほぼ東西に流れる川だが地質図の東部ではうねうねと湾曲する。これは東部において北北東—南南西方向の断層群による流路変更と岩質変化及び地層の走向が北西—南東方向に変わったことの影響である。

ともかく吉野は五台山の南台锦绣峰と似通った地質的特徴を持つことが分かった。天武天皇以降の藤原系（北魏渡来系）の天皇が道教の聖地として認識し、吉野行きを重要視していた理由の一端が理解できる。

実際に吉野の宮滝遺跡を訪ねてみた。吉野川が南に湾出したところに建物群があったらしい。吉野川に向かってみて驚いた。緑色というか、エメラルドグリーンというか深い緑の流れの淵が存在する。そして河床には白と黒が縞状になった固い岩石が広がる。良く見れば岩石には白い斑晶部分がまるで流れたかのような配列をしている。片麻岩だ。まさに五台山の南台錦绣峰と同じく片麻岩が露出しているのである。岩石が珍しい片麻岩であるから、川の風景も独特の形状と耀きを持つ。神仙境と考えられたのが良く理解できるのだ。

龍門寺という寺が七世紀後半に吉野川の北側の、龍門岳の南斜面に建立された。藤原氏の氏寺のひとつとして藤原氏の盛隆を祈願してのものである。その性格からであろう岡寺と共に興福寺（藤原氏の氏寺）の所管となっていた。その龍門山はかつて神仙境として名高かったところという。この龍門寺には大伴仙、安曇仙、久米仙という三人の仙人がいたとのことだ。女性の色香に迷って術を失った久米仙人の話は有名である。ともあれ仙人が住んでいたとあるところからは仏教寺院というより道教寺院であったのだろうと思われる。

この竜門山を詠んだ葛野王の漢詩が『懐風藻』に採録されている。その内容からこの竜門山が道教

談山神社、吉野宮滝、山口神社、龍門寺位置図

吉野宮滝付近の河床の岩石

吉野宮滝付近の吉野川の景観

の仙境であることは明らかである。

五言　遊龍門山　一首　　龍門山に遊ぶ
命駕遊山水　　駕を命じ山水に遊び
長忘冠冕情　　長く冠冕の情を忘る
安得王喬道　　安むぞ王喬の道を得む
控鶴入蓬瀛　　鶴を控きて蓬瀛に入む

（注）冠冕　冕板《べんばん》をつけた冠
王喬　中国の周代の仙人。周の第二十三代王、霊王（在位、前五七二年〜前五四五年）の三十八人の子のうちの一人、太子晋のこと。笙の名手でまるで鳳凰が鳴いているかのような音を奏でたという。白い鶴に乗って嵩高山に飛び、三十年後にまた現れるも再び飛び去ったという。
嵩高山《すうこうざん》　五岳の一つに数えられる山。現在の河南省登封市北部にある。崇高にして大なるところから名づけられた。古く夏代にはすでにこの山名があった。
蓬瀛　調べてみると、「蓬莱和瀛洲。神山名、相传为仙人所居之处。亦泛指仙境」とある。維基百科では「瀛洲《えいしゅう》」は「瀛州或作瀛洲。是中國神話中仙人所居的神山。傳說渤海外有三座神山、蓬萊、瀛州、方丈、為神仙居住的地方、自古便是秦始皇、漢武帝求

仙訪藥之處、其上物色皆白、黄金白銀為宮闕、珠軒之樹皆叢生、華實皆有滋味、吃
了能長生不老」とあり、仙人の住む所である。「蓬萊」もまた仙人の住む所だ。

詩の題は「龍門山に遊ぶ」であり、その内容は、

馬車を用意させ山水に遊んだ
お陰で久しく役所での仕事を忘れることができた
どのようにしたら、かの王子喬のように仙人の道を身に付けられるだろうか
（王子喬と同じように）鶴に乗って、東方の海上にあるという蓬萊、瀛州に入らんか

というものだ。作者が道教の徒であることが分かろう。そして吉野という場所を神仙境だと考えていたことが分かろう。

同じく『懐風藻』にある藤原不比等の漢詩を見てほしい。

五言　遊吉野　二首　　吉野に遊ぶ
飛文山水地　　文を飛ばす山水の地
命爵薜蘿中　　爵を命ずる薜蘿の中
漆姫控鶴擧　　漆姫　鶴を控きて擧り

柘媛接魚通
煙光巖上翠
日影湑前紅
翻知玄圃近
對翫入松風

柘媛　魚に接して通ず
煙光　巖上に翠
日影　湑前に紅
翻つて知る　玄圃の近きを
對して翫す　松に入る風を

五言　遊吉野
夏身夏色古
秋津秋氣新
昔者同汾后
今之見吉賓
靈仙駕鶴去
星客乘査返
渚性坥流水
素心開靜仁

吉野に遊ぶ
夏身　夏色古り
秋津　秋氣新た
昔　汾后に同く
今　吉賓を見ゆ
靈仙　鶴に駕して去り
星客　査に乘りて返る
渚性　流水を坥み
素心　靜仁を開く

（注）漆姫《しつき》　仙女の名前
拓媛　仙女の名前。吉野の川の簗で出会った男と情を通じた、との「拓枝伝説」から作った文。

この伝説に関連した和歌三首が「萬葉集」（仙拓枝歌三首、三八五〜三八七番）に載っている。拓は中国山岳部に自生する植物で、「拓枝国」という国が唐の時代にはあった。石国（タシケント辺り）のことで、別名として拓枝、拓折などがあった。「拓枝霾」との仙女が仙境に遊ぶ様子の舞が伝わっていたようである。

玄圃　崑崙にある仙人の居所
汾后　皇帝堯のこと
査　筏のこと

これらから吉野という所が道教での神仙境と認識されていたことが再確認できるであろう。だからこそ、天文遁甲を能くしたという道教の人、天武天皇が六皇子の誓約の地に吉野を選んだのである。吉野での誓約は人に誓うのではなく道教での絶対である「天」に誓うとの極めて強い意味があったと考えられる。

道教の聖地で誓約をするのは理解できることではあるが、それにしても持統天皇の吉野行幸は譲位後の一回を含めれば合計三十二回にも及ぶ。多すぎると誰もが感じる回数にはそれなりの重要な理由があったはずだ。「愛人との逢瀬」などという浅薄な考えではないはずだ。飛鳥浄御原京、藤原京から吉野までは約十五キロの道のりである。歩けば約四時間、騎馬ならば、通常の行軍速度は一分あたり百メートル（常歩）〜三百メートル（速歩）であるから、二時間弱〜一時間弱となる。徒歩での日帰りは困難であるが、騎馬であれば日帰りも十分可能な位置にあると言えよう。

しかし、もし持統天皇が菟野皇女であるとすればその最晩年にまで吉野に出かけるのは難しかったというより無理だったのではないか。持統天皇が菟野皇女だとするのは日本書紀編纂時の歴史改変の結果だと思われる。

持統天皇が漢家本朝の完成のために日の本の国の皇統と、大倭（倭国）の皇統との連結や、北魏皇統の後裔である藤原氏の天皇への連結など歴史改変のための史書編纂事業など藤原京では行えない秘密の仕事をするのを目的にこの龍門寺を造り、そこで古事記や日本書紀の編纂などを進めたと考えている。偽史作成の経緯、内容などについては順次明らかにしていく。

さてこの龍門寺だが、「龍門」との名前にその起源が中国にあるのではないかと思い、調べてみれば、有名な龍門の石窟にたどり着いた。藤原氏の氏寺のひとつとして道教の仙境に造られたのだから、藤原氏、元の高向氏、すなわち北魏皇統の後裔が名付けたとすれば北魏に関係しているのではないかと考えたのである。

すると龍門石窟は、驚くべきことに北魏の孝文帝が、平城（大同）から漢の都であった洛陽に都を移し、強力に漢化政策を押し進めたその時に、洛陽の南十三キロほどの伊川の両岸に造ったものだと分かった。

その龍門石窟には多くの仏像が磨崖仏として刻まれているが、特徴的なのはそこに「造像記」として、仏像を刻んだ目的や経緯を記した文章も刻まれていることである。その中の秀逸なものは「龍門二十品《にじっぽん》」として有名である。

この龍門寺の縁起に関わる記述が今昔物語にあることを知った。日本の学校教育では今昔物語に関してはそういう書物が存在することしか教えない。しかし、多くの寺社の縁起や、例えば乙巳の変の模様なども記載されている。しかも日本書紀や藤氏家伝などとやや内容が異なるのだ。機会をあらためて紹介したい。

ともあれ、『今昔物語』第十一巻の「□始建龍門寺語第三十七」を見てみよう。

驚くことに、題だけがある本文欠話なのである。この本文欠話というものは『今昔物語』には比較的多く認められる。この第三十七のすぐ前にある第三十三及び第三十四も本文欠話である。その題はそれぞれ、「秦河勝始建広隆寺」と「□建法輪寺」とであり、広隆寺は秦河勝が聖徳太子から仏像を下賜され、それを安置するために建てた寺であり、物部守屋を攻め滅ぼした経緯に関係する。また法輪寺は『日本古典文學大系』では「前語との関係から考えて、ここは大和国生駒郡斑鳩町大字三井にある御井寺を指す。推古天皇三十年、聖徳太子の御悩平癒の為、山背大兄王が創立」としている由。どうも、聖徳太子関係を始め何か意図的に欠文にすべく手が加わったように見える。本文だけを欠文とし、題を残す、ただし一部を欠字の如く取り扱うなど逆に「何か秘密がある」と知らせているようにも感じられる。

さて、『日本古典文学全集　今昔物語』（小学館）の第十三巻の第三十三語は「竜聞法花読誦依持者語降雨死語」である。「竜苑寺の僧の法華講説を聴聞した龍が、報恩のため、一命を捨てて大雨を降らせ、僧の難儀と天下の旱魃を救ったという話で、それが同時に、竜海寺以下四寺が竜の冥福を祈って建立されたという縁起譚ともなっている」との解説があるのだが、本文最後部に「此レヲ竜海寺ト云フ。其ノ寺ニシテ竜ノ為ニ法花経ヲ講ズ。亦、竜ノ約ノ如ク、今三所ニモ皆寺ヲ起タリ。此レ皆、天皇ニ奏シテ、力ヲ加ヘ給ヘリ。所謂ル、竜心寺、竜天寺、竜王寺等、此レ也。」とあり、その中に竜門寺は含まれていない。

この吉野の龍門寺は、雨乞いに霊験のあった竜を祀ったのではなく、北魏の孝文帝が洛陽の南に作った龍門の石窟を意識したものと考えるのが妥当であろう。しかし、その謂われを隠す目的で竜のつく多くの寺を同じ謂われで同じく義淵が建立したとの説話を流布せしめたのかもしれない。

第十一巻の「□始建龍門寺語第三十七」の解説には、「醍醐寺本『諸寺縁起集』所収の『竜門寺縁起』には、「有抄物云」として、義淵僧正に師事した皇子（日並智皇子《ひなみしみこ》か）が怨念を抱いて大蛇と化し、ために京中が騒動して外出不能になったので、勅命によって義淵が大蛇を降伏し、後日その菩提をとむらって仏寺を建立したとする」と書いている。竜心寺、竜王寺などの他の「竜○寺」の縁起とは異なることに注意が必要である。草壁皇子が恨みを抱いて大蛇となり京を騒がせたとあるのは草壁皇子が暗殺されたとの本書の説を支持するものである。

（注）「日並智皇子」とは草壁皇子のこと

さて、その龍門寺址を訪ねてみた。吉野川から国道二八号線に入って北上すると伊勢街道から龍門岳に向かう道との分岐点に山口神社がある。この山口神社はかつて龍門大宮と呼ばれたことがあるとのことなので元々は道教寺院だったと思われる。

道を龍門岳方面に取ると、集落の中の細い道が続き、やがて山中の落ち葉に覆われた林道に変化する。しばらく行くと車のターンスペースがあり、そこからは徒歩で上る。やがて右側に「下乗石」が現れる。その側面には「龍門宮」と彫ってあり、「宮」との文字から今昔物語などで「龍門寺」と記述されるが仏教の寺ではなく道教寺院であることが分かる。

さらに進むと左手に「久米仙人窟趾」という石柱がある。久米、大伴、安曇の三人の仙人が仙術の修行をしたのがこの地だという。左下を流れる川に面して久米仙人が住んだ石窟があるようだ。林道の表面も固い岩、片麻岩でできている。

直ぐに左手に大きく二段に落ちる滝が現れた。有名な龍門の滝である。それを越した直ぐの所に「龍門寺塔跡」の標識がある。向かってみれば六・三メートル四方の平坦地があり、中央に心礎、四方に柱の礎石がある。柱の間隔は三・三メートルだ。大きな建物ではないが堅牢な片麻岩の山を削って平坦地を作るのは大工事だったのだろうと想像される。なお、付近には、大門、小門、六角尾、龍空院などの地名が残ることから相当大きな寺院であったようである。また、今昔物語、三代実録、扶桑略記などに散見される記述から吉野川右岸における特殊な寺格を持った寺院であったようだ。

神仙境をただ求めるのなら吉野川の宮滝がそれに相応しい場所だ。実際に仙人が住み、修行した山中に大きな寺院を建てる意義は何であろうか。現在の林道を使ってもアクセスが良いとは言えない場所であれば、藤原不比等の時代に沢沿いに上るにも、食料などを運ぶにも、まして寺院建築資材の搬送、建設作業者の宿泊などにも大きな困難があったと思われる。

大海皇子は壬申の乱直前に出家して僧となって吉野に籠った。出家した僧が女を伴って寺に住むなどということは不可能であろうから、勿論菟野皇女を伴ったとの『日本書紀』の記述は誤りであろう（別途指摘した）。僧が隠棲するには吉野離宮ではなく寺院が必要である。それも大友皇子側から何時刺客が送られてくるか分からぬ状況の中でである。アクセスが困難なところに寺院を設けて、との行動になるのは必然のように思う。

なお、後世（元禄元年）に松尾芭蕉がこの龍門の滝を訪れ俳句を残している。

酒呑みに　語らんかかる　滝の花
龍門の　花や上戸の　土産にせん

さて、龍門寺関係の写真を示しておこう。

龍門の滝

龍門寺の塔の跡

龍門の滝の片麻岩

さて、さらに北に行けば龍門岳に到達するのだが、構成する地質が片麻岩という流理構造（流紋）を示す特殊な岩石なのでその流紋が龍門の語源である可能性もある。

旧伊勢街道まで戻ればそこに山口神社がある。昔は龍門大宮と呼んだというから岳川上流の龍門寺と密接に関係する神社、いや道教寺院のようである。

鳥居をくぐって奥に向かうと巨大と言って良いような普通には見られないほど横幅のある拝殿がある。その拝殿の裏に本殿があるのだがその様子に驚く。春日造りであるばかりでなく彩色、装飾が著しいのだ。

春日造りは春日大社が有名なために「春日」の語が使われたのかもしれないが春日社という語は春日大社以外にも使われていたようである。春日大社は七三七年に藤原不比等の子息四人が揃って天然痘で死去したために、それを中臣氏祖先などの祟りと感じた藤原氏がそれらの神を封じ込めようとした七六八年創建の祟り社である。（『太安万侶の暗号（六）～漢家本朝（中）乙巳の変、そして白村江の敗戦から倭国占領へ～』に併録した「園田豪の『藤原鎌足考』」を参照）

それに比べると吉野山口神社の創建はそれをはるかに遡ると思われる。『懐風藻』に採録されている葛野王の詩、「龍門山に遊ぶ」の存在は葛野王の時代に既に龍門宮、龍門大宮ができていたことを示すものだろう。葛野王は天智天皇八年（六六九年）に生まれ、慶雲二年（七〇六年）に没しているのだから本来なれば春日造りではなくて、龍門造りと呼ぶべきだったのかもしれない。別章に記載する奈良豆比古神社の本殿も春日造りであるが、明らかに元明天皇陵という藤原不比等の墓に対するものであるからその成立は七二〇年ごろ以降であろう。どうやら山口神社（龍門大宮）の方が古いことに間違いはなさそうだ。

春日造りは前に庇が付いているのと、屋根が反っているのが特徴である。その存在は近畿圏に集中し、様式的に大陸建築手法の影響が濃いと指摘されている。すなわち東北に都を持った日の本の国や倭国と呼ばれた関西以西の在地系の神社建築様式とは異なる様式なので、中国からの渡来人によるものだろうと考えられる。

その山口神社の本殿を見ると、周りの垣を含め全体は渡来系氏族のものの特徴、それも道教寺院の特徴である朱塗である。本殿の扉には装飾があり、扉の直上には中央に「梅鉢」紋が金色に輝いている。そしてそれに両側から龍が迫る装飾がなされている。さらに両側には外側に向けて龍の頭部が突き出している。また、本殿の袖の部分には彩色された中国人様の彫刻が存在する。

春日造りであるから屋根は反っている。その様子は藤原氏の氏寺である奈良の興福寺の南円堂を連想させる。日本の古来の神社の屋根は平板で、千木も真っ直ぐ、鰹木は二本から十本までいろいろだが、春日造りの千木はまるで反り返った刀のようだし、鰹木も二本と決まっているようだ。本殿の形そのものも他の神社様式とは異なっている。

さて本殿の扉の上中央の「梅鉢」だが菅原道真を祀る天満宮の紋だと思い込んでいる人が多いようだ。しかしこれは古くから藤原氏の紋でもある。同じ紋が古代オリエントにあったとかで梅ではなく星が元ではないかとも言われる。藤原氏の場合は道教的な仁義礼智信を周囲の五つの星で示し、それらをまとめる徳を中央の輝く太陽で表したのではないかと想像している。

別章で取り上げる奈良豆比古神社と比較してみると、それは元明天皇（藤原不比等）を祀る神社（道教寺院？）であるのに吉野の山口神社（龍門大宮）ときわめて類似性が高いのに気付く。

両神社の写真を見比べてほしい。

気になるものがある。奈良豆比古神社本殿を囲む垣（塀）にある黒い三角形の飾りだ。山口神社の本殿の垣（塀）にもある。となれば藤原氏関係の施設にはあるのではないかと調べてみれば、春日大社の本殿を囲む垣にも、山の辺の道の夜都伎神社にもみられる。それればかりか藤原氏の寺である興福寺の中金堂にも、そしてその屋根瓦にも認められるとのことである。

三角形は何を意味するのか。ヒントは家紋にある。「三つ鱗」の鱗は三角で表されている。元は蛇の鱗だというのだが、龍とは蛇の大きくなったものだというから龍の鱗だとしても良いだろう。しかし、何故鱗が本殿を囲む垣にずらっと並べられているのだろうか。

卑弥呼が魏の明帝から得たという銅鏡がある。三角縁神獣鏡と呼ばれるものだ。三角縁で分かるように銅鏡の縁には三角形が並んでいるのだ。神獣は神仙の住む所に棲息するとされたものである。中

奈良豆比古神社本殿垣の黒色三角による中国風装飾

国の神仙思想を反映した動物だ。そこからは銅鏡の縁にある三角形は神仙の地域の境界を示していると見て良いだろう。すると奈良豆比古神社、山口神社、春日大社などの本殿のある領域は神聖な、換言すれば神仙境ともいうべき空間であることを示すものと考えられる。そこにも藤原氏が道教を国教とし保護した北魏皇統の後裔という性格が良く出ているように思える。因みに道教寺院には鐘楼があるが八角形の堂である。中国の三清宮にも、日本の埼玉県の聖天宮にも二つの八角円堂が建っている。その姿は興福寺の南円堂にそっくりだ。屋根に載る動物の彫り物や、中金堂の鱗文状の装飾など仏教の寺というより道教寺院の要素が強いと感じる。

奈良豆比古神社本殿前の灯篭。「春日社」とある

奈良豆比古神社の灯篭。明かり部分の窓の模様が談山神社拝殿扉の窓の模様と酷似

談山神社拝殿の扉の窓の模様（参考）

奈良豆比古神社の舞殿。談山神社の本殿前の拝殿（舞殿？）と同様に多くの吊り灯篭が特徴的である

奈良豆比古神社
子供神輿にある
藤原氏の下がり藤紋

奈良豆比古神社の
神輿の龍の彫り物

【奈良豆比古神社の本殿と各部の拡大写真】

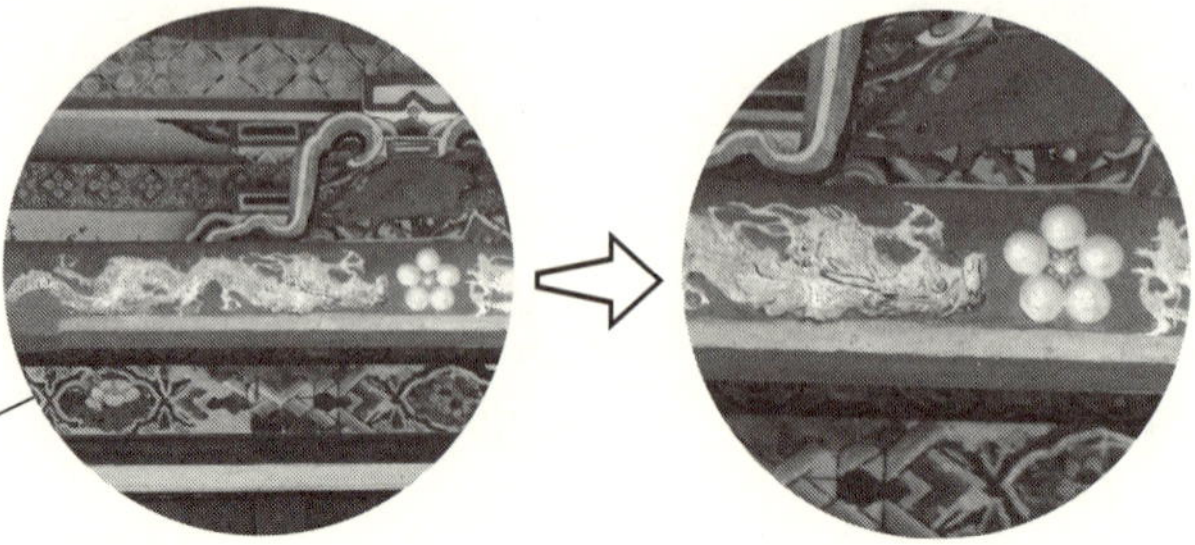

鱗文状装飾

奈良豆比古神社本殿垣
（参考）

春日大社本殿垣の鱗文状飾り
（参考）

【山口神社（龍門大宮）本殿と各部の拡大写真】

八．独身だった氷高皇女（元正天皇）が首皇子（聖武天皇）を「我が子」と呼んだ謎

元明天皇を後回しにして元正天皇について検討する。元正天皇は日本書紀によれば氷高皇女であり、文武天皇の姉である。先代の元明天皇は文武天皇の母だと言うからこれら両天皇は先に説明した『懐風藻』にある葛野王が主張し、それによって珂瑠皇子が文武天皇として即位したという、親子継承の原則から大きく逸脱しているように見える。『懐風藻』で皇位継承の原則をわざわざ葛野王の話にして説明したのにこの大きな原則破りの矛盾は、日本書紀の皇位継承のストーリーが本当は正しくないと示唆しているようではないか。

氷高皇女は独身であった。子供がいるわけはない。男の天皇ならともかく、女性の天皇の隠し子など隠し通せるはずがない。

ところがこの氷高皇女、すなわち元正天皇はその詔の中で首皇子（聖武天皇）を「我が子」と呼んでいるのである。『続日本紀』の該当部分を示しておこう。

《神亀元年（七二四）二月甲午【辛卯朔四】》二月甲午。天皇禅位於皇太子。

《神亀元年二月採録》天璽国押開豊桜彦天皇〈勝宝感神聖武皇帝〉」天璽国押開豊桜彦天皇。〈謹案勝宝八歳勅曰。太上天皇出家帰仏。更不奉諡。至宝字二年。勅追上此号諡。〉天之真宗豊祖父天皇之皇子也。母曰藤原夫人。贈太政大臣不比等之女也。和銅七年六月。立為皇太子。于時年十四。

《神亀元年（七二四）二月甲午【四】》〇二月甲午。受禅即位於大極殿。大赦天下。詔曰。現神大八洲所知倭根子天皇詔旨〈止〉勅大命〈乎〉親王・諸王・諸臣・百官人等、天下公民、衆聞食宣。高天原〈爾〉神留坐皇親神魯岐・神魯美命、吾孫将知食国天下〈止〉与佐〈斯〉奉〈志〉麻爾麻爾。高天原〈爾〉事波自米而、四方食国天下〈乃〉政〈乎〉、弥高弥広〈爾〉天日嗣〈止〉高御座〈爾〉坐而、大八嶋国所知倭根子天皇〈乃〉大命〈爾〉坐詔〈久〉。此食国天下者、掛畏〈岐〉藤原宮〈爾〉天下所知、美麻斯〈乃〉父〈止〉坐天皇〈乃〉美麻斯〈爾〉賜〈志〉天下之業〈止〉、詔大命〈乎〉、聞食恐〈美〉受賜懼〈理〉坐事〈乎〉、衆聞食宣。可久賜時〈爾〉、美麻斯親王〈乃〉齢〈乃〉弱〈爾〉、荷重〈波〉不堪〈自加止〉所念坐而、皇祖母坐〈志志〉、掛畏〈岐〉我皇天皇〈爾〉授奉〈岐〉。依此而是平城大宮〈爾〉現御神〈止〉坐而、大八嶋国所知而、霊亀元年〈爾〉、此〈乃〉天日嗣高御座之業食国天下之政〈乎〉、朕〈爾〉授賜譲賜而、教賜詔賜〈都良久。〉挂畏淡海大津宮御宇倭根子天皇〈乃〉、万世〈爾〉不改常典〈止〉、立賜敷賜〈閉留〉随法、後遂者我子〈爾〉、佐太加〈爾〉牟倶佐加〈爾〉、無過事授賜〈止〉、負賜詔賜〈比志爾〉、依〈弖〉今授賜〈牟止〉所念坐間〈爾〉去年九月、天地[redacted]大瑞物顕来〈理〉。又四方食国〈乃〉年実豊〈爾〉、牟倶佐加〈爾〉得在〈止〉見賜而、随神〈母〉所念行〈爾〉、于都斯〈久母〉、皇朕〈賀〉御世当、顕見〈留〉物〈爾〉者不在。今将嗣座御世名〈乎〉記而、応来顕来〈留〉物〈爾〉在〈良志止〉所念坐而。今神亀二字御世〈乃〉年名〈止〉定〈氐〉改養老八年為神亀元年而、天日嗣高御座食国天下之業〈乎〉、吾子美麻斯王〈爾〉、授賜譲賜〈止〉詔天皇大命〈乎〉、頂受賜恐〈美〉持而、辞啓者。天皇大命恐、被賜仕奉者拙〈久〉劣而無所知。進〈母〉不知退〈母〉不知、天地之心〈母〉労〈久〉重、百官之情〈母〉辱愧〈美奈母〉、随神所念坐。故親王等始而王臣汝等、清〈支〉明〈支〉正〈支〉直〈支〉心以、皇朝〈乎〉穴〈奈比〉扶奉而、天下公民〈乎〉奏賜〈止〉詔命、衆聞食宣。辞別詔〈久〉、遠皇祖御世始而、中・今〈爾〉至〈麻氐〉天日嗣〈止〉高御座〈爾〉坐而、此食国天下〈乎〉撫賜慈賜〈波久波〉。時時状状〈爾〉従而、治賜慈賜来業〈止〉、随神所念行〈須〉。是以、宜天下〈乎〉慈賜治賜〈久〉、大赦天下。内外文武職事及五位已上為父後者。授勲一級。賜高年百歳已上穀一石五斗。九十已上一石。八十已上并〓〓独不能自存者五斗。孝子。順孫。義夫。節婦。咸表門閭。終身勿事。天下兵士減今年調半。京畿悉免之。又官官仕奉韓人部一人二人〈爾〉、其負而可仕奉姓名賜。又百官官人及京下僧尼、大御手物取賜治賜〈久止〉詔天皇御命、衆聞食宣。是日。一品舎人親王益封五百戸。二品新田部親王授一品。従二位長屋王正二位。正三位多治比真人池守益封五十戸。従三位巨勢朝臣邑治。大伴宿禰多比等。藤原朝臣武智麻呂。藤原朝臣房前並正三位。並益封賜物。」又以右大臣正二位長屋王為左大臣。

この詔（宣命）の中の次の部分に注目したい。

「挂畏淡海大津宮御宇倭根子天皇〈乃〉、万世〈爾〉不改常典〈止〉、立賜敷賜〈閉留〉随法、後遂者我子〈爾〉、佐太加〈爾〉牟倶佐加〈爾〉、無過事授賜〈止〉、負賜詔賜〈比志爾〉、依〈弖〉今授賜〈牟止〉所念坐間〈爾〉去年九月」

これを読みやすくすれば、

「掛畏（かけまくもかしこき）淡海（あふみの）大津宮（おほつのみやに）御宇（あめのしたしろしめしし）倭根子天皇（天智天皇）乃　万世爾（よろずよに）不改（かはるまじき）常典止（つねののりと）立賜敷賜閉留随法（のりのまにまに）後遂者（のちつひには）我子爾（あがこに）佐太加爾（さだかに）牟倶佐加爾（むくさかに）無過事（あやまつことなく）授賜止　負賜（おほせたまひ）詔賜比志爾（のりたまひしに）依弖（よりて）今授賜牟止所念坐間爾（おもほしますあひだに）」去年（こぞの）九月（ながつき）」

となる。

すなわち、天智天皇が「万世変わることなしとして定めた法」によって我が子に帝位を継がせる、と言っているのである。

注目点の一つが、親子に帝位を継いでいくのが万世の決まりだという認識である。そしてその決まりにのっとって我が子に帝位を継承させるとの詔の中で明言しているのだ。

そうであれば先代の元正天皇は聖武天皇の伯母（氷高皇女）ではなく母でなくてはならない。

さらに、天平十五年に皇太后として出した詔の中でも「吾が子」と呼んでいる。その部分を引用すれば、

「於是。太上天皇詔報曰。現神御大八洲我子天皇〈乃〉掛〈母〉畏〈伎〉天皇朝廷〈乃〉始賜〈比〉

造賜〈弊留〉宝国宝〈等之弖〉此王〈乎〉令供奉賜〈波〉」

とある。「我子天皇」と明記しているのである。元正天皇が聖武天皇の母であることは疑いようがない。

さて、首皇子、すなわち聖武天皇の母は文武天皇皇后である藤原宮子である。ならば藤原宮子が元正天皇なのか。

第三章で取り上げた『宋史　日本傳』の記載を再掲すると、

「天智天皇　次天武天皇　次持總天皇　次文武天皇　次阿閉天皇　次皈依天皇　次聖武天皇」

阿閉天皇とは元明天皇のことだから元正天皇が「皈依天皇」に相当する。「皈依天皇」の名前は日本書紀には勿論、舊唐書にも新唐書にも出てこない。第三章で触れたが、岩波文庫での注は「皈依天皇」について「元正天皇の事」と書いているが何故そうなのかにはまったく触れていない。

「皈依天皇」とはどういう意味だろうか。「皈」という漢字は先にも述べたように「帰」と同じである。皈などという文字を使って分かりにくくしているが「帰依」とすれば意味は明白だ。帰依の対象は通常仏法僧である。帰依天皇というからには相当に仏法僧にのめり込んだ人のはずである。

そこで聖武天皇を我が子と呼んだことから、聖武天皇の母である藤原宮子を調べてみると。この人は体が弱く病気がちだった。そして或る僧に病気平癒の祈祷を頼んだところ効果抜群であったとか。

この僧の名前を玄昉という。

　この玄昉については続日本紀の天平十八年六月の所に記述がある。

「己亥(十八日)。僧玄昉己亥。僧死。玄昉俗姓阿刀氏。霊亀二年、入唐学問。唐天子、尊昉。准三品、令着紫袈裟。天平七年、随大使多治比真人広成還帰。齎経論五千余巻及諸仏像来。皇朝、亦施紫袈裟着之。尊為僧正。安置内道場。自是之後。栄寵日盛。稍乖沙門之行。時人悪之。至是、死於徙所。世相伝云。為藤原広嗣霊所害」


　この玄昉に紫の袈裟を与えた唐の天子とは玄宗のことである。玄昉は天平七年（七三五年）に帰国し、天平九年（七三七年）に僧正に任ぜられ、内道場と呼ぶ、内裏内の仏事を行う場所に入った。そして病気平癒の祈祷によって藤原宮子の長年の病を癒えさせた。藤原宮子は玄昉にべったりとなり、男女の関係に至ったとされている。そして聖武天皇となった首皇子も母、宮子の影響もあってか玄昉を寵愛した。また、聖武天皇の皇后、藤原光明子とも割りない仲となったとも言われている。そして朝廷内での権力を握る。その行状と権力欲に対する批判も強く、玄昉排斥のために藤原広嗣が天平十二年（七四〇年）に九州で藤原広嗣の乱を起こしたほどである。しかし、藤原仲麻呂が権力を手にすると、天平十七年（七四五年）には筑紫の観世音寺別当に左遷され、天平十八年に筑紫で死去した。

　南無帰依仏、南無帰依法、南無帰依僧と唱える仏法僧という三宝への帰依というより、帰依玄昉になった藤原宮子はまさしく『宋史』にいう「帰依天皇」に相応しいのである。藤原宮子が帰依天皇、すなわち元正天皇であるとすれば元正天皇が聖武天皇を「我が子」と呼んだことに何の不思議もないのである。

すなわち元正天皇とは文武天皇の皇后で、聖武天皇の母である藤原宮子だと結論付けられる。そして藤原宮子は藤原不比等の女であることに留意が必要である。

文武天皇、つまり珂瑠皇子が先の考察による、藤原不比等と元天武天皇の妃で、藤原鎌足の女の五百重娘との間の子であるとすれば、これも藤原不比等の子である。つまり、文武天皇、元正（帰依）天皇共に藤原不比等の子供ということになる。藤原不比等の力はまさにキングメーカーと言うにふさわしいものだったと考えられる。

九．藤原不比等の正体

藤原不比等に関する日本書紀の記述は多いとは言えない。そのために藤原不比等が長らく下積みにあり、縣犬養（橘）三千代のお陰で出世したなどと説く専門家もいるようだ。しかし、記述が少ないから政権の中央にいなかったと考えるのは早とちりに近いのではないか。それが藤原不比等の策略だとしても。

藤原不比等の表向きと言うか、史書に記載されていることからその人生の概略をまとめれば次のようになる。

西暦	月日	事柄	年齢
六五九年		誕生	1
六六九年	十月十六日	父、藤原鎌足死去	11
六七二年		異母兄、天智天皇崩御。壬申の乱	14
六八〇年		藤原武智麻呂誕生	22
六八一年		藤原房前誕生	23
六八三年		珂瑠皇子誕生	25
六八四年		八色の姓を制定	
六八六年		同母系（?）、天武天皇崩御。大津皇子死去	28
六八八年	二月二十六日	直広肆（従五位下）判事	30
		直広弐（従四位下）	
六八九年		草壁皇子死去（二十七歳）	31
六九一年		大三輪、雀部、石上、藤原、石川、巨勢、膳部、春日、上毛野、大伴、紀伊、平群、羽田、阿倍、佐伯、采女、穂積、阿曇の十八氏に命じて、祖の墓記等を提出させる	
六九四年		藤原宇合誕生	36
六九五年		藤原麻呂誕生	37

六九六年		高市皇子死去（四十二歳）	38
六九七年		文武天皇即位（珂瑠皇子）。藤原宮子入内	39
		中納言	
六九九年		弓削皇子死去（二十六歳）	41
七〇一年	三月二十一日	正三位大納言	43
	十二月二十七日	首皇子（文武天皇と藤原宮子の子、後の聖武天皇）誕生	
	？	縣犬養（橘）三千代、不比等の後妻となる	
七〇二年		忍壁皇子死去	44
七〇三年		菟野皇女（持統天皇）死去	45
七〇四年		従二位	46
七〇六年		葛野王死去	48
七〇七年		文武天皇崩御。元明天皇即位（四十八歳）	49
七〇八年		右大臣	50
七一二年		古事記完成	
七二〇年		日本書紀完成	
七二〇年	八月三日	藤原不比等死去。（十月二十三日）贈正一位太政大臣	62
七二一年		元明天皇崩御（六十一歳）	

『尊卑分脈』の「不比等傳」には、

「内大臣鎌足第二子也、斉明天皇五年生公、有所避事、便養於山科田邊史大隅等家、其以名史也、母車持國子君之女、與志古娘也、公官仕至右大臣正二位、慶雲二年十月、公於宮城東第、設維摩会遺跡、莫廃此会、毎年十月十日始、至十六日畢、即先考内大臣之忌日也、慶雲四年、文武天皇殊恩拝太政大臣、公固辞不受、元正天皇御宇、養老二年、詔任太政大臣、公固辞不受、四年秋、忠意不快、旬日之後、気力漸徹、天皇臨終頻加救體、皇太子眷属類宿、及遺、云々、賜度者九十八人、八月一日、詔曰、云々、大赦天下、以數所患、二日令都下四十八寺、一日一夜轉讀薬師経、云々、三日薨、年六十二、帝為之廢朝擧哀、云々、十日詔贈太政大臣正一位、賜謚曰、文忠公、食封数人並如全生、寶字四年八月七日、勅曰、云々、宜同薺大公故事、追以近江國十二郡、封為淡海公、餘官如故、」

とある。

「斉明天皇五年生公、有所避事」の部分を、「公（おおやけ）を避ける所の事ありて」と無理に読んだものかと思われる解釈をするものがいるようだ。しかしこの場合の「公」は「おおやけ」ではなく「淡海公」の略としての「公」である。すなわち、出生に関して表に出せないことがあるのではなく、藤原不比等そのもの、全体に表に出せないことがあるとわざわざ書いているのである。まるでこれから先に書いてあることは信用できませんよと言っているようなのだ。

「便養於山科田邊史大隅等家、其以名史也」との最初の記述だが、「山科の田邊史大隅らの家で養育されたから名前を史にした」と言うのだが、田邊史の「史」は渡来系氏族に与えられた姓（カバネ）である。藤原鎌足であると考えられる高向王の高向氏もその姓は「史」である。史は名前になるようなものではない。「史」ではいかにも姓だとして「不比等」と字を替えてもそれが名前であるわけはない。

では何故そのようなことをして本当の名を隠すのか。実は藤原不比等なる人物は相当の非道をしたのではないかと思われるし、藤原宗家の長者でありながらコツコツ地位を進めていったようにその歴史を造られた人物のようである。

藤原不比等の女の光明子は聖武天皇の皇后だが、この光明子が建てた寺が法華寺である。東大寺が総国分寺であるのに対し、法華寺は総国分尼寺と言うからその格式は高い。余り知られていないが法華寺の本来の名称は「法華滅罪寺」である。そしてその建立された場所と言うか、最初の建物は藤原不比等の居宅であったと言う。「法華滅罪寺」の「滅罪」の語の奥にある藤原不比等にまつわる滅罪すべき事績があるように思われる。探ろうと考えて『今昔物語』第十一巻の「光明皇后建法華寺為尼寺語第十九」を開いてみたのだが、直後の「聖徳太子達法隆寺語第二十」と共に題目だけで本文欠話であった。調べたいもの、歴史に疑問に感じるものが次々に「本文欠話」である状態は、何者かが意図的に消し去ったように思える。「始めに」で書いたように消し去ったものが何を消したのかが分からなくならないように題目を残したと考えるのが理解しやすい。題目の中の個人を特定する部分、すなわち名前だけをさらに欠字にしている様子も意図的再編集が行われた形跡なのだろう。

父は一様に藤原鎌足としているので問題ないが、「母車持《くらもち》國子君之女、與志古娘也」がまた問題である。

車持夫人は懐妊中に孝徳天皇（輕皇子）から藤原鎌足に下賜された。そして、その子が定恵である。定恵が壇山神社（談山神社）に十三重の塔と方丈を建て、藤原鎌足を祀ったことは確実だと思われる。『太安万侶の暗号（六）～漢家本朝（中）乙巳の変、そして白村江の敗戦から倭国占領へ～』の六十七～六十八頁に載せた（注）を以下に引用する。

孝徳天皇の妃、『阿倍氏』（車持夫人）に関して日本書紀は皇極三年春正月の条に、

「輕皇子、深識中臣鎌子連之意氣高逸容止難犯、乃使寵妃阿倍氏、淨掃別殿、高舗新蓐、靡不具給、敬重特異。中臣鎌子連、便感所遇、而語舍人曰、殊奉恩澤、過前所望、誰能不使王天下耶。謂充舍人爲駈使也。舍人、便以所語、陳於皇子、皇子大悦」

との記述を書き入れている。すなわち「寵妃阿倍氏を使いたまひて、別殿を浄め掃へて、新しき蓐《ねどこ》を高く鋪《し》きて、具に給がずといふこと靡からしめたまふ。敬び重めたまふこと特に異なり……」の部分は、高向鎌足にこの寵妃を提供していたことを暗に述べているようである。そしてこの寵妃の下賜と生まれた子、定恵（真人）については『多武峯縁起』に詳しく記述されている。ちなみに「真人」は天皇の親族だけに用いるカバネであり、定恵が孝徳天皇の子であることを示している。『多武峯縁起』の該当する詞書を以下に引用しておく。

同日以中臣連授大錦冠、并授
内臣年三十一。内臣者、准大臣位也。又
封二千戸、軍国機要、任公処分。
又賜懐妊寵姫号車持夫人、然其孕
已六箇月。詔曰、生子若男為臣。
子、若女為朕子。堅守而送。四ヶ
月、生子男也。定恵和尚是也。
私案、定恵降誕、若在孝徳儲立時歟。
白雉四年癸巳、入唐之由、見日本書紀之故也。

定恵の生誕は皇極天皇二年（六四三）であり、藤原不比等が生まれたのは斉明天皇五年（六五九年）だから十六年の差がある。同じ車持與志古娘がこの時代に十六年歳の離れた子供を生んだとは考えにくい。

それに、定恵を生んだ車持與志古娘は孝徳天皇の夫人であり、藤原不比等を生んだ車持與志古娘は天智天皇の夫人だというのは無理がある話だ。それと言うのも『太安万侶の暗号(六)〜漢家本朝(中)乙巳の変、そして白村江の敗戦から倭国占領へ〜』に併録した「藤原鎌足考」で考察した通り、天智天皇、すなわち中大兄皇子は藤原鎌足と寶皇女（舒明天皇皇后、皇極天皇、斉明天皇）との間に生まれた子であるからだ。「藤原鎌足考」の中のその部分を引用する。

（引用始め）

中大兄皇子（天智天皇）との関係は親子

中大兄皇子と藤原鎌足の関係について考察してみよう。多くの人が第一に疑問に持つのは乙巳の変での蘇我入鹿暗殺の場面での様子だ。中大兄皇子というのだから皇太子であるのだが、その中大兄皇子が蘇我入鹿に立ち向かうのに対して藤原鎌足は後ろで弓矢を構えているだけで暗殺に直接加わっていないのである。中大兄皇子が後ろで指揮をして臣下である藤原鎌足が暗殺実行をするというなら考えやすいとの疑問が提示されることが多い。

その暗殺場面の日本書紀の記述は以下のようである。

「六月丁酉朔甲辰。中大兄、密謂倉山田麻呂臣曰、三韓進調之日必將使卿讀唱其表。遂陳欲斬入鹿之謀、麻呂臣奉許焉。戊申、天皇御大極殿、古人大兄侍焉。中臣鎌子連、知蘇我入鹿臣、爲人多疑、晝夜持劒。而教俳優、方便令解、入鹿臣、咲而解劒、入侍于座。倉山田麻呂臣、進而讀唱三韓表文。於是、中大兄、戒衞門府一時倶鏁十二通門、勿使往來、召聚衞門府於一所、將給祿。時中大兄、卽自執長槍、隱於殿側。中臣鎌子連等、持弓矢而爲助衞。使海犬養連勝麻呂、授箱中兩劒於佐伯連子麻呂與葛城稚犬養連網田、曰、努力努力、急須應斬。子麻呂等、以水送飯、恐而反吐、中臣鎌子連、嘖而使勵。倉山田麻呂臣、恐唱表文將盡而子麻呂等不來、流汗浹身、亂聲動手。鞍作臣、怪而問曰、何故掉戰。山田麻呂對曰、恐近天皇、不覺流汗。中大兄、見子麻呂等畏入鹿威便旋不進、曰、咄嗟。卽共子麻呂等出其不意、以劒傷割入鹿頭肩。入鹿驚起。子麻呂、運手揮劒、傷其一脚。入鹿、轉就御座、叩頭曰、當居嗣位天之子也、臣不知罪、乞垂審察。天皇大驚、詔中大兄曰、不知所作、有何事耶。中大兄、伏地奏曰、鞍作盡滅天宗將傾日位、豈以天孫代鞍作乎。蘇我臣入鹿、更名鞍作。天皇卽起、入於殿中。佐伯連子麻呂、稚犬養連網田、斬入鹿臣。」

藤氏家伝では、

「六月中大兄詐唱三韓上表。時人以為信然。於是謂山田臣曰三韓表文使公読白乗其之怠擬殺入鹿。山田臣許之。策既定矣。戊申帝臨軒。古人大兄侍焉。使舎人急喚入々鹿々起立著履々三廻不著。入鹿心忌之。将還彷徨。舎人頻喚。不得已而馳参。太臣嘗知入鹿多疑昼夜持剣。預教俳優方便令解。入鹿咲而解剣参入侍座。山田臣進読三韓表文。於是中大兄命衛門府一時倶閉十二通門。時中大兄自執長槍隠於殿側。太臣持弓矢為翼衛。賜箱中両剣於佐伯連古麻呂稚犬養連網田曰努々力々一箇打殺。以水送飯咽而反吐。太臣嘖使勤励。山田臣恐表文将尽古麻呂等猶未来而流汗浹身乱声動手。鞍作恠問曰何故慄戦。山田臣曰近侍御前不覚流汗。中大兄見古麻呂等畏入鹿威便旋不進咄嗟之。即与古麻呂出其不意以剣打傷入鹿頭肩。入鹿驚起。古麻呂運手揮剣斬其一脚。入鹿起就御座叩頭曰臣不知罪乞垂審察。天皇大驚詔中大兄曰不知所作有何事邪。中大兄伏地奏曰鞍作尽滅王宗将傾天位。豈以帝子代鞍作乎。天皇起入於殿中。古麻呂等遂誅鞍作焉。是日雨下潦水溢庭以席障子掩鞍作屍也。時論以為応天誅逆」

とある。日本書紀と藤氏家伝の記述を比べると、内容がほぼ完全に一致することが分かる。

しかし微妙に文字を替えているところがある。藤原鎌足が弓矢を持って中大兄皇子を助けるべく見守る場面だ。すなわち、

日本書紀　「中臣鎌子連等、持弓矢而爲助衛」

藤氏家伝　「太臣持弓矢為翼衛」

となっている。

藤原鎌足が中大兄皇子を助けるというシチュエーションは両者同じだが「爲助衛」と「為翼衛」との差がある。助も翼も「助ける」と読むことには変わりがないが、「翼」は「親鳥が翼をもって雛をかばう」との義である。（簡野道明著『字源』）

参考のために小鳥を守る親鳥の姿を示しておこう。

小鳥を自らの体の下に隠して守る親鳥

この唐氏家伝の一文字から、中大兄皇子の部下ならば先頭に立って戦うべきなのに、後ろに控えて見守っていたことに対する疑問が、藤原鎌足が中大兄皇子の父親であると考えることによって氷解す

るのだ。

もう少しその親子関係を示唆するものはないかを探求しよう。取り上げるのは藤原鎌足の死去の際の様子である。

日本書紀では以下のように記述されている。

「冬十月丙午朔乙卯、天皇、幸藤原內大臣家、親問所患、而憂悴極甚、乃詔曰「天道輔仁、何乃虚說。積善餘慶、猶是无徵。若有所須、便可以聞。」對曰「臣既不敏、當復何言。但其葬事、宜用輕易。生則無務於軍國、死則何敢重難」云々。時賢聞而歎曰「此之一言、竊比於往哲之善言矣。大樹將軍之辭賞、詎可同年而語哉。」

庚申、天皇、遣東宮大皇弟於藤原內大臣家、授大織冠與大臣位、仍賜姓爲藤原氏。自此以後、通曰藤原內大臣。辛酉、藤原內大臣薨。日本世記曰「內大臣、春秋五十薨于私第、遷殯於山南。天、何不淑不憖遺耆、嗚呼哀哉。」碑曰「春秋五十有六而薨。」甲子、天皇、幸藤原內大臣家、命大錦上蘇我赤兄臣奉宣恩詔、仍賜金香鑪」

すなわち、記述は簡略であっさりしたものになっている。しかし藤氏家伝では、具体的かつ詳細な記述となっていて、中大兄皇子（天智天皇）の心が読める。

藤原鎌足の死後に天智天皇の使いが届けたのは恩詔と金の香鑪（香炉）であるが、香炉というのは香を焚く道具としての用途だけでなく宗教的に、例えば祈念、誓願、立誓などに用いられた。中国での一例を挙げれば、『梁紀下　元帝』には「初、武帝梦眇目僧执香鑪、称託生王宮」（用いた資料の簡体字を漢字に変換）とある。また日本書紀には天智天皇が病篤くなったときに大友皇子などが忠誠を誓う際の道具として用いられている。日本書紀のその場面の記述は、

「大友皇子在於内裏西殿織佛像前、左大臣蘇我赤兄臣、右大臣中臣金連、蘇我果安臣、巨勢人臣、紀大人臣侍焉。大友皇子、手執香鑪、先起誓盟曰、六人同心奉天皇詔、若有違者必被天罰、云々」

である。そしてそのような場合に香炉は仏教だけではなく、道教でも用いられた。勿論神道でそのような祭器を用いるわけはない。これも藤原鎌足が中臣家のものではないことを強く示唆する。

さて恩詔の内容は日本書紀には記述されていないが藤氏家伝には以下のような全文が載せられている。

「内太臣某朝臣不期之間、忽然薨謝。如何蒼天、殲我良人。痛哉、悲哉、棄朕遠逝。恠矣、惜矣。乖朕永離。何為送別之言、何為不送之語。非諺実是。日夜相携、作伴任使。朕心安定。云為無疑。国家之事、小大倶決。八方寧静、万民無愁。将茲辞為贈語、語鄙陋而不足。嗚々呼々、奈々何々。公、献説廟堂、於民自利。論治帷幄、与朕必合。斯誠千載之一遇也。文王任尚父、漢祖得張良。豈如朕二人哉。是以晨昏握手、愛而不飽。出入同車、遊而有礼。巨川未済、舟楫已沈。大厦始基、棟梁斯折。与誰御国、与誰治民。毎至此念、酸切弥深。但聞、无上大聖猶不得避。故慰痛悼、小得安穏。若死者有

霊、信得奉見先帝及皇后者、奏曰、我先帝陛下、平生之日遊覧淡海及平浦宮処猶如昔日焉。朕毎見此物、未嘗不極目傷心也。一歩不忘、片言不遺。仰望聖徳、伏深係恋。加以、出家帰仏、必有法具。故賜純金香炉。持此香炉、如汝誓願、従観音菩薩之後、到兜率陀天之上、日々夜々、聴弥勒之妙説、朝々暮々、転真如之法輪」

これを読み下せば、

「内大臣、某の朝臣、期《はか》らぬ間に忽然とみまかりぬ。いかにぞ蒼天《あめ》、我が良き人を滅ぼさむ。痛きかも、悲しきかも。朕《われ》をおきて遠く逝けり。恠《あや》しきかも、惜しきかも。朕に背きて永く離れたり。何をか送別《わかれ》の言とし、何をか送らむ語とせむ。諺《あだこと》にはあらずして実《まこと》なること是なり。日夜相携はり、伴となし、使に任ず。朕が心安定なり。云ふことと為すことと疑ひなし。国家の事、小さきことも大ききことも倶《とも》に決めたり。八方寧静にして、万民憂ひなし。茲の辞を贈る語とせむとすれども、語鄙《いや》しく陋《つた》なくして足らず。嗚呼、奈々何々《いかにいかに》。公、説を廟堂に献《すす》むれば、民に自ら利あり。治を帷幕に論《あげつら》へば、朕と必ず合う。斯れ千載の一遇なり。文王は尚父を任じ、漢祖は張良を得たり。豈《あに》朕が二人が如くにあらむや。是を以て、晨《あした》に昏《ゆふべ》に手を握り、愛《むつ》びて飽かず。出で入るに車を同じくし、遊ぶに礼有り。巨き川済《わた》らぬに、船楫《かじ》已に沈みたり。大きき廈《いえ》の基に始むるに、棟梁斯れ折れたり。誰と与《とも》にか国を御し、誰と与にか民を治めむ。此の念ひに至る毎に、酸切《いたま》しきこと弥《いや》深し。但し聞く、无上大聖すら、猶避《まぬか》るることを得ず。故《かれ》、痛き悼《うれ》ひを慰め、小《すこ》しく安穏なることを得たり。若し死者に霊有りて、信に先帝と皇后とに見え奉らむ事を得らば、奏して曰へ。我が先帝陛下、平生の日に、遊覧したまひし淡海の平の浦の宮処とは、猶昔日の如し、と。朕此の物を見る毎に、嘗て目を極め、心を傷めずといふ事あらず。一歩も忘れず。片言も遺れず。仰ぎては聖徳を望み、伏しては係恋を深くす。加以《しかのみならず》、出家して仏に帰らば、必ず法具有り。故、純金の香炉を賜はむ。此の香炉を持ちて、汝の誓願の如く、観音菩薩の後に従ひて、兜率陀天《とそつだてん》の上に到り、日々夜々、弥勒の妙説を聴き、朝々暮々、真如の法輪を転《まわ》せ」

となる。この哀切に満ちた恩詔を読めば、これは天皇が部下に贈るようなものでないことは誰にでも理解できることだろう。

また、「出家して仏に帰らば、必ず法具有り。故、純金の香炉を賜はむ。此の香炉を持ちて、汝の誓願の如く、観音菩薩の後に従ひて、兜率陀天《とそつだてん》の上に到り、日々夜々、弥勒の妙説を聴き、朝々暮々、真如の法輪を転《まわ》せ」からは藤原鎌足が神道のものではないことが明らかであり、中臣氏の一員であるとは到底考えられない。

藤氏家伝には他にも中大兄皇子（天智天皇）と藤原鎌足が親子関係だと思わせる描写が存在する。

藤原鎌足の死の直前の様子は、

「即位二年冬十月稍纏沈痾遂至大漸。帝臨私第親問所患。請命上帝求効。翌日而誓願無徴病患弥重。即詔曰若有所思便可以聞。太臣対曰臣既不敏。敢当何言。但其葬事願用軽易。生則無益於軍国死何有労於百姓。即臥復無言矣。帝哽咽悲不自勝。即時還宮」

と天智天皇が藤原鎌足の屋敷に出向き、病床の傍らにより、話しかけ、その姿に涙し、むせび泣く様子はまさしく天智天皇が藤原鎌足の子であることをやはり暗示している。

藤氏家伝では藤原鎌足の葬送の日に「路経闕下親御素服歩臨勅令輟挽対轜号泣感噎」、すなわち「闕《みかど》の下を通るときに、(天智天皇)自ら素服《あさのみそ》を着て近寄り、葬送の車を停めさせ、その車に向かって号泣し、むせび泣いた」と続くのだがその様子も尋常ではない。これも実の親子関係を強く暗示するものである。

さて天智天皇(中大兄皇子)は舒明天皇と寶皇女との間に生まれたとされているが。極めて疑わしい。

『日本書紀　斉明紀』の冒頭には、

「天豐財重日足姫天皇、初適於橘豐日天皇之孫高向王而生漢皇子、後適於息長足日廣額天皇而生二男一女、二年立爲皇后、見息長足日廣額天皇紀。十三年冬十月、息長足日廣額天皇崩、明年正月、皇后卽天皇位。改元四年六月、讓位於天萬豐日天皇、稱天豐財重日足姫天皇曰皇祖母尊。天萬豐日天皇、後五年十月崩」

とあり、寶皇女は元々高向王の妃であり、漢皇子を生んだとある。そして舒明天皇の皇后となって二男一女を生んだとある。

しかし寶皇女が舒明天皇の皇后となった時は既に三十七歳であった。高向氏は魏の曹操の末と称したこと、姓が史であり、高向王との間の子供が漢皇子というから紛うかたなき中国系渡来人氏族である。前夫のある皇后を持つ天皇がいたことは確かだが、中国系渡来人の妻となり子をなしたものを皇后にするなど例がない。まして三十七歳ともなれば、天皇が皇后に望んだとは到底考えられない。特別な力が働いて皇后を押し付けられたと理解する方が自然である。

また、死亡率の高い乳幼児時期を過ぎたものの平均寿命が三十歳前後とも言われる時代にあって、三十七歳の皇后がそれから二男一女を生んだというのは到底無理な話ではないだろうか。前夫、高向王との間の子を舒明天皇との間の子であると、これも無理やりにそう記述したのではないだろうか。

中大兄皇子は本名は葛城であり、寶皇女が舒明天皇との間に設けた子供のうちの長男であるとされている。また、「大兄」というのは皇位継承権者を意味し、通常は長男がそれにあたる。中大兄皇子という呼称自体が珍しいが、その名称からは中大兄皇子に兄がいたことを示している。

また、中大兄皇子（天智天皇）の振る舞い、行動からは、中国系の気配が強い。それは中大兄皇子が藤原鎌足と寶皇女との間の子であれば当然である。筆者は記述が残る藤原鎌足と寶皇女の子、漢皇子こそ中大兄皇子であったのだろうと考えている。倭国のものが百済なりに駐在した時に現地の女性との間に設けた子供を総称して「韓子」と呼んだ。そうであれば中国系渡来人との間に生まれた子を「漢子」と呼んだのではないだろうか。そして父親が高向王となった時にはその子を「漢皇子」と呼んだとしてもおかしくはないだろう。「漢皇子」これも本名ではない。藤原鎌足につながる人物には意図的にベールがかぶせられ、追跡を困難にさせているように見える。

そして藤原鎌足（高向王）には高向氏の妻や、妃が複数いたものと思われる。
（引用おわり）

勿論、藤原氏が中臣氏という神道系の氏族のものという話は出自をごまかすための作り話に過ぎないがそれについても「藤原鎌足考」を参照願いたい。

ついでに若干触れておくが、乙巳の変で蘇我入鹿が殺される場面の様子は『今昔物語』では異なっている。それぱかりか藤原不比等を中大兄皇子の子とも記している。以下に第二十二巻の「大織冠始賜藤原姓語第一」を部分的に引用しよう。

「大織冠自ラ大刀ヲ抜キ、走リ寄テ、入鹿ガ肩ヲ打チ落シ給ヒツレバ、入鹿走リ逃ルヲ、御子大刀ヲ以テ入鹿ガ頸ヲ打落シ給ヒツ。…（中略）…其ノ後、天皇程無ク失サセ給ヌレバ、御子位ニ即セ給ヒヌ。天智天皇ト申ス此レ也。…（中略）…天皇偏ニ此ノ内大臣ヲ寵愛シテ、国ノ政ヲ任セ給ヒ、后ヲ譲リ給フ。其ノ妃本ヨリ懐妊シテ大臣ノ家ニテ産メル、所謂ル多峰ノ定恵和尚ト申ス、此レ也。其ノ後、亦、大臣ノ御子ヲ産メリ。所謂ル淡海公、此レ也。」

この記述では乙巳の変の場面で、蘇我入鹿に切りつけたのは何と（藤原）鎌足であり、その後中大兄皇子が首を切り落とした話になっている。また引用しなかったが三韓の表を読み上げたのは中大兄皇子ということになっている。『藤氏家伝』『日本書紀』『今昔物語』の記述を比較すれば次の表のようになる。

史料	三韓の表奏上者	入鹿に切りつけたもの	藤原鎌足の立ち位置
藤氏家伝	蘇我倉山田石川麻呂	佐伯連子麻呂	中大兄皇子の後ろで弓矢を持って見守る。「翼衛する」
多武峯縁起	蘇我倉山田石川麻呂	佐伯連子麻呂（葛城稚犬養連網田）	中大兄皇子の後ろで弓矢を持って羽翼と為す
日本書紀	蘇我倉山田石川麻呂	佐伯連子麻呂	中大兄皇子の後ろで弓矢を持って見守る。「助衛する」
今昔物語	中大兄皇子	藤原鎌足	中大兄皇子の家来の如く先頭に立って切りかけた

　この変化を見れば明らかに後に史実を改変して、中大兄皇子が大いに働き、その先に立って藤原鎌足が家来として蘇我入鹿に一番に立ち向かったとしたことが分かる。

『今昔物語』では乙巳の変の後の天皇が天智天皇だとし、藤原鎌足に妃を賜り、その妃が懐妊していたのが定恵で、そののちに藤原鎌足との間にできたのが不比等だと説明している。

つまり乙巳の変の後の孝徳天皇も斉明天皇も存在せずいきなり天智天皇が即位したとしているのだからまったく信用できない。

『新唐書　東夷　日本』の記述、「永徽初　其王孝徳即位改元曰白雉　獻虎魄大如斗碼碯若五升器時新羅爲高麗百濟所暴　高宗賜璽書　令出兵援新羅　未幾孝徳死　其子天豐財立　死　子天智立」により永徽年間（六五〇～六五五年）の始めに孝徳帝が存在し、唐に遣使したことは明らかで、その後、天豊財（寶皇女）が即位したとあり、さらにそののちに天智天皇になったと記述しているのである。

藤原不比等が天智天皇の子であるのは間違いであることが明白である。

しかしながら同様の話はこの『今昔物語』にとどまらない。『大鏡』は藤原氏の栄華の歴史を主題にしたものだがその中の「藤原氏物語」にはまた似て非なることが書いてある。引用してみよう。

「ただし、この鎌足のおとどを、この天智天皇いとかしこくときめかし思して、わが女御一人をこの大臣《おとど》に譲らしめ給ひつ。その女御ただにもあらず、孕み給ひにければ、帝の思し召し宣ひけるやう、この女御の孕める子、男ならば臣が子とせむ、女ならば朕が子とせむと思して、かの大臣に仰せられけるやう、「男ならば大臣の子とせよ。女ならば朕が子にせむ」と契らしめ給へりけるに、この御子、男にて生れ給へりければ、内大臣の御子とし給ふ。この大臣は、もとより男一人、女一人をぞ、持ち奉り給へりける。この御腹に、さしつづき女二人、男二人生れ給ひぬ。その姫君、天智天皇《てんわう》の皇子、大友皇子と申ししが、太政大臣の位にて、次にはやがて同じ年のうちに帝となり給ひて、天武天皇と申しける帝の女御にて、二所ながらさしつづき御座しけり。

大臣《おとど》のもとの太郎君をば、中臣意美麿とて、宰相までなり給へりし、右大臣までなり給ひて、藤原不比等のおとどとて御座しけり。天智天皇の御子の孕まれ給へり給へり。鎌足のおとどの三郎は宇合とぞ申しける。四郎は麿と申しき。先せ給ひて後、贈太政大臣になりまでぞなり給へる。かくて鎌足のおとどは、天智天皇の御時、藤原の姓賜はり給ひし年ぞ、この男君たち、皆宰相ばかり給ひける。内大臣の位にて、二十五年ぞ御座しましける。太政大臣になり給はねど、藤氏の出で始めのやむごとなきによりて、失せさせ給へる後の御いみな、淡海公と申しけり」

この繁樹《しげき》がいふやう、「大織冠をば、いかでか淡海公と申さむ。大織冠は大臣の位にて二十五年、御年五十六にてなむかくれ御座しましける。ぬしののたぶことも、天の川をかき流すやうに侍れど、折々かかる僻事のまじりたる。されども、誰かまた、かうは語らむな。仏在世の浄名居士とおぼえ給ふ物かな」といへば、世継がいはく、

「昔、唐国に、孔子と申す物知り、宣ひけるやう侍り。

「智者は千のおもひはかり、かならず一つあやまちあり」とあれば、世継、年百歳に多くあまり、二百歳にたらぬほどにて、かくまでは問《と》はず語り申すは、昔の人にも劣らざりけるにやあらむ、となむおぼゆる」といへば、繁樹、「しかしか。誠に申すべき方なくこそ興あり、おもしろくおぼえ侍れ」とて、かつは涙をおしのごひなむ感ずる、誠にいひてもあまりにぞおぼゆるや。

世継「御子の右大臣不比等のおとど、実は天智天皇の御子なり。されど、鎌足のおとどの二郎になり給へり。この不比等のおとどの御名より始め、なべてならず御座しましけり。「ならびひとしからず」とつけられ給へる名にてぞ、この文字は侍りける。この不比等のおとどの御男君たち二人ぞ御座

しける。太郎は武智麿と聞えて、左大臣までなり給へり。二郎は房前と申して、宰相までなり給へり。この不比等のおとどの御女二人御座しけり。一所は、聖武天皇の御母后、光明皇后としける。いま一所の御女は、聖武天皇の女御にて、女親王をぞうみ奉り給へりける。女御子を、聖武天皇、女帝にすゑ奉り給ひてけり。この女帝をば、高野の女帝と申しけり。二度位につかせ給ひたりける。

さて、不比等のおとどの男子二人、また御弟二人とを、四家となづけて、皆門わかち給へりけり。その武智麿をば南家となづけ、二郎房前をば北家となづけ、御はらからの宇合の式部卿をば式家となづけ、その弟の麿をば京家となづけ給ひて、これを、藤氏の四家とはなづけられたるなりけり。この四家よりあまたのさまざまの国王・大臣・公卿多く出で給ひて栄え御座します。しかあれど、北家の末、今に枝ひろごり給へり。その御つづきを、また一筋に申すべきなり。絶えにたる方をば申さじ。人ならぬほどのものどもは、その御末にもや侍らむ。」

藤原鎌足の子孫関係を要約すると、

「藤原鎌足にはもともと男と女の一人ずつの子供がいた。天智天皇の懐妊中の女御の一人が藤原鎌足に与えられ、生まれた子は男の子であった。これが藤原不比等だと言う。そしてその女御はその後に、女二人、男二人を生んだ。既に懐妊していた子は男子で、約束通り藤原鎌足の子供となった。それが藤原不比等である。天智天皇の別の皇子である大友皇子が太政大臣となり、そして後に天皇となった。藤これを天武天皇と言うが、ここでの後に生まれた女二人は二人ともその天武天皇の女御になった。藤原鎌足の元々いた男の子供、つまり長男は中臣意美麿と言って宰相にまで出世した。次男は、天智天皇が女御にはらませた子で藤原不比等である。三男は藤原宇合であり、四男は藤原麿である。」

そしてその続きには、

「藤原不比等には藤原武智麻呂と藤原房前の二人の男の子がいた。また、二人の娘のうち一人は聖武天皇の御母后、光明皇后と言い、もう一人は聖武天皇の女御だった」

とあるのである。また「不比等」の名の由来を、「ならびひとしからず」すなわち「比び等しからず」から来たものと述べている。

『日本古典文学全集』（小学館）の頭注を見ると、天智天皇から下賜された女御が後に産んだ男二人、女二人について、

「『女二人』は、氷上娘と五百重娘『男二人』は不比等と定恵」

と書いている。何とも不可解な頭注である。懐妊中の女御が男の子（不比等）を生んだので藤原鎌足の子とした。そして「さしつづき女二人男二人生まれ給ひぬ」とあるのだから後に生まれた二人の男の子のうちの一人が不比等であるわけがない。校注者がたとえ権威と呼ばれる人であっても盲目的に信じるべきではないと感じる。

この大鏡の記述を系図にして矛盾点を明示しようかとも考えたが、次のように指摘すれば信用できぬことはたちどころに分かるだろうから止めた。

一　大友皇子が天武天皇になった

二　藤原宇合と藤原麻呂が藤原鎌足の子

大友皇子は壬申の乱で滅ぼされた天智天皇の子であるし、藤原宇合と藤原麿の生年はそれぞれ、六九四年と六九五年であり、六六九年に死去した藤原鎌足の子供でなどあるわけがない。藤原氏の栄華を主題にした『大鏡』の記述がこれほど虚構に満ちているとは驚きだが、先に述べたように『尊卑分脈』の藤原不比等に関する記述も間違っている。ただし「本当のことは書けない」と断っているような一文が存在するのだからまだ許せるか。

また『神皇正統記』や『愚管抄』などはほぼ日本書紀と同様の記述内容になっている。では『尊卑分脈』や『大鏡』において何故このような歴史改変ともいうべきことを書いたのかが問題になるが、その理由は後章で説明する。

ここでは『愚管抄』にある興味深い記述を余談ながら紹介しておこう。天武天皇の記述の部分に、

「(前略)…出家ヲシテ、吉野山ニ入籠給ヘリ。其ノ猶大友皇子、軍ヲ發シオソヒ奉ラルベシト御ムスメ大友皇子ノ妃ナリ。ヒソカニツゲ給ヘリケレバ、『コハイカニ我ハ我トカク振舞ニ』トヤ思食ケム。伊勢ノ方ヘ逃下テ、太神宮ニ申サセ給テ、美濃、尾張ノ軍ヲ催テ、近江ニテ戦ヒ勝給テ、御即位アリテ世ヲ治給ヘリ。其軍ノ事ドモ人皆知レリ」

とある。この記述から吉野に籠る大海皇子を大津にいる大友皇子が襲撃しようとしていたこと、それを大友皇子の妃となっていた大海皇子の娘である十市皇女が吉野に知らせたことが分かる。大海皇

子がこのことがあるのを予期して大友皇子の妃として娘を送り込んでいたとみるほうが正しいのかもしれない。

最後にある「其軍ノ事ドモ人皆知レリ」との一文だが、要点だけを記して無駄な記述のない『愚管抄』の「皇帝年代記」の記述には似つかわしくない挿入なのである。案ずるに、摂政関白藤原忠通の子である天台座主慈円が承久二年（一二二〇年）に脱稿した時点で世の中に例えば十一世紀の作と思われる「大鏡」などに誤り伝わることがあるからこそ「この戦のことは周知のものである」とわざわざ書き添えたものであろう。

さて、藤原不比等が淡海公と呼ばれる理由であるが、『大鏡』はその話題に入りながら答えを語らずに話を替えているので分からずじまいだ。しかし『尊卑分脈』からは藤原不比等に没後淡海十二郡が贈られたことによって淡海公と呼ばれたことが推定できる。近江十二郡と単に受け止めるわけにはいかない、淡海国は全体が十二郡で構成されているのである。つまり藤原不比等は淡海一国を貰ったことになっているのだ。公地公民制度のもとで淡海一国を支配するなどということがあるわけがない。これは藤原不比等を淡海公と呼ぶための「お話」と見るべきだと思う。

では何故藤原不比等を淡海公と呼ばせたいのか。それは天智天皇が淡海帝と呼ばれるからであろう。『大鏡』『尊卑分脈』に代表される藤原不比等の天智天皇落胤説を広め、信憑性を持たせるための作為だったと考えるのが妥当であろう。

十．『懐風藻』序文が示唆する「持統天皇は藤原不比等」

淡海三船が選者ではないかとされる『懐風藻』の序文は名文であるばかりでなく歴史の真実を示唆しているような部分を含有する。まず引用しよう。

懐風藻序

逖聴前修、遐観載籍
襲山降蹕之世、橿原建邦之時
天造艸創、人文未作
至於神后征坎品帝乗乾
百済入朝啓於龍編於馬厩
高麗上表圖烏冊於烏文
王仁始導蒙於輕島、

懐風藻の序

逖《とお》く前修を聴き、遐《はるか》に載籍《さいせき》を観るに
襲山《そのやま》に蹕《ひつ》を降す世、橿原に邦を建《おこ》てし時に
天造艸創《てんぞうそうそう》にして、人文未だ作らず
神后《じんごう》坎《かん》を征し品帝《ほんてい》乾《けん》に乗ずるに至りて
百済入朝して龍編《りゅうへん》を馬厩《ばきゅう》に啓き
高麗上表して烏冊《うさく》を烏文《ちょうぶん》に図す
王仁《わに》始めて蒙《くら》きを輕島に導き

辰爾終敷教於譯田
遂使俗漸洙泗之風、
人趨齊魯之學
逮乎聖德太子、
設爵分官、肇制禮義
然而、專崇釋教、未遑篇章
及至淡海先帝之受命也
恢開帝業、弘闡皇猷
道格乾坤、功光宇宙
既而以為、調風化俗、
莫尚於文
潤德光身、孰先於學
爰則、建庠序、徵茂才、
定五禮、興百度
憲章法則、規模弘遠、
夐古以來、未之有也
於是、三階平煥、四海殷昌、
旒纊無為、巖廊多暇

辰爾《しんに》終《つひ》に教へを譯田《おさだ》に敷く
遂に使いを俗《よ》にして洙泗《しゅし》の風に漸《すす》み
人をして齊魯《せいろ》の學に趨《おもぶ》かしむ
聖德太子に逮《およ》びて
爵を設け官を分ち、肇めて禮義を制す
然れども、專ら釋教を崇《あが》めて、未だ篇章に遑《いとま》あらず
淡海先帝の命を受くるに至るに及びや
帝業を恢開《かいかい》し、皇猷《こうゆう》を弘闡《こうせん》す
道は乾坤《けんこん》に格《いた》り、功宇宙に光《て》れり
既にして以為《おもえら》く、風を調へ俗を化することは
文より尚《とうと》きは莫く
德に潤ひ身を光らすは、孰《いず》れか學より先ならんと
爰に則ち、庠序《しょうじょ》を建て、茂才《ぼうさい》を徵《め》し
五禮《ごらい》を定め、百度を興す
憲章法則、規模弘遠なること
夐古《けいこ》以來、未だこれ有らざるなり
是に於いて、三階平煥《さんかいへいかん》、四海殷昌《いんしょう》
旒纊無為《りゅうこうぶい》にして、巖廊《がんろう》暇《いとま》多し

旋招文學之士、時開置醴之遊
當此之際、
宸瀚垂文、賢臣獻頌
雕章麗筆、非唯百篇
但時經亂離、悉從煨燼
言念湮滅、軫悼傷懷
自茲以降、詞人間出
龍潛王子、翔雲鶴於風筆
鳳翥天皇、泛月舟於霧渚
神納言之悲白鬢、
藤太政之詠玄造
騰茂實於前朝、
飛英聲於後代
余以薄官餘閒、遊心文囿
閲古人之遺跡、
想風月之舊遊
雖音塵眇焉、而餘翰斯在
撫芳題而遙憶、

旋《すなわ》ち文學の士を招き、時に置醴《ちれい》の遊を開く
此の際に當りて
宸瀚《しんがん》文を垂れ、賢臣頌《しょう》を獻ず
雕章麗筆《ちょうしょうれいひつ》、唯百篇のみに非《あら》ず
但し時、亂離を經て、悉く煨燼《かいじん》に從ふ
言に湮滅《いんめつ》を念じ、軫悼《しんとう》して懷ひを傷む
茲より以降、詞人間出《しじんかんしゅつ》す
龍潛《りゅうせん》の王子、雲鶴《うんかく》を風筆に翔らし
鳳翥《ほうしょ》の天皇、月舟を霧渚《むしょ》に泛ぶ
神納言が白鬢《はくひん》を悲しみ
藤太政が玄造を詠ぜる
茂實《ほうじつ》を前朝に騰《のぼ》せ
英聲を後代に飛ばす
余、薄官の餘間《よかん》を以て、心を文囿《ぶんゆう》に遊ばしむ
古人の遺跡を閲《けみ》し
風月の舊遊を想ふ
音塵眇焉《おんじんびょうえん》たりといへども、餘翰《よがん》ここに在り
芳題を撫して遙かに憶ひ

不覺涙之泫然
攀縟藻而遐尋、
惜風聲之空墜
遂乃收魯壁之餘磊、
綜秦灰之逸文
遠自淡海、云曁平都
凡一百二十篇、勒成一卷
作者六十四人、具題姓名、
并顯爵里、冠于篇首
余撰此文意者、
為將不忘先哲遺風
故以懷風名之云爾
于時天平勝寶三年歲在辛卯冬十一月也。

涙の泫然《げんぜん》たるを覺へず
縟藻《じよくそう》を攀《よ》ぢて遐《とお》く尋ね
風聲の空しく墜るを惜しむ
遂に乃ち魯壁《ろへき》の餘磊《よと》を收め
秦灰《しんかい》の逸文を綜《す》ぶ
遠く淡海より、平都に曁《およ》ぶ、
凡そ一百二十篇、勒《ろく》して一卷と成す
作者六十四人、具《つぶ》さに姓名を題し
并せて爵里《しやくり》を顯はして、篇首《へんしゅ》に冠《こうぶ》らしむ
余の此の文を撰する意は
將に先哲の遺風を忘れざらむとする為なり
故に懷風を以つて、これを名づくと云ふこと爾《しか》り
時に天平勝寶三年歲辛卯に在る冬十一月なり

この序文で留意すべきは、
「龍潛王子、翔雲鶴於風筆」

「鳳翥天皇、泛月舟於霧渚」と並べて対比した人物である。「龍潜王子」とは大津皇子のことである。続けてある「翔雲鶴於風筆」が大津皇子の詩、

七言　述志　　　　　　志を述ぶ

天紙風筆畫雲鶴　　天紙風筆　雲鶴を画き
山機霜杼織葉錦　　山機霜杼　葉錦を織る
［後人聯句］　　　　［後人の聯句］
赤雀含書時不至　　赤雀　書を含みて　時に至らず
潜龍勿用未安寝　　潜龍　用ゐること勿く　未だ安寝せず

に対応していることから分かる。

「鳳翥天皇」は文武天皇のことである。同様に「泛月舟於霧渚」の部分が文武天皇の詩、

五言　詠月　一首　　　月を詠ず

月舟移霧渚　　月舟　霧渚に移り

楓楫泛霞濱
臺上澄流耀
酒中沈去輪
水下斜陰碎
樹落秋光新
獨以星間鏡
還浮雲漢津

楓楫　霞濱に泛ぶ
臺上　澄み流る耀
酒中　沈み去る輪
水下りて斜陰砕け
樹落ちて秋光新た
獨り星間の鏡を以ちて
還た雲漢の津に浮かぶ

との対応から明らかである。

大津皇子は天武天皇崩御の直後に謀反の疑いでとらえられ直ちに死罪となった。状況は謀略により殺害されたようである。そして文武天皇は順調に天皇になった。大津の皇子を抹殺したのは藤原不比等であろうし、文武天皇を即位せしめたのも藤原不比等に間違いないようである。この不運と幸運の対照的運命の皇子を並べることで『懐風藻』の選者は読者に藤原不比等を強く印象付ける。

そしてこの二文に続いて、

「神納言之悲白鬢」
「藤太政之詠玄造」
との対句を載せる。

「神納言」とは従三位中納言大神朝臣高市麻呂のことである。大神は時として三輪と記載される。そして次の詩からそれは明らかである。

五言　従駕　應詔　　駕に従ふ　詔に應す

臥病已白鬢　　病に臥して已に白鬢
意謂入黄塵　　意に謂ふ　黄塵《こうじん》に入らむと
不期逐恩詔　　期せずして恩詔を逐ひ
従駕上林春　　駕に従ふ　上林の春
松巖鳴泉落　　松巖　鳴泉落ち
竹浦笑花新　　竹浦　笑花新た
臣是先進輩　　臣は是れ先進の輩
濫陪後車賓　　濫りに陪す　後車の賓

内容については後述の機会に説明する。

さてこの大三輪中納言だが持統天皇の時代に天皇と衝突する。『日本書紀』の関係するところを引用しよう。持統天皇六年（六九二年）の「事件」である。

二月丁酉朔丁未、詔諸官曰、當以三月三日將幸伊勢、宜知此意備諸衣物。賜陰陽博士沙門法藏、道基、銀人廿兩。乙卯、詔刑部省、赦輕繫。是日、中納言直大貳三輪朝臣高市麻呂、上表敢直言諫爭天皇、欲幸伊勢妨於農時。

つまり、持統天皇が三月三日に伊勢に行幸するから準備せよと命じたのに対して、中納言大三輪朝臣高市麻呂が農事に忙しい時期に行幸すべきでないと諫言したというのである。しかし持統天皇はそれを聞かずに出かけようとした。そこでさらに事件が起きる。

三月丙寅朔戊辰、以淨廣肆廣瀬王、直廣參當摩眞人智德、直廣肆紀朝臣弓張等、爲留守官。於是、中納言大三輪朝臣高市麻呂、脱其冠位、擎上於朝、重諫曰、農作之節、車駕未可以動。辛未、天皇不從諫、遂幸伊勢。

つまり、予定通り持統天皇が伊勢行幸に出かけようとした時に、中納言大三輪朝臣高市麻呂が冠を脱いで、捧げ持って、行くべきではないと再び諫言したと言うのである。結局持統天皇は三日遅れの三月六日に伊勢行幸に出かけた。それから十年間大三輪朝臣高市麻呂は歴史から姿を消す。そして再び役職について天皇の供をしたときの詩が『懐風藻』に所載のものだ。この大三輪朝臣高市麻呂については別に後章で考察を加える。

その持統天皇に職を賭して諫言して恐らく官位を失った大三輪朝臣高市麻呂と並べて「藤太政」の

名がある。

五言　元日　應詔　一首

正朝觀萬國
元日臨兆民
斉政敷玄造
撫機御紫宸
年華已非故
淑氣亦惟新
鮮雲秀五彩
麗景耀三春
濟濟周行士
穆穆我朝人
感德遊天澤
飲和惟聖塵

元日　詔應

正朝　萬國を觀み
元日　兆民に臨む
政を斉へて玄造を敷き
機を撫して紫宸を御す
年華　已に故きにあらず
淑氣　またこれ新たなり
鮮雲　五彩秀で
麗景　三春耀く
濟濟たる周行の士
穆穆たる我朝の人
德に感じて天澤に遊び
和を飲みて聖塵を惟ふ

との詩をひいていることからも、それが藤原不比等（史）であることが分かる。
それにしても日本書紀には天皇に正面から諫言した、というより対抗したものの記録はこれだけだ。農繁期だから行幸を止めろと言ったとあるが本当だろうか。直近の壬申の乱は六月から七月の戦である。もっと奥に深い理由があるのではないだろうか。

大三輪朝臣高市麻呂は三輪一族の一人である。三輪は大神と書くことでも分かるように大神神社に関係する氏族だ。すなわち日の本の国から天下ったニギハヤヒに直結する氏族と見て良いだろう。

片や北魏系渡来人、つまり中国人がニギハヤヒ以来という王位を奪って君臨しているのである。そこまでは耐えていたとして、その北魏皇帝の末裔が天照日神（アテルヒの神）を祀る伊勢に出かけるとあって、異教徒に聖地を荒らされるとの感情が噴き出したものではなかろうか。実際明治に至るまで日本の皇室は伊勢神宮に参拝などしていない。祟り神として封じ込め、祟らぬように丁寧に扱ってきただけである。宗教というか、信仰が絡んだときには人は死を厭わずに行動するものである。

『太安万侶の暗号（二）～神は我に祟らんとするか』に書いたが、崇神天皇は百済から倭国に差し出された人質の王子であった。御真木入日子印恵（イニエ）であるが、イ・ニェという名前からも朝鮮半島のものと分かるであろう。崇神天皇即位の経緯などは同書を参照願うとして、血脈が百済王家のものゆえに天孫降臨の際の神鏡、神剣との「同床・同殿」の神勅に耐えられずに外に出し、それらのレプリカを作って宮に置いた。当初檜原神社に置かれた神鏡と神剣は倭姫が供奉して諸国を巡り、後に伊勢に留まる。その神威を恐れた垂仁天皇が伊勢の五十鈴川の川上に神宮をつくり、神剣と神鏡とを祀った。その後ヤマトタケルの東国行きに際して倭姫が神剣の草薙剣を手渡し、それが熱田神宮に祀られることになる。しかしその草薙剣はある時盗み出され、宮中に保管されたらしい。天武天皇が病に臥したときの原因を探る卜占では、その草薙剣の祟りと判明し、天武天皇は直ちにその草薙剣を熱田神宮に戻した。すなわち、天武天皇も北魏系渡来人であるから神剣、草薙剣とは一緒にいられないのである。神鏡が祀られている伊勢神宮に持統天皇が行くことに中納言大三輪朝臣高市麻呂が猛反対した背景が分かると思う。

北魏系の渡来人が本朝を乗っ取り、漢化（北魏化）政策を推し進めていた。この伊勢行幸の前年、持統天皇五年（六九一年）には、

「八月己亥朔辛亥、詔十八氏大三輪、雀部、石上・藤原、石川、巨勢、膳部、春日、上毛野、大伴、紀伊、平群、羽田、阿倍、佐伯、采女、穂積、阿曇、上進其祖等墓記」と『日本書紀』にあるように有力十八氏族から墓記、すなわち各氏族の歴史記述を提出させた。その十八氏族の筆頭に大三輪氏（三輪氏）が載っているのは三輪氏が大神（三輪）大社と密接に関係した古代有力氏族であったからであろう。この状況からは「ホツマツタヱ」なる異なる文字（オシデ）で書いた史書が三輪氏によって書かれたというのも理解できるのである。

さて、その根深い対立の相手である持統天皇が中納言大神朝臣高市麻呂と並ぶのではなく、そこに記されたのは藤太政、すなわち藤原不比等であった。

『懐風藻』の選者（恐らくは淡海三船）は藤原不比等こそ持統天皇だよと示唆したのだと考えられる。

なお、淡海三船は天智天皇の子の大友皇子の曾孫である。生年は養老六年（七二二年）、没年は延暦四年（七八五年）である。始め出家して渡来僧、道璿《どうせん》に師事して仏法を学んだが、天平勝宝三年（七五一年）、二十九歳の時に勅命により還俗し、臣籍降下し、淡海真人三船（元は御船王）となった。

『懐風藻』は天平勝宝三年と序文にあるからまさしく臣籍降下の年に当たる。

淡海三船が漢詩、漢文を良くするのを、渡来僧について学んだからという人が普通だが、僧になり仏教を学んだからといって堯《ぎょう》、舜《しゅん》、菟《う》以来の中国の故事来歴を詳しく学ぶわけではない。その議論を避けて通る人が多いようだが、それこそ北魏皇帝の後裔の家系の中での教養人としての彼らの教育がその能力をもたらしたものと考えられる。天武天皇が「天文、遁甲」に精通していたこと、八色の姓のモデルは北魏の孝文帝の定めた八姓、「穆、陸、賀、劉、楼、于、嵇、尉」であること、出家などしたこともない藤原不比等や葛野王などの人たちの漢詩に、中国の故事や道教知識がちりばめられていることなどからもそれは明らかであろう。

十一．藤原不比等は壬申の乱に参加していた

『日本書紀』は藤原不比等について多くを語らない。ある意図を持って敢えて触れないようにしているとしか思えない。

平城京に遷都した七一〇年、藤原不比等は山階寺を平城京に遷した。『今昔物語』の「淡海公始造山階寺語第十四」を引用しよう。


「今昔、大織冠、未ダ内大臣ニモ不成給シテ、只人ニテ在マシケル時、皇極天皇ト申ケル女帝ノ御代ニ、御子ノ天皇ハ春宮ニテ、一ツ心ニ蘇我ノ入鹿ヲ罸給ケル時、大織冠、心ノ内ニ祈念シテ思給ハク、「我レ、今日既ニ重罪ヲ犯シテ、悪人ヲ失ハムト思ヲ、思ノ如ク罸得ムニ、其罪ヲ謝セムガ為ニ、丈六ノ釈迦ノ像、脇士ノ二菩薩ノ像ヲ造テ、一ツノ伽藍ヲ建テ安置セム」ト。

其後、思ノ如ク罸得給ヒテケレバ、願ノ如ク、丈六ノ釈迦幷ニ脇士ノ二菩薩ノ像ヲ造テ、我ノ山階ノ陶原ノ家ニ堂ヲ建テ安置シテ、恭敬供養シ給ケリ。

其後、大織冠、左大臣ニ成上リ給テ失給ヒニケレバ、太郎ニテ淡海公、父ノ御跡継テ公ニ仕リテ左

大臣マデ成給ケリ。

然テ、元明天皇ト申ケル女帝ノ御代ニ、和銅三年ト云フ年、天皇ニ申シ行ヒテ、彼ノ山階ノ陶原ノ家の堂を[redacted]タメシテ、今ノ山階寺ニハ、所ニハ運ビ渡シテ造リ給ヘル也。

同キ七年ト云フ年ノ三月五日、供養有ケリ。天皇ノ御願トシテ、厳重ナル事限無シ。氏ノ長者トシテ、淡海公参リ給ヘリ。其講師ハ元興寺ノ行信僧都ト云人也。其日ノ賞ニ大僧都ニ成レリ。呪願ニハ同ジ寺ノ善祐律師ト云人也。小僧都ニ成レリ。残ノ七僧ニ、皆僧綱ノ位ヲ給フ。次ノ僧、五百人也。音楽ヲ調べ、供養ノ儀式不可云尽。

其後、追々ニ諸ノ堂舎、宝塔ヲ造リ加ヘ、廻廊、門楼、僧房ヲ造リ重テ、多ノ僧徒ヲ令住メテ、大乗ヲ学シ、法会ヲ修ス。惣ベテ仏法繁昌ノ地、此所ニ過タルハ無シ。

本、山階ニ造リタリシ堂ナレバ、所ハ替レドモ山階寺トハ云也ケリ。亦興福寺ト云フ是也トナム。」


山階寺が大織冠、藤原鎌足が蘇我入鹿を殺害した罪を逃れるために建立した寺だと分かる。

この山階寺は藤原鎌足の夫人であった鏡王女（鏡大王）が建てた寺で元々山背国山階に創建されたが、天武天皇元年（六七二年）に藤原京に移されて、その地名から厩坂《うまやさか》寺と呼ばれ、さらに平城遷都に伴い平城京に移され興福寺となった。その創建の主である鏡王女の墓が談山神社の管理下にあることからも藤原鎌足との関係の深さが分かる。そしてその興福寺の北円堂は藤原不比等の一周忌（養老四年、七二〇年八月の一年後）を迎えて建てられたと伝えられるが、藤原不比等は、本当は元明天皇であるから、元明天皇の崩御の時（養老五年、七二一年十二月）こそ藤原不比等の死去の時と考えればまさに藤原不比等の死去により建てられたものと考えられる。ついでながら北円堂は法隆寺の夢殿や、西円堂と同じ八角形である。そして弥勒仏を安置するなど、藤原鎌足死去の時の恩詔の文言を思い出させる。

その山階寺を平城京に遷すに当たり、左大臣の藤原不比等が元明天皇に進言してこれを実施したとある。山階寺は藤原氏の氏寺である。つまりは私的な寺なのだがその移転を天皇に進言したらそれを認めて公費で移転させるとは常識的ではない。後に述べるように元明天皇その人が藤原不比等であったからこそ可能だったのであろう。

さて、藤原不比等は六五九年の生まれである。したがって壬申の乱が起きた六七二年には数えで十四歳になっている。その当時、藤原鎌足の子供で、百パーセント北魏系の血を引くと思われるのは大海皇子（天武天皇）と藤原不比等の二人しか存在しない。

北魏皇帝の後裔こそが代々天皇を受け継いでいくとの基本コンセプトを貫こうとすれば大海皇子に何か事故があった時は藤原不比等が後をついでそのコンセプトを守る必要がある。その観点から、藤原不比等は極めて重要な人物であった。

天智天皇が自分の子である大友皇子に天皇位を継承させようと考えて太政大臣とした時、大海皇子を殺そうと計画したはずである。そしてその時には大友皇子の即位にとってもう一つの障害となり得る藤原不比等の殺害も計画したはずだ。

となれば、総領として藤原氏正統の天皇を継続させる義務を負っている大海皇子が藤原不比等をほったらかしにしておいて吉野に籠るわけがない。必ずや、吉野に帯同したはずである。そして壬申の乱の間も、藤原鎌足の生き残っているたった二人の兄弟として相談、協力しながら戦ったはずでもある。

そのことを示す記述が『日本書紀』の持統紀にあるので示しておこう。

「十年十月、從沙門天渟中原瀛眞人天皇、入於吉野避朝猜忌、語在天命開別天皇紀。天渟中原瀛眞人天皇元年夏六月、從天渟中原瀛眞人天皇、避難東國、鞠旅會衆遂與定謀、廼分命敢死者數萬置諸要害之地。秋七月、美濃軍將等與大倭桀豪、共誅大友皇子、傳首詣不破宮。二年、立爲皇后。皇后、從始迄今佐天皇定天下、毎於侍執之際、輙言及政事、多所毗補。」

分かりやすくするために読み下してみよう。

「(天武天皇)十年十月に、沙門天渟中原瀛眞人天皇に従いて、吉野に入りて、朝《みかど》の猜忌《うたがひ》を避りたまふ。語は天命開別天皇の紀に在り。

天渟中原瀛眞人天皇の元年の夏六月に、天渟中原瀛眞人天皇に従ひて、難を東國に避けたまふ。旅《いくさ》に鞠《つ》げ衆を會《つど》へて、遂に與《とも》に謀《はかりごと》を分ちて敢死者《たけきひと》数万に命せて、諸の要害の地に置く。

秋七月に、美濃の軍将等と大倭の桀豪《いさを》と、共に大友皇子を誅して、首を傳へて不破宮に詣づ。

二年に、立ちて皇后と為りたまふ。皇后、始より今に迄《いた》るまでに、天皇を佐《たす》けまつり天下を定めたまふ。毎《つね》に侍執《つかへまつ》る際《あひだ》に、輒《すなわ》ち言、政事に及びて、毗《たす》け補ふ所多し。」

（注）旅は軍のこと。旅団という言葉がある。鞠は告に音が通じる所から「告げる」意。

天智天皇が大友皇子に皇位を継承させるつもりで太政大臣としたことは誰の目にも明らかであったので、皇太子（書紀では皇太弟と記述）であった大海皇子（後の天武天皇）は即位の気持ちがないことを表すために出家して、髭と髪を剃り、天智天皇が用意した袈裟を着て吉野に籠った。世俗を捨て仏門に入ることで天智天皇に疑われぬようにしたのである。

その時に后を帯同するであろうか。それではまるで見せかけだけの、換言すれば天智天皇をだますための出家であると公言しているもののようではないか。童謡《わざうた》で明らかなように大海皇子は天智天皇と大友皇子を滅ぼすべく密かに準備を進めていた。疑っている天智天皇が監視していないわけがない状況下、女連れで出家などするわけがない。

大海皇子が吉野に帯同すべきは弟の藤原不比等である。

これらを考え合わせれば、持統紀の冒頭の記述のうち、

吉野に同行したもの、壬申の乱に同行し、共に戦略を練ったもの、大海皇子（天智天皇）を補佐して天下を定めたもの、そして常に天武天皇を助け補ったものは皇后ではなく、藤原不比等であったのだと判断される。藤原不比等の行動であったがその名を皇后とすることで藤原不比等の歴史を消し去ったとみて良いだろう。

さて、文武天皇の御代、七〇二年に太政天皇が参河（三河）、尾張、美濃、伊勢、伊賀をぐるっと回る一月半もの行幸をしていることに注目したい。太政天皇とは文武天皇の先代の天皇のことだから持統天皇を指す。既に指摘したことだが、持統天皇（菟野皇女）は六四五年の生まれだからこの時には五十七歳である。当時の平均寿命から考えて五十七歳は既に老婆である。そして持統天皇（菟野皇女）は実際、五十八歳で死去する。その死去の間近な老婆が一月半も旅をするだろうか。そして行幸先は三河、尾張、美濃、伊勢、伊賀と壬申の乱の舞台となったところ、それも大海皇子が滞在したところばかりである。

『日本書紀』では皇后は桑名にとどまったとされている。つまり尾張と美濃には行っていない。年老いた身で無理をしてまで想い出もない土地を巡るのは理解しがたい。

藤原不比等が兄の大海皇子と行動を共にし、一緒に壬申の乱を戦ったとすればこの行幸先は、十代の時に兄と廻った戦いの道を訪ね歩くとの当然の行動に見えるのである。そしてこの時の藤原不比等は四十三歳、騎馬で回ったとしても支障ない年齢である。

中納言大神（三輪）朝臣高市麻呂が諫言して行幸を止めさせようとした持統天皇の伊勢行幸だが、『日本書紀』の記述を引用すれば、

「三月丙寅朔戊辰…（一部略）…於是、中納言大三輪朝臣高市麻呂、脱其冠位、擎上於朝、重諫曰、

農作之節、車駕未可以動。辛未、天皇不從諫、遂幸伊勢。壬午、賜所過神郡及伊賀、伊勢、志摩國造等冠位、幷免今年調役、復免供奉騎士、諸司荷丁、造行宮丁今年調役。大赦天下、但盜賊不在赦例。甲申、賜所過志摩百姓男女年八十以上、稲人五十束。乙酉、車駕還宮。毎所到行、輙會郡縣吏民、務勞賜作樂。甲午、詔免近江、美濃、尾張、參河、遠江等國供奉騎士戸及諸國荷丁、造行宮丁今年調役。詔令天下百姓、困乏窮者稲、男三束女二束。

夏四月丙申朔丁酉、贈大伴宿禰友國直大貳、幷賜賻物。庚子、除四畿内百姓爲荷丁者今年調役。甲寅、遣使者祀廣瀬大忌神與龍田風神。丙辰、賜有位親王以下至進廣肆、難波大藏鍫、各有差。庚申、詔曰、凡繫囚見徒、一皆原散。

五月乙丑朔庚午、御阿胡行宮時、進贄者紀伊國牟婁郡人阿古志海部河瀬麻呂等、兄弟三戸、服十年調役、雜徭。復免挾杪八人、今年調役…（一部略）…庚寅、遣使者奉幣于四所、伊勢、大倭、住吉、紀伊大神、告以新宮。

閏五月…（一部略）…丁未、伊勢大神奏天皇曰「免伊勢國今年調役。然應輸其二神郡、赤引絲參拾伍斤、於來年、當折其代」

とあるのだが行幸の目的が記述されていない。行動もつまびらかではない。とにかくその記述をまとめれば、

＊三月十七日に、通過した（渡会、多気の）神郡、伊賀、伊勢、志摩の国造に冠位を与え、この年の調役を免除した

＊行幸に供奉した騎士、荷丁、行宮をつくった丁のこの年の調役を免除した
＊大赦を行った
＊三月十九日に、志摩国の百姓男女八十歳以上のものに稲を一人宛五十束を与えた
＊郡縣に至るたびにそこの役人などを集めて慰労の宴を催した
＊四月十九日に、畿内の四か国の荷丁となったもののこの年の調役を免除した
＊四月二十五日に、罪人の刑一等を減じた
＊五月六日に、阿胡行宮滞在の折に贄を献上したものたち、紀伊国牟婁郡の阿古志海部河瀬麻呂等兄弟の十年間の調役を免除し、船頭八人のこの年の調役を免除した

帰ってからであるが、藤原宮の地鎮祭の後の五月二十六日には新しい宮のために、伊勢、大倭、住吉、紀伊の大神に幣を奉っている。

因みに伊勢大神に幣を奉るのはこれが初めてではないだろうか。

伊勢で何かをしたとの記述はなく、伊勢、志摩あたりのものに冠位、物などを与え、調役などの免除をしているだけである。ただそれだけであれば伊勢まで諫言を無視してまで出かける必要はない。

行幸をどうしても実行しなければならぬ理由があるとすれば、それはただ一つである。すなわち、それは伊勢の大神の祟りである。今まで斎王に関する記述しかなかったのに急に伊勢大神に幣を奉るという変化が暗示的ではないか。

天武天皇は大海皇子時代に壬申の乱で伊勢を通過した時、あちらの方向にあるのが伊勢の神宮です

と説明を受けたが遥拝するわけでもなかった。北魏系渡来民に日本の神を崇める気持ちなどなかったからであろう。

しかしその天武天皇が病気に倒れ、原因を占ってみれば草薙剣の祟りであるとのことであった。遁甲に詳しく、壬申の乱のときは横川で自ら式盤を使って占ったほどの天武天皇である、その時も自ら占った可能性が高い。そして草薙剣を即座に遠ざけ熱田神宮に戻したのだが結局天武天皇は崩御した。それを間近で見ていた藤原不比等は日本の神と神鏡、神剣の祟りの力を知ったのではないだろうか。或いは兄の天武天皇と同様に自分にも祟るのではないかと占ったのではないかと思う。その結果神鏡を祀る伊勢大神に対して何かをせざるを得なかったのではないかと思う。伊勢大神に直接的に何かをしたかどうかは不明だが、伊勢に関するものたちを厚遇したことだけは確かである。

藤原不比等は天武天皇と同じく道教の人であったがために祟りには敏感であったのだろう。そうでなければ日本の役所に陰陽寮などが設置されるわけがないのだから。

そして、持統天皇七年（六九三）八月の『日本書紀』の記述、

「辛卯、幸多武嶺。壬辰、車駕還宮」

を見れば一泊で多武嶺に出かけている。要するに壇山宮に泊まったということなのだが理由は何だろう。中納言大神（三輪）朝臣高市麻呂の諫言事件、すなわち伊勢行幸を済ませた翌年のことだ。壇山宮は藤原鎌足の墓所があるところであり、藤原鎌足一族が五台山の中台に模した道教の聖地であ

る。二槻宮も存在する。そこに莵野皇女が出向く理由はないが、持統天皇が藤原不比等であれば、父である藤原鎌足の霊にに今までを報告し、今後を相談したと考えられる。

このような推理からは、ますます持統天皇は藤原不比等であったとの確信を強くする。

十二．持統天皇の称制と草壁皇子

巻末の「資料一・『日本書紀』等に基づく天智、天武、持統朝年表」を参照願いたい。市販の日本史資料に含まれているような一般的な歴史年表というものは極めてラフなものであり、また記述内容の取捨選択が偏っている場合が多いので正しく歴史の流れを把握するにはまったく不十分なものである。そして時には政治的な配慮から敢えて記述しない事項があったりする。巻末の資料はそのような配慮などせずに、日本書紀の記述をまとめたものである。読者が学校教育で習った日本史ではまったく触れられていなかった事柄を発見してきっと驚くに違いない。

天武天皇が崩御した六八六年には皇太子である草壁皇子は二十四歳だった。すぐにも天武天皇の跡を継いで即位しても良い年齢であるし、崩御の直前には天武天皇が皇后と皇太子に政務を委ねていたのである。それなのに何故草壁皇子が即位せずに皇后が称制をしたのか。

草壁皇子を天皇にしたかったのだが早く死んでしまったので、草壁皇子の子である幼い珂瑠皇子が大きくなるまで莵野皇女が持統天皇として皇位を継承、保持していたとの説明が普通なのだが、草壁皇子が死去したのは六八九年のことである。天武天皇崩御は六八六年の九月九日だから、その時から約三年の間草壁皇子は生存していた。年齢も二十四歳であり若すぎるわけでもない。それにも拘らず、皇太子である草壁皇子に即位させずに皇后が称制したのは不可解なことだと言えよう。

天武天皇の崩御が九月で、その直後の十月には大津皇子の謀反が発覚した。そしてその翌日には死を賜った。つまり十分な取り調べもなく死刑にしたということなのである。そしてこの謀反については内容も伝わらない。僅かに『懐風藻』の河嶋皇子の紹介文の中に大津皇子の謀反を知らせたのが河嶋皇子だと記述されているだけなのである。

突如謀反と告げるものがいて、即座に殺される。蘇我赤兄が中大兄皇子に知らせたことにより有馬皇子の謀反が発覚、そのまま有馬皇子は捉えられ、紀伊国にいた中大兄皇子の元に送られ、そこですぐに処刑された事件を思い出す。異なるのは有間皇子謀叛のでっち上げについては死の経緯が記録に残されていることだ。大津皇子の謀反については原因も経緯も不明のままである。より謀略の可能性が高いと言えよう。

この大津皇子事件についても、菟野皇女が自分の子である草壁皇子を天皇にするために姉の子である大津皇子を陥れたと説明する人がいるとのことだが、それは持統天皇＝菟野皇女と思い込んでいるからの発想だろう。持統天皇＝藤原不比等だとすれば見方は当然ながら変わってくるはずだ。

罪に問われたのは大津皇子ただ一人であり、周辺のものは皆お咎めなしとなっているのも、もともと謀反など存在しなかったことを意味するのだろう。

『懐風藻』には大津皇子の臨終の詩が載っている。

金烏臨西舎　　金烏　西舎に臨み
鼓聲催短命　　鼓聲　短命を催す
泉路無賓主　　泉路　賓主無し
此夕誰家向　　此の夕　誰か家にか向ふ

この淡々とした詩からは謀反の匂いがまったくしない。むしろ諦観の様子が伝わってくるようである。やはり謀略にあって命を落としたのが本当のように思えるのだ。

さて天武天皇崩御の後の政治はとにかく殯に誅、そして寺での法要などばかりだ。詳しくは年表を見てもらうこととして簡単にまとめてみよう。

六八五年九月　天武天皇発病
　十二月　皇后の命として、王卿など五十五人に朝服一揃いを下賜（六八四年の八色の姓の制定後、天武天皇が姓を与え、服を下賜してきていたのを皇后が代わって行ったものか）
六八六年六月　天武天皇の病の原因が草薙剣の祟りと卜占で判明。草薙剣をただちに熱田社に移した
　病気平癒の祈願を川原寺で催す。燃燈供養も行う
七月　宮中で悔過《くゑくわ》。諸国で大祓。宮中で百人の僧による金光明経を読ませる

天皇が「政務を皇后と皇太子に委ねる」と詔。大赦。借金免除令。病気平癒を願って改めて「朱鳥元年」とする。七十人を出家させる。観世音像をつくり、大官大寺で観世音経を読む

八月　八十人を出家させる

九月　親王以下が川原寺に集まり病気平癒の誓願をする

九月九日　天武天皇崩御。皇后の称制開始

十月　大津皇子の謀反発覚、大津皇子刑死

十二月　大官寺、飛鳥寺、川原寺、小墾田豊浦寺、坂田寺で無遮大會を執り行う

六八七年一月　殯宮へ皇太子などが繰り返し訪問

六月　大赦

七月　天武朝時期の借金の利子免除を指示

八月　殯宮への供え物。飛鳥寺に三百人の高僧を集めて、天武天皇の衣服でつくった袈裟を納めた

十月　大内陵を造り始める

六八八年一月　薬師寺で天武天皇のための無遮大會を執り行う

六月　刑一等を減ずる布告

八月　天武天皇の葬儀の予定を発表

十一月　皇太子以下及び外国の使者が殯宮に集まり誄を奉る。その後大内陵に埋葬

六八九年一月　二年間停止していた元日の朝拝を復活。天皇が吉野に三日間行幸
　三月　大赦
　四月十三日　草壁皇子死去
　八月　天皇の吉野行幸
　閏八月　戸籍の作成を命ずる
　十月　天皇が高安城に行幸
　十二月　雙六の禁止
六九〇年一月　皇后が即位する

この間の流れを見てほしい。天武天皇は草薙剣を手元に置いたがためにその祟りで病気になった。意味するところは崇神天皇の場合と同じで東北は多賀の宮から派遣されたニギハヤヒの後裔ではない、異国からの、北魏系渡来人が王として君臨していることを示しているのである。

次は天武天皇が九月に崩御した直ぐ後の十月に突然大津皇子の謀反が発覚し、翌日には死を賜るという、取り調べもほとんどなく罪に問われた異常さである。明らかに謀略により謀反の罪を着せられたとみるべきだろう。

それを草壁皇子に皇位を継承させたいと願った菟野皇女（皇后）が仕組んだこととする向きもあるようだが皇位は北魏系渡来氏族である拓跋氏（高向氏と名乗りその後藤原氏となった）が奪い取ったものである。天智天皇と蘇我氏の女の間に生まれたものの言うことをその一族がきくわけがない。そ

の一族の宗家の長は天武天皇亡きあとは藤原不比等である。河嶋皇子に密告をさせたのも藤原不比等と考えるべきなのだろう。

この大津皇子謀略を間近で見ていた天智天皇の血を引く皇子たちは震え上がったと思われる。しかし皇太子は草壁皇子であった。藤原不比等は天武天皇崩御の後に当然のこととして称制を開始した。即位するには皇太子の存在が障害だったのである。

（後に考察するように、天武天皇の皇太子は大津皇子であったらしい。草壁皇子が皇太子であったとするのには矛盾があるのである）

そして天武天皇の殯、いくつもの寺での供養の会、大赦の実施、陵の造成などを次々に実施し、六八八年十一月の殯宮での誄の儀を終わらせ大内陵への埋葬を済ませた。

そして藤原不比等は吉野に出かける。吉野には天武天皇がつくった藤原一族の施設（龍門寺）があったのだろう。そこで草壁皇子暗殺計画を立てたのだと思う。

そしてそれから間もなくの四月十三日に草壁皇子は死去した。『日本書紀』には、

「三月癸丑朔丙子、大赦天下。唯、常赦所不免、不在赦例。夏四月癸未朔庚寅、以投化新羅人居于下毛野。乙未、皇太子草壁皇子尊薨。壬寅、新羅、遣級湌金道那等奉弔瀛眞人天皇喪、幷上送學問僧明聰、觀智等、別獻金銅阿彌陀像、金銅觀世音菩薩像、大勢至菩薩像各一軀、綵帛錦綾。甲辰、春日王薨」

と記述されている。皇太子の草壁皇子が死んだとあるだけである。病気をしていたような記述はな

い。天武天皇の殯宮訪問や葬儀の準備や実行で忙しく行動していたことが分かる。そして死去の後にも、殯についても埋葬についても詳しい記述はおろか何も記述がないのである。

草壁皇子が重要視されていなかったことが表れているように感じる。

そして草壁皇子が死去した持統三年が明けた持統四年の正月に即位の儀を執り行った。なお、四月十三日に草壁皇子が死んだのだが、すぐ後の二十二日に春日王が死んでいる。この春日王は他に記載がなくどのような人物なのかがまったく不明であるが、この時期と、その死だけを記す状況から、歴史から隠されてしまった皇位継承候補者の一人だったのかもしれない。

ついでながら、藤原不比等が持統天皇であったのだろうと感じさせるものがある。『懐風藻』に収められている藤原不比等の漢詩だ。見てみよう。

贈正一位太政大臣藤原朝臣史　五首　〔年六十二〕

五言　元日　應詔　一首

元日　詔應

正朝觀萬國　正朝　萬國を觀み

元日臨兆民　元日　兆民に臨む

斉政敷玄造　政を斉へて玄造を敷き

撫機御紫宸　機を撫して紫宸を御す

年華已非故　年華　已に故きにあらず

淑氣亦惟新
鮮雲秀五彩
麗景耀三春
濟濟周行士
穆穆我朝人
感德遊天澤
飲和惟聖塵

淑氣　またこれ新たなり
鮮雲　五彩秀で
麗景　三春耀く
濟濟たる周行の士
穆穆《ぼくぼく》たる我朝の人
徳に感じて天澤に遊び
和を飲みて聖塵を惟《おも》ふ

役人が詠んだ漢詩には思えないのだが。

十三. 黒作懸佩刀《くろづくりかけはきのかたな》は北魏系皇統のレガリア、そしてその授受が示唆する本当の皇統譜

国家珍宝帳というものがある。聖武天皇が崩御した後、光明皇太后が聖武天皇の遺愛の品を東大寺に献納した。正倉院御物として有名なものだ。

その献納品の一つに「黒作懸佩刀」という一振りの刀がある。国家珍宝帳（東大寺献物帳）という目録にはこの刀について次のような記述があるとのことだ。

「右　日並皇子常所佩持賜太政大臣　大行天皇即位之時便献　大行天皇崩時亦賜太臣太臣薨日更献
後太上天皇」

ここで、日並皇子とは草壁皇子、太政大臣とは藤原不比等、大行天皇とは文武天皇（珂瑠皇子）、後太政天皇とは聖武天皇のことである。

つまりこの文章の意は、

「右は、草壁皇子が常に佩いていた刀であるが、藤原不比等に賜った。文武天皇が即位するに当たり、藤原不比等が珂瑠皇子（文武天皇）に献じ、文武天皇が崩御に際し藤原不比等に賜った。そして藤原不比等が死去に際して首皇子（聖武天皇）に献じた」

というものである。

どうやら代々の天皇に伝えられたもののようだ。中国では皇帝の即位式で皇帝六璽という六個の印《いん》璽《じ》を受け取ることになっていたようだし、他に「伝国の印璽」があったとも言われるが、王権を象徴する、または王権そのものを示すものの伝授はなかった。

天智天皇の子、大友皇子を壬申の乱で滅ぼした天武天皇は、純藤原系の皇統の象徴（レガリア）となるべき神璽に相当するものを欲していたのではないか。それがこの黒作懸佩刀だったのではないだろうか。

留意すべきは草壁皇子から藤原不比等に渡った時の記述が「賜る」であり、それ以降はすべて「献ずる」となっていることである。草壁皇子が即位していなかったからと言うだけでなく、暗殺されて刀を奪われたことが微妙に表現に現れたと考えられよう。

もう一つの疑問は、この刀がどこから由来したものかである。伝世のものには始まりがあるはずである。『日本書紀』を読むとこれではないかと思われる刀が出てくる。

天武天皇四年（六七五年）に次の記述がある。

「三月乙巳朔丙午、土左大神、以神刀一口進于天皇」

土佐坐神社の祭神は大穴六道尊の子、味鉏《あぢすき》高彦根神だと言う。大穴六道は「おおなむじ」、正しくは「おお＋あ＋の＋むち」であろう。すなわち「大天の貴」であるから天照日神と同じであろう。神刀一振りが天武天皇に献上されたとのことだが「神刀」とあるところから特別な刀であったろう。これが黒作懸佩刀であったのではないかと思われる。

朱鳥元年（六八六年）六月には、病が重くなった天皇の病の原因が卜占により草薙剣の祟りと判明し、草薙剣を熱田に送り返すも病が癒えない。病気平癒の様々な催しが行われた。八月になり、いよいよ天武天皇の状態が悪くなった。そしてその月に、

「辛巳、遣秦忌寸石勝、奉幣於土左大神」

すなわち、秦忌寸石勝《はだのいみきいわかつ》を土佐に派遣し、幣《みてぐら》を土佐大神に奉らせたのである。そしていくばくも立たない九月九日に天武天皇は崩御した。元々北魏系渡来人である天武天皇は天文、遁甲に詳しい、すなわち道教の人である。日本の神などに頼ることなどするわけがない。しかし、その道教に基づく卜占で草薙剣の祟りと判明したことで、日本土着の神を祀らざるを得なかったのだろう。そして他ならぬ、神刀をかつて献上してくれた土佐大神にすがらざるを得なかったのではないか。

このことがあればこそ、持統天皇、すなわち藤原不比等は伊勢行幸を敢行したのであろう。天照日

神に祟られては命が危ういと感じていたに違いない。

そういった経緯もあり、土佐大神から献上された刀が一種の守り刀として伝わることになったのではないだろうか。見方を変えれば、伝世の神刀故に一種のレガリアとしてまるで神璽の如く伝えられることになったものと思われる。

この黒作懸佩刀は刃渡り一尺一寸九分というから三十六センチほどの小刀である。戦で使うような刀でないことは明らかである。正に守り刀としての刀だったのだろう。

黒作懸佩刀の授受を分かりやすく書いてみる。

土佐大神
←　天武天皇四年（六七五年）三月
天武天皇
←　？〈または朱鳥元年（六八六年）九月〉
草壁皇子（または藤原不比等）
←　持統天皇三年（六八九年）
藤原不比等
←　文武天皇元年（六九七年）
文武天皇
←　慶雲四年（七〇七年）

藤原不比等
← 養老四年（七二〇年）
首皇子（七二四年即位して聖武天皇）

この関係を『日本書紀』『新唐書』及び『宋史』の伝える皇統譜と比較してみよう。

	国家珍宝帳（黒作懸佩刀）	日本書紀	新唐書東夷日本	宋史日本傳
六七五		土佐大神献神刀	天武天皇	
六八一		草壁皇子立太子	天武天皇	
六八六		天武崩、持統称制	天武／總持天皇	（天武／持総天皇）
六八九	（草壁→不比等）	草壁皇子死去	總持天皇	
六九〇		持統即位	總持天皇	
六九七	（不比等→文武）	持統／文武天皇	總持天皇	
七〇一	（不比等→文武）		總持／文武天皇	（持総／阿閉天皇）
七〇七	文武→不比等	文武／元明天皇	文武／阿用天皇	
七一五		元明／元正天皇	阿用天皇	（阿閉／皈依天皇）
七二〇	不比等→首皇子		阿用天皇	
七二四		元正／聖武天皇	阿用／聖武天皇	（皈依／聖武天皇）

これらの関係はいわゆる持統天皇と元明天皇が藤原不比等であることを示しているようである。そして七二〇年に藤原不比等が死去し、黒作懸佩刀という北魏皇帝の後裔である藤原氏の王権のレガリアとも呼ぶべきものの受け渡しから見て、皇統は藤原不比等から孫の首皇子（聖武天皇）に継承されたが、首皇子の年齢や、病気がちな状態などの理由により藤原不比等の女で首皇子の母である藤原宮子を元正天皇として繋ぎに立てたのであろう。

「藤原不比等が死去に際して聖武天皇に献じた」というのは聖武天皇の即位のときに、ではないのである。表現の微妙な差異に重要な意味が込められているようだ。

文武天皇の即位は『日本書紀』では六九七年となっている。しかし『新唐書』では、

「長安元年　其王文武立　改元曰太寶」

となっている。長安は唐の年号でその元年は七〇一年である。そして「大宝」への改元が行われたのは同じく七〇一年のことである。

『新唐書』の記述でもう一つ留意すべきことがある。

「天智死　子天武立　死　子總持立」「文武死　子阿用立　死　子聖武立」との表現で分かるように先帝が死去して次の帝が立つ、と記述されているのだが例外が一つある。それが文武天皇の場合は異

なるのである。「先帝死して」という文が文武の場合にだけないのだ。「長安元年　其王文武立　改元曰太寶」「文武死　子阿用立　死　子聖武立」を見れば違いは歴然たるものがある。つまり文武天皇は先帝、持統天皇が死んだから即位したのではないことを示している。

しかし不思議なことに『日本書紀』での持統天皇、すなわち天武天皇の皇后であった菟野皇女は七〇二年に死去している。持統天皇を菟野皇女と改変したものが、文武天皇の即位を菟野皇女の死去前年に設定したのではないだろうか。

その文武天皇は七〇七年に二十四歳の若さで死んでしまう。正体は藤原不比等である總持天皇（偽史における持統天皇）はやむなく重祚、すなわち再度天皇位に就いた。これが元明天皇であろう。

藤原不比等（元明天皇）も老いてきたが跡を継ぐべき首皇子は元明天皇即位時にまだわずか七歳だった。その成長を待っていたが、首皇子は体が強くなかったらしい。藤原不比等は首皇子に皇位を継承させる前に老人となった。そこで中継ぎとして首皇子の母で藤原不比等の女である宮子を即位させた。これが元正天皇であり、『宋史』にいう皈依天皇であろう。この藤原宮子は長く患っていたために実際の政治は左右大臣と藤原氏が行っていたものと考えられる。また病気のために仏教に帰依したのが皈依天皇の名の起こりではないだろうか。特に七三七年に唐から帰国した僧、玄昉により病気平癒となったことから、玄昉を寵愛したことは有名である。

藤原不比等は七二〇年に他界する。しかし『続日本紀』を見ればその翌年、つまり養老五年（七二一年）に次の記述がある。

五月　「己酉（三日）。太上天皇不予。大赦天下」
「壬子（六日）詔曰、太上天皇、聖体不予。寝膳日損、毎至此念、心肝如裂。思帰依三宝、欲令平復。宜簡取浄行男女一百人。入道修道」
「戊午（十二日）。右大弁従四位上笠朝臣麻呂。請奉為太上天皇出家入道。勅許之」
「乙丑（十九日）。正三位県犬養橘宿禰三千代。縁入道、辞食封資人。優詔不聴」

九月　「乙卯（十一日）。天皇御内安殿。遣使供幣帛於伊勢太神宮。以皇太子女井上王為斎内親王」

十月　「丁亥（十三日）。太上天皇召入右大臣従二位長屋王。参議従三位藤原朝臣房前。詔曰。朕聞。万物之生。靡不有死。此則天地之理。奚可哀悲。厚葬破業。重服傷生。朕甚不取焉。朕崩之後。宜於大和国添上郡蔵宝山雍良岑造竈火葬。莫改他処。謚号称其国其郡朝庭馭宇天皇。流伝後世。又皇帝摂断万機。一同平日。王侯・卿相及文武百官。不得輙離職掌。追従喪車。各守本司視事如恒。其近侍官并五衛府。務加厳警。周衛伺候。以備不虞」
「庚寅（十六日）。太上天皇又詔曰。喪事所須。一事以上。准依前勅。勿致闕失。其轜車・霊駕之具。不得刻鏤金玉。絵飾丹青。素薄是用。卑謙是順。仍丘体無鑿。就山作竈。芟棘開場。即為喪処。又其地者。皆殖常葉之樹。即立刻字之碑」
「戊戌（二十四日）。詔曰。凡家有沈痼。大小不安。卒発事故者。汝卿房前。当作内臣計会内外。准勅施行。輔翼帝業。永寧国家」

十二月　「戊寅（六日）。太上天皇弥留。大赦天下。令都下諸寺転経焉」
「己卯（七日）。崩于平城宮中安殿。時春秋六十一。遣使固守三関」

「庚辰（八日）。従二位長屋王。従三位藤原朝臣武智麻呂等。行御装束事。従三位大伴宿禰旅人供営陵事。」

「乙酉（十三日）。太上天皇葬於大倭国添上郡椎山陵。不用喪儀。由遺詔也

ここで言う太政天皇とは元明天皇、すなわち本当は前年死去したことになっている藤原不比等のことである。その『日本書紀』が氷高皇女（文武天皇の姉）としている元明天皇が元正天皇への譲位後の養老五年（七二一年）に病に倒れ、枕頭に呼び寄せたのが右大臣の長屋王と参議従三位藤原朝臣房前の二人であった。長屋王は壬申の乱のときに大きな功績を上げた高市皇子と御名部皇女（天智天皇の女、阿陪皇女の同母姉）との間に生まれた子であり、元正朝の右大臣だから分かるがもう一人がなぜ藤原房前なのだろうか。藤原房前が参議従三位だとは言え、藤原四兄弟の長男、藤原武智麻呂が呼ばれなかったのはなぜか。ここに藤原武智麻呂と藤原房前の藤原不比等に対する距離の違いが出ているようだ。霊亀三年（七一七年）には藤原房前が兄の藤原武智麻呂より先に参議となったほか、養老五年（七二一年）の太政天皇崩御の直前には「帝業の輔翼」と「永寧国家」を「房前」に対して命じた。つまり「房前、お前に特にこの国の『栄寧』と『天皇の行為の輔翼』を頼む」として、かつて藤原鎌足（中臣鎌足）が務めた特別職の『内臣』に特に任じたのである。すなわち藤原不比等は藤原房前に特別の遺言、指示をして藤原氏の皇統、つまり漢家本朝の永続システム完成を託したとみるべきだろう。

弟に追い抜かれた形の藤原武智麻呂は藤原不比等の死後、御装束のことに携わっている。

さて藤原不比等の遺言ともいうべき太政天皇の詔の内容を見てみよう。勿論『続日本紀』に記載されない藤原一族に関する秘事、漢家本朝完成、維持への取り組みの指示などがあったと思われるが記載されていることだけでも十分に興味深いものである。

「死んだ後は大和国添上郡蔵宝山《さほやま》雍良岑《よらのみね》に窯をつくり火葬せよ。他の地に替えてはならない。謚号は其国其郡朝庭馭宇天皇と称せ」とある。すなわち「大和国添上郡平城馭宇天皇」との謚号にしたのである。そして、「丘体鑿ることなく、山に就けば窯をつくり、草木、茨などを刈り取って場所をつくり、そこに埋葬せよ。そして常葉の樹を植え、そこに刻碑を立てよ」

と命じているのだ。

興福寺や東大寺の北の佐保山の雍良岑には東西に二つの陵がある。東陵は元明天皇陵で西陵は元正天皇陵である。そしてその南には佐保山南陵と東陵とがある。南陵は聖武天皇の陵であり東陵はその皇后藤原光明子、つまり光明皇后の陵である。藤原不比等以来の藤原氏の天皇、すなわち漢家本朝の陵域といえる地域である

『増補　大日本地名辞書』によれば、

「雍良岑《よらのみね》陵　東西の二陵ありて、其東陵は元明天皇の喪所なり、奈良坂の西北三町許に在り．名所図会云、奈良坂春日社の側に函石《はこいし》と云者あり、俗に佐保姫神影向石と崇めたり、是則元明帝陵の碑石也、之を此所に移すこと詳ならず、高三尺横巾一尺三寸許、銘曰

『大和国添上郡平城之宮馭宇八洲太上天皇之陵是其所也養老五年歳次辛酉冬十二月癸酉朔十三日乙酉

葬此』
此銘文は東大寺要録にも載たり、其葬処の南稲荷山に犬石と云者四個あり、隼人の象なるか（聖蹟図志）。此陵は類聚国史、扶桑略記に椎山《ならやま》と為す」

とある。正に養老五年（七二一年）の太政天皇の詔の通りの碑が存在するのだ。しかしその碑文を見て奇妙な点に気付く。この太政天皇の個人名が書いてないのである。太政天皇の遺言通りなのだがそれにしても陵墓碑に名前がないとは。「大和国添上郡平城之宮馭宇八洲太上天皇だけでは誰のことか分からない。埋葬日が書いてあるから分かるのではあるが、まるで名前を隠しているようではないか。いや名前を隠すためにこう書かせたと理解した方が良いだろう。

元明天皇が藤原不比等だと考えられるが、もし藤原不比等の墓があるならそれら相互の関係はどうなっているのかとの疑問が湧くはずだ。藤原不比等の墓、それがどこにも見当たらないのだ。「贈正一位太政大臣」であり、藤原宮子（文武天皇の皇后、聖武天皇の母）及び藤原光明子（聖武天皇の皇后）双方の父親である藤原不比等の墓がないはずがないだろう。しかし存在しないようなのである。

このことは、藤原不比等こそ持統天皇であり、重祚して元明天皇であったことを強く示唆するのである。

『日本書紀』で元明天皇とされているのは文武天皇の母である阿閉（阿陪）皇女である。この阿閉皇女は生年不詳ながら没年は養老五年（七二一年）とされている。享年は六十二歳だ。藤原不比等は養

老四年（七二〇年）八月三日に崩じている。その時の様子は、

養老四年（七二〇年）

八月「辛巳朔（一日）。右大臣正二位藤原朝臣不比等病。賜度卅人。詔曰。右大臣正二位藤原朝臣疹疾漸留。寝膳不安。朕見疲労。惻隠於心。思其平復。計無所出。宜大赦天下。以救所患」

「壬午（二日）。令都下〓八寺一日一夜読薬師経。免官戸十一人為良。除奴婢一十人従官戸。為救右大臣病也」

「癸未（三日）…是日。右大臣正二位藤原朝臣不比等薨。帝深悼惜焉。為之廃朝。挙哀内寝。特有優勅。弔賻之礼異于群臣。大臣、近江朝内大臣大織冠鎌足之第二子也」

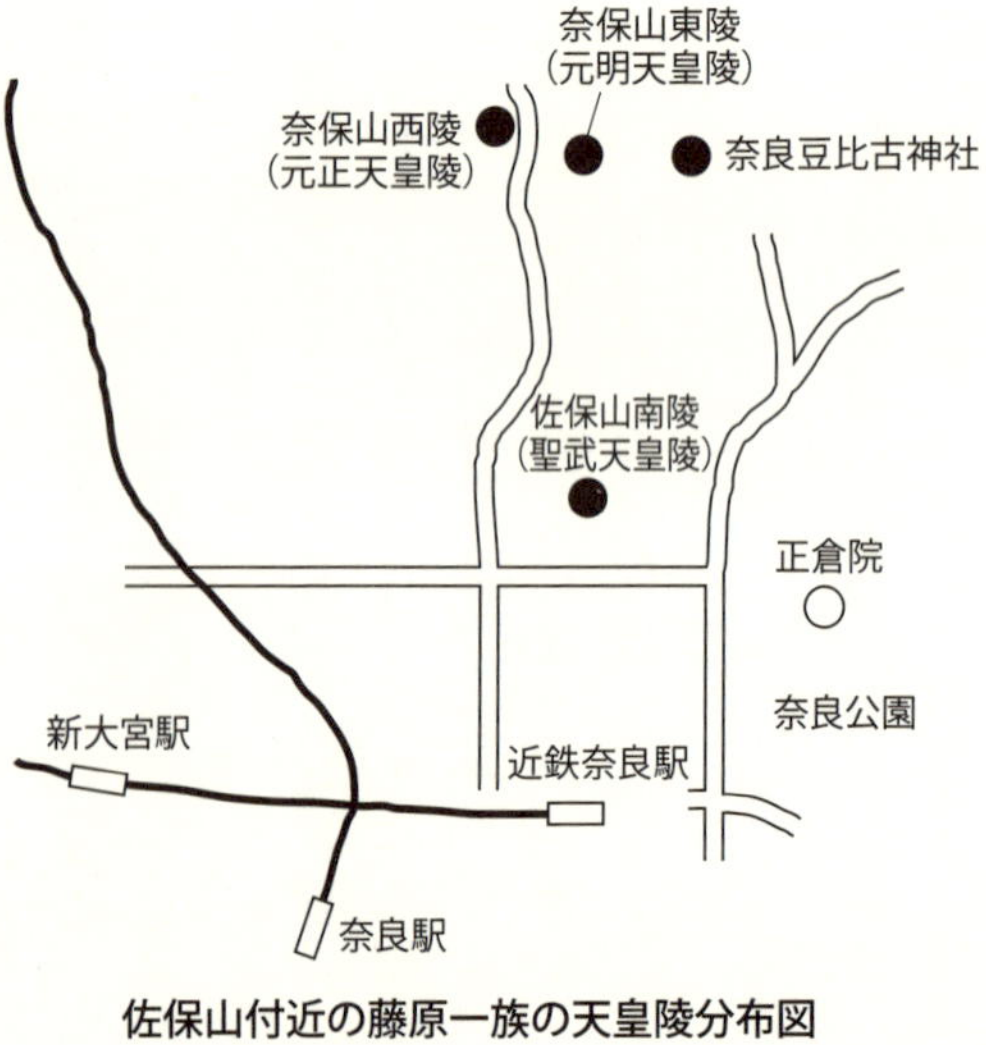

佐保山付近の藤原一族の天皇陵分布図

とあるのだが、まるでありきたりの文を挿入しただけのように見えるではないか。これらの関係から考察するに、藤原不比等と生没年が近い阿閉皇女を元明天皇だったことに話を「でっち上げた」と

思われるのである。

　藤原不比等が重祚して元明天皇になったとすればその死の少し前、元正天皇が行ったとされる養老元年（七一七年）九月十一日～同二十八日の美濃、近江行幸と養老二年（七一八年）二月七日～三月三日の美濃行幸も本当は藤原不比等の行幸であったのではないかと考えられるのである。元正天皇であった藤原宮子は長く精神的病に侵されており美濃や近江に長期間行幸する方が不自然であるのに対し、壬申の乱で実際に伊賀、伊勢、尾張、美濃、近江を廻った藤原不比等にとっては漢家本朝の礎をつくった戦の跡という想い出の地であり、感慨深い土地を巡るという大きな意味があるのである。そして藤原不比等は文武天皇の時代にも太政天皇（持統天皇）として七〇二年に三河、尾張、美濃、伊勢、伊賀に行幸をしているのである。全てのつじつまが合ってくる。

興福寺の一言観世音堂

余談になるが天武天皇と土佐神社との関係の元は何だろうか。天武天皇が即位したときに北魏系渡来氏族である高向氏が日本の皇統奪取したことになるのは既に述べたが、天武天皇はこの時に始まった皇統のレガリアを欲したのではないだろうか。古くから天皇の徴として鏡と剣が存在することを知っていたからであろう。そして天照日神とあらそった出雲系の大国主命の子とも言われる一言主を祀る土佐神社の神剣を以てレガリアとしたのではないか。そのことが後に天照日神系の草薙剣の祟りを引き起こすことになるのだろう。藤原氏の氏寺とも呼ばれる興福寺（元は山階寺）の南円堂のすぐそばに一言観世音を祀る堂が建っている。写真で分かるように正面に鏡を置いたところから道教でも仏教でもなく明らかに神道系のものだ。観世音と付いてはいるもののこれは一言主を祀ったに違いないと感じる。藤原氏と一言主、そして土佐神社との特殊な関係がそこにもみられるのである。

十四．藤原京から平城京へ

天智天皇が飛鳥から近江国大津へ遷都したのだが、天武天皇は都を飛鳥に再び戻した。これを飛鳥浄御原宮と呼ぶ。そして天武天皇は本格的朝堂型の宮の建設を計画していた。それが藤原宮である。藤原京は飛鳥浄御原京を北西に拡大した巨大なものだった。宮の中心は道教における天皇の居所である天皇太極からとった大極殿である。

そして藤原氏が漢家本朝として日本を統べることに成功したのでその宮を藤原宮と呼んだのである。

さらに元明天皇の時、すなわち藤原不比等が持統天皇の後の文武天皇の崩御後重祚して元明天皇として宮を北に遷すことを実行した。藤原宮のほぼ真北の平城宮を造営したのである。そこには藤原氏の氏寺というべき山階寺も移転させた。

藤原は東元或いは「當に元」の意味での「𫝊元」と書き、「とうげん」と発音されていたらしい。『太安万侶の暗号（六）～漢家本朝（中）乙巳の変、そして白村江の敗戦から倭国占領へ～』に併録した

「園田豪の『藤原鎌足考』」にも書いたが、桓武天皇の時の延暦二十年の遣唐使は藤原葛野麻呂であるが、それを『宋史　列傳　日本国』では「膽元葛野」と記録しているのである。「ふじわら」と名乗ったのを唐の役人が「膽元」と記録する訳はないから、「とうげん」と音で名乗ったに違いない。北魏を建てた拓跋氏の漢姓が「元」であり、その後裔が倭国に渡来し、藤原氏となったことを知っていれば「膽元」と名乗ったことがすんなり理解できる。

藤原宮は「とうげんきゅう」と呼ばれていたものと考えられるのだ。そしてその藤原氏の宮を北に移すことにしたときに新しい宮の名前を、北魏が置いた最初の都である「平城」(現在の大同)から取って「平城宮」としたのである。後に遷都した「平安宮」は別名を「洛陽」と呼んだ。上洛、洛北、洛外などという言葉にはなじみがあるだろう。この「洛陽」は北魏の孝文帝が平城から南に都を移した先の名前である。ここにも藤原氏が北魏皇統の後裔だとの特徴が良く出ている。そのためか、「平城宮(京)」も「平安宮(京)」も、現在に至るまで「音」で発音している。それまでの「飛鳥板葺宮」「岡本宮」などの訓読みから変化していることも大きな意味を持っているように思う。

(注)『愚管抄』の桓武天皇の部分にある「本ニ付紙」には、
「(前略)…同十二年癸酉正月十五日始造平安城。東京。愛宕郡。又謂左京。唐名洛陽。西京。葛野郡。又謂右京。唐名長安。…(中略)…同年(十三年)十月廿一日辛酉車駕遷于新京。…」
とあり、平安京の特に左京の唐名が洛陽であったことが分かる。

東北の多賀宮に都を置いた日の本の国は西南日本を治めるために支配者を派遣した。エビス尊がそれであるが、その派遣されたニギハヤヒ尊が宮を置いたのが巻向であった。それが所謂天孫降臨の実相であろう。

以来、ほとんどの宮は飛鳥とその周辺に置かれてきた。応神朝以降は多くの中国系渡来氏族が帰化し、飛鳥地域に定住した。その結果飛鳥地域は施設も人口も多い過密地帯になったのである。

藤原京という名称は元々ないようだが仮にその名を使うとして、藤原京を平城京に移したのだが、その理由が定かでないと言う。良く聞くのは藤原京が北西に向かって傾斜した地形のために藤原宮に向かって汚物が流れたことが原因だという説である。しかし、汚物というものが宮の部分に流れてこなければ京が健全だとは言えないし、永続的な使用などできない。そしてそれは過去でも未来でも今日にとっても同じことであろう。

平城京に目を向けてみよう。平城京の東側には東大寺、興福寺、そして春日大社などが並ぶ。すなわち東側に宗教関係の施設を集めている。そして元明天皇、元正天皇、聖武天皇、光明子の陵などが佐保山を中心とする地域に集められている。これらからは平城京のデザインは平城京だけのものではなく、平城京、宗教エリア、陵墓エリアを含んだ大規模な都市計画に基づいたものだったのだと気付くはずだ。そのような大規模な開発は古来からの既存施設が多く、人口が密集している地域では不可能である。だからこそ北の広大な地域に移動させたのだと考えられる。

その計画には住み慣れた土地から転居せざるを得ない多くの人から反対の声が上がったに違いない。しかし平城京移転は寺院の移転も含めて実行された。そこには強大な権力の存在があったことが推察できる。それこそが、北魏皇統の正統な後継者であり、かの大織冠藤原鎌足の子である藤原不比等であったのだろう。

平成二十七年十月九日奈良文化財研究所は、藤原宮の大極殿跡の発掘調査で南面に階段跡を発見したと発表した。これは従来から言われている平城宮の大極殿は藤原宮の大極殿を移築したものとの説を裏付けるものだと言う。

平城宮とその周辺施設の建設は漢家本朝成立の明確な証拠であるだけでなく、藤原不比等による「宣言」のように思える。

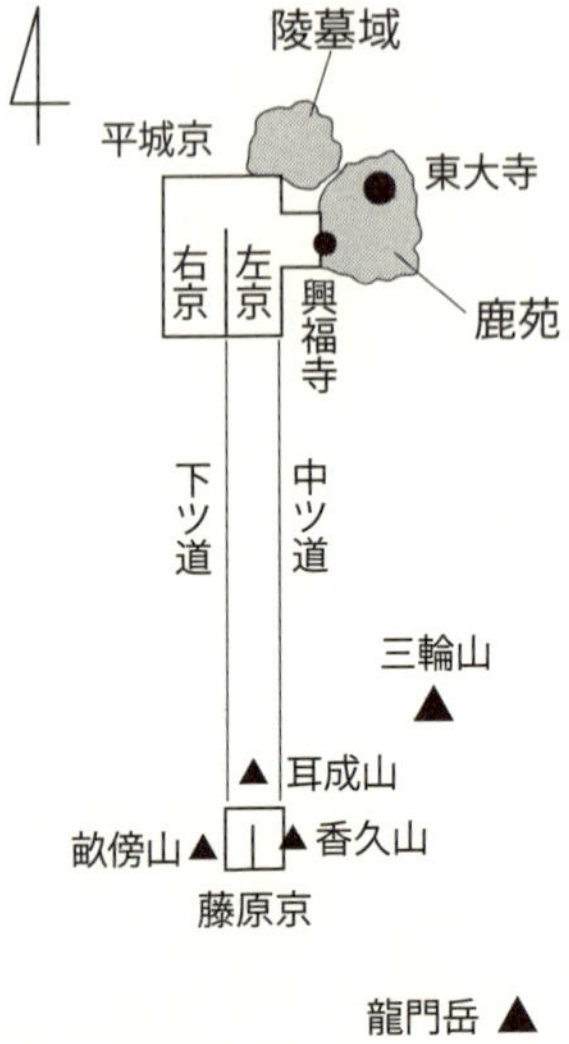

藤原京と平城京の位置関係
および平城京のデザイン

十五．持統天皇と元明天皇は藤原不比等、そして元正天皇は藤原宮子であることの理由のまとめ

色々な面から検討を進めてきたが、それらをまとめて持統天皇が誰かを確かめようと思う。まず持統天皇が天武天皇の皇后とされる菟野皇女ではないという根拠を整理するところから始め、持統天皇および元明天皇とされている天皇が両天皇とも藤原不比等であったことを示そうと思う。さらに元正天皇が藤原宮子であることを示す。

（い）天武紀に皇后の名前も出自も記載されていない。これは異例も異例なことである。意図的に記載しなかったか編集時に削除したかであろう。つまり記載しない理由があったはずである。

（ろ）六八一年二月二十五日に草壁皇子が立太子した。草壁皇子は天武天皇崩御の六八六年には二十四歳だった。その時大津皇子は二十三歳、大田皇女という皇后の姉の子であるために草壁皇子より皇位に近いとの説がある。そうであれば、草壁皇子の立太子の六八一年が本当であれば、序列からはその時に大津皇子が太子となったはずなのである。とにかく太子、草壁皇子に

とっていわば邪魔な存在の大津皇子は天武天皇の崩御の直後に謀反の疑いで捕縛され、直ちに死を賜った。この時間的関係や、直ちに死を賜るというところに謀略の匂いが強くする。

（は）天武天皇崩御の時に二十四歳の太子であった草壁王が即位できなかったのはなぜか。先に皇子たちに流れる血について検討したが、草壁皇子には天智天皇の血が二十五パーセント、そして蘇我氏の血が二十五パーセント流れている。天武天皇が天智天皇の崩御の後外国である新羅から来た弔問の使いを筑紫から追い返した行動を見れば、そのようなものに皇位を継承させるわけがないのである。その北魏皇統の後裔という誇りを持つ高向（藤原）氏の氏族としての夢は漢家本朝であったのである。それに相応しいものは天武天皇の弟、すなわち藤原鎌足の子である藤原不比等以外にいなかった。

（に）持統天皇の称制の期間というのは天武天皇崩御の後、大津皇子と草壁皇子が死去するまでの期間に一致している。

（ほ）持統天皇の時代に集中して吉野への行幸が数多く行われている。その目的は後述するが、吉野行幸には日帰りと思われるものがかなり含まれている。飛鳥浄御原宮からは、それは藤原宮でも同じだが吉野までは約十五キロの里程である。歩けば三時間半から四時間程度の道程であろうか。持統天皇が菟野皇女という女性であれば輿に乗っての吉野行きになったのであろうが、その場合輿は徒歩の従者が担うことになるから通常の徒歩より速度は低くなる。日帰りで峠を越えての吉野行きは困難だと考えるべきだろう。

また、七〇二年十月十日から十一月二十五日までの一月半にわたり、参河（三河）、尾張、美濃、伊勢、伊賀に出かけている。大旅行と言って良い。この時菟野皇女は五十七歳だ。当時としては相当の老婆である。果たしてそれほどの長旅に耐えられるか疑問である。菟野皇女は五十八歳で死去しているのだから死の直前ともいえる時期である。しかしこの時藤原不比等は四十四歳だ。不比等ならば吉野へは馬を駆って往復できただろうし、没年六十二歳を考慮すれば長旅も問題なかったろう。

（へ）『日本書紀』での持統天皇は、『新唐書』では總持天皇と記され、『宋史』では持総天皇となっている。總持は金剛總持という仏教の尊として存在する。仏教には五仏というものがある、すなわち、大日如来、阿閦《あしゅく》如来、宝生如来、観自在王如来および不空成就如来であり、方位としては、中央、東方、南方、西方、北方にそれぞれ対応する。

これら五仏を合わせたもの、五仏を統括する第六の尊として金剛總持が存在する。道教では仁義礼智信の五つを合わせ、統括するものとして「徳」を設定している。このまさにぴったりの対応関係から見て、金剛總持の「總持」をとって不比等の本来の名としたことは十分考え得ることである。ちなみに奈良時代までは不比等と書くのではなく史と書いていた。『大鏡』の言う「比《なら》び等しからず」が命名の元だと言うのはこじつけにすぎないだろう。本当は藤原史總持がフルネームだったのではないだろうか。

（と）持統天皇四年（六九〇年）に着工し、六九四年に飛鳥浄御原宮から遷した藤原宮だが、その名の通り「藤原氏の宮」である。その遷宮をした天皇は藤原氏のものであるはずである。持統天皇が天智天皇と蘇我温智娘との間に生まれた菟野皇女ではなく藤原氏の宗家を継いだ藤原不比等こそ相応しい。

（ち）大友皇子の曾孫である淡海三船（七二二～七八五年）が神武～元正天皇まで（ただし文武天皇を除く）の漢風諡号を選定したとされるが持統は「継体持統」からとったものだと言う。その意味は「血統を繋いだ」というものだと言うのだが、それこそ実質的に藤原不比等であることを示唆しているようだ。菟野皇女では血の一部しか藤原氏ではないからである。

（り）珂瑠皇子は藤原鎌足の娘で天武天皇の妃であった五百重娘と藤原不比等の間の皇子のようである。藤原不比等が譲位して文武天皇としたが若くして死去してしまった。やむなく藤原不比等が重祚して元明天皇となった。元明と元正の名は共に元を含む。元は北魏皇帝となった拓跋氏の漢風の姓であり、孝文帝の時以降用いられている。例えば、孝文帝は元宏、宣武帝は元恪、孝明帝は元詡がその名である。どうやら北魏の歴史を強く意識していたようであり、藤原系の純粋な初めての天皇である天武天皇を北魏の太祖道武帝という建国の皇帝に模していたようである。そして北魏の第二代皇帝は太宗明元帝である。總持（持統）天皇、つまり藤原系の第二代天皇である藤原不比等が重祚したからこそ元明帝との、明元帝に似通った名としたのかもしれない。

　ただし中国の史書にある、阿用天皇または阿閉天皇との記述はそれが元明天皇のことと対応させられるのだがなぜそのように書かれたかがまだ分からない。

（ぬ）元正天皇の元正という名も極めて北魏的なのは言うまでもない。元正帝はその譲位の詔の中で聖武天皇（首皇子）のことを「我が子」と呼びかけていることから首皇子の母である藤原宮子に違いない。元正天皇であると『日本書紀』が〝既述した〟氷高皇女は文武天皇の姉であり、また生涯独身であり、首皇子の母であるわけがない。さらに姉が皇位に就くことなど直系で継承すると定めたルールに違反する。「伯母ではあるが首皇子を我が子のように思っていた」などとの解釈は屁理屈のように思える。しかも「我が子」との呼びかけは他の機会にも発せられた言葉である。

（る）元正天皇は元明天皇が首皇子の十分な成長をする前に死期を迎えてしまったが為の中継ぎの天皇であろう。そのために中国の史書には既述されないか、記述されても「皈依」天皇である。皈依は帰依と同じであるから仏道に深く帰依した藤原宮子のことであることは確かであろう。藤原宮子は首皇子の母であっても文武天皇の皇后であるから文武天皇の崩御後は皇太后であった。北魏では皇太后が幼少の皇太子に変わり国を治めることが馮太后の例を見れば存在していたことが分かる。藤原宮子は馮太后と同じような立場で政治を掌っていたのだろう。形式的にはその時に首皇子が天皇となっていた可能性もあるのである。

（を）天武天皇以来の藤原系、すなわち北魏皇統の後裔による漢家本朝のレガリアと思われる黒作懸佩刀が天武天皇―草壁皇子―藤原不比等―文武天皇―藤原不比等―聖武天皇と伝わったことは總持（持統）天皇と元明天皇が藤原不比等であったことを強く示唆する。

十六．謀議と偽史作成の舞台こそ吉野

藤原鎌足の時代まで北魏系渡来氏族高向氏の漢家本朝実現計画の密議は壇山宮で行われていた。「談らい山」とはよくぞ名付けたという名である。

壬申の乱を経て皇位を獲得した天武天皇は左右大臣も置かぬ専制政治を行った。即位のときはまだ筑紫に唐が置いた都督府が存在し、日本は被占領国だったのである。

漸く吐蕃との戦いと新羅との戦いという二面作戦に弱体化した唐は六七六年に熊津都督府と安東都護府を朝鮮半島から遼東半島に移転する。事実上の朝鮮半島からの撤退である。新羅は朝鮮半島を統一した。その後の新羅を以前のものと区別して統一新羅と呼んでいる。新羅は高句麗の流れをくむものを旧百済の益山に集め、報徳国なる傀儡国を作った。日本書紀に高句麗滅亡後も「高麗」からの帰化人が多く記載されているのはこの報徳国からのものだと考えられる。

唐は筑紫都督府からも撤退したと思われる。しかし、唐との間は緊張状態にあったので新羅と共同して唐に対処する必要があった。かつて新羅からの朝貢使の例は多かったが新羅に日本（倭国）から使者を派遣することなどしなかった。しかし、唐に対する対応協議のためにこの時期繰り返し使者を

新羅に派遣している。また国内では唐との再度の戦いに備えての武器の準備、軍事教練の実施などが行われた。

すなわち天武天皇は即位後対唐、対新羅の外交と軍事力増強に追われていた。それが一段落した六七九年の、吉野に六皇子を集めての誓約が漢家本朝完成に向けてのキックオフミーティングであったのだと思われる。

既に天下を手に入れた天武天皇と藤原（高向）一族にとってどこでどのような会議を開いても問題ないのだろうが、日本のために行う天皇の政治に関することではなく、藤原（高向）氏のための秘密の打ち合わせなので飛鳥浄御原宮では実行できなかったのだろう。そして天皇となった大海皇子が足しげく壇山宮を訪問するのも、諸氏族の手前遠慮せざるを得なかったのではないだろうか。

そこでかつての壇山宮の役割を担う施設を吉野に作ったのだと考える。吉野は五台山に模した時に、南台に相当する。先に調べたように南台は片麻岩や大理石などでできている。吉野川は中央構造線に平行に流れる川で、三波川変成帯の中にあるが、すぐ北の中央構造線の向こうは領家帯という花崗岩、大理石、片麻岩が分布するところだ。

そして『懐風藻』に収録されている「吉野に遊ぶ」といった題の漢詩を見れば、明らかに道教の強い影響が認められる神仙境として取り扱われている。

その神仙境に、中国の洛陽の近くの竜門の石窟からその名を採ったのではないかと思われる龍門の滝と龍門寺址がある。龍は中国皇帝のシンボルマークである。「龍門寺」が「龍紋寺」を連想したものであったとすればそれはまさに北魏皇統の後裔たちの寺として相応しい名称である。

その龍門寺で藤原宮ではできない歴史改竄、すなわち偽史作成などの作業をしていたのではないだろうか。

中国では王朝ごとに史書の編纂を行った。北魏の史書は『魏書』であり、『漢書』『後漢書』『隋書』『舊唐書』などなどである。

拓跋氏が倭国、すなわち日本で新たな国を建て、例えば「謄元国」とでも称したのならその史書の名は『謄元書』となるはずであった。しかし、藤原氏は歴史を偽り、中国渡来氏族の皇統であることを隠し、倭国在地の氏族のような、いや倭国の皇統を正当に継承してきた朝廷の如く振る舞おうとしたのである。そこで史書は『日本紀』となったようである。その後、その名称はそのあやふやさを反映してか『日本書紀』となっていったのであろう。

古代から一つの王朝が連綿と続いていることにし、その正当な継承者であると認知されれば、未来永劫漢家本朝を継続できる。北魏皇統の血を本朝の天皇の必須条件とするシステムを作り上げようとしたのである。そのために藤原不比等の子孫のみを藤原氏とし、その藤原氏から皇后などを選ぶことにした。妃とした倭種の生んだ皇子は基本的に臣籍降下させた。源氏が橘氏などの血を引くものであり、平氏は中国系渡来氏族、倭漢氏の坂上田村麻呂の娘の子に始まる。『愚管抄』の桓武天皇の記述の中に、

「坂上田村丸大将軍トシテエビスヲウチ平グ。今ノ平氏ハ此御門ノ末也」

とある。平氏所縁の安芸の宮嶋の社が朱塗りなわけが理解できるだろう。

その目的のために伝世の歴史を抹消し、壮大な偽史を創ったのである。藤原不比等は重祚して元明天皇となり、娘の藤原宮子が元正天皇なっていたときに太政天皇として死去し、元明天皇として葬られているのである。そして、藤原不比等としての墓さえ残さなかったのである。まさしく『尊卑分脈』の「不比等傳」にある「公、有所避事」、すなわち「公（藤原不比等）については避ける所の事ありて」（藤原不比等に関しては触れてはならないことがある）という重要な挿入文がすべてを物語っているようではないか。

十七．天武天皇～聖武天皇までの皇統を復元すれば

復元した歴史を日本書紀に沿って記述してみる。括弧内は元の日本書紀の記述である。置き換えた名称に傍線を引いた。なお、持統天皇が藤原不比等であり、それが『新唐書』で總持天皇とされていることから本章では「總持天皇」と呼ぶことにする。

天武天皇八年（六七九年）五月、「吉野宮に行幸。天皇、藤原不比等（皇后）、草壁皇子（草壁皇子尊）、大津皇子、高市皇子、舎人皇子（河嶋皇子）、忍壁皇子、磯城皇子（芝基皇子）に詔して曰く『朕、今日、汝等と倶に庭に誓いて、千歳の後に、事無からしめんと欲す。奈之何』とのたまう。皇女等、共に対えて曰さく、『理實灼然なり』とまおす。則ち大津皇子(草壁皇子尊)、先ず進みて盟いて曰さく、『天神地祇及び天皇、證《あきら》めたまえ。吾兄弟長幼、幷《あわせ》て十餘王、各異腹より出でたり。然れども同じきと異なりと別かず、倶に天皇の勅に随いて、相扶けて忤うること無けん。若《も》し今より以後、此の盟の如くにあらずば、身命亡び、子孫絶えん。忘れじ、失《あやま》たじ』

五の皇子、次を以て相盟うこと、先の如し。而して後に、天皇曰わく、『朕が男等、各異腹にして

生まれたり。然れども今一母同産の如く慈まん』とのたまう。則ち襟を披いて其の六の皇子を抱きたまう。因りて盟いて曰く、『若し玆の盟に違わば、忽に朕が身を亡ぼさん』とのたまう。藤原不比等（皇后）の盟いたまうこと、且天皇の如し。」（日本書紀）

（注）再三指摘してきたが天武天皇は天智天皇を弔問に来た新羅の使者を筑紫から追い返してしまったほどに嫌っていた。そのことは天智天皇の葬儀が十分に行われず、陵墓すら誠意を持って造ったようには見えないことからも分かる。したがって天智天皇の子である河嶋皇子がこの重要な吉野の誓約に参加しているはずがない。それは舎人皇子であろう。また、芝基皇子も天智天皇の子である。同音異字の天武天皇の子である磯城皇子であると考えられる。

これら諸皇子の生年が明確でないために年端もいかぬ皇子まで参加したのか、はたまた六皇子がもっと少なかったのか確認の仕様がないが、たとえ幼くてもその誓約に参加したのではないかと考えている。

さて、すなわち吉野の六皇子の誓約とは天武天皇とその弟であり、藤原宗家の長である藤原不比等が天武天皇の六皇子と「千年先までも漢家本朝、すなわち北魏皇統の後裔が天皇となってこの国を支配し続けるために力を合わせる」誓いの儀式であったのである。そこには天智天皇と蘇我氏の女《むすめ》である菟野皇女などが参加するわけがない。藤原不比等の参加を歴史から隠すための細工をしたと考えるべきである。

天武天皇九年（六八〇年）七月、天武天皇が病に臥す。
十一月、皇后が病に臥す。薬師寺の建立。

天武天皇十年（六八一年）二月、飛鳥浄御原律令作成の詔。
二月二十五日、大津皇子（草壁皇子）の立太子。万機を皇太子に委ねる。
三月、帝紀や上古の諸事を書にまとめよとの指示。（古事記、日本書紀編纂の端緒）
七月、新羅と高麗に遣使。
十月、新羅が朝貢（新羅王の死を報告）。輕市での閲兵。

天武天皇十一年（六八二年）三月、新都の候補地調査。
「新字一部四十四巻」の作成を指示。（資料年表中の注参照）
四月、髪型を中国風に改める。
六月、高麗が朝貢。
八月、「禮儀言語の狀」を定める。（資料年表中の注参照）
九月、「跪禮と匍匐禮の禁止」（中国式に改める）。

天武天皇十二年（六八三年）二月、大津皇子、始めて朝政を聴《きこ》しめす。

（注）『日本古典文學大系　日本書紀』（岩波書店）の頭注では、「大津皇子は天皇の皇子中、皇太

子草壁皇子につぐ地位にあり、しかも優れた資質の持主であった。この年二十一歳に達したので皇太子と共に国政に参画することになったのであろう」とあるが、根拠なき推論である。二年前に皇太子となった大津皇子が実際に政務をとるようになったのがこの時なのではないだろうか。立太子の天武天皇十年以降の矢継ぎ早の政策の中の「新字一部四十四巻」の作成や「禮儀言語の狀」の決定などはとても若い大津皇子の仕事とは思えない。そしてその後は氏族への新しい姓の付与などが中心となり、この前後で仕事の性格が大きく変わっている。

なお、『懐風藻』における大津皇子の紹介文を見れば、「皇子は浄御原帝の長子なり」とあり大津皇子が元々皇太子であり、草壁皇子が皇太子とする『日本書紀』の記述は他の多くの歴史改変の一つであると思われる。

天武天皇十二年（六八三年）七月、天皇が病臥中の鏡姫王を直接見舞う。翌日死去。
十一月、諸国に陣法を習わせる。
十二月、諸国の境界の画定に着手。

天武天皇十三年（六八四年）二月〜三月、新京の適地調査。
閏四月、文武官に対し、武器を持ち、馬に乗ることを習えと指示。（資料年表の注を参照）
十月、八色の姓を制定。

（注）八色の姓は北魏の孝文帝が実施した制度。天武朝が北魏系であることの表れと見て良いだろう。

天武天皇十四年（六八五年）一月〜五月、多くの氏族に新しい姓を付与。

十一月〜十二月、多くの氏族に新しい姓を付与。

六月、朝服の色を制定。

九月、畿内の人々の持つ武器を調査。そして天武天皇発病。

十一月、大角、小角、鼓、吹、幡旗、および弩《おおゆみ》と抛《いしはじき》などの軍団用装備品の個人所有を禁ずる詔を諸国に出す。

十二月、藤原不比等（皇后）が王卿等五十五人に朝服一揃いを下賜。


天武天皇十五年、朱鳥元年（六八六年）六月。天武天皇病気。卜占にて草薙剣の祟りと判明。即座に草薙剣を熱田の社に戻す。以降、病気平癒の為の仏事、大赦、出家僧の増加などを実施。また、天下のことをすべて藤原不比等（皇后）と皇太子に任せる。

七月、天武十一年三月の中国風の服装に関する指示を解除して元の和風に戻すように触れを出す。

（注）急激な北魏化（漢化）政策が日本在地の神の怒りを買ったと、天武天皇が感じたからではないだろうか。

八月、天皇の病気平癒の為に神祇に祈る。また、秦忌紀石勝を土佐に派遣して土佐大神に幣を奉る。

九月九日、天武天皇崩御。藤原不比等（皇后）の称制が始まる。

十月、大津皇子の謀反発覚。即日拘束、翌日刑死。（資料年表中の注参照）

（注）倭国（日本）の神などまったく顧みなかった北魏皇統の後裔である天武天皇も、自らの病の原因が草薙剣の祟りと道教の卜占（遁甲）で判明してからは恐れを抱いたようだ。在地の神祇に祈り、土佐大神に祈るためにわざわざ土佐の国まで使者を向かわせ、幣を奉った。しかし、祟りは解けずに天武天皇は崩御した。間近でその様子を見ていた藤原不比等の在地（日本）の神の祟りへの恐怖は凄まじいものがあったと思われる。

（注）吉野での六皇子の誓約の目的は北魏皇統の後裔である藤原（高向）一族が漢家本朝として千年先までも皇位を独占し、継承することであった。その中心にいるのは天武天皇と藤原不比等の兄弟二人である。その万全なシステムについては十二分に相談が行われていたはずで

ある。その重要な一族の夢の実現には一片の情けもはさまない冷徹な判断と行動が必要である。皇太子の大津皇子の謀殺が天武天皇の崩御直後に行われたことは天武天皇も承知の上でのことだった可能性が高いことを示している。

（注）『日本書紀』には「大津皇子、皇太子を謀反けむとす」と記述する。大津皇子が皇太子であればこそ藤原不比等に謀殺されたのであろう。藤原不比等が天皇を称制したので、その不比等天皇への謀反との嫌疑をかけられたとみる。したがって「大津皇子、天皇（称制）を謀反けむとす」というのが正確な表現であったのではないか。それもでっち上げであったのは『懐風藻』が河嶋皇子の通報（讒言）について記述していることから推察できる。

（注）『日本書紀』の称制前紀に、「天渟中原瀛眞人天皇元年夏六月、從天渟中原瀛眞人天皇、避難東國、鞠旅會衆遂與定謀、廼分命敢死者數萬置諸要害之地。秋七月、美濃軍將等與大倭桀豪、共誅大友皇子、傳首詣不破宮」とある。すなわち、天武天皇（大海皇子）に従って壬申の乱の折に東国に行き、天武天皇と常に一緒に計略を練り、天武天皇と分担して万余の兵を用いた。そして美濃の兵と、大倭の兵を率いて戦い、大友皇子を討ち、その首を不破宮に届けた、とある。このことは天武紀における壬申の乱の記述とはかなり異なっているばかりでなく、この記述の主人公が到底皇后などではないことを暗示している。天武紀では皇后は桑名に留まっていたことになっているのだから。この記述も藤原不比等が壬申の乱に中心人物の一人

として加わっていたことを示している。

總持天皇元年（六八七年）通年、天武天皇のための追悼行事など
總持天皇二年（六八八年）通年、天武天皇の追悼行事。十二月に大内陵に埋葬。
總持天皇三年（六八九年）一月、吉野に三日間行幸。
四月、十三日に草壁皇子死去。
八月、吉野行幸、閏八月、戸籍作成を命ず。
總持天皇四年（六九〇年）一月、總持天皇が即位。「奉上神璽劒鏡於皇后。皇后、即天皇位」は、
本当は「奉上神璽劒鏡於藤原不比等（皇后）。藤原不比等（皇后）、即天皇位」。

（注）總持天皇三年（六八九年）の吉野行幸は在位期間だけでも三十回を超える吉野行幸の初回である。六皇子の誓約で「千年先も変わらぬ支配体制の継続を願った」その吉野でその実現に向けた作業、特に飛鳥浄御原京や藤原京では行い得なかった打ち合わせや作業をしていたと考えるべきであろう。作業場所は官人の多い吉野宮ではなく、秘密裏に作業ができる藤原氏の寺である、竜門寺であったと思われる。

一月の吉野行幸の後、病気の兆候すら既述のない草壁皇子が四月十三日に死去する。『日本書紀』での記述は単に「皇太子草壁皇子尊薨」とあるだけである。そしてその後も何の記

述もなく、七月に「爲皇太子奉施於三寺安居沙門三百廿九」とあるだけだ。ちなみに同月、高市皇子を太政大臣に任じている。草壁皇子が天武天皇の皇太子ならこのような扱いにはならないはずではないか。そして草壁皇子が死去した翌年正月に持統天皇の即位の儀式を行う流れから見て、大津皇子と草壁皇子という天智天皇の血を引く皇子を藤原不比等が暗殺または謀殺したと考えるのが妥当であろう。

（注）總持天皇の即位の場面を『日本書紀』は「物部麻呂朝臣、樹大盾。神祇伯中臣大嶋朝臣、讀天神壽詞。畢、忌部宿禰色夫知、奉上神璽劒鏡於皇后。皇后、卽天皇位」と描写している。養老神祇令には、「凡践祚之日、中臣奏天神之寿詞」とあり、また「忌部上神璽之鏡剣」とある。すなわち即位のときの神器は鏡と剣の二種であり三種ではない。

總持天皇四年（六九〇年）七月、高市皇子を太政大臣とする。

十一月、元嘉暦と儀鳳歴を初めて使用。猶この年頻繁に吉野へ行幸。

總持天皇五年（六九一年）八月、大三輪、雀部、石上、藤原、石川、巨勢、膳部、春日、上毛野、大伴、紀伊、平群、羽田、阿倍、佐伯、采女、穂積、阿曇の十八氏に命じて、祖の墓記等を提出させる。

（注）主要十八氏の墓記等を提出させたのは、歴史改変方針が定まり、相違する不都合な史書の消

滅を目論んだ行為である。現存するものがなく、返却の記述もないことが何よりの証拠であろう。天皇記、国記が焼失したとの記録も史書を消し去ったことの理由づけであろう。

總持天皇六年（六九二年）二月、天皇が三月三日に伊勢に行幸するので準備せよと命ずるが、中納言大三輪朝臣高市麻呂が反対。

三月、留守官を任命し、三日に伊勢行幸に出かけようとするも、中納言大三輪朝臣高市麻呂が進退をかけて反対。六日、天皇は行幸を強行。

（注）藤原不比等は兄である天武天皇が実際に草薙剣の祟りで病気になり、北魏系渡来氏族としては異例の神祇への祈りまで行ったが、結局平癒せず死去したことにショックを受けていたのだろう。藤原京の場所選定も終わり、卜占を行った際に伊勢、すなわち天照日神の祟りが障害だとの結果が出たのではないだろうか。ニギハヤヒを祀る大三輪大社に関係する三輪一族の人間として中国人に伊勢の神宮を穢されると感じて猛反対をしたのではないかと思われる。農事の邪魔になるというならどこに出かける行幸も同様であろう。

この争いに関しては本来記述する必要がない。敢えて書くにはそれなりの理由があるはずである。追って『懐風藻』の序文との関連で議論したい。

總持天皇七年（六九三年）一月、漢人等が踏歌を奉る。

（注）踏歌とは足を踏み鳴らしながら踊る中国の舞の一種。『愚管抄』には「ウヅエ踏歌ナド此御時ハジマル」とある。『扶桑略記』には「七年癸巳正月。漢人始奏踏歌」とある。宮の中に漢人（中国人）が多くいることが分かる。正に漢家本朝そのものである。踏歌は漢の時代から中国に伝わるもので正月の上弦節句ごろに催されるもので、男踏歌は一月十四日に、女踏歌は一月十六日に催行されていた。男踏歌は間もなく行われなくなったが、住吉大社などの踏歌神事を見るに、「万歳楽」と唱える場面があり、どうやら總持天皇（藤原不比等）が漢家本朝の完成を祈って始めたものらしい。踏歌のより詳しい説明などは後述の奈良豆比古神社のところで行う。

九月、吉野行幸を頻繁に行う中、多武嶺に行幸した。そして十日には、天武天皇の命日（九月九日）だとして内裏で無遮大會を開く。

十二月、陣法博士を諸国に派遣し軍事訓練。

總持天皇八年（六九四年）一月、漢人が踏歌。唐人が踏歌。

一月〜九月、頻繁に吉野行幸。

十二月、藤原宮に遷都。

總持天皇九年（六九五年）通年、吉野行幸を繰り返す。

總持天皇十年（六九六年）三月に二槻宮（壇山宮）に行幸のほかは一、三、六月に吉野に行幸。

七月、後皇子尊（高市皇子）死去。
總持天皇十一年（六九七年）二月、東宮大傅と春宮大夫を新たに選任。
三月、春宮で無遮大會。
六月、總持天皇が発病。
八月、皇太子に譲位。藤原宮子を夫人にする。

（注）總持天皇十年（六九六年）の七月に壬申の乱以来大活躍の高市皇子が他界すると、それを待っていたかのように慌ただしく、翌年二月には東宮の重要ポストの人事の一新が行われ、總持天皇の発病（そういうことにした可能性が大きい）の翌月の八月には皇太子に譲位した。文武天皇すなわち珂瑠皇子のことなのだが、『日本書紀』の記述は、「天皇、定策禁中、禪天皇位於皇太子」とあるだけである。この皇太子に関しては『日本書紀』はその名前も、立太子に関してもまったく触れていない。前後の関係からは總持天皇（藤原不比等）の皇太子には高市皇子がなっていたのではないだろうか。その死（自然死あるいは暗殺）を待って珂瑠皇子を皇太子とし、すぐにその新しい皇太子に譲位したとみるべきだろう。『続日本紀』では文武天皇に関し「高天原広野姫天皇十一年。立為皇太子」とこのことを裏付ける記述がなされている。注意すべきは「珂瑠」という馬具に用いる玉石に由来する名前との関連や、「皇子」と呼ぶ点から、珂瑠皇子は藤原不比等と天武天皇の妃である五百重娘との間に生まれた子供だと思われることである。このことは『尊卑分脈』の「夫人　五百重娘　天武天皇女御　後

舎兄　淡海公　密通　生　参議麿卿」との記述の背景と合致するようだ。
なお、『新唐書』では「長安元年　其王文武立　改元曰太寶」とある。長安元年は西暦七〇一年であるから文武天皇の即位は七〇一年だったのかもしれない。七〇一年は天武天皇の皇后、菟野皇女が死去した年である。菟野皇女が持統天皇だとする偽史に合わせるかのような附合である。しかし文武天皇即位は高市皇子死去直後とする方が正しいと感じる。

文武天皇二年（六九八年）八月、不比等に藤原朝臣の姓を新たに下賜し、他の藤原氏のものを旧姓（中臣氏）に戻す。

（注）藤原鎌足が藤原の姓を下賜されて以来、北魏系の鎌足一族も、家系を「奪われて」いた旧中臣氏のものもすべてが「藤原氏」を名乗っていたのだが、その藤原氏の宗家たる不比等が總持天皇として君臨し、その後譲位したので藤原姓に戻そうとしたのではないか。その時に藤原朝臣の姓は不比等とその子孫だけに許し、それまで藤原氏を名乗っていた旧中臣氏のものには中臣氏と称するように命じたのであろう。藤原不比等は總持天皇の譲位後の太政天皇であるばかりでなく、藤原氏の宗家としての立場を歴史の中だけにしても使い分けたのであろう。

文武天皇三年（六九九年）五月、役小角を伊豆に流す。

六月、日向王、春日王が死去。
七月、弓削王が死去。
九月、新田部皇女が死去。
十二月、大江皇女が死去。

文武天皇四年（七〇〇年）三月、諸国に牧地を選定。
四月、明日香皇女が死去。
六月、刑部親王、藤原不比等以下十八人に律令の選定を下命。
十月、周防と吉備の総領を任命。

文武天皇五年（七〇一年）一月、粟田朝臣真人等遣唐使の派遣を決定。

（注）天智天皇八年（六六九年）の遣唐使以来のものである。唐による筑紫都督府への進駐、壬申の乱、新羅と歩調を合わせての唐追い出し作戦などで唐との関係は悪く、長らく遣唐使など送る状況になかった。なお天智天皇八年の遣唐使は『新唐書』に「咸亨元年　遣使賀平高麗」との記述に附合するものである。ちなみにこの咸亨元年（六七〇年）に倭国は日本と国号を替えている。

文武天皇五年（七〇一年）二月、大宝元年と改元。
六月、太政天皇（藤原不比等）が吉野に行幸。

文武天皇六年（七〇二年）

八月、大宝律令成る。高安城を廃する。

某月、藤原夫人（宮子）が皇子（首皇子）を産む。

某月、縣犬養（橘）三千代が藤原不比等（總持天皇）の後妻となる。

三月、二槻離宮を修理。信濃国からの梓弓千二十張を大宰府へ。

四月、伊勢太神宮に使者を派遣。

七月、伊勢太神宮に物を奉じた。（「伊勢太神宮封物者。是神御之物。宜准供神事。勿令濫穢」）

七月、天皇が吉野に行幸。（日帰り？）

八月、薩摩に征討軍を派遣。伊勢太神宮の服料用に神戸の調を命ず。

九月、伊賀、伊勢、美濃、尾張、三河の五か国に行宮を造営。

十月、薩摩隼人を征したとき、大宰府所管の九社の神威を以て荒賊を平定できたので、幣帛を奉る。太政天皇（藤原不比等）が参河国に行幸。

十一月、十七日、太政天皇（藤原不比等）が美濃国に入る。不破の大領の官位を進め、美濃国守に加封する。二十二日、伊勢国に入る。国守に加封。二十四日、伊賀国に入る。尾張、美濃、伊勢、伊賀などの通過した郡司や百姓に叙位、賜録。二十五日参河から帰着。

十二月、九月九日と十二月三日は先帝の忌日なので休業日とする詔を出す。菟野皇女（天武天皇皇后）が発病し、二十二日に死去。

（注）文武天皇五年（七〇一年）に文武天皇夫人の藤原宮子（藤原不比等の女）が首皇子（後の聖武天皇）を生んだ。文武天皇（珂瑠皇子）も夫人の宮子も藤原不比等の子供であるから、その子の首皇子が天皇となれば北魏系皇統の後裔が日本の天皇位を継承していく確固たる基盤ができる。そのため藤原不比等の首皇子への期待は頗る高かったものと思われる。気になるのは天武天皇を死に追いやった日本在地の神などによる中国からの渡来民、つまり異民族に対する祟りであった。六九二年の伊勢行幸は藤原不比等自身への祟りを防ごうとの目的のものであったが、期待の孫を得て、祟り封じを本格化させようとした。その動きが、文武天皇六年（七〇二年）四月の伊勢神宮への使者の派遣、七月の物の奉納、八月の服料のための調の用意と続き、九月には行宮を行幸に備えて伊賀、伊勢、美濃、尾張、三河の五か国に行宮を造営させる。そして十月に藤原不比等は三河に出発、そして美濃に入り、壬申の乱で転戦した懐かしい所を訪問しながら伊勢に入る。詳細な記述はないが伊勢太神宮に参って孫の首皇子に祟らぬように礼を尽くしたのではないだろうか。そして伊賀を抜けて宮に帰着しているのである。

（注）本当の太政天皇は總持天皇（藤原不比等）であるがここでは天武天皇皇后の菟野皇女が持統天皇だったように偽っているので菟野皇女が五十八歳で死去したことを「太政天皇崩」と記述しているものと判断される。

文武天皇七年（七〇三年）二月十一日、「是日、太政天皇七七」

（注）前年十二月二十二日死去なので四十九日を七七と表したものと思われる。

十二月、菟野皇女（天武天皇皇后）を飛鳥岡にて火葬。天武天皇陵である大内陵に合葬。

文武天皇八年（七〇四年）一月、百官の跪状之礼を止める。

四月、信濃からの弓千四百張を大宰府に送る。

五月、年号を慶雲と改める。

七月、遣唐使の粟田朝臣真人が唐から帰国。

八月、遣新羅使が帰国。

文武天皇九年（七〇五年）五月、忍壁親王死去。

十月、新羅が朝貢。

十二月、葛野王死去。

文武天皇十年（七〇六年）一月、新羅が朝貢。

閏一月、新羅の調を伊勢太神宮ほか七道諸社に奉る。泉内親王を伊勢太神宮に参らせる。

二月、大神朝臣高市麻呂死去。甲斐、信濃、越中、但馬、土佐などの国の十九社に、祈年幣帛を入れる。
三月、礼儀や風紀の乱れに対する詔を出す。

（注）新羅の調を伊勢太神宮ほか七道諸社に奉り、内親王を伊勢太神宮に派遣するところから太政天皇（總持天皇）の天照日神（アテルヒの神）の祟りを恐れる様子が分かる。そして大神朝臣高市麻呂という伊勢行幸に職を賭して反対した三輪大社系の硬骨漢が死去したことで別の祟りも気になったのではないか。同じ月に甲斐、信濃、越中、但馬、土佐などの国の十九社に、祈年幣帛を入れているのである。それだけではなく三月には風紀の乱れなどに関する詔まで出しているのだ。その詔を引用しておこう。

「詔曰。夫礼者。天地経義。人倫鎔範也。道徳仁義。因礼乃弘。教訓正俗。待礼而成。比者。諸司容儀、多違礼義。加以、男女無別。昼夜相会。又如聞。京城内外多有穢臭。良由所司不存検察。自今以後。両省、五府。並遣官人及衛士。厳加捉搦。随事科決。若不合与罪者。録状上聞」

文武天皇十年（七〇六年）九月、初めて田租法を定める。難波宮に行幸。
十月、行幸に従った諸国の騎兵六百六十人の庸調などを免除。
十二月、多紀内親王を伊勢太神宮に派遣。

文武天皇十一年（七〇七年）六月十五日、文武天皇崩御。

元明天皇元年（七〇七年）七月、元明天皇即位。大内山陵に事あり。

十一月十二日、文武天皇の葬儀、飛鳥岡で火葬。二十日、檜隈安古山陵に埋葬。

十二月、礼節を尊ぶようにとの詔を出す。

（注）元明天皇は藤原不比等の重祚。總持（持統）天皇として珂瑠皇子（文武天皇）に譲位したのだが、文武天皇が病気で早世してしまった。首皇子はその時まだ七歳と幼すぎて天皇とするわけにいかず、藤原不比等が再度天皇となった。

（注）大内山陵は天武天皇と皇后、菟野皇女との合葬墓である。有事の内容は不明だが、後世の『明月記』には盗掘のことが書かれている。

（注）礼節を守れとの詔を引用しておく。

「詔曰。凡為政之道。以礼為先。無礼言乱。言乱失旨。往年有詔。停跪伏之礼。今聞。内外庁前。皆不厳粛。進退無礼。陳答失度。斯則所在官司不恪其次。自忘礼節之所致也。宜自今以後厳加糺弾、革其弊俗。使靡淳風」

元明天皇二年（七〇八年）一月、武蔵国秩父郡から銅を産する。これを記念し、年号を和同と改める。

四月、従四位下柿本朝臣佐留が死去。

九月、平城の地形を見るために巡幸する。造平城京司長官を置く。

十二月、平城宮地で鎮祭を執り行う。

元明天皇三年（七〇九年）三月、陸奥と越後の蝦夷が馴化せず、しばしば大和側の民を襲うので、駿河、甲斐、信濃、上野、越前、越中などから徴発して軍を組織し、巨勢朝臣麻呂を陸奥鎮東将軍に、佐伯宿禰石湯を征越後蝦夷将軍にして節刀を与えてそれぞれの方面に向かわせる。

七月、上毛野朝臣安麻呂を陸奥守に任ずる。征蝦狄のために、諸国から兵器を出羽柵に運ばせる。

八月、征蝦夷将軍佐伯宿禰石湯等が京に帰還。

九月、征蝦夷将軍佐伯宿禰石湯等に恩賞。遠江、駿河、甲斐、常陸、信濃、上野、陸奥、越前、越中、越後等から征蝦夷に加わった兵士のうち五十日以上兵役をしたものは一年間国に帰す。

元明天皇四年（七一〇年）三月、平城への遷都開始。

四月、陸奥の蝦夷等が君姓の下賜を請う。下賜する。

元明天皇五年（七一一年）一月、都亭駅。山背国相楽郡岡田駅。綴喜郡山本駅。河内国交野郡楠葉

駅。摂津国嶋上郡大原駅。嶋下郡殖村駅。伊賀国阿閉郡新家駅を置いた。

九月十八日、元明天皇の詔により、太安万侶が古事記の編纂に着手。（古事記序文による）

元明天皇六年（七一二年）

一月二十八日、太安万侶が『古事記』三巻を献上。（古事記序文による）

七月、伊勢、尾張、参河、駿河、伊豆、近江、越前、丹波、但馬、因幡、伯耆、出雲、播磨、備前、備中、備後、安芸、紀伊、阿波、伊予、讃岐等二十一国に綾錦を織ることを命じた。

（注）綾錦の織り方を諸国に指導していたが元明天皇六年に二十一国に対して織ることを命じた。当時の王

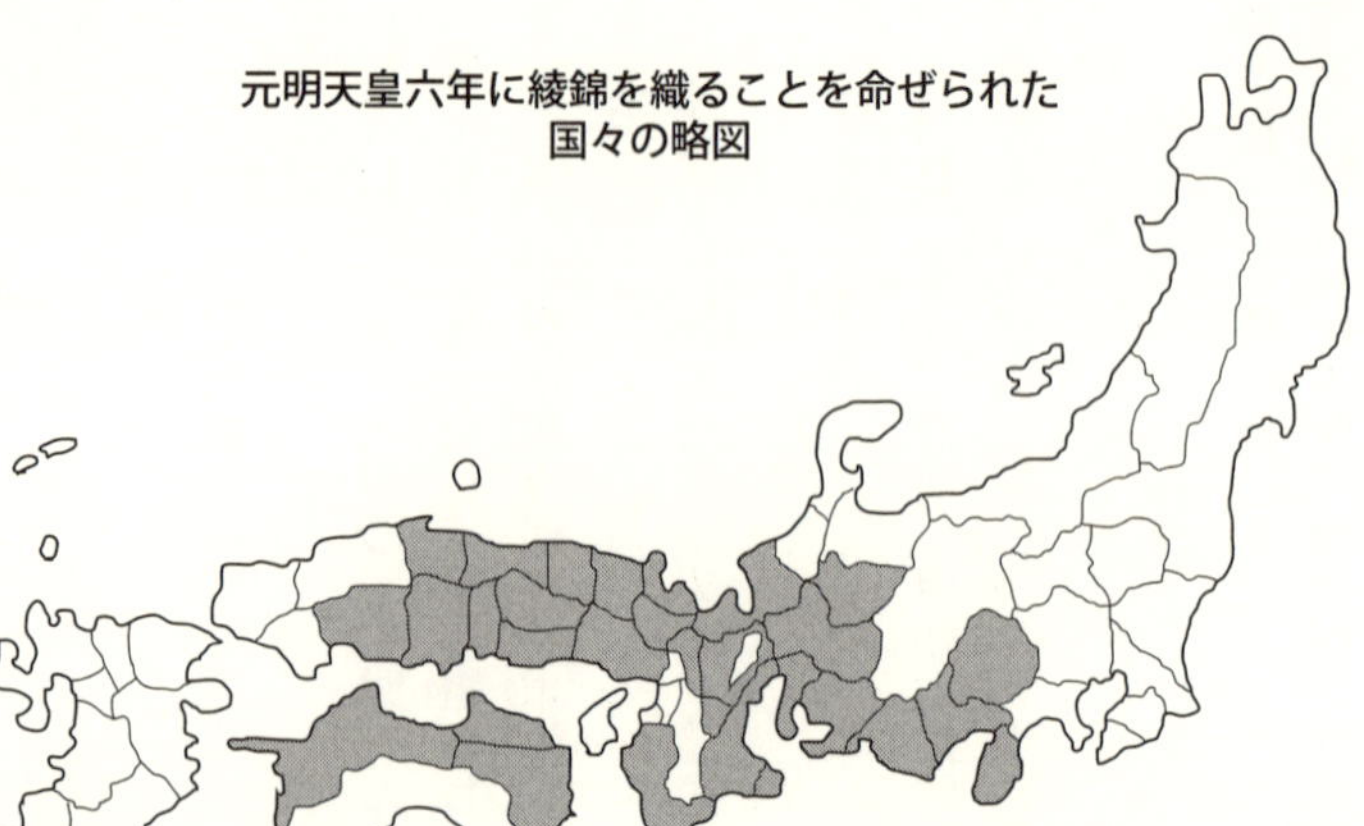

元明天皇六年に綾錦を織ることを命ぜられた国々の略図

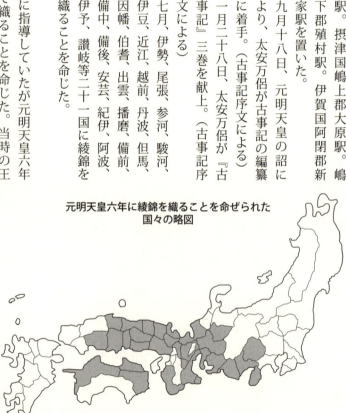

権が安定して支配している地域がこれから分かる。九州については たびたび梓弓を大宰府に送ったことや、薩摩での隼人の反乱などの既述から、未だに不安定な状態であったと考えられる。

九月、北道の蝦狄を官軍で平定し、その地に一国を建てる。これを出羽の国と言う。

十月、陸奥国から最上、置賜の二郡を割いて出羽国に含める。

(注) 斉明天皇四年（六五八年）に始めた安陪比邏夫による日の本の国の侵略は日本海の海岸部に沿って船団を組む水軍で行われた。越国、渡りの嶋、樺太、を経由して黒竜江（アムール川）河口の粛慎まで遠征したがすべては日本海沿岸部に限定されていた。この最上、置賜二軍の出羽国編入は日の本の国侵略が現在の山形県内陸部にまで及んだことを意味する。日の本の国の本拠地である多賀のある仙台平野は脊梁山地を越えれば目前という所まで攻め取ったということである。

(注)『続日本紀』にはこの年の『古事記』完成の記事が見当たらない。正史から削除したらしい。

元明天皇七年（七一三年）二月、度量、調庸、義倉の制を定める。

四月、丹波国の加佐、与佐、丹波、竹野、熊野の五郡を割いて丹後国を新設する。備前国の英多、勝田、苫田、久米、大庭、真嶋の六郡を割いて美作国を新設する。日向国の肝坏、贈於、大隅、姶羅《あいら》四郡を割いて大隅国を新設する。

五月、畿内および七道諸国の郡郷名に好字を充てる。その郡内の所生、すなわち銀銅彩色草木禽獣魚虫等の物を具に記録し、土地の肥沃度、山川原野の名の由来、さらに古老が相伝える旧聞異事についても採録して宜しく言上するように命ずる。

（注）これが風土記編纂の指示だと思われる。風土記とは中国において作られていたもので『周処風土記』『冀州風土記』『臨海風土記』『後魏風土記』などがある。後魏とは北魏のことであり、まさに漢家本朝の先祖の国である。八色の姓もそうであったが北魏の制度、習慣を適用して彼らの国を日本に再興しようとしたように思える。

七月、討隼賊将軍並びに士卒等のうち、戦陣にて功のあったもの一千二百八十余人に対しその功に応じて勲位を授ける。

（注）有功のものの数から、隼人との戦の規模の大きさが想像できる。

十二月、陸奥国に新たに丹取郡を置く。

（注）丹取郡は名取郡のことで、現在の宮城県大崎市を中心とする地域であった。この時に既に大崎平野まで日の本の国は浸食されていたことになる。最上、置賜の二郡が出羽国に編入されたのが元明天皇六年（七十二年）のことであるから、猛烈な勢いで侵略が進んでいると分かる。大崎市辺りまで奪われたのであるからアテルヒの神の本拠地であった多賀の宮もすでに奪われ、アテルヒの神たちは北に本拠地を移しながら戦っていたと推定される。

元明天皇八年（七一四年）六月、皇太子（首皇子）十四歳で元服。

十月、尾張、上野、信濃、越後等の国民二百戸を割いて出羽柵戸として配置換えをする。

十一月、新羅が朝貢。

十二月、太朝臣遠建治等が南嶋奄美、信覚及球美等の嶋人五十二人を率いて南嶋から来る。


元明天皇九年（七一五年）一月、皇太子が初めて拝朝する。蝦夷と南嶋の七十七人に授位。

九月、天皇禅位。

（注）禅位の詔は次の通りである。

「天皇禅位于氷高内親王。詔曰。乾道統天。文明於是馭暦。大宝曰位。震極所以居尊。昔者。揖譲之君。旁求歴試。干戈之主。継体承基。貽厥後昆。克隆皙祚。朕君臨天下。撫育黎元。蒙上天之保休。頼祖宗之遺慶。海内晏静。区夏安寧。然而兢々之志。夙夜不怠。翼々之情。日慎一日。憂労庶政。九載于茲。今精華漸衰。耄期斯倦。深求閑逸。高踏風雲。釈累遺塵。将同脱■。因以此神器。欲譲皇太子。而年歯幼稚。未離深宮。庶務多端。一日万機。一品氷高内親王。早叶祥符。夙彰徳音。天縦寛仁。沈静婉■。華夏載佇。謳訟知帰。今伝皇帝位於内親王。公卿、百寮、宜悉祇奉以称朕意焉」

「庶政に憂労すること茲に九年、今、精華漸く衰え、耄期斯く倦む」とは、九年間政治に苦心してきて、為すことに衰えが目立つようになり、すでに高齢となりボロボロになってきた、との意味である。ちなみに、「耄期《ぼうき》」の耄は七十歳（八十、九十歳）、期は百歳の意。それらを合わせた語「耄期」は老いぼれること、高齢になること、ぼけることなどを意味する。そこで、皇太子に神器を譲ろうと思ったのだが皇太子はまだ年端もいかず、まだ奥から出られない。だから、内親王に皇帝の位を伝えることにしたと言っているのである。つまり皇太子がもう少し成長するまでつなぎを頼むといった内容である。

帝位を譲った相手は氷高皇女となっているがすでに検討したようにこれは藤原不比等の女《むすめ》、藤原宮子である。

元正天皇元年（七一五年）九月、受禅。年号を和銅から霊亀に改める。

元正天皇二年（七一六年）二月、出雲国国造、出雲臣果安が神賀事《かむよごと》を奏する。

四月、大鳥、和泉、日根の三郡を割いて和泉監を置く。

九月、中納言巨勢朝臣万呂が、「出羽国を建ててから既に数年がたったにもかかわらず、吏民は少く、狄徒はさっぱり馴化しないままである。その地は膏腴《こうゆ》（肥沃）であり、広大である。近くの国民を出羽国に移して欲しい。そして狂狄を教え、諭し、かつ土地を利用したい」と願い出た。そこで陸奥国の置賜、最上二郡、信濃、上野、越前、越後の四国から百姓をそれぞれ百戸割いて出羽国に移すと決定。

太朝臣安麻呂を氏の長者とする。

元正天皇三年（七一七年）二月、信濃、上野、越前、越後の四国の百姓各一百戸を移し、出羽柵戸とする。

三月、遣唐押使、多治比真人県守に節刀を賜る。

五月、上総と信濃の二国に初めて貢絁調を命じる。

九月、十一日に天皇が美濃国に行幸を開始。十二日に近江国に至り、淡海を観望。山陰道の伯耆まで、山陽道の備後まで、南海道の讃岐までの諸国司等が行在所に詣で来て土風歌舞を奉る。十八日、美濃国に至る。東海道の相摸まで、東山道の信濃まで、北陸道の越中までの諸国司等が行在所に詣で来て風俗之雑伎を奉る。二十日、当耆郡に向かい、多度山の美泉をご覧になる。二十七日、近江国に戻る。二十八日、平城京に帰る。十一月、高麗と百済の士卒は本国の乱にあった。朝廷はその国が滅びたのを憐れみ、彼らに終身給を与える。

十一月、十七日、「九月に美濃国不破の行宮に数日滞在した時に当耆郡多度山の美泉を見に行った。手や顔を漬けてみたが痛い所を洗えばどこでも治り、我が体でそれを確認した。聞けば白髪が黒くなり、禿に毛が生えるとか、また盲の目が見えるようになるとも。後漢の光武の時に同じような霊泉があったと聞く。そこで霊亀三年を養老元年と年号を改める」と詔を出した。

（注）土風とは郷土の歌謡のこと。

（注）近江で山陰道、山陽道、南海道の国司たちを集めてそれらの国々の土風歌舞を楽しみ、美濃で東海道、東山道、北陸道の国司たちを集めてそれらの国々の風俗の雑技を楽しんでいる。諸道の国司たちを集めて楽しむのであれば、平城京に呼び寄せれば済むことである。この行幸の目的は近江と美濃、特に不破での滞在が主たる目的であったのではないか。この行先はまさに壬申の乱のときの舞台そのものである。天皇の行幸と記述されているが本当は總持

（持統）天皇であり、元明天皇でもあった藤原不比等が老いてもう一度その地を訪ね、諸々の人に会いたいと願ったのではないかと思う。また、美濃の多度山の美泉、すなわち醴泉《れいせん》の効能で自らの体の若返りを願っての旅だったとも考えられる。

時に、美濃の美泉を「醴泉」と呼んでいるがこの醴泉には特別な意味がある。道教での鳥の中の鳥である霊鳥、鳳凰がこれしか飲まないとする水が醴泉の水なのである。藤原不比等が醴泉と呼び、その水を飲んで命を長らえ、健康を維持しようとしたからこその年号が「養老」であるのだ。またその醴泉のある山地を「養老山脈」と呼ぶのであろう。

元正天皇四年（七一八年）二月、十九日、美濃国醴泉に行幸。二十四日、経由した美濃、尾張、伊賀、伊勢などの国司や郡司及び外散位以上のものに授位賜禄。
三月、三日、平城京に戻る。

（注）『続日本紀』の記述の表面からは元正天皇が元正天皇三年（七一七年）九月の美濃、近江行幸をしたように見えるが、醴泉の若返りの効能を知ってこの年に再び美濃行幸をするばかりか、年号をそれこそ「養老」としたことを勘案すれば、行幸したのが老人であることが分かる。元正天皇はまだ幼いからと皇太子に留めてある首皇子の母の藤原宮子という藤原不比等の娘である。「養老」の語に対応するような年齢ではない。歳を取り、体に問題が出てきた藤原不比等が行幸していたとみて間違いない。

五月、越前国の羽咋、能登、鳳至、珠洲の四郡を割いて初めて能登国を置く。上総国の平群、安房、朝夷、長狭の四郡を割いて安房国を置く。陸奥国の石城、標葉、行方、宇太、曰理、及び常陸国の菊多の六郡を割いて石城国を置く。白河、石背、会津、安積、信夫の五郡を割いて石背国を置く。常陸国の多珂郡の郷二百一十煙を菊多郡と名付けて石城国に編入する。

八月、出羽と渡島の蝦夷八十七人がやって来て、馬千頭を献じた。

（注）日の本系氏族とは異なり、継体朝に中国から渡来した北魏系氏族である、高向―藤原氏にとって、東北の日の本の国が過去の宗主国であるとの意識など存在しない。そのためにどんどん侵略を重ねて、旧日の本の国（日高見国）を切り取っては自国領としていった。そして安定した地域から行政区画を作り変えていったことが分かる。日の本の国は現在の岩手、青森県を中心とした地域にまで押し込まれていたように判断される。

そして出羽や渡島からの千頭もの馬の献上からはその支配の強さがうかがわれる。

九月、法興寺を新京（平城京）に遷す。

十二月、太政天皇のために大赦を行う。

（注）太政天皇とは元明天皇、すなわち藤原不比等のことであり、すでに病気または老衰となっているることが分かる。

元正天皇五年（七一九年）四月、志摩国の塔志郡の五郷を分けて初めて佐芸郡を置く。
六月、皇太子が初めて朝政を聴く。
七月、東海、東山、北陸の三道の民二百戸を出羽柵に配する。
閏七月、新羅の朝貢使が調物及び牡牝各一匹の馬を献上す。
閏七月、新羅の朝貢使、金長言等に宴を賜う。

（注）この時大納言であった長屋王の屋敷で盛大な宴が催された。その様子は『懐風藻』に採録されている多くの漢詩から想像できる。長屋王は藤原不比等の娘を妻にしていたこともあり、重用されていた。

閏七月、新羅の朝貢使、金長言等が帰国。
閏七月、岩城国に初めて驛家を十か所に置く。
十二月、婦女衣服様を制定する。

元正天皇六年（七二〇年）一月、渡嶋、津軽の津司である諸君鞍男など六人をその風俗を調べるために靺鞨《まつかつ》国に派遣。

二月、隼人が反乱、大隅国守の陽侯史麻呂を殺害する。

三月、大伴宿禰旅人を征隼人持節大将軍に任命。

三月、勅により三百二十人を出家させる。藤原不比等に刀と資人三十人を特別に勅命により授ける。

五月、舎人親王が勅により日本紀をまとめていたが、完成したので奏上した。紀卅巻、系図一巻からなる。(日本書紀のこと)

八月、一日、藤原不比等が病になる。度を三十人賜る。大赦を行う。二日、藤原不比等を病から救うために平城京あたりの八寺において、一昼夜薬師経を読ませる。三日、藤原不比等が薨。天皇は残念に感じ、挙哀をなした。また、特別に優勅があった。

(注)大赦を実施するに当たっての詔の一部を引用すれば「右大臣正二位藤原朝臣疹疾漸留。寝膳不安。朕見疲労。惻隠於心。思其平復。計無所出。宜大赦天下。以救所患」。その中の「朕見疲労。惻隠於心。思其平復」の部分からは元正天皇が自身で藤原不比等を見舞ったようにも見える。元正天皇が藤原不比等の娘の宮子であることの傍証の一つに挙げられるものと考えられる。優勅があったとの記述だがその優勅の内容は記載されていない。藤原鎌足死去の際の天智天皇の恩詔も『日本書紀』にはその内容が記されていなかった。しかし『藤氏家伝』

に恩賞の全文が載せられていたので内容が分かった。この元正天皇の優勅が見つかれば藤原不比等と元正天皇の関係がより明確にできると思うのだが。

さて、この藤原不比等の病と死去の記述だが、藤原不比等が元明天皇だったことを隠すための記述挿入であると思われる。そのモデルとなったのが元明天皇だとされる阿閉皇女である。この藤原不比等の死去の如く既述したのが阿閉皇女の死去のことで、翌年の元明天皇崩御こそ藤原不比等の死去のことなのである。


九月、陸奥国で蝦夷が反乱。按察使上毛野朝臣広人が殺される。多治比真人県守を持節征夷将軍に任命。その日に節刀を授ける。


元正天皇七年（七二一年）一月、縣犬養橘宿禰三千代を従三位から正三位にする。

三月、国民の疲弊に対応するため、この年の畿内五国の調を免除し、また七道諸国の役を免除。

四月、佐渡国の雑太郡を割き、賀母と羽茂の二郡を置く。備前国の邑久と赤坂の二郡之郷を割き、藤原郡を置く。備後国の安那郡を割き、深津郡を置く。周防国の熊毛郡を割き、玖珂郡を置く。

四月、征夷将軍多治比真人県守および鎮狄将軍阿倍朝臣駿河等が戻る。

五月、三日、太政天皇が病になる。大赦を実施。六日、天皇が元明天皇の病を心配し、平癒回復のために三宝に帰依し、百人を出家させた。

（注）この時の詔は、「太上天皇。聖体不予。寝膳日損。毎至此念。心肝如裂。思帰依三宝。欲令平復。宜簡取浄行男女一百人。入道修道。経年堪為師者。雖非度色。並聴得度。以糸九千絇。施六郡門徒。勧励後学。流伝万祀」というものである。つまり「父、藤原不比等である太政天皇が病に臥した。食事は喉を通らず、夜も眠れない。そのことを思うだけで心が張り裂けそうだ。病気が平癒回復することを願って三宝に帰依している…」状況なのだ。まさしく『宋史』に記述された皈依天皇＝帰依天皇が理解できる内容である。

五月、十二日、従四位上笠朝臣麻呂が太政天皇のために出家を願い出て許される。十九日、正三位縣犬養橘宿禰三千代も出家。食封も資人も断り、優詔も聴きいれなかった。

（注）縣犬養橘三千代は藤原不比等の後妻であり、聖武天皇（首皇子）の皇后となった光明子の母である。『続日本紀』が元明天皇であるとする阿閉皇女とは関係のない人である。その三千代が出家するのは、彼女が藤原不比等、すなわち元明天皇の後妻であったからであろう。もし藤原不比等自らが元明天皇であることを正直に記述させたとすればこの県犬養橘三千代は皇后と記載されていたはずであろう。

六月、信濃国を割き、諏方国を置く。

七月、征隼人副将軍従五位下笠朝臣御室と従五位下巨勢朝臣真人等が戻る。斬首、獲虜合わせて千四百余人。

七月、大宰府の城門で火災。

九月、伊勢太神宮に幣帛を奉ずる使いを派遣。また皇太子の女《むすめ》、井上《いがみ》王を斎内親王とする。

十月、太政天皇が右大臣従二位長屋王と参議従三位藤原朝臣房前を呼び入れ、死後の措置などを命じた。（注参照）

十月、陸奥国の柴田郡の二郷を割き、苅田郡を置く。

十月、太政天皇が再度遺言をする。（注参照）

十二月、六日、大赦。都下の諸寺に転経を命ずる。七日、太政天皇崩御。三関を固守するようにと使者を走らせる。八日、従二位長屋王。従三位藤原朝臣武智麻呂等を行御装束事の担当に、従三位大伴宿禰旅人を供営陵事の担当と定める。十三日、太上天皇を大倭国添上郡椎山陵に葬る。喪儀は遺詔により執り行わず。

（注）太政天皇、すなわち元明天皇、つまり藤原不比等が死んだ。その前の九月に伊勢太神宮に幣

帛を奉る使いを送っている。兄の天武天皇（大海皇子）を草薙剣の祟りで亡くして以来、北魏系の拓跋（高向）氏一族で奪い取ってしまった日の本国の神の祟りを恐れるようになった藤原不比等は中納言大神朝臣高市麻呂との対立を押し切って伊勢行幸をしたほど伊勢太神宮の天照日神（アテルヒの神）の神威を恐れた。その病篤いことを知って使いを派遣したのだと思われる。

十二月になりいよいよ病が重くなり、藤原不比等は遺言をする。そのとき呼び入れたのは長屋王と二男の藤原房前の二人であり、長男の武智麻呂は呼ばれていない。房前を信頼していたのが分かる。

遺詔の内容は『続日本紀』では、

「朕聞。万物之生。靡不有死。此則天地之理。奚可哀悲。厚葬破業。重服傷生。朕甚不取焉。朕崩之後。宜於大和国添上郡蔵宝山雍良岑造竈火葬。莫改他処。謚号称其国其郡朝庭馭宇天皇。流伝後世。又皇帝摂断万機。一同平日。王侯・卿相及文武百官。不得輙離職掌。追従喪車。各守本司視事如恒。其近侍官并五衛府。務加厳警。周衛伺候。以備不虞」

と三日後の、

「喪事所須。一事以上。准依前勅。勿致闕失。其輴車・霊駕之具。不得刻鏤金玉。絵飾丹青。素薄是用。卑謙是順。仍丘体無鑿。就山作竈。芟棘開場。即為喪処。又其地者。皆殖常葉之樹。即立刻字之碑」

の二つである。概要を書けば、

「いけとし生けるものに死なないものなどない。これは天地の理である。悲しむべきことでもなく、厚く葬る必要もない。死んだ後は大和国添上郡蔵宝山雍良《なら》岑に竈をつくりそこで火葬せよ。別の所に葬るな。謚号は其国其郡朝庭馭宇天皇（つまり、大和国添上郡平城馭宇天皇）とし、後世に伝えよ。皆、仕事を離れてはいかん。喪車に追従することもならぬ…」

「先の勅のようにせよ。朝政を中断させてはならない。轜車《じしゃ》は飾るな。岡を削ることなく、竈をつくり、雑草を切り開き、そこを喪処とせよ。そこには常緑の樹を植え、そこに刻字之碑を立てよ」

　というものである。

この刻字之碑が畑の中から発見され、現在奈良豆比子神社にその拓本が保管されている。

その表面には、

「大倭國添上郡平城宮馭宇八州
　太上天皇之陵是其所也
　養老五年歳次辛酉冬十二月癸酉朔十三日癸酉葬」

とある。まさしく元明天皇の遺詔通りのことが行われたことが分かる。因みにこの陵碑は写真で分かるように正方形でかつ何の装飾もないものだ。後述の北魏の平城京の特徴をまとめた部分に書いたが、北魏での墓碑は正方形で文字以外を書かず、身分の上下はその大きさで表現するとの特徴に合致する。

藤原不比等は自らが總持（持統）天皇であったことや元明天皇であったことを隠し、偽の皇統譜を正史として残そうとしていた。従って目立つような陵を残さなかった。この奈良山のどこかに藤原不比等の遺骨が埋められているはずである。ちなみに藤原不比等の墓なるものが存在しないことも元明天皇こそ藤原不比等である傍証のように感じる。

さて、その奈良豆比古神社であるが、元々の名前は「奈良坂春日社」と言ったとのことである。また、平城津比古神社とも呼ばれていたともいう。そして祭神は中殿に平城津比古大神、左殿に春日宮天皇（施基親王）、右殿に春日王であるが、『式内社考』では中殿が奈良春日宮大神、左殿が春日若宮、右殿が八幡大神とされている由だ。

神社の祭神は時として時代時代の都合で替えられてきたのでそのまま信じて良い場合ばかりではないが、中殿の祭神である平城津比古大神は恐らく元明天皇、すなわち陵碑にある天皇である。藤原不比等のことであろう。

社殿に特徴的なものがある。ずらっと並んだ吊り灯篭だ。まるで道教寺院である。藤原氏ゆかりの談山神社や春日大社に吊り灯篭が並んでいることについては『太安万侶の暗号（五）～漢家本朝（上）陰謀渦巻く飛鳥～』の中に併録した、「談山神社考」などで紹介してきたが、この奈良豆比古神社の吊り灯篭はそれらを髣髴とさせるものである。そして神社の名前が元は「奈良坂春日社」と聞けば春日大社との関連、すなわち藤原氏との関連を思い浮かべざるを得ない。光仁天皇の父親である施基親王を祀ったとあるようだが実は藤原不比等を藤原不比等として埋葬することができなかったので平城津比古大神の名で藤原不比等を祀ったのではないかと想像する。

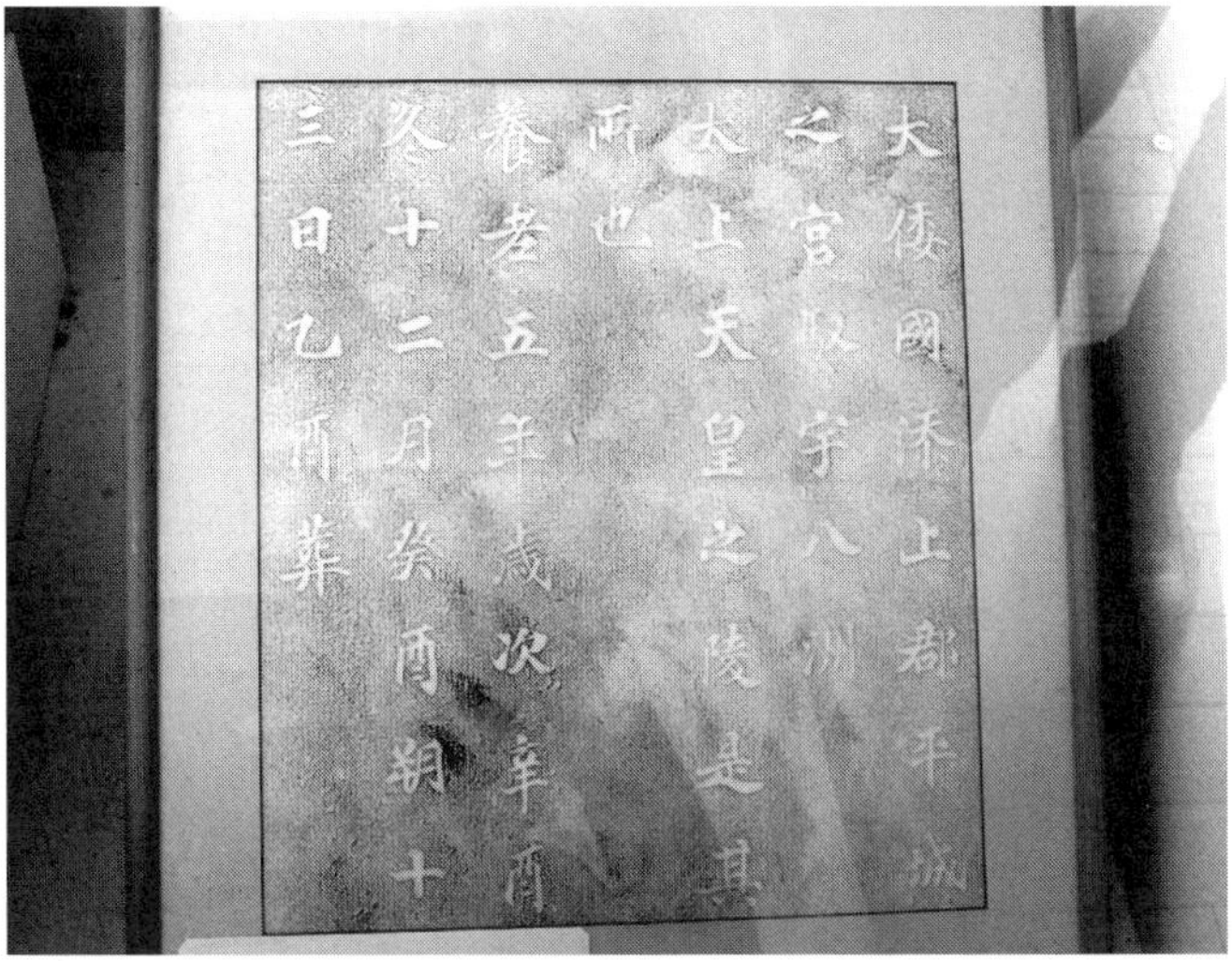

奈良豆比古神社にある元明天皇陵碑（函石）拓本

奈良豆比古神社舞殿の吊り灯篭

さてこの奈良豆比古神社だが、そこの舞台で演じられる翁舞で有名なところだ。能楽の前身である猿楽（申楽）の起源とされる舞なのである。猿楽士というものが元々は興福寺系の寺社に属するものだったという歴史からは藤原氏との密接な関係が浮かんでくる。そしてその猿楽の源流がこの藤原氏ゆかりと思われる奈良豆比古神社に伝わる翁舞などであるとは驚きであった。

翁舞は猿楽、そしてそれに連なる能楽の原初の形とはいえ、能楽とはまったく異なる神事のようなものである。

文化庁による解説を引用しておこう。

「保護団体名：奈良豆比古神社翁舞講

解説文：奈良豆比古神社の翁舞は、三人の翁の立ち合いによる特異な形態の翁舞である。この翁舞は、奈良豆比古神社の秋祭の宵宮【よいみや】に行われ、かつては旧暦九月八日夜であったが、現在は十月八日夜になっている。奈良阪町は、奈良市街地北方の京都に向かう奈良の境にあたり、翁舞が行われる奈良豆比古神社は、かつて春日神社と呼ばれたこともあったが、古くから当地区の鎮守であったとされる。

「翁」は神聖視され、一般の能の演目とは異なる特別な演目で、現在は、舞台披きや特別な公演の時に舞われる。遅くとも中世後期から近世初頭のころには、専門演技者が神事芸能として「翁」を各神社の祭礼で演じるようになっていたとされる。現在、この翁舞は、奈良豆比古神社の祭礼組織とは別に組織される奈良豆比古神社翁講によって行われているが、この翁講は、寛政三年（一七九一）の記録で確認できるので、一八世紀のころには地元の人びとが演じるようになったと考えられる。

まず毎年九月二十一日の夜に会合を開いて役割を決定する。翁を演じるのは六〇歳前後のもの、千歳は一三歳ほどの少年、三番叟と小鼓【こつづみ】は青年の役で、地謡【じうたい】と大鼓【おおつづみ】、笛は年長者が担当する。九月二十三日から一週間は毎夜、練習し、十月四日には全講中が神社に集まり、拝殿でセイゾロエ（勢揃え）と呼ぶ総稽古を衣装をつけないで行う。翁舞当日は、夜八時ころ、衣装部屋から拝殿に掛けられた橋掛【はしが】かりを渡って神主、笛、小鼓、大鼓、地謡、ワキの翁、三番叟、千歳、翁の順で拝殿に出て着座する。全員の着座が終わると、笛が吹き出されて翁舞が始まり、一時間ほどで終わる。

この翁舞は、現在の能楽と同様に、千歳、翁、三番叟の構成であるが、千歳の舞の後に、一人の翁の舞があり、その後、翁の両側に、脇の翁が並び立つ三人の翁の舞になり、三人の翁が退場して、三番叟の舞になって終わる。

この三人の翁舞については、近世、奈良の興福寺や春日社の神仏事の「翁」には、奈良を本拠にした宝生【ほうしょう】、金春【こんぱる】、金剛【こんごう】の三座が立ち合う形をとり、三人の翁が登場していたことから、その影響を受けたものと考えられる。

このように奈良豆比古神社の翁舞は、三人の翁が登場するもので、芸能の変遷の過程を示し、地域的特色も顕著である。」

此の翁舞というものはいわゆる能楽と異なり、ストーリーが無きに等しい。ちょっと聞いていると何やら呪文のような意味不明の言葉が続く。詞をご覧いただきたい。

翁「とう〳〵たらり〳〵ら。たらりあがりらゝりとう」
地「ちりやたらりたらりら。たらりあがりらゝりとう」
翁「処千代までおはしませ」
地「我等も千秋さむらふ」
翁「鶴と亀との齢にて。幸ひ心に任せたり」
翁「とう〳〵たらり〳〵ら」
地「ちりやたらりたらりら。たらりあがりらゝりとう」
千歳「鳴るは瀧の水。鳴るは瀧の水。日は照るとも」
地「絶えずとうたりありうとうとう」
千歳「絶えずとうたり常にとうたり」
ここで千歳の舞が入り、
千歳「処千代までおはしませ」
地「我等も千秋さむらふ」
千歳「鶴と亀との齢にて。処は久しく栄え給ふべしや。鶴は千代経る君は如何経る」
地「萬代こそ経れ。ありうとうとうとう」

さらに、
翁「総角やとんどや」
地「尋ばかりやとんどや」
翁「座して居たれども」
地「参らうれんげりやとんどや」
翁「松やさき。翁や先に生れけん。いざ姫小松年くらべせん」
地「そよやりちや」
翁ワカ「凡そ千年の鶴は。万歳楽と諷ふたり。又万代の池の亀は。甲に三極を備へたり。渚の砂。索々として朝の日の色を朗じ。瀧の水。冷々として夜の月鮮かに浮んだり。天下泰平国土安穏。今日の御祈祷なり。在原や。なぞの。翁ども」
地「あれはなぞの翁ども。そやいづくの翁とうとう」
翁「そよや」
と続く。そして、
翁「千秋万歳の。歓の舞なれば。一舞まはう万歳楽」
地「万歳楽」
翁「万歳楽」
地「万歳楽」
となり、その後は三番叟が演じられる。

この舞というか神事について少し解説を加えておく。

万歳楽とは雅楽の名称で、隋の煬帝が作ったとも言われるもので、「賢王が国を治める時に鳳凰が飛来して『賢王万歳』とさえずる」との言い伝えを元に、鳥の声を楽とし、鳥の飛ぶ姿を舞にしたものと言われている由。（ブリタニカ国際大百科事典）

その鳳凰の鳴き声だが、雄である鳳の鳴き声は「即即」、雌の凰の鳴き声は「足足」であるとされている。現代中国語ではそれぞれ「チーチー」「スースー」と発音するらしいのだが、八世紀の発音は違っていたであろう。「即即」を仮に「ソクソク」と発音したとすればそれは「とうとう」に近い。「足足」を「ソクソク」と読めばあまり変化はないが、倭人がそれを「タレリタレリ」と読んだとすれば「たらり」に近いものとなる。

古来意味不詳と言われる「とうとうたらり」が鳳と凰の鳴き声だとすれば、先の百科事典にある解説に一致する。

さて道教における霊鳥である鳳凰がやって来て鳴くこの舞は、それに値する「賢王」の政治が実現することの祈念の舞であると言えるだろう。そして千年も万年もそれが続くようにとの祈りの舞でもある。

ここで思い出すべきは天武天皇が吉野に六皇子を集めての誓願の折に、「朕、今日與汝等倶盟于庭而千歳之後欲無事」と言ったことである。千年先にも事なきをと言った天武天皇の願いは藤原一族の願いと言って良い。

そして奈良豆比古神社でこの翁舞が奉納されるのは旧暦九月八日の夜である。ここで思い出すべきは天武天皇の命日である。それは天武天皇十五年（六八六年）九月九日であった。つまり奈良豆比古神社の翁舞（万歳楽）は天武天皇の命日の前日に行われてきたと考えて良い。そして命日である旧暦九月九日が例祭当日なのだ。

ではこの翁舞（万歳楽）を始めたのは誰であろうか。それは奈良豆比古神社の中央の祭神となっている平城津比古、すなわち元明天皇であった藤原不比等に見せようとした元正天皇であろうとみる。藤原不比等は藤原氏の出自をごまかし、天皇位の奪取を隠し、藤原一族が天皇位を未来永劫維持するシステムを作り、その誤魔化しを正当化する偽史を書いた史書までをも完成させた。千歳の繁栄の基盤の完成を祝うとともに未来永劫の繁栄を祈っての翁舞の奉納だったのだろう。

奈良豆比古神社の翁舞の中に「三番叟」がある。その前半の揉の段にまるで四股を踏むような、足を踏み鳴らすしぐさの舞があるが、持統天皇の時代から宮中で漢人が踊り始めたという、漢の時代から中国に伝わる「踏歌」に似ているのではないかと思った。

所謂踏歌の歌詞は、

「君若天上云，依似云中鸟，相随相依，映日浴风。君若湖中水，依似水心花，相亲相怜，浴月弄影。人间缘何聚散，人间何有悲欢，但愿与君长相守，莫作昙花一现」（簡体字）

つまり、

「もし君が天上の雲だとしたら、私はその雲の中を飛ぶ鳥のようなもの。想いのままに寄り添い、日の光を浴び風の中に。もしも君が湖の水だとしたら私は水中花のようなもの。愛し合い接吻を繰り返す。月光の中で触れあう。人の縁は巡り会いと別れ、そして人には何故か悲嘆がある。だけど君とずっとお互いに守りあって、一時の愛に終わらぬように」

と言った意味である。（筆者訳）

女踏歌は風紀の乱れを呼んだとして宮中で行われなくなったとか。中国の伝統文化芸能での踏歌を見れば、何と若い女性の腰をくねらせて踊る何ともなまめかしいものであった。

男踏歌の歌詞は「河海抄《かかいしょう》」に記載されているという。その一部は、

我皇延祚億千齢（万春楽）
元正慶序年光麗（万春楽　万春楽　万春楽）
延暦佳朝帝化昌（万春楽　万春楽　万春楽）
百辟陪筵華幄内（天人感呼）……

といったものだとか。まさに万歳楽とほとんど同じ内容である。

これらから総合的に見て、奈良豆比古神社の翁舞等は漢家本朝の完成を祝い、千歳の栄華の継続を願うものだったと考えられる。なお、奈良豆比古神社の翁舞などは他所で演じることを禁じられた舞だとのことである。平城津比古、すなわち藤原不比等に捧げる舞だったのであろう。そして男踏歌の歌詞の中に「元正」「延暦」との言葉を含むことに新鮮な驚きを感じる。

さて、復元した歴史に戻ろう。

元正天皇八年（七二二年）一月、天皇が「朕以不天。奄丁凶酷。嬰蓼莪之巨痛。懐顧復之深慈。悲慕纏心。不忍賀正。宜朝廷礼儀皆悉停之」と先月崩御した父、藤原不比等（元明天皇）を思うあまり、受朝しなかった。

一月、二十日、正四位上多治比真人三宅麻呂が謀反を誣告したことが判明。正五位上穂積朝臣老も指斥乗輿したとして捕らわれた。斬刑とされたが皇太子（首皇子）の嘆願により流罪に減刑された。多治比真人三宅麻呂は伊豆嶋へ、穂積朝臣老は佐渡に配流となった。

（注）絶対的権力者の死は謀反などの騒乱の契機となることが多い。北魏系渡来氏族の藤原鎌足の子であり、天武天皇の弟である藤原不比等は總持（持統）天皇となり、藤原一族による本朝の奪取に成功したばかりか、その永続システムを構築した。文武天皇が若くして崩御した関係から重祚して元明天皇となり、専制君主として君臨した藤原不比等の死は、藤原氏が天皇位を独占するのを不満に思う勢力にとって政権転覆の好機であったに違いない。多治比真人三宅麻呂が謀叛を誣告したというのだから当然誣告されたものがいるはずなのだが『続日本紀』はその内実について何も触れない。病弱だった首皇子を廃してとの実在の動きを密告したのが逆に握りつぶされて誣告とされてしまったのかもしれない。首皇子が助命したというのが事件の鍵であろう。

二月、遠江国の佐益郡の八郷を割き、山名郡を置く。

四月、陸奥蝦夷、大隅薩摩隼人等の征討将軍以下および有功の蝦夷や通訳のものに勲位を授ける。大宰管内の大隅、薩摩、多禰、壱伎、対馬等に役所を置く。

四月、唐人王元仲が初めて飛舟を造った。天皇が大いに喜ぶ。

八月、諸国の国司に柵戸千人を選ばせ、陸奥鎮所に配置させる。

十一月、亡き太上天皇のために、華厳経八十巻、大集経六十巻、涅槃経二巻、大菩薩蔵経廿巻、観世音経二百巻を写し、灌頂幡を八首、道場幡を一千首、着牙漆几卌六、銅鋺器百六十八、柳箱八十二を造る……。

十二月、浄御原宮御宇天皇（天武天皇）のために弥勒像を造り、藤原宮御宇太上天皇（持統天皇）のために釈迦像を造る。その本願縁記を金泥を以て写し仏殿に安置。

元正天皇九年（七二三年）

二月、僧満誓（俗名、上笠朝臣麻呂）に勅して、筑紫に観世音寺を建立させる。

二月、常陸国那賀郡の大領外である正七位上宇治部直荒山が私穀三千斛を陸奥国鎮所に献じた。

四月、大宰府から、日向、大隅、薩摩三国の士卒は征討隼賊が頻繁に行われたため、農耕が十分でなく貧窮しているから対策を願うと上申あり。

四月、三世一身の法を定める。

五月、吉野へ行幸（四日間）。

五月、大隅、薩摩二国の隼人六百二十四人が朝貢。

九月、出羽国の国司、多治比真人家主が忠節を尽し、良く働く蝦夷五十二人に恩賞をと請願。


元正天皇十年（七二四年）一月、出雲国造、出雲臣広嶋が神賀辞を奏上する。

二月、天皇が皇太子に禅位。

（注）首皇子が二十三歳で即位して聖武天皇となったのだが、その即位のときの詔に元正天皇が聖武天皇を「吾が子」と呼ぶ文言が含まれている。『続日本紀』が元正天皇とするのは首皇子の伯母に当たる、生涯独身だった氷高皇女なので大きな矛盾がある。これが藤原宮子であるとの考察は先に記した通りである。参考のために宣命体で書かれたこの詔を引用しておく。なお天皇の名を括弧内に記してある。また、「吾子」の部分を太字で強調しておいた。

「受禅即位於大極殿。大赦天下。詔曰。現神大八洲所知《しろしめす》倭根子天皇詔旨〈止〉勅大命〈乎〉親王、諸王、諸臣、百官人等、天下公民、衆聞食宣。高天原〈爾〉神留坐皇親神魯岐《かむろぎ》、神魯美《かむろみ》命、吾孫《みま》将知食国天下〈止〉与佐〈斯〉奉〈志〉麻爾麻爾。高天原〈爾〉事波自米而、四方食国天下〈乃〉政〈乎〉、弥高弥広〈爾〉天日嗣《あまつひつぎ》〈止〉高御座《たかみくら》〈爾〉坐而、大八嶋国所知倭根子天皇〈乃〉大命〈爾〉坐詔〈久〉。

此食国天下者、掛畏〈岐〉藤原宮〈爾〉天下所知、美麻斯〈乃〉父〈止〉坐天皇（文武天皇）〈乃〉美麻斯〈爾〉賜〈志〉天下之業〈止〉、詔大命〈乎〉、聞食恐〈美〉受賜懼〈理〉坐事〈乎〉、衆聞食宣。可久賜時〈爾〉、美麻斯親王〈乃〉齢〈乃〉弱〈爾〉、荷重〈波〉不堪〈自加止〉所念坐而、皇祖母坐〈志志〉、掛畏〈岐〉我皇天皇（元明天皇）〈爾〉授奉〈岐〉。依此而是平城大宮〈爾〉現御神〈止〉坐而、大八嶋国所知而、霊亀元年〈爾〉、此〈乃〉天日嗣高御座之業食国天下之政〈乎〉、朕（元正天皇）〈爾〉授賜譲賜而、教賜詔賜〈都良久。〉挂畏淡海大津宮御宇倭根子天皇（天智天皇）〈乃〉、万世〈爾〉不改常典〈止〉、立賜敷賜〈閇留〉随法、後遂者我子〈爾〉、佐太加〈爾〉牟倶佐加〈爾〉、無過事授賜〈止〉、負賜詔賜〈比志爾〉、依〈弖〉今授賜〈牟止〉所念坐間〈爾〉去年九月、天地■大瑞物顕来〈理〉。又四方食国〈乃〉年実豊〈爾〉、牟倶佐加〈爾〉得在〈止〉見賜而、随神〈母〉所念行〈爾〉、于都斯〈久母〉、皇朕〈賀〉御世当、顕見〈留〉物〈爾〉者不在。今将嗣座御世名〈乎〉記而、応来顕来〈留〉物〈爾〉在〈良志止〉所念坐而。今神亀二字御世〈乃〉年名〈止〉定〈氐〉改養老八年為神亀元年而、天日嗣高御座食国天下之業〈乎〉、吾子美麻斯王〈爾〉、授賜譲賜〈止〉詔天皇大命〈乎〉、頂受賜恐〈美〉持而、辞啓者。天皇大命恐、被賜仕奉者拙〈久〉劣而無所知。進〈母〉不知退〈母〉不知、天地之心〈母〉労〈久〉重、百官之情〈母〉辱愧〈美奈母〉、随神所念坐。故親王等始而王臣汝等、清〈支〉明〈支〉正〈支〉直〈支〉心以、皇朝〈乎〉穴〈奈比〉扶奉而、天下公民〈乎〉奏賜〈止〉詔命、衆聞食宣。辞別詔〈久〉、遠皇祖御世始而、中、今〈爾〉至〈麻氐〉天日嗣〈止〉高御座〈爾〉坐而、此食国天下〈乎〉撫賜慈賜〈波久波〉。時時状状〈爾〉従而、治賜慈賜来業〈止〉、随神所念行〈須〉。是以、宜天下〈乎〉慈賜治賜〈久〉、大赦天下。内外文武職事及五位已上為父後者。

授勲一級。賜高年百歳已上穀一石五斗。九十已上一石。八十已上并惸独不能自存者五斗。孝子。順孫。義夫。節婦。咸表門閭。終身勿事。天下兵士減今年調半。京畿悉免之。又官官仕奉韓人部一人二人〈爾〉、其負而可仕奉姓名賜。又百官官人及京下僧尼、大御手物取賜治賜〈久止〉詔天皇御命、衆聞食宣。是日。一品舎人親王益封五百戸。二品新田部親王授一品。従二位長屋王正二位。正三位多治比真人池守益封五十戸。従三位巨勢朝臣邑治。大伴宿禰多比等。藤原朝臣武智麻呂。藤原朝臣房前並正三位。並益封賜物。」又以右大臣正二位長屋王為左大臣」

簡単にまとめれば、天武天皇以降聖武天皇までの皇統は、

天武天皇
總持天皇（天武天皇の弟、藤原不比等）
文武天皇（藤原不比等と五百重娘の子）
元明天皇（藤原不比等の重祚）
元正天皇（藤原不比等の娘であり、文武天皇皇后）
聖武天皇（文武天皇と元正天皇の子）

の順に受け継がれた。これを図示すれば、

【天武天皇〜聖武天皇の復元皇統譜】

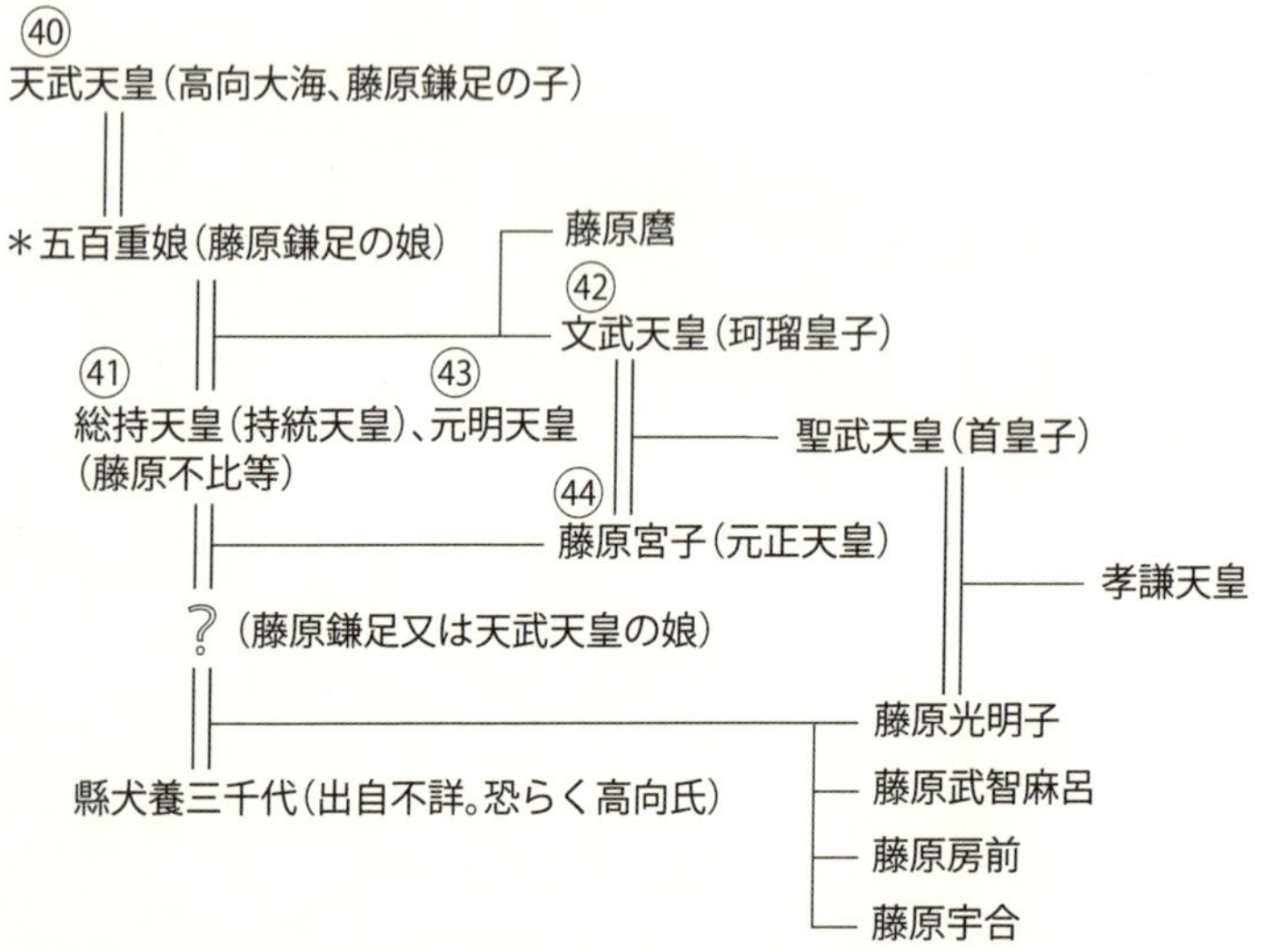

（注）天武天皇以降の漢家本朝のレガリアとも言うべき「黒作懸佩刀」は
次の様に伝世した。

草壁皇子─藤原不比等（持統天皇）─文武天皇─藤原不比等（元明天皇）─聖武天皇

（注）藤原四兄弟の母については未解明

十八．偽史作成のポイント

偽史作成の原点は天武天皇が藤原不比等と共に吉野に天武天皇の皇子六人を集めて「千年の後までも安定的に日本を治め続ける、すなわち皇位を一族で伝えていく」ことに力を合わせると誓ったことにある。

その実現のために律令を定め、言語を定め、軍を組織化し、日の本の国を侵略し、隼人を亡ぼしにかかった。八色の姓という先祖、北魏の孝文帝が定めた方法も取り入れた。

北魏系の拓跋氏の後である高向氏が天皇位を独占するために、天皇位は子が継ぐことにし、皇后は藤原不比等の子孫だけに限定した藤原氏からだけ出すことにした。純血を守ろうとしたのである。

奪い取った皇位の永続性を確立するには、それを妨げるものが出ないようにすることが肝要である。懸念されることは、

一 元々大和政権の範囲は、東北多賀のアテルヒの神がエビス尊を降臨させて統治を始めた拡大地域（植民地）であった。その日の本の国を亡ぼし、国名を奪って日本と名乗ったことを指摘されれば日本そのものの正統性がない。

二　拓跋氏が未来永劫一系で天皇を独占したくても、朝廷の系統が急変した過去がある。また暗殺された天皇が存在する。
三　天皇が異民族（中国系渡来氏族）であることへの反発。
四　天武天皇が草薙剣の祟りで死去したように、日の本系の例えばアテルヒ（天照日）神や、謀略で殺害してきた聖徳太子、山背大兄王、物部守屋、蘇我入鹿、有間皇子、孝徳天皇など等の祟り。
五　藤原不比等が天皇の子でないにもかかわらず即位して天皇となっていたこと、すなわち自ら皇位継承のルールを破っていたことへの非難。

などである。

これらの懸念をなくすために、都合の悪いことを消し去った偽史を作成し、さらにその偽史を補強する、証明するかの如き文書の作成を計画した。それが史書の編纂であり、旧来の史書の消滅であり、歌集などの編纂であった。さらに祟り封じのための施策を採用した。

旧来の史書の消滅には、天皇記、国記が消失したことにすることのほか、有力氏族の墓誌などを提出させ、消し去ったことなどが挙げられる。

編纂した史書には古事記と日本書紀が挙げられるが古事記は完成してから都合の悪い個所を消し去った関係で歪なものになってしまっている。（詳細は後述）

歌集などには萬葉集と懐風藻があるが、特に懐風藻はかなり本当の歴史を暗示しているように感じる。

ともあれこれらに関して順に検討を加えるのだが、その前に偽史編纂に関する重要な点に触れなければならない。

偽史を作成する時には本当の歴史を知っているものが存在しているのだが、「嘘もつき続ければ真実となる」との信念に基づいて偽史を創るのである。史実と異なろうが構わずに完璧な偽史作成に取り組むのだが、「完璧であって完璧でない」ものにする必要があるのだ。

本当に完璧な偽史を創った場合、後の世には偽史を創ったものの子孫までもが偽史を真実だと思い込んでしまう。北魏からの渡来氏族が倭国の天皇位を奪い取ったことを隠すのだがその後裔には北魏の皇統につながるものということや、先祖がこのようにして天皇位を手に入れたという一族の歴史を伝えなければならない。

洞窟探検の時に元に戻れるようにロープを張っていくように、ボーイスカウトが進んだ道に石を置いたり、木の枝を折ったりして目印を残すのと同じように、偽史の中にもそれと気づかせる目印を意図的に置いておくのである。

それが「太安万侶の暗号」と呼んだものであり、その言葉を古代史小説シリーズのタイトルに選んだのである。

目印は目印であってヒントのようなものである。偽史の偽りの部分に気付いてもそれだけでは真実の歴史は分からない。それを伝えるためには私家版の史書や口伝があったと考えて当然だろう。現代にまで伝わっているかどうかは別ではあるが。

では、偽史作成のポイントを順次迫っていこう。

（一）日の本の国やアテルヒの神（天照日神）を水平的関係から垂直的関係に変更

旧倭国、そして現日本には日の本系の氏族がかなり存続していた。勿論物部氏や尾張氏といったニギハヤヒの子供、すなわちウマシマデと弟の天香語山尊の直系氏族も勢力は衰えたといえども残っている。

現日本が元々は日の本の国に高見されている従属域だったことを多くの人々が知っているのである。それだけではなく、その宗主国ともいうべき日の本の国の名を勝手に自国の名として用いているし、さらに日の本の国を侵蝕し、滅ぼそうと行動しているのである。その日の本の国の王から連綿とつながる皇統であるとするには大きな無理があった。

そこで考え出したのが、いわゆる日の本の国は地上ではなく天界、すなわち高天原という天にある神の国であるとし、実際の東北の日の本の国、倭国を支配していたがために日高見の国とも呼ぶ国を蛮族、蝦夷の国として扱う方法であった。

ニギハヤヒが多賀の宮から大和へ降臨した少し後までを「神代」の物語として扱うことにしたのである。しかし、高天原に安の川（本当は滋賀県の野洲川）が出てきたり、出雲の国譲りの話があったりと明らかな矛盾が数多く残っている。

高見神を、字を替えて「高御産日神」として実態を分かりにくくした。「高御産日神」は「高見ます日の神」なのだが、その細工は現代でも「神産日神」などと共に「産日」を「むすび」と読んで「むすび神」と一括する間違いを犯させている。

息長帯媛を「息長たらし」と読み、「帯」が出てくれば古事記序文の誘導に引っかかってそのまま「たらし」だと思い込む誤りを犯している。「帯」は天照日神における「照」すなわち「てらす」との支配を表す語の訛った読みであることに気付かず、「帯」のつく名の天皇を総称して「タラシ王朝」と呼んだりしているし、御間城入彦五十瓊殖尊や活目入彦五十狭茅尊の「入」をとらえて「イリ王朝」などと呼ぶ誤りを犯している。御間城入彦五十瓊殖は御間城《みまき》から入ってきた（入り婿となった）「イ・ニエ」であるし、活目入彦五十狭茅は活目（生駒）から入ってきた「イ・サチ」という百済の王子なのである。

象全体を見ずに脚、鼻、胴、尻尾などの部分だけを見て象を論ずるかのような古事記、日本書紀の解釈が行われてきた結果が多くの間違いを生んだように思われる。

古事記の神代巻の実相については拙著『太安万侶の暗号～日輪きらめく神代王朝物語』を参照願いたい。

（二）　神代と人皇との継続性の誤魔化し

高天原からオノコロ島（恐らくは「男の島」だったであろう）に降り立ったイザナギとイザナミが生んだのが国、すなわち日の本の国の拡張部分であった。この拡張部分がいわゆる倭国と呼ばれる国の最初の範囲である。その拡張部分を高見しているが故に日高見国と呼ばれる国（日の本国）を天と呼び、拡張部分を国と呼んでいる。国に続いて生まれた神々というのは、たとえば国忍男というのが総理大臣というか、太政大臣のようなものである。高天原、つまり日の本の国でのそれに相当する神が天忍男である。

その国の範囲は四国、九州、中国地方（山陰、山陽地方）と近畿地方、それに付随する島々であり、日の本の国である東國、東北が含まれていないのは古事記の記述で明らかである。

その大和に降臨した倭国を支配すべきものはニギハヤヒであった。ニギハヤヒには二人の男子がいる。ウマシマデと天香語山尊である。長男ウマシマデはニギハヤヒの跡を継ぎ倭国を治めるエビス尊となる。その子孫が物部氏であり、ウマシマデから数代までは名前を抹消されてはいるがその系図に「天忍男」とあり日の本の国までも含めた王であったことが分かる。そして弟の天香語山尊は、紀伊の神倉山にいた高倉司として有名だが、後に越後の国の弥彦山に宮を建てて、夜を食す月読神、「伊夜彦」として日本列島の日本海側のヨミの国の王となる。その子孫が尾張氏であり、代々の王と密接な姻戚関係にあるのが系図から読み取れる。

そうだからこそ物部氏と、尾張氏に連なると思われる蘇我氏が大連、大臣として王を補佐してきていたのだが、その物部氏も、蘇我氏も、高向一族が亡ぼした。したがって物部氏と蘇我氏にはニギハヤヒの子孫であることは認めても王、すなわち後世の天皇に当たる支配者を輩出した家系として存在されては困るのである。

そこでニギハヤヒの王統を高天原から天下った正当な王統ではないことにし、もう一つ別の降臨者を仕立てた。それがニニギ尊である。

ニギハヤヒは、正式名称を、

天饒國饒　饒速日　天火明尊

という。これを『日本書紀』では、

天饒石國饒石天津彦火瓊瓊杵尊

と書いているのだが、

正勝吾勝　勝速日　天忍穂耳尊

といった命名の法則性から考えれば、天饒石國饒石天津彦火瓊瓊杵尊と天饒國饒　饒速日　天火明尊とが同一人物であることに容易に気付くはずだ。高天原（日の本国）からニギハヤヒが降臨したことは『日本書紀』の長髄彦の次の言葉からも分かる。

「嘗有天神之子、乘天磐船、自天降止、號曰櫛玉饒速日命。饒速日、此云儞藝波揶卑。是娶吾妹三炊屋媛亦名長髄媛、亦名鳥見屋媛遂有兒息、名曰可美眞手命。可美眞手、此云于魔詩莽耐。故、吾以饒速日命、爲君而奉焉。夫天神之子、豈有兩種乎、奈何更稱天神子、以奪人地乎。吾心推之、未必爲信」

前半ではニギハヤヒが天磐舟に乗って降臨してきたことを言い、後半では天神の子が二人も降臨していることが変だ、天神の子と名乗って国を奪いに来るのは納得できない、嘘に違いない、と言っている。

しかしこのままでは具合が悪いのでニギハヤヒを二人に分け一方が大和に、もう一方が筑紫の高千穂の峰（霧島山）に降臨したことにしたのである。

そして筑紫に降臨したニニギ尊の子孫たる神武が東に向かい大和に攻め込んだストーリーとした。だが、筑紫の南部の様子はとても天孫降臨などできる所ではない。大隅、薩摩地方は隼人の支配する地域だったのである。元明天皇七年（七一三年）に、ようやく日向国の肝坏、贈於、大隅、始良四郡を割いて大隅国を新設したような状況だった。同年、討隼賊将軍並びに士卒等のうち、戦陣にて功のあったもの一千二百八十余人に対しその功に応じて勲位を授けたとの記述からは征隼人軍の規模が相当に大きいことが分かる。

隼人は奈良時代でも倭種ではない異民族と考えられていた部族で、元正天皇六年（七二〇年）には、反乱を起こし、大隅国守の陽侯史麻呂を殺害した。翌元正天皇七年（七二一年）七月には、征隼人副将軍従五位下笠朝臣御室と従五位下巨勢朝臣真人等が戻り、隼人の斬首、獲虜合わせて千四百余人と報告した。

これらの状況は元正天皇の時代に下っても隼人を抑えきれていないことが明白である。ニニギ尊が霧島に降臨したなど作り話に他ならないことは誰の目にも明らかであろう。

東征した神武は紀州で敗戦したのち大和に入った。

先に引用した長髄彦の疑問に対し、『日本書紀』での神武は、

「天神子亦多耳。汝所爲君、是實天神之子者、必有表物。可相示之」

つまり、「天神の子は多い。ニギハヤヒが本当に天神の子なら必ずその璽を持っているはずだ。それを見せてみろ」と答えている。言い逃れの言葉、弁解の言葉に聞こえる。

長髄彦はニギハヤヒの持つ天羽々矢一隻と歩靫《かちゆき》とを見せた。すると神武は「本物だ」と言い、神武の持つ天羽々矢一隻と歩靫とを見せた。そしてニギハヤヒが神武に従ったと、何か腑に落ちない話になっている。

この場面は『古事記』においても何か引っかかる話になっている。理由がなくニギハ

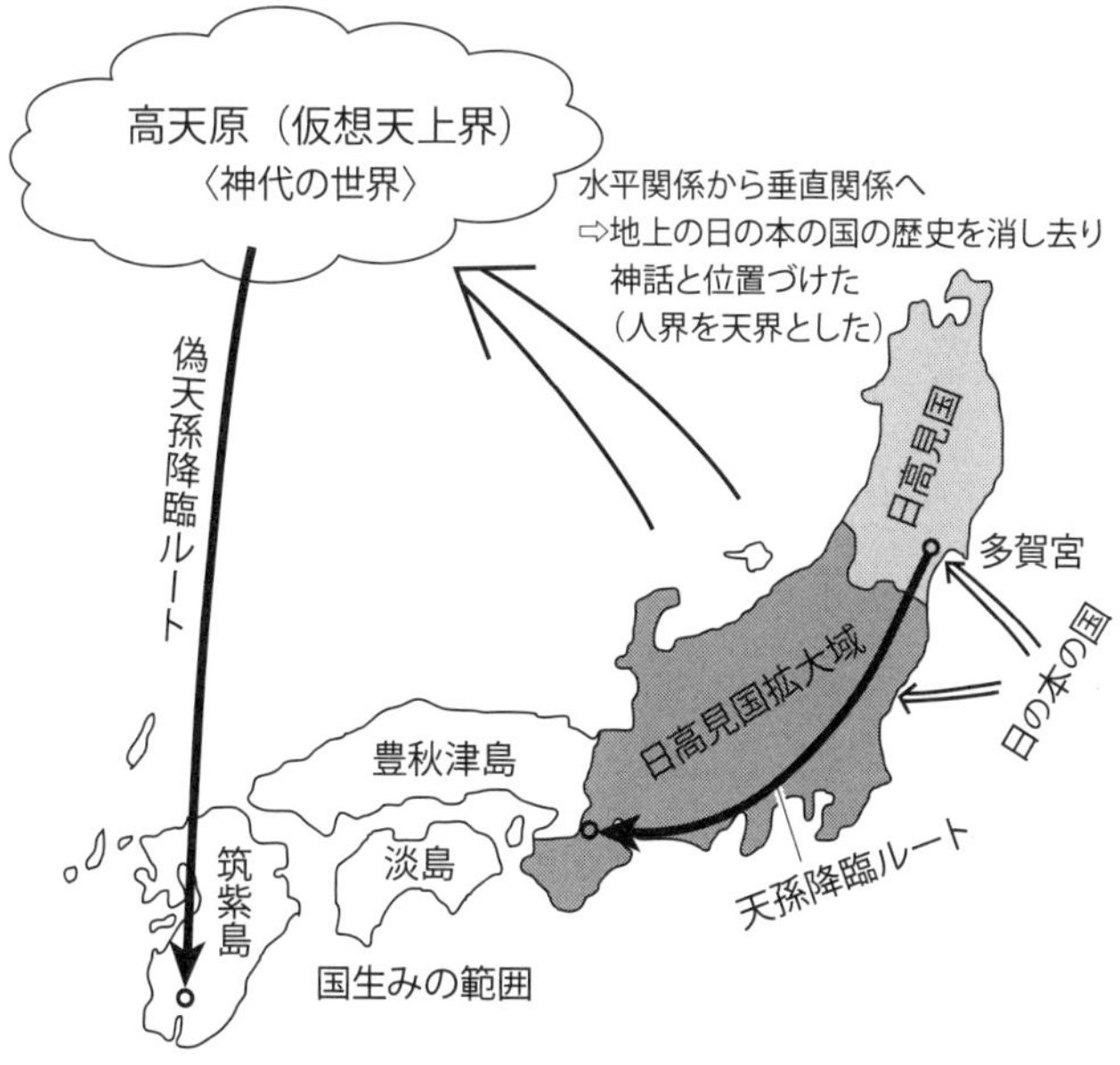

水平関係の日高見国を垂直関係の天上の高天原に設定変更

ヤヒが「天神の御子が天下ったと聞いたので追って下ってきた」と訳の分からぬことを言い、天津瑞を奉って仕えたと書いてあるのだ。

ところが『旧事紀』『天孫本紀』ではニギハヤヒの子の宇摩志麻治命が天璽瑞宝十種を天孫に奉献したとあるのだ。

話の内容から見ればニギハヤヒの方が天孫降臨の当事者であることは明らかである。神武が作り話であることが分かる。

(三) 正史とされなかった古事記

『続日本紀』には元正天皇六年（七二〇年）五月の条に日本紀の完成が記述されている。三十巻と系図一巻となっているが系図一巻は現存しない。いや現存するのかもしれないが見つかっていない。『古事記』の完成と奉献は元明天皇六年(七一二年)であるがそのことは『続日本紀』には記載がない。全ては太安万侶が書いた序文に記載されていることである。『日本書紀』の解説書である『釈日本紀』はあれど『古事記』の解説書は存在しない。解説というか、研究書が表れるのは江戸時代の国学が起こってからと言っても過言ではない。

『続日本紀』における取扱いの差はどこから来るのか、それは『日本書紀』や『続日本紀』が正史であるのに対して『古事記』は歴史から葬られたかのような史書だからである。

古い時代になればなるほど記憶は薄れ、伝聞はその信憑性、正確性が薄れ、関連資料も少なくなる。逆に新しい世のことは知る人も多く、文献も多く残っている。したがって古代ほど大雑把な記述となり、現代に近づくほど詳細な記述になるのは当然のことである。

しかし、『古事記』の仁賢天皇以降の記述を見れば、それ以前の天皇の記述と比べて内容が激減している。激減というより、内容が皇后や妃などの名と子供の名、そして陵墓の位置程度しか記述がない、すなわちいわゆる帝王日継だけしか記載がないと言って良い。

つまり、仁賢天皇、武烈天王、継体天皇、安閑天皇、宣化天皇、欽明天皇、敏達天皇、用明天皇、崇峻天皇、推古天皇の事績はまったく記録として記載されていないのである。

さて、『古事記』には編者、太安万侶の有名な序文が付されている。序文がなく編纂の詳細が分からない『日本書紀』と比べて大きな差がある。序文の中の、

「詔臣安萬侶、撰錄稗田阿禮所誦之勅語舊辭以獻上者、謹隨詔旨、子細採摭」

という部分に注目してみよう。

「稗田阿礼が誦むところの舊辭から子細に撰録した」と書いている。この内容と仁賢天皇から推古天皇に至る記述が帝紀だけしかないという古事記の実際とは大きく食い違っている。

考えられることは一つだ。オリジナルの古事記には推古天皇の事績に至るまで、すなわち聖徳太子の十七上憲法や遣隋使などについてまで詳しく記述されていたのだが、

（い）藤原不比等が總持（持統）天皇となり、その後文武天皇に皇位を継承させたが、若くして死去してしまったので藤原不比等が重祚して元明天皇となった。そこで、少なくとも總持（持統）

天皇までの史書の記述においてはを北魏系拓跋氏（高向氏）出身の天皇を倭国のものと偽って天皇位の正当な継承者であると記述して編纂するとの強い意思を持ったこと。

（ろ）その完成のためには仁賢天皇から推古天皇に至る間の本来の出来事を記述していた古事記の存在が不都合だったこと。

などから、正式には古事記の編纂及び完成を記録に残さず、なお、念のために古事記の仁賢天皇以降の帝紀以外の記述を削除させた、というものだったと考えられるのだ。

元明天皇（藤原不比等）が「於焉、惜舊辭之誤忤、正先紀之謬錯」との「認識」に基づいて太安万侶に命じたという所に裏の目的が表れているように感じられる。

奇妙なことはまだある。古事記の編纂を始めたのが和銅四年、すなわち元明天皇（藤原不比等）五年（七一一年）九月十八日のことであり、太安万侶の序文の日付が翌和銅五年（七一二年）一月二十八日なのである。つまり古事記編纂への着手から完成、献上までの期間が四か月余りなのである。いくらなんでも短かすぎないか。

『古事記』の序文と内容とを比較することと、序文の内容そのものを検討することで見えてくるものがあると思われる。

（四）『古事記』序文の解析

まずは『古事記』序文をご覧いただきたい。四六騈儷体というのだそうだがなかなかに美しい漢文である。そしてこの序文は「序文」と言っているだけで実態は『古事記』を献上する際の上表文である。構成は、最初に開闢以来天武天皇より前の歴史の要約を掲げ、次に天武天皇の壬申の乱を含む治世と古事記編纂の詔に触れ、特に舎人に関する記述を加え、次に元明天皇の命により古事記編纂を再開し、完成したことを陳べている。

まずは序文全体を示し、内容を吟味していく。

「臣安萬侶言。夫、混元既凝、氣象未效、無名無爲、誰知其形。然、乾坤初分、參神作造化之首、陰陽斯開、二靈爲群品之祖。所以、出入幽顯、日月彰於洗目、浮沈海水、神祇呈於滌身。故、太素杳冥、因本教而識孕土産嶋之時、元始綿邈、頼先聖而察生神立人之世。寔知、懸鏡吐珠而百王相續、喫劒切蛇、以萬神蕃息與。議安河而平天下、論小濱而清國土。

是以、番仁岐命、初降于高千嶺、神倭天皇、經歷于秋津嶋。化熊出川、天劒獲於高倉、生尾遮徑、大烏導於吉野、列儛攘賊、聞歌伏仇。卽、覺夢而敬神祇、所以稱賢后。望烟而撫黎元、於今傳聖帝。定境開邦、制于近淡海、正姓撰氏、勒于遠飛鳥。雖歩驟各異文質不同、莫不稽古以繩風猷於既頽・照今以補典教於欲絶。

曁飛鳥清原大宮御大八洲天皇御世、潛龍體元、洊雷應期。開夢歌而相纂業、投夜水而知承基。然、天時未臻、蟬蛻於南山、人事共給、虎歩於東國、皇輿忽駕、淩渡山川、六師雷震、三軍電逝、杖矛擧威、猛士烟起、絳旗耀兵、凶徒瓦解、未移浹辰、氣沴自清。乃、放牛息馬、愷悌歸於華夏、卷旌戢戈、儛詠停於都邑。歳次大梁、月踵夾鍾、淸原大宮、昇卽天位。道軼軒后、德跨周王、握乾符而摠六合、得天統而包八荒、乘二氣之正、齊五行之序、設神理以奬俗、敷英風以弘國。重加、智海浩汗、潭探上古、心鏡煒煌、明覩先代。

於是天皇詔之「朕聞、諸家之所賷帝紀及本辭、既違正實、多加虛僞。當今之時不改其失、未經幾年其旨欲滅。斯乃、邦家之經緯、王化之鴻基焉。故惟、撰錄帝紀、討覈舊辭、削僞定實、欲流後葉。」時有舍人、姓稗田、名阿禮、年是廿八、爲人聰明、度目誦口、拂耳勒心。卽、勅語阿禮、令誦習帝皇日繼及先代舊辭。然、運移世異、未行其事矣。

伏惟、皇帝陛下、得一光宅、通三亭育、御紫宸而德被馬蹄之所極、坐玄扈而化照船頭之所逮、日浮重暉、雲散非烟、連柯幷穗之瑞、史不絕書、列烽重譯之貢、府無空月。可謂名高文命、德冠天乙矣。於焉、惜舊辭之誤忤、正先紀之謬錯、以和銅四年九月十八日、詔臣安萬侶、撰錄稗田阿禮所誦之勅語舊辭以獻上者、謹隨詔旨、子細採摭。然、上古之時、言意並朴、敷文構句、於字卽難。已因訓述者、詞不逮心、全以音連者、事趣更長。是以今、或一句之中、交用音訓、或一事之內、全以訓錄。卽、辭理叵見、以注明、意況易解、更非注。亦、於姓日下謂玖沙訶、於名帶字謂多羅斯、如此之類、隨本不改。

大抵所記者、自天地開闢始、以訖于小治田御世。故、天御中主神以下、日子波限建鵜草葺不合尊以前、爲上卷、神倭伊波禮毘古天皇以下、品陀御世以前、爲中卷、大雀皇帝以下、小治田大宮以前、爲下卷、幷錄三卷、謹以獻上。臣安萬侶、誠惶誠恐、頓首頓首。

和銅五年正月廿八日　正五位上勳五等太朝臣安萬侶」

開闢以来の事績を検証してみよう。

「乾坤初分、參神作造化之首、陰陽斯開、二靈爲群品之祖」の部分は、高天原に最初に現れた三神、すなわち天御中主神、高御産巣日神、神産巣日神が創造の元となった、陰と陽とが分かれて、イザナギとイザナミが以後の万物の生みの親となった、と記しているのだが、古事記本文では三神は一人（独）神であり、同じく一人神である、宇摩志阿斯訶比古遅（偉大な天の神であるヒコジ）と天之常立神はすべて「身を隠したまひき」とあり、その役割が書かれていない。三神は太陽神、大和以西の「国」を高見する神、そして高天原を治める神である日の神であるアテルヒの神の役割別の名称である。創造の元になったというのは古事記において東北に栄えた日の本の国（アワウの国）を天上の国とするための神格化に応じた表現であろう。

「出入幽顯、日月彰於洗目、浮沈海水、神祇呈於滌身」の部分は、イザナミが死んだ後ヨミノ国にイザナギが行き、逃げ帰って、禊をし、目を洗った時に天照日神、月読命、スサノオ尊の三人が生まれたこと、海水に潜って身を清めた時に神々が生まれたことに対応する。

「懸鏡吐珠而百王相續、喫劒切蛇、以萬神蕃息與。議安河而平天下、論小濱而淸國土」の部分は、天岩戸の前で鏡を懸けたこと、安の川での誓約の時に珠を嚙み、剣を嚙み、八俣の大蛇を切り、安の川で協議した結果出雲にタケミカヅチを派遣し、引佐の小濱で対峙し、出雲を平定した故事に相当する。

「番仁岐命、初降于高千嶺、神倭天皇、經歴于秋津嶋。化熊出川、天劒獲於高倉、生尾遮徑、大烏導於吉野、列儛攘賊、聞歌伏仇。卽、覺夢而敬神祇、所以稱賢后。望烟而撫黎元、於今傳聖帝」の部分

は、ニニギ尊が高千穂の峰に降り、神倭天皇が秋津嶋を巡り、紀州で熊の化け物が現れ、その時高倉司から天剣を授かり、尾の有る人に出会い、大烏に案内されて吉野に至り、賊を平らげたことを示し、さらに夢に悟って神祇を敬いと崇神天皇について書き、仁徳天皇の民の竈から煙の立たぬのを見て租を免除した故事を引いている。

「定境開邦、制于近淡海、正姓撰氏、勒于遠飛鳥。雖歩驟各異文質不同、莫不稽古以縄風猷於既頽・照今以補典教於欲絶」の部分は成務天皇と允恭天皇の事績についての記述である。

そして記述は天武天皇の話に移っていくのだが、これまでの歴史概観ともいうべき内容に重大な事績が欠けている。天皇に献上した『古事記』を天皇や皇族たちが全文読破などするとは思えない。しかし、この上表文を読むことは間違いないだろうし、少なくとも奏上を聞くのではないか。そして上表文にある言葉について、例えば「鏡を懸け、珠を吐くとはいかなることか」といった質問をすることは十分予想できる。興味を持たれ、質問されるような事項であって、実は説明したくないこと或いは質問されて説明に窮することは上表文では触れないのが賢明な道と考えるのではないだろうか。

そういう視点でこの序文（上表文）を熟視すれば『古事記』というものの編纂方針が浮かび上がってくるのである。

では、序文から抜け落ちている重要事績、つまり知られたくないことを探しだせば、例えば、

（い）国生みにおける、産んだ国の範囲

生んだ国は大八洲国と呼ばれる、四国、九州、中国地方と近畿地方及び周辺の島々であり、いわゆる東国（美濃、尾張、伊勢以東の国々）と東北（日の本国、日高見国など）を含まない。

（ろ）神倭が戦に敗けたこと、ニギハヤヒが先に倭に降臨していてしかも天神の瑞を所有していたこと、および神倭が最初の天皇であること。
（は）天皇の位を示す神器である鏡と剣を崇神天皇が宮から追い出したこと、垂仁天皇の時に伊勢に神宮を建てて鏡と剣を祀ったこと。
（に）卑弥呼に関すること
　卑弥呼については『古事記』ではまったく触れていない。伊勢神宮の斎王が天皇に比肩する力を持っていたなどは秘すべきと考えたのだろう。
（ほ）神功皇后に関する事績
　新羅の力を借りたことも秘すべきと考えたのだろう。
（へ）応神天皇の時以来の、例えば倭漢氏のような中国系の大規模な渡来
　『古事記』『日本書紀』とも漢氏と秦氏の渡来については記すが拓跋氏の渡来を隠そうとしている。
（と）越国から継体天皇を迎えたこと。二十年間山背国に滞在せざるを得なかったこと。暗殺されたこと。
（に）欽明天皇から推古天皇に至る間の事績
　仏教導入、蘇我と物部の争い、聖徳太子、遣隋使などの重要な事績にまったく触れないというより、そもそも『古事記』に事績の記述すらない。
などである。

そして重要な歴史には触れないのだが次の天武天皇の史書編纂の方針からは今度は極めて詳しい記述に代わる。その始めの、

「曁飛鳥清原大宮御大八洲天皇御世、潜龍體元、洊雷應期。開夢歌而相纂業、投夜水而知承基」の部分だが、「潜龍體元、洊雷應期」に注意が必要だ。『日本古典文学全集　古事記　上代歌謡』（小学館）の口語訳では「天皇は皇太子として既に天子たるべき資質を備えておられましたが、好機到来しましたので」となっているのだが間違っているのではないか。潜龍とはとは易経に言う六龍の一つである。

『先哲遺著　漢籍国字解全書第三巻　易経』（明治四十三年早稲田大学出版部）から易経冒頭の「乾」の部分を引用すれば、

「乾、元亨、利貞、雲行天施、品物流形、乾道変化、各正性命、保合大和、乃利貞、大哉乾乎、剛健中正純粋精、六爻發揮傍通情、大明終始、六位時成、時乗六龍、以御天、首出庶物、万國咸寧、

初九、潜龍勿用、

九二、見龍在田、利見大人、

九三、君子終日乾乾、夕惕若、厲无咎、

九四、或躍在淵、无咎、

九五、飛龍在天、利見大人、

上九、亢龍有悔、

用九、見羣龍无首、吉」

とある。これより、潜龍、見龍、君子終日乾乾、躍龍、飛龍、亢龍の順に成長するというか進化するというか、六段階の龍を区分しているのである。

潜龍とは未だ地中にある状態をいう。『日本古典文学全集』の頭注では「潜龍」を皇太子の意に取っている。

面白いことに『懐風藻』の序文では「龍潜の王子」という語が出てくる。これは大津皇子を意味している。そのことは『懐風藻』にある大津皇子の漢詩の次の詩から明らかである。

「七言　述志　　　　　　　　志を述ぶ
天紙風筆畫雲鶴　　　　　天紙風筆　雲鶴を画き
山機霜杼織葉錦　　　　　山機霜杼　葉錦を織る
[後人聯句]　　　　　　　　[後人の聯句]
赤雀含書時不至　　　　　赤雀　書を含みて　時に至らず
潜龍勿用未安寝　　　　　潜龍　用いること勿かれ　未だ安寝せず」

後人の聯句にある「潜龍勿用」はまさに易経の文言に他ならない。先に大津皇子が天武天皇の皇太子であったのではないかと推定したのだが、大津皇子を潜龍と呼ぶ点からもその推定は支持される。

なお、龍は中国皇帝のエンブレムともいえるものである。

『古事記』の序文に戻るが「潜龍體元」の部分の『日本古典文学全集』（小学館）の頭注では、潜龍は皇太子のこととあり、體元、すなわち「元を體し」を「天子たる資質を備えること」としているのがそうだろうか。先に引用した易経の乾の最初には「元亨、利貞」とあり、「漢籍国字解全書」の解説では「元」を「よろしく、とおる、ただしきに、よろし」と訓じている。どうも天子たる資質などといったことではなさそうだ。

では「體元」の「體」とは何だろう。昭和二十年の敗戦の折に有名になった言葉「国体護持」での「国体」とは天皇制のことである。そして『愚管抄』第三巻には「最道理ハ十三代成務マデ、継体正道ノママニテ、一向国王世ヲ一人…」とあるが、そこでの「継体」は「天皇位の継承」の意味である。「元」は字の意味からは「もと」であり、或いは易経にある如く「おおいに」という意味かもしれない。しかし元にはもう一つの意味がある。それは中国における姓としての元だ。北魏を起こした拓跋部の皇帝の漢姓を元と言ったのである。大海皇子は藤原鎌足の子であり、北魏系渡来人である。ひょっとすると太安万侶はこの『古事記』の序文に「潜龍は北魏の正統である」という意味を含ませようとしたのかもしれない。

続く「洊雷應期」は「しきりに雷が鳴り、その期に応じ」となる。この「洊雷」を『日本古典文学全集』（小学館）の頭注は「潜龍と同じく皇太子の事」とするが間違いだろう。真剣な考察を加えたのか疑問に感じる。

「しきりに雷が鳴り」を大海皇子が置かれた状況を指していると考えれば、それは大海皇子が皇太子

（弟、実は兄）であるにも拘らず、天智天皇が実子大友皇子と太政大臣に任じて皇位を継承させる意思を示し、天智天皇十年には大友皇子、左大臣蘇我赤兄臣、右大臣中臣金連、蘇我果安臣、巨勢人臣、紀大人臣の六人が同心の誓約をし、続いて五人が大友皇子に対して「臣等五人、殿下に随いて…」と大友皇子をいただくことの誓いを立てるのである。六人が忠節と同心の誓いを立てる様子は天武天皇の時の吉野での六皇子の誓約と酷似している。

ともあれ大友皇子を天智天皇の継承者とする動きは大津宮を中心に急激に高まっていた。この状況を「洊雷」と表現したと考えるべきだろう。そしてそういう状況なればこそ、「その期に応じ」大海皇子は天智天皇と大友皇子たちを欺くために、と言うより時間を稼ぐために出家した振りをして吉野に隠れ、その間に天智天皇の崩御を待って攻撃を開始する準備に専念したのである。

そして続く「開夢歌而相纂業」であるが、後半の「纂業」の纂は集めるという意味ではなくこの場合は「受け継ぐ」という意味である。「纂堯」と言えば帝王であった堯の偉業を受け継ぐことを表す。そして相は「あう」ではなく「占う」と言う意味である。すなわち夢の中の歌が包含、暗示する内容を開示して（読み取って）天皇位を継ぐことを占ったことを述べているのである。『日本書紀』の天武紀にあるように天武天皇は天文、遁甲に長けた人だった。道教に造詣深く、天文気象だけでなく式盤を使っての卜占も得意だったこと、それも自ら行うほどだったことが壬申の乱の記述から分かる。

続く「投夜水而知承基」の部分を『日本古典文学全集』（小学館）の頭注では、「天武紀・元年に、伊賀国名張の横川を渡るときに黒雲を見て皇位継承を占ったことが見える。この記事は壬申の乱になってからのことなので順序としては後述「東国に虎歩したまひき」の次に記すべきである」と書いている。古事記の編纂に当たった太安万侶が天武天皇の事績の順序を間違えているとの大胆な指摘である。しかし、この表現を横川における卜占に対応させることの方にこそ問題があるのではなかろうか。太安万侶は古事記の編纂だけでなく日本書紀の編纂にも参画したと言われている人である。日本書紀の内容も知っていたであろうし、何と言っても天武天皇や元明天皇の時代を実際に生きた人物である。その太安万侶が書いた古事記序文の内容を日本書紀などの文献しか知らぬものが間違いだとすることの方がおかしいのではないか。日本書紀に採録されなかった、或いは意図的に抹消された事実があったとして不思議はないのである。

そこで日本書紀に記述のある、壬申の乱以前の天智天皇の時代に起きた諸々の兆を列挙してみよう。

天智天皇七年（六六九）六月、濱臺の下に、諸の魚が水を覆って至る。…時の人曰く、「天皇の天命《みいのち》が将及るか《をわりなむとす》」。

是歳、沙門道行、草薙剣を盗みて、新羅に逃げ向く。而して中路に風雨にあいて、荒迷いて帰る。

天智天皇八年（六七〇）十月、十五日に藤原鎌足を大海皇子が訪ねる。翌十六日、藤原鎌足死去。すなわち藤原鎌足の最後の言葉を聞いたのは大海皇子。

天智天皇九年（六七一）四月、夜半之後に法隆寺全焼。大雨降り、雷が鳴る。

五月、童謡あり、

打橋の　集楽《つめ》の遊に　出でませ子

玉手の家の　八重子の刀自
出でましの　悔はあらじぞ　出でませ子
玉手の家の　八重子の刀自

原文は、

于知波志能　都梅能阿素弭爾　伊提麻栖古
多麻提能伊韓能　野韓古能度珥
伊提麻志能　倶伊播阿羅珥茹　伊提麻西古
多麻提能韓能　野韓古能度珥

なお、「集楽」は橋のたもとで男女が集まって歌舞を楽しむ集会

花一匁の如く、二班に分かれて歌っているような趣だ。それはさておき、この童謡《わざうた》の暗示するものは何かを考察しよう。童謡なので直前にあったことがカギとなる。前月の事件、法隆寺の消失を受けての童謡と睨んだ。この時の法隆寺とは若草伽藍のことだと思われるが、それは聖徳太子が図らずも亡ぼしてしまった物部守屋の霊を慰めるためのものである。（『太安万侶の暗号（四）～陰謀渦巻く飛鳥～』参照）

その法隆寺が一堂も残さず灰燼に帰した。つまり物部守屋の霊が動き始める可能性が高い状況だ。

この状況を理解した上で童謡を見れば、自ずから意味の取り方が変わってくるだろう。

『日本古典文學大系　日本書紀』（岩波書店）の解説では、「漢書や後漢書の五行志では、火災・大水・

日蝕等があるとそれに関連する童謡《わざうた》の行われたことを載せているので、ここに法隆寺の火災、大雨、雷の記事に関連して、歌垣の歌を童謡として取り組ませて文章を造作したのであろう」しているのだが、まったく論理性がない。「関連する童謡」と言うが、どのように内容が関連するかにまったく言及しない態度は納得できない。およそ史書を「文学」などととらえる基本的態度に誤りがあるのだろう。

ところで、この童謡にある玉手に注目しよう。玉手山というところがある、現在は大阪府柏原市に含まれている。そのすぐ南は何と大阪府南河内郡太子町、つまり聖徳太子の里と呼んで良い所だ。叡福寺という聖徳太子廟のある寺も存在する。そして石川を挟んで西北側は物部守屋一族の本拠地だったところだ。法隆寺（若草伽藍）との関係が浮かび上がってくるではないか。

そして「打橋の」に後段の「悔いはあらじ」の文字を替えて「杭（杙）はあらじ」として見れば、この童謡が暗示していることが見えてくる。「打った杙がもうない」と言うのだから「流されてしまう」と告げているようである。そして出てこいと言う場所は「集楽の遊び」となっているが原文では「都梅」と書いてあるのだ。「火災にあい、水害にもあい、橋を止める杙もなくなったのだから都に攻め上っておいで」との意味が込められた歌と言えるのではないか。童謡の童謡たる面目がこう解釈すれば立つだろうと思う。

そして、

天智九年(六七一)六月、邑中に亀を見つけた。その背には「申」という文字があり、上黄下玄だった。とある。天寿国繍帳では亀の甲を並べ、甲一つに四文字ずつを書いているが、同様に亀の甲に文字があるというのはいかにも道教的である。「申」という文字は「日を一本の棒が刺し貫く」形だ。暗示しているのは天皇を倒すことに違いない。また、「申」は申の年、すなわち壬申という乱の時期を指してもいるようだ。また「申」は「呻く」に通じる。

さて、「上黄下玄」だが、本来は「天玄而地黄」というのが正しい。『易経』の「文言」の「坤」の所に、「陰疑於陽、必戦為其嫌於无陽也、故稱龍焉、猶未離其類也、故稱血焉、夫玄黄者、天地之雑也、天玄而地黄」

とある。後半の意味は「天の色は黒、地の色は黄。その色が混じることは君臣の争いが生ずることである」というものだ。黒と黄が混じるだけで君臣の争い、戦いが起きるというのだから、天地の色が逆になるのは、天智天皇が滅ぼされることを暗示しているのである。

天智天皇十年(六七二)一月、大友皇子を太政大臣に任じた。

四月、筑紫国から報告あり。「足が八本ある鹿が生まれたがすぐ死んだ」多足の動物の出現は奸臣が表れる兆しとされる。

十一月、大友皇子、左右大臣など六人の誓約。

十二月、天智天皇が崩御し、既述した吉野の鮎などの童謡三種(大海皇子の戦いの準備の方が進んでいるとの意)が記載される。

是歳、讃岐国で四足の鶏が見つかった。また大炊で鼎が勝手に鳴りだした、八つの時もあれば一つの時もあった。

鼎とは、元は生贄の肉などを煮た道具。下って宗廟の宝器とされる。これが鳴るのは不吉の徴と考えられていた由。

すなわち、道教的予兆解釈によれば、すでに大海皇子が天智天皇政権を倒してとってかわることは分かっていたとみるべきである。したがって「投夜水而知承基」を無理矢理壬申の乱の横川での式盤を用いての占いのことだとするのは大きな誤りであろう。「投夜水」について種々当たってみたが明確な答えが見つからない。もしも夜水が「よるべ水」であれば、それは神前の甕に湛える水であり、神霊を寄せるためのものだというから、それを投げるようなことがあり、天皇となることを知ったというような事実がどこかにあったのかもしれない。吉野へ移るより前のことなのでもしかしたら直前に滞在した嶋宮での出来事なのかもしれない。

繰り返すが、太安万侶は古事記の編纂者である。そして日本書紀の編纂にもかかわったと言われている。さらに、古事記が完成し、献上された時（七一二年）にはすでに日本書紀はかなりでき上がっていたと思われる。そして日本書紀は藤原不比等の行動を隠すために加筆、削除、改変が繰り返されて最終のものになった。そうだとすれば、太安万侶は日本書紀の編纂にも参加していたから日本書紀の記載事項を当然知っていたと思われる。もしかしたら太安万侶は古事記の献上当時の日本書紀の原案に記載のあった「投夜水而知承基」を、後に削除されるとは思わずに記述してしまったのではなかろうか。古事記の序文は注意深く読む必要がありそうだ。

大海皇子は大友皇子を滅ぼして皇位に就くことを決意したが、すぐにという訳にはいかないので取り敢えず吉野に隠れ住んだのである。「蝉蛻於南山」の南山は吉野のことである。藤原鎌足が中国の五台山の中心に多武嶺が相当するとしたが、その時の南台に相当するのが吉野であった。故に南山は吉野のことを指す。そして蝉蛻とは蝉が脱皮することを言う。法衣を纏って出家した大海皇子が蝉の脱皮のように法衣を脱ぎ捨て、中から一段と強く、固くなった姿で現れるのを例えたものであろう。

その後の記述は壬申の乱の模様である。日本書紀での壬申の乱の記述は逃れるように吉野を脱出し、伊賀、伊勢、尾張を越えて美濃に進む間に大海皇子側の勢力が増えていき、といった具合で進行していくのだが、この古事記序文の記述は、「人事共給、虎歩於東國、皇輿忽駕、淩渡山川、六師雷震、三軍電逝、杖矛擧威、猛士烟起、絳旗耀兵、凶徒瓦解、未移浹辰、氣沴自清。乃、放牛息馬、愷悌歸於華夏、巻旌戢戈、儛詠停於都邑」とあり、そこから浮かび上がるのは「六師雷のごとく震い、三軍電のごとく逝きき」という大軍による正面からの戦である。本当の壬申の乱とは、大海皇子側が周到に用意した大軍による一斉攻撃だったのではないかと思わせる記述であり、そのように古事記献上時点の日本書紀原案には書いてあったのではないかと考えられる。

続く「淸原大宮、昇卽天位。道軼軒后、德跨周王、握乾符而摠六合、得天統而包八荒、乘二氣之正、齊五行之序」との表現を見れば、いかにも道教を奉じる北魏系渡来人の特徴が良く出ていることに気付く。

「道は軒后に軼《す》ぎ、徳は周王に跨《こ》えたまいき」の軒后は中国古代の黄帝であり、周王は周の文王か武王であるが、日本の天皇の素晴らしさを何故に中国古代の名帝と比較しなければならないのか。それこそ仁徳天皇なり、天照日神と比べればよいものを。ここにも天武天皇が中国からの渡来人であることがにじみ出ているようだ。そしてこの序文（上表文）を書いた太安万侶だが、多を名乗る多くの中で太を名乗るのはこの太安万侶ともう一人しか『続日本紀』には現れない。そして多氏は在地の古族であり、多神社に関係する、すなわち中国や道教とは無縁の一族である。私はこの太安万侶は太秦の一員であるがそれを隠し、あたかも元々の倭国以来の氏族のもののように偽るために太安万侶と名乗ったのではないかと考えたのだが、調べてみると「太」は漢姓の一つである。中国からの渡来以前からの姓をそのまま使っていたとみる、すなわち倭人ではないと見た方が良いだろう。

そして中国古代の黄帝に過ぎるとしているのは「道と徳」である。道教で崇める三清のトップは道徳天孫と呼ばれる老子である。それほど道教においては道と徳とが重要なものなのである。その二つの点において天武天皇が中国古代の名帝に勝ると述べているのである。

さらに「乾符」は中国の天子のしるしであるし、六合は天地と東西南北の六方向を表すので、それを摠《す》べるのは、世界を支配することを意味する。「乾符」と表現し、「神器」「神璽」と記さないところにも中国的特徴が色濃く出ている。続く、「乘二氣之正、齊五行之序」はまさに陰陽五行のことであり道教の世界だ。

さてその後が古事記編纂についての内容になる。「朕聞、諸家之所賫帝紀及本辭、既違正實、多加虛僞。當今之時不改其失、未經幾年其旨欲滅。斯乃、邦家之經緯、王化之鴻基焉。故惟、撰錄帝紀、討覈舊辭、削僞定實、欲流後葉。」との天武天皇の言葉をそのまま「なるほど」などと受け取ってはならない。「間違っているからただす」というのは改竄、改変を行う時の常套句である。具合が悪いから事実を曲げて偽史を創るなどと言うわけがない。実際にある事項に関して異なる記述をしている史書が複数あった時、どの記述を正しいものと判断するのだろう。

ところで天武天皇が命じた内容は「撰錄帝紀、討覈舊辭、削僞定實」すなわち、「帝紀を撰録して、旧事を良く調べ、誤りを削り、真実を定めよ」ということである。帝紀、旧事は聖徳太子が編纂した天皇記、国記に対応するものであろう。私は天皇記、国記は消失したのではなく残っていて、この古事記編纂に使用した後、歴史改竄の証拠とならぬように差しさわりのある部分は乙巳の変の折に消失したことにしたのだと思う。

この後の記述内容には不可解な点がある。「時有舎人、姓稗田、名阿禮、年是廿八、爲人聰明、度目誦口、拂耳勒心。卽、勅語阿禮、令誦習帝皇日繼及先代舊辭」という部分だ。

その内容は「この時舎人に姓は稗田、名は阿禮というものがいた。年齢は二十八歳で、聡明で、目にしたものをすぐに口にし、耳にしたものは記憶しました。そこで阿禮に勅語して帝皇日繼《ていおうのひつぎ》と先代舊辭を誦習させました」というものである。帝皇日繼と先代舊辭が存在するならば、それを読んで纏めれば良いわけで、わざわざ稗田阿禮に暗記させなくても良いはずだ。

しかし、天武天皇も、同じく藤原鎌足の子である、藤原不比等も、太安万侶を含む側近たちもすべて中国系渡来人だとすれば倭国の文字で書かれた古文書など読めるわけがない。通訳、翻訳が必要なのである。

倭国伝統の帝紀などを日本書紀編纂の時に読み解くのが困難だったことは僅かに欽明紀にそういった記述が挿入されている。欽明二年の子女の記述の所に挿入文がある。重要なので引用しよう。

「帝王本紀、多有古字、撰集之人、屢經遷易。後人習讀、以意刊改、傳寫既多、遂致舛雜、前後失次、兄弟參差。今則孝覈古今、歸其眞正、一往難識者、且依一撰而註詳其異。他皆效此」

この挿入文は日本書紀の編纂者が加えた記述である。読み下せば、「帝王本紀に多《さわ》に古き字《みな》どもありて、撰集むる人、屢《しばしば》遷り易《か》はることを経《へ》たり。後人習ひ読むとき、意《こころ》を以て刊《けづ》り改む。伝へ寫すこと既に多にして、遂に舛雑《たがひまよふこと》を致す。前後次《ついで》を失ひて、兄弟参差《かたたがひ》なり。今則ち古今を考へ覈《あなぐ》りて、其の真正に帰す。一往《ひとたび》識り難きをば、且《しばら》く一つに依りて撰びて、其の異《け》なることを註詳す。他も皆此に効《なずら》へ」（『日本古典文學大系　日本書紀』より）となる。

すなわち、「伝わっている帝王本紀には多くの（倭国の）古代文字が使われている。その編纂者はしばしば交代したので、受け継いだものがその意味をとって（字を）削除したり改めたりした。数多くの写し替えを経てきたので、遂に内容に混乱をきたしてしまった。前後の脈絡が合わなかったり、兄弟が食い違ったりしている。今、古今のことを探求して、正しいものに戻した。もし、真実を定めがたい場合はその中の一つを選んで記し、異論を註として記載する。他の部分も皆同様である」といったような意味である。『日本古典文學大系　日本書紀』の頭注には、漢書叙例の次の部分、「漢書舊文多有古字、解說之後屢經遷易、後人習讀、以意刊改、傳寫既多、彌更淺俗。今則曲覈古本、歸其真正、一往難識者、皆從而釋之」

によるものだとしているが、ただの丸写しではないことは比較してみれば明らかである。ちなみに漢書叙例とは顔師古《がんしこ》が漢書の縁起に当たる部分に設けたもので顔師古が採用した二十三家の注釈家を列挙している。すなわち漢書の注釈に関してどのように行ったかの説明などだと理解すれば良いのだろう。日本書紀の編纂に当たった舎人親王他が漢書編纂に関する深い知識を持っていたことを示すものである。

さて、これを見れば帝王本紀を中国系渡来人が読みこなせないことが理解できるだろう。そこに、帝王本紀、或いは天皇記国記などを読みこなし、読み聞かせ、説明できる言わば翻訳者が重要だったことが分かる。それこそが稗田阿禮との名で表された人物の存在意義だったと考えられる。

しかし、古事記の序文というか、上表文においてそのような翻訳者のようなものの姓名や年齢まで記すのは奇妙である。そこで「時有舎人、姓稗田、名阿禮、年是廿八」には裏の意味というか、この表現に込められたものがあると見て考察してみた。

まずは「稗田」であるが、大和国添上郡に稗田という地がある。そのあたりの人かと考える場合が多いようだが、個人名のようで個人名ではないのではないかと考え、「稗」の字の意味を探ってみると、稗という植物の名前であるだけでなく、驚くような意味を持っていたのである。「稗」には小説や、伝説との意味があり「稗史」という言葉もある。この「稗史《はいし》」とは民間の瑣細（些細）なことを記録したもの、との意味があるのである。自らの皇統につなぐ関係上表向きは帝王本紀と呼んでいるが北魏皇統の後裔としては倭国の王などは東夷の酋長と思っていたのであろう。その故に本当はその程度のものということをわざわざ名前の形で埋め込んだとみて良いだろう。では「阿禮」はどうだろうか。実は阿禮神社が実在し、御阿禮祭りというものもある。その祭りの方は有名な賀茂神社の賀茂祭り（葵祭）の前儀として催行されるもので、阿禮という榊の枝に神移しをする神事である。これから阿禮とは神が降りる憑代としての榊の枝であることが分かる。つまり、「稗史」に書いてあることなど枝葉末節だと言いたげなのである。舎人の姓名を記したように見せかけ実は帝王本紀なるものの実態を密かに告げていたのである。

　では二十八歳という年齢は何を意味しているのだろう。これを年齢と取るから何故そんなことまで、となる。これを二十八年間との意味に取れば視界が開けてくる。古事記編纂の二十八年前は、誤差はあるかもしれないがほぼ天武天皇十年（六八一年）の史書編纂の詔勅が出された時なのである。これらを頭に入れて再度、序文の当該部分を読み取れば、

「倭国の稗史である帝皇日繼及び先代舊辭などにある古代倭文字を読み取るべき優秀な舎人がいたのでそれらが理解できるように翻訳させた。その舎人は天武天皇の史書編纂の詔勅から既に二十八年間、文書を見ては口に出して読み、或いは古老に故事を聞いては記憶してきた。長い年月が経過したが史書編纂は実行されずにいた」となろう。

「時有舎人、姓稗田、名阿禮、年是廿八、爲人聰明、度目誦口、拂耳勒心。卽、勅語阿禮、令誦習帝皇日繼及先代舊辭。然、運移世異、未行其事矣」

　の部分の解明ができたと思う。

　さてここからは元明天皇の時代に話が代わる。

「伏惟、皇帝陛下、得一光宅、通三亭育、御紫宸而德被馬蹄之所極、坐玄扈而化照船頭之所逮、日浮重暉、雲散非烟、連柯幷穗之瑞、史不絶書、列烽重譯之貢、府無空月。可謂名高文命、德冠天乙矣」

　治世を褒める言葉、瑞兆が多く表れたと元明天皇の御代を褒めるのはそれとして、と言いたいのだが、この元明天皇は持統（總持）天皇が重祚したものでその正体は藤原不比等であると既に明らかにした。となると「史不絶書」の部分は藤原不比等（当時は史と書いていた）の存在を暗示しているの

かと、何やら奥やら裏やらを考えてしまう。

「於焉、惜舊辭之誤忤、正先紀之謬錯、以和銅四年九月十八日、詔臣安萬侶、撰錄稗田阿禮所誦之勅語舊辭以獻上者、謹隨詔旨、子細採摭」

からは、和銅四年（七一一年）九月十八日に元明天皇から編纂の詔を受け、作業に取り掛かったことが分かるだけでなく太安万侶が「子細採摭」、すなわち「子細に採り摭《ひろ》ひつ」と言っていることが分かる。

「上古之時、言意並朴、敷文構句、於字卽難。已因訓述者、詞不逮心、全以音連者、事趣更長。是以今、或一句之中、交用音訓、或一事之內、全以訓錄」

では音と訓とを混ぜて使ったことを述べている。古事記の中の歌謡部分は漢文にしてしまったら倭語の歌謡としての様相も味わいも伝わらないので歌謡を漢字の音で表している。これは古事記に始まったことではなく中国の文献にはままあることである。例えば玄奘三蔵が漢訳した「摩訶般若波羅蜜多心経」でも陀羅尼または真言である後部の「羯諦羯諦、波羅羯諦、波羅僧羯諦、菩提薩婆訶」は漢字を表音文字として使って真言の音を写し取っている点で同様の取り扱いをしているのである。その方式は『日本書紀』でも同様に使われている。

そして古事記の内容は、天御中主神から波限建鵜草葺不合尊までを上巻、神倭伊波禮毘古天皇から品陀御世までを中巻、そして大雀皇帝から小治田大宮までを下巻と三巻にまとめたと記述している。

上巻は神代の巻であるから別として中巻と下巻のボリュームを比較してみよう。岩波文庫の『古事記』の原文の部分のページ数で比較すれば、中巻は三十六ページであるのに対して下巻は二十三ページしかない。

下巻の仁賢天皇以降の、武烈、継体、安閑、宣化、欽明、敏達、用明、崇峻、推古天皇に関しては皇后と后、そしてその子供に関する記述と陵墓程度の記述しか見当たらない。

オリジナルには存在した事績に関する記述が後に削られたとすればこの中巻と下巻のボリュームの不釣合いが理解できるのである。

どの程度簡略な記述か崇峻天皇と推古天皇の記述を例として示しておこう。


（崇峻天皇）

弟、長谷部若雀天皇、坐倉椅柴垣宮、治天下肆歳。壬子年十一月十三日崩也。御陵在倉椅岡上也。

（推古天皇）

妹、豊御食炊屋比賣命、坐小治田宮、治天下参拾漆歳。戊子年三月十五日癸丑日崩。御陵在大野岡上、後遷科長大陵也。


暗殺された崇峻天皇について、聖徳太子が摂政となっていた（『太安万侶の暗号（五）～漢家本朝（上）陰謀渦巻く飛鳥～』で聖徳太子こと天皇だったと解き明かした）ことも、遣隋使に関しても記述されていないのはいくらなんでも「子細採摭」の文言とは一致しない。上表文（序文）にそう書いておいて、内容がこのように貧弱では勅により編纂したのだから編纂者は罪に問われるはずである。太安万侶がそんな上表文と内容が異なるものを編纂するわけがない。意味するところはただ一つ、子細に記述したものを献上したのちに、内容が削られたことである。

そうだとすると、『日本書紀』がわずか八年後にそれこそ詳細な記述を以て成立したのが良く理解できる。そしてこれらの経緯は日本書紀に記載の「歴史」が大きく改変された結果であることをはっきり示しているのである。

もう一つ付け加えれば、先にも触れたが、太安万侶が古事記編纂を命ぜられたのが和銅四年九月十八日で、この上表文の日付、すなわち古事記を献上した日が和銅五年一月二十八日であることだ。

着手から完成までの期間が四か月強というのは如何になんでも短くはないだろうか。ワープロもパソコンもない、全てが手書きの時代の編纂事業なのである。記述内容の検討、取捨選択などを含めてこの期間にでき上がるとは考えがたいのだ。この点はまだ解明できていない点として残さざるを得ない。

ただ、

天武天皇の編纂指示　天武天皇十年（六八一年）
稗田阿禮の古文書（古文字）読み取り、資料、情報収集　二十八年間↓和銅二年（七〇九年）
元明天皇の編纂指示　和銅四年九月十八日（七一一年）
古事記完成（上表文の日付）和銅五年一月二十八日（七一二年）

との流れを見れば、和銅二年の稗田阿禮による資料の収集、整理完了を受けて実際の編纂に関する元明天皇の勅命があり、原稿を書き上げたが、歴史改変の要があるとのことで差しさわりのある部分の削除を命ぜられた。その時点が和銅四年九月十八日だったのではないか。そう考えればすべてのつじつまが合いそうである。

（五）万世一系を装う、そして暗殺はないことに

中国の歴史を見ればその王朝の交代が頻繁に起こったことが分かる。しかも「力は辺境より」の言葉通り、支配民族が入れ替わったことが顕著な特徴である。支配層が漢民族ではなかった時代は、五胡十六国、北魏、遼、隋、唐、金、元、清等である。驚くほど長い期間を漢民族以外が支配しているのだ。

北魏皇統の後裔として、王朝の交代を防ぐためにはどうするかを、すなわち自分たちが奪った倭国の皇位を永久に継承していくにはどうするかを考えたはずだ。その結果は、

（い）倭国には王朝交代がなかったことにする。つまり皇位継承のルールを明確にして、実際にそのように継承されてきたように歴史を改竄する、

（ろ）明治政府が考え、国民を洗脳したもののように思っているかもしれないが「天皇は神聖にして侵すべからず」とし、しかもそれが実践されてきたことにする。すなわち、天皇の暗殺など存在しなかったことにする、というものだったと思われる。

そして実際に古事記、日本書紀の編纂でそれを実行した。表にまとめてみよう。

推定復元した皇統	史書改変操作	系列
天照日神（イザナギ）		○

天照日神（大日靈貴）		○
正勝吾勝勝速日天之忍穂耳		○
天饒國饒饒速日天火明（倭に十種の天瑞を持って日の本の国から降臨、倭国部分を支配するエビス尊となる）以降、エビス尊を天皇と記載する。	邇邇芸（天饒國饒饒速日天火明の分身を創作し、筑紫の高千穂に降臨したことにする）	△
	穂穂手見（筑紫の伝説を取り入れる）	
	鵜草葺不合（同右）	
	神倭磐余彦（神武天皇）を創作。饒速日と時代が異なるのを無視して戦ったことにする。	
天皇（ウマシマデ）	綏靖天皇を創作	△
天皇（天忍男、物部系）	安寧天皇を創作	△
天皇（天忍男、物部系）	威徳天皇を創作	△
孝昭天皇（物部系）		△
孝安天皇（物部系）		△
孝霊天皇（物部系）		△
孝元天皇（物部系）		△

開化天皇（物部系）		△
崇神天皇（百済系）	「初国知らし天皇」と呼ぶことによって皇統が入れ替わったことを暗に示す。神鏡、神剣と同床同殿できないことで、正当な継承者ではないことを暗示。	■
垂仁天皇（百済系）	伊勢神宮造営。佐保毘古事件、本牟智和気王事件 倭姫が「卑弥呼（日巫女）」として魏に使者を送ったことなどを隠す。	■
景行天皇（百済系）	百済系が皇位を奪ったので日高見国が反撃。大和武尊は草薙剣を置いたまま敗走。	■
成務天皇（百済系）	事績の記述は皆無に近い。	■
仲哀天皇（百済系）	日高見国に追われて遂に筑紫国まで敗退し、筑紫で日高見国の刺客に暗殺された？	■
神功皇后（新羅系）	新羅にまで敗退後、新羅の援助を受けて大和に攻め上る。忍熊王などの反逆と戦う	▲
応神天皇（新羅系）＝倭王「讃」	気比の神と名を取り換えた、すなわち征服したことを示している。 中国から渡来人が帰化。	▲

菟道稚郎子天皇（新羅系）＝倭王「珍」	以降新羅系、百済系、高句麗系が入り乱れて皇位を争い、陰謀、策謀、暗殺の時代が続く。その混乱の中で宋、梁などに遣使をしたことが中国の史書にあるが古事記、日本書紀はまったく触れていない。所謂倭の五王問題がある。 仁徳天皇に攻撃されて死んだことを古事記、日本書紀は隠した。	▲
仁徳天皇（百済系）＝倭王「済」	百済系であったために、大和に宮を置けず、難波に遷った。耕作地も少なく民も少なく、したがって竈の煙も少ないので善政を行ったと美談として潤色。宮そのものも粗末なものしか造り得なかった。	■
反正天皇		▲
履中天皇		▲
允恭天皇		▲
大草香天皇＝倭王「興」	暗殺されたことを古事記、日本書紀は隠した。	▲
安康天皇		▲
雄略天皇＝倭王「武」		▲
清寧天皇		▲

顕宗天皇		▲
仁賢天皇		▲
武烈天王		▲
継体天皇（日高見系）	ホムチワケの末をホムダワケ（応神天皇）の五代の後と偽って継続性があるように見せた。	◎
	安閑天皇、宣化天皇。 この継体天皇の二人の子は、継体天皇と共に暗殺されたのだが、それを隠すために即位したことにした。事績の記載などない。	◎
欽明天皇（日高見系）		◎
敏達天皇（日高見系）		◎
用明天皇（日高見系）		◎
崇峻天皇（日高見系）		◎
厩戸（聖徳）天皇（日高見系）	豊御食炊屋比売（伊勢外宮の飯炊き女）と言う呼び名のもの、つまり伊勢の斎王を女性天皇であったとして、聖徳太子が実は天皇だったことを隠す。聖徳天皇は夫人と共に暗殺された。	◎

舒明天皇（日高見系）	藤原鎌足の妃、寶皇女を離縁して舒明天皇の皇后にする。	◎
蘇我蝦夷天皇（日高見系）	皇極天皇（寶皇女）連れ子、中大兄皇子が皇太子となる。蘇我入鹿を暗殺、蝦夷は自害。（乙巳の変）	◎
孝徳天皇（日高見系）		◎
斉明天皇（日高見系？）		◎？
天智天皇（北魏―日高見系））		●／◎
天武天皇（北魏系）		●
總持（持統）天皇（北魏系）	天武天皇の皇后、菟野皇女が女性天皇（持統）になったことにする。（本当は藤原不比等）	●
文武天皇（北魏系）	草壁皇子の子だとする。（本当は藤原不比等の子）	●
元明天皇（北魏系）	草壁皇子の妃、文武天皇の母である、阿閉皇女だとする。（本当は藤原不比等の重祚）	●
元正天皇（北魏系）	文武天皇の姉、氷高皇女（生涯独身）だとする。（本当は文武天皇の后、藤原不比等の娘である藤原宮子）	●
聖武天皇（北魏系）		●

（注）天照日神以来の皇統については『太安万侶の暗号シリーズ』で述べてきているのでここでは詳細を記さない。シリーズの各巻および、「倭の五王考」「継体天皇考」「厩戸（聖徳）天皇考」「談山神社考」「藤原鎌足考」などシリーズ中に併録した論考を参照願いたい。

十九．漢家本朝を完成に導いた時、自らの歴史を消した藤原不比等

藤原鎌足が高向王であり、その妻の一人が寶皇女であり、できた子供が漢皇子だった寶皇女が舒明天皇の皇后になると連れ子であった漢皇子は中大兄皇子と呼ばれる。高向王と高向氏の女との間にできた、漢皇子の兄が大海皇子である。そして高向鎌足は中臣鎌足を名乗った。その中臣氏は元々卜部氏であったのだが、高向鎌足が中臣氏を名乗る少し前に中臣氏になったようだ。高向氏が中臣氏の名前を奪ったように見える。北魏系渡来民との出自を隠し、倭国の古い土着氏族であるように装ったものと思われる。そして中臣鎌足は死の直前に謄元（藤原）の姓を我が子である天智天皇から下賜される形で手にする。

藤原鎌足の子である藤原不比等は藤原の姓を不比等の子孫だけのものとし、それ以外のものを中臣姓に戻した。

高向氏から中臣氏というものにワンクッション置き、藤原氏の姓を得て、倭国の氏族らしく装うことが可能になると、元中臣のものたちを中臣姓に戻したのである。氏姓誤魔化しのプロセスだと思えば分かりやすい。このことは既に詳しく説明したのでこれ以上は省く。

藤原不比等が總持天皇、すなわち日本書紀での持統天皇であり、文武天皇が若くして崩御したために重祚して元明天皇になったこともすでに解明した通りである。

その事実を隠すために藤原不比等は自分が低い位から徐々に出世し、右大臣にまで到達するという経歴を捏造した。そしてそれだけでは飽き足らず、出自に関しても手を加えたのである。すなわち藤原鎌足の子では万世一系の天皇との原則に反するからと天智天皇の落胤説を作り、流布させたのである。

これら中臣姓の借用と、天智天皇落胤説に関しては第七章で論じたのでそこを参照願いたい。

藤原不比等の墓は見つかっていない、と言うより存在しない。元明天皇として火葬され、葬られたからである。その状況も既に書いた通りである。

その元明天皇の陵墓は奈良の奈保山にある「奈保山東陵」だ。すぐ西隣にある「奈保山西陵」は元正天皇、すなわち藤原不比等の娘であり、文武天皇の皇后である藤原宮子の陵墓である。

元明天皇陵はどうやら五段ほどの階段状の円墳らしい。奈良豆比古神社所蔵の古絵図を示しておこう。

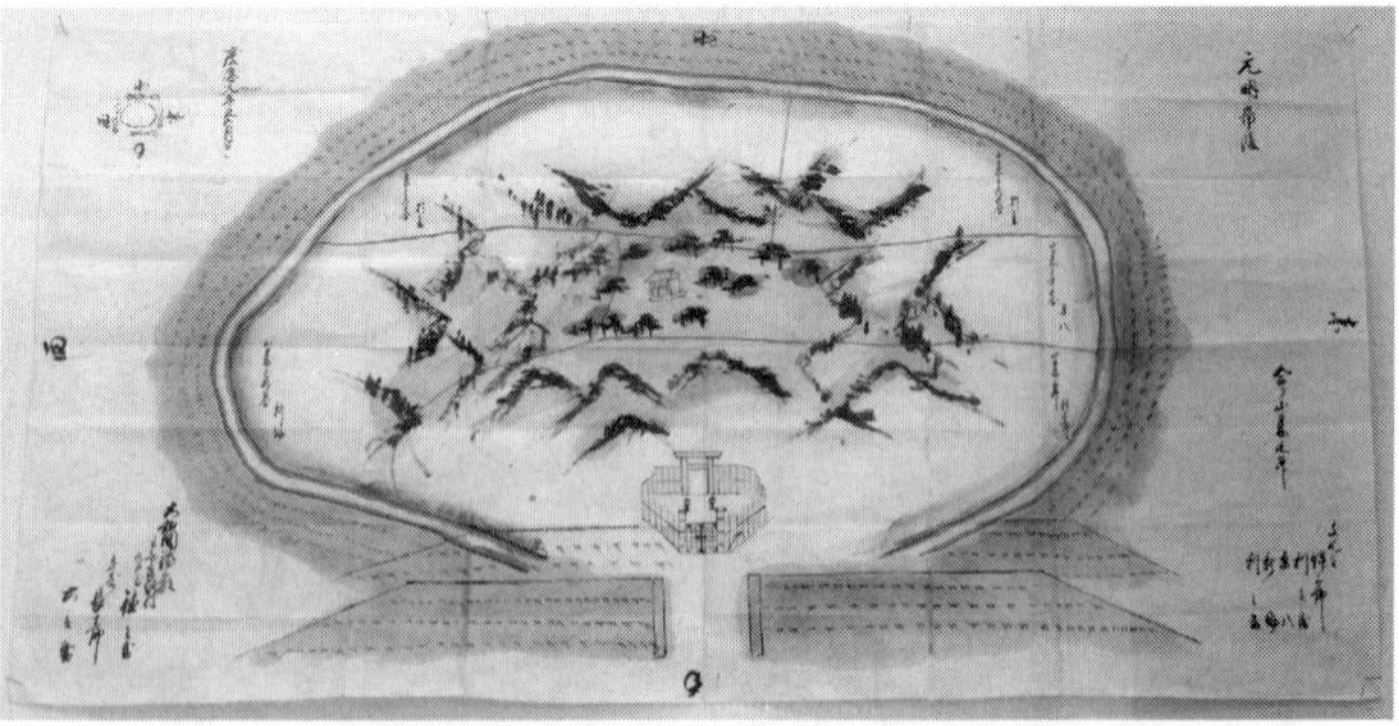

元明天皇陵の古絵図（奈良豆比古神社蔵）

元明天皇陵の東側に奈良豆比古神社がある。平城津比古神社とも春日社とも呼ばれていた神社で既に述べたように翁舞や三番叟といった能楽の元となった猿楽の起源となった舞の奉納で有名な神社である。談山神社、春日大社、吉野の龍門大宮（山口神社）などとの共通点、藤原氏の紋などから藤原氏の神社であることが分かっている。

元明天皇はその死に際し、埋葬に関する遺言をしている。その内容は既に記述済みであるが、『続日本紀』の「朕崩之後。宜於大和国添上郡蔵宝山雍良岑造竃火葬。莫改他処。謚号称其国其郡朝庭馭宇天皇天皇。流伝後世」の部分に注目すべきだ。すなわち謚号を「大和国添上郡平城宮馭宇天皇」とせよと指示している。

元明天皇の陵碑なるものが江戸時代に畑から発見された。陵碑そのものは現在の元明天皇陵の域内に収められたので見ることができないがその拓本が奈良豆比古神社に保管されている。ガラス越しではあるが許可を得てその拓本を写真に収めた。

文面は、

「大倭國添上郡平城之宮馭宇八洲太政天皇之陵是其所也　養老五年歳次辛酉冬十二月癸酉朔十三日乙酉葬」

とある。

『続日本紀』には元明天皇の崩御と埋葬について、

「養老五年十二月己卯。崩于平城宮中安殿。時春秋六十一」（十二月七日）

「養老五年十二月乙酉。太上天皇葬於大倭国添上郡椎山陵。不用喪儀。由遺詔也」（十二月十三日）

とあり、まさしく元明天皇の陵碑だったことが分かる。すなわち元明天皇陵こそ藤原不比等陵なのだ。

天武天皇の崩御の後、皇太子であった大津皇子を殺害し、さらに草壁皇子も殺害した上で總持（持統）天皇となり、息子の文武天皇に譲位したが文武天皇が若くして病死したために、孫の首皇子が成長するまでの間をつなぐため元明天皇として重祚した。その間、古事記、日本書紀を編纂し、平城京への遷都をし、偽史を真実らしく見せるために萬葉集を編纂した。さらに自らが天皇であったことまで隠し、歴史上は黒子となるために藤原不比等としての墓も残さなかった。その功により北魏系拓跋氏による「漢家本朝」は完成し、天武天皇と吉野で誓った千年先も支配し続ける体制を作ったのである。そしてその仕組みは江戸時代をも通じて機能し、実際に千年以上も継続できたのである。藤原不比等は藤原鎌足と並ぶ偉人の一人としてあげるにふさわしい人物のように思う。

二十．藤原不比等が造った平城京と北魏の平城との類似性

藤原不比等が元明天皇として平城京を造り遷都したことは既に述べた。この章ではその平城京がいかなるものであったかを検討する。

北魏系の渡来氏族が倭国の皇位を簒奪し、平城京を造り後に平安京を造った。その平安京（左京）を北魏の後の都と同じ洛陽と呼んだ事実から見て日本の平城京のモデルは北魏の平城（現在の大同）であると思われる。

北魏の平城の図面はないかと、随分探したのだが見つからなかった。そして中国の大同では平城の発掘調査が行われているが全容はまだ明らかになっていない。しかし、中国の古文献の中に平城の様子に関する断片的描写が存在する。それらを用いた研究がある。向井佑介氏の「〈学会展望〉北魏の考古資料と漢化」（『東洋史研究』68（3）、二〇〇九）である。

この研究から分かる北魏の平城の歴史や特徴をまとめ直すと、

（イ）平城の中の宮城の主要な建物などの骨格は初代皇帝、太祖道武帝の時代にでき上がった。すなわち、宮室、宗廟、社稜を建設、さらに天文殿や天華殿などの宮殿を造営、京師に十二門を開

いた。中天殿、雲母堂、金華室、西昭陽殿などを建設し、城郭の北側には大規模な鹿苑をつくった。（鹿苑については後述）

（ロ）第二代皇帝、太宗明元帝の時平城の東北に豊宮を造営し、白登山の西に太祖廟を建て、北苑に蓬台と宮殿を築き、西苑にも宮殿を建てた。そして、平城を囲む周囲三十二里の外郭を築造した。すなわち明元帝の時に平城は羅城（都城を囲む外壁）を持つようになった。換言すれば平城宮に都市部が加わって平城京となったのである。

（ハ）第三代皇帝、太武帝の時期には、永安殿と安楽殿を新たに造管して主要な宮殿とし、臨望観と九華堂をつくり、城東には太学を建てた。如渾水の左岸には大道壇廟と静輪宮を造営した。大道壇とは北魏が国教として保護した道教の施設である。

（ニ）第七代皇帝、孝文帝の時、太華殿を取り壊して太極殿を建造した。大極殿とは万物の根源であり、陰と陽の二元が生じる元という太極のあるところという意味である。太極は『易経』繋辞上伝には次のように記述されている。

「易有太極、是生兩儀、兩儀生四象、四象生八卦、八卦定吉凶、吉凶生大業」

北魏の道教的性格が良く表れている。

（ホ）『貌書』『南斉主目』魏虜傳には「その郭城は宮城の南を繞《めぐ》り、悉く築きて坊となし、坊に巷を開く。坊の大なるものは四五百家を容れ、小なるものは六七十家。南（閉）坊ごとに捜検し、以て好巧に備う」とあり、宮城が都城の北よりに位置し、郭城が南を囲んでいたこと、また郭城内には坊を築き、そこに人びとが居住したことが分かる。

北魏の坊制は、漢代の里制に源流を持つものといわれる。漢代の里は郷、亭などと呼ばれる城壁で囲まれた空間を、墻垣《しょうえん》で複数のブロックに区切って、里としたものであった。これが後漢以降に散見する坊の起源になったと考えられているが、漢魏晋の坊は、特定の建物や区域を墻垣で囲ったもので、決して都城内にひろく施行されたものではなかった。それに対し、北魏の平城では、居住区を墻壁で囲む坊墻制によって、城内を方格状に区画したものである。

そして、道武帝の天興元年（三九八年）に「山東六州の民吏及び徒何、高麗の雑夷三十六万、百工伎巧十万餘口を徙し、以て京師を充す」（『魏書』太祖紀）からも分かるように極めて多くの人が強制移住させられてきた。坊制は、北魏の洛陽城で完成され、以後の北朝、すなわち隋唐の都城に継承された。その意味では、胡族の特質が北魏以後の都城を規定しつづけたと言える。

日本の平城の都城デザインを、唐の長安を模倣したものとする研究者が多いが、造平城京司長官を任命したのが元明天皇二年（七〇八年）九月のことであり、平城京で鎮祭が行われたのは同年の十二月である。既に指摘したことではあるが、天智天皇八年（六六九年）に唐の高句麗平定の祝賀行事に参加するための遣唐使が唐に渡ったが、文化の習得、吸収を目的としたものではなかった。そして、その次の遣唐使の派遣は何と三十三年間のブランクを置いて文武天皇の時の大宝二年（七〇二年）に出発し、慶雲元年（七〇四年）に遣唐執節使の粟田真人が帰国するが、副使であった巨勢邑治が帰国したのは慶雲四年（七〇七年）のことであった。平城京のデザインを実地調査も踏まえて完成させるのには相当な時間を要しているはずであり、この時の遣唐使が唐の都城デザインを学んで持ち帰ったとしても反映させる時間などなかったろう。平城京は唐の模倣ではなく北魏の平城のデザインを基礎にして行われたとみるべきである。

唐の長安に日本の平城京が似ているのは、北魏の平城を基礎として、隋や唐の都城デザインがなされているのだから当然であり、長安がベースになったことを意味するわけではない。思い込みは排するべきだろう。

坊制のイメージだが、平城京も平安京も建造当時の姿のまま残っているわけではないので想像しにくい。しかし、世界一古い木造建造物として有名な法隆寺を見れば、各ブロックが築地塀で囲われているではないか。寺院には宿坊というものもあり、塀で囲った区画を坊と呼んでいたのではないかと思う。武蔵坊弁慶という呼び名にも「坊」が顔をのぞかせている。

（へ）平城の北側に広がる鹿苑は単に田猟を行う場所ではなく、戦争などで獲得した大量の家畜を収容する広大な放牧地であったことが明らかにされている。北魏の遊牧民としての性格が良く出ている。

そして日本の平城京にも東側の春日大社のある、現在奈良公園となっている鹿苑が存在する。その基本的都市デザインの共通性が見えている。後の平安京には平安宮の南側に神泉苑という、湧水を中心とした苑地があり、鹿が放牧されたと言うがその規模からみて平城京の鹿苑とは性格を異にするようである。

（ト）孝文帝は平城に明堂や円丘を建設し、礼制にのっとった都城建設を試みた。『水経注』㶟水注によれば、明堂は、「上円下方」の構造で、「霊台をその上に加え、下は則ち水を引きて辟雍と為し、水側に石を結びて塘を為した」という。実際、発掘調査で明らかになった平城の明堂は、中央に方形の基壇を置き、周囲を円形の水渠がめぐり、四方には水渠の内側に接して四門をひらく構造であった。この形式は漢時代の長安城の南で発見された礼制建築に類似するという。

上円下方と聞けばすぐに道教で卜占に用いる、また天武天皇自身も使ったという式盤が思い浮かぶ。地盤と称する四角の盤の上に天盤と称する円形の盤を載せたものである。中国の泰山における頂上の天を拝する壇とふもとの地を拝する壇とも通じる形と言えよう。

（チ）道武帝が平城に都を定めてからも、北魏皇帝は長城以北の金陵に葬られ、皇族や一部の有力貴族は、そこに陪葬された。金陵は史書に「盛樂金陵」「雲中金陵」としてあらわれるが、現在もその位置が特定できない。巨大な墳丘や大規模な陵園は築かれなかったらしい。北魏の陵墓に大きな変化があらわれるのは、孝文帝の義祖母である文明太皇太后馮氏の方山永固陵においてである。永固陵は太和四年から八年（四八一～四八四年）に造営され、馮氏は太和十四年（四九〇年）に葬られた。方山は平城の北およそ二十五キロに所在する台形の山で、万里長城のすぐ南にある。

魏、晋、南朝では、巨大な墳丘をともなう陵墓はほとんどない。中華皇帝として胡漢に君臨しようとする北魏帝室は、漢の滅亡をもって途絶えた巨大墳丘墓を、自らの権威をしめす装置として復活させたようだ。

翻って日本の平城近くの、藤原不比等こそその人と考えられる元明天皇陵はその方山永固陵と同様に山型の墳墓である。奈保山東陵と呼ばれるように、北の奈保山にある。聖武天皇陵のある佐保山と同様にその「保山」と言うところが馮太后の陵墓のある方山に通じるような気がするではないか。

（リ）洛陽遷都後、陵墓の位置は、皇帝陵を頂点として周園に皇族、貴族の墓域が設定された。墓室は塼築の方形単室墓に統一され、身分に応じた規模にされた。墓誌は正方形のものが選ばれ、大小の差に身分差が反映された。一般に墓誌に紋様を刻むことは少なく、蓋にも題記のみが刻まれた。紋様を刻んだ墓誌は大型品に限られ、元暉墓誌や爾朱紹、爾朱襲墓誌など、高位の被葬者のために製作されたものであった。

さて、この内容から北魏の墓碑というものは、大小様々あれどその形は正方形であったと言う。そして元明天皇陵の陵碑は拓本ではまさしく正方形なのだ。これも当時の天皇家が北魏皇統の後裔であり、元明天皇が藤原不比等であることを示すものかもしれない。陵碑そのものの公開が望まれる。

ここで總持（持統）天皇も元明天皇も藤原不比等という同一人物と思われるのに、なぜ自身が造り都と定めた新益宮（藤原宮）を捨てて平城京を作り遷都したのかに触れたい。

天智天皇は近江の大津宮で政務を行った。その後壬申の乱で大友皇子を倒した天武天皇は飛鳥浄御原宮で政務を行った。天武天皇が天智天皇の喪に駆けつけた新羅の使いを筑紫で追い返してしまったほどの険悪な関係だったのだから大津宮を継承する訳もなく飛鳥に新宮を作ったのは当然である。

その天武天皇は何と草薙剣の祟りで病気になり、慌ててその剣を熱田神宮に戻し、すなわち自分の身から離し、伊勢神宮に幣を奉じたりしたが、それほどの時を経ずに死去してしまった。

天武天皇と同じく道教を信奉していた藤原不比等は草薙剣の剣難を避けるべく卜占をしたことだろう。そして天武天皇が造営した飛鳥浄御原宮からの遷都を考えたに違いない。總持(持統)天皇となった藤原不比等は自ら卜占を行い、伊勢の大神の祟りを封じるために大三輪朝臣高市麻呂の意見と衝突をしながらも敢えて伊勢行幸を行ったが、それも祟りに対する大きな恐怖感を覚えたからであろう。そこで造ったのが大規模な新益宮（藤原宮）である。その規模からみて、一代で終わるようなものであったとは到底考えられない。それではなぜ平城京に遷都したのだろうか。多くの部材などを藤原宮から移築したことは分かっているがそれでも莫大な費用を費やしたはずである。

藤原不比等はようやく成長した子供である珂瑠皇子に譲位した。文武天皇の誕生である。文武天皇は藤原宮で政務をとった。

文武天皇即位の事情については「十七．天武天皇～聖武天皇までの皇統を復元すれば」の總持天皇十一年（六九七年）の所の注を参照願いたい。そして文武天皇三年（六九九年）から不幸が続く。

同年六月に、日向王、春日王が、七月に弓削王が、九月には新田部皇女が、十二月には大江皇女が、翌文武天皇四年（七〇〇年）四月には明日香皇女が相次いで死去した。異常である。月、星、雲、風、動物などの徴を読み取る道教の士である太政天皇（藤原不比等）がこの相次ぐ皇族の死を不吉な兆候ととらえたと判断して良いだろう。そしてこの年にに藤原夫人、宮子が首皇子を産んだ。

そして文武天皇六年（七〇二年）四月の伊勢神宮への使者の派遣、七月の物の奉納、八月の服料のための調の用意と続き、九月には行幸に備えて伊賀、伊勢、美濃、尾張、三河の五か国に行宮を造営させる。そして十月に藤原不比等は三河に出発、そして美濃に入り、壬申の乱で転戦した懐かしい所を訪問しながら伊勢に入る。詳細な記述はないが伊勢太神宮に参って孫の首皇子に祟らぬように礼を尽くしたのではないだろうか。そして伊賀を抜けて宮に帰着しているのである。

さらに、文武天皇十年（七〇六年）閏一月には新羅の調を伊勢太神宮ほか七道諸社に奉り、泉内親王を伊勢太神宮に参らせている。

いずれ皇統を継ぐべき皇子の誕生に、藤原不比等が伊勢大神の祟りを防ぐべく行動したとみて良いだろう。

ところがその直後の二月に、かつて伊勢行幸に反対し職を辞した硬骨漢、大神朝臣高市麻呂が死去した。かねてより恨まれていることを知っている藤原不比等は急ぎ甲斐、信濃、越中、但馬、土佐などの国の十九社に、祈年幣帛を奉っている。それなのに、それから間もない文武天皇十一年（七〇七年）六月に文武天皇が崩御してしまう。『続日本紀』には文武天皇が病気だったとの記載はない。急な死、意外な死だったに違いない。まだ二十四歳だった。

そして首皇子がまだ幼いために重祚して元明天皇となった藤原不比等は、即位後間もない元明天皇二年（七〇八年）九月には既に平城の地形を見るために巡幸している。そして十二月には平城宮地で鎮祭を執り行った。

いかにも大慌てで平城への遷都準備にかかったのは、一連の不幸が原因としか考えられない。かつて藤原宮に遷った時と同様、全てを一新する必要を感じたのであろう。

これが平城京を造営した理由だと考えている。

二十一・偽史の証拠づくりその一　懐風藻

『懐風藻』の序文の全文を「十．『懐風藻』序文が示唆する「持統天皇は藤原不比等」の章に載せてあるので参照願いたい。

（一）序文の内容

序文は我が国の人文の起こりと発展を略載するところから始まる。

天孫降臨以来神功皇后の時代までは倭国（日本）には文字無く文無くの時代であったとする。古事記、日本書紀の記述に合わせたかのように、応神天皇の時代に百済からつかわされた阿直伎が経典に通じるというので太子菟道稚郎子の教育役になった。また漢の高祖の子孫という王仁が論語と千字文を伝えた。また太子菟道稚郎子に経典を教えるとともに輕島にて人々に文字を教えたという。敏達天皇のときには高句麗から上表文を受け取ったが鳥の羽に墨で書いた文章が読めるものがいず、王辰爾の力によって解読した。その王辰爾は勅命によって訳田で人文教育を始めた。

懐風藻の序文に従えば我が国に文字（漢字）をもたらし、人文の先鞭をつけたのは百済や高句麗、そして百済を経由してきた王辰爾のような中国人だとしている。しかし応神天皇の頃から、弓月一族、阿智使王一族そして北魏系拓跋氏などがそれぞれ万余という大勢で渡来帰化しているのである。そして中国系帰化人に大蔵の記帳などをさせていたことから考えれば『懐風藻』においても『日本書紀』と目的を同じくする、中国系渡来民隠しのようなことが行われていると見て良いだろう。

聖徳太子の時代に及んで初めて礼義を定め、また仏教を信奉したがまだその段階にとどまってい て、文学が起こる段階ではなかったと述べている。ただし、ここで言う文学とは「漢文学」のことである点に注意が必要であろう。

そして天智天皇の時代になって初めて詩文が文化として発達したと述べている。

つまり懐風藻は我が国における漢詩文の発達を、漢字を持たなかったころからの歴史として要約し、特に壬申の乱以降の優れた漢詩の世界を記録し伝承するために編集したとするのである。しかし実際は藤原不比等主導による偽史の証拠づくりの面が否めない。

六十四人の作者の百二十篇の漢詩を採録したとするが実際には六十一人の作者の百十六篇の漢詩しかない。「子細にひろった」と序文（上表文）に明記した古事記の仁賢天皇以降推古天皇までの記述がほぼ帝紀のみになってしまうのと同じような完成後の改変があったとみて良いだろう。そこに政治的な力が及んでいるのを感じる。

しかし偽史にも自分及び特定の子孫などが真実の歴史を知るための徴を残すものだと先に書いた

が、『懐風藻』にも真実を指示または暗示する部分が散見される。

まずは序文の記述から読み取れることを記そう。

六十人以上の作者の漢詩が収録されているのだが序文に名前が出るのは四人だけである。すなわち、

自茲以降。詞人間出。龍潛王子。翔雲鶴於風筆。鳳翥天皇。泛月舟於霧渚。神納言之悲白鬢。藤太政之詠玄造。騰茂實於前朝。飛英聲於後代

に出てくる四人である。

龍潛王子とは大津皇子のことである。鳳翥天皇とは文武天皇のこと、神納言とは大三輪朝臣高市麻呂、そして藤太政とは言わずと知れた藤原不比等のことである。この四人は二人ずつが対比されているが、いずれも漢詩の面で秀でていたことは間違いないのであろう。

『日本書紀』持統紀には、

「皇子大津、天渟中原瀛眞人天皇第三子也、容止墻岸、音辭俊朗、爲天命開別天皇所愛、及長辨有才學、尤愛文筆、詩賦之興、自大津始也。」（皇子大津は、天渟中原瀛眞人天皇の第三子なり。容止墻《みかおたか》く岸《さが》しくして、音辭《みことば》俊れ朗らかなり。天命開別天皇の為に愛まれたてまつりたまふ。長に及りて、辨《わきわき》しくして才學《かどま》有ます。尤も文筆を愛《この》みたまふ。詩賦の興り、大津より始まれり）

とあり、我が国の漢詩の祖のように評価されている人である。

『懐風藻』における大津皇子の爵里（冠位や出自など）記述は、

皇子者、淨御原帝之長子也
狀貌魁梧、器宇峻遠
幼年好學、博覽而能屬文
及壯愛武、多力而能擊劍
性頗放蕩、不拘法度
降節禮士、由是人多附託
時、有新羅僧行心、解天文卜筮
詔皇子曰、
太子骨法、不是人臣之相
以此久在下位、恐不全身
因進逆謀、迷此詿誤、
遂圖不軌、嗚呼惜哉。
蘊彼良才、不以忠孝保身
近此奸豎、卒以戮辱自終
古人慎交遊之意、因以深哉
時、年二十四

皇子は淨御原帝の長子なり
狀貌魁梧、器宇峻遠
幼年にして學を好み、博覽にして能く文を屬す
壯に及びて武を愛し、多力にして能く劍を擊つ
性頗ぶる放蕩にして、法度に拘らず
節を降して士を禮す、是の由に人多く附託す
時に、新羅の僧行心有り、天文卜筮を解す
皇子に詔げて曰く、
太子骨法、是れ人臣の相にあらず
此を以つて久しく下位に在るは恐くは身を全せず
因りて逆謀に進む、此の詿誤に迷ひて
遂に不軌を図る、嗚呼惜しいかな
彼の良才を蘊みて、忠孝を以つて身を保たず
此の奸豎に近づきて、卒に戮辱を以つて自から終る
古人の交遊を慎しむの意、因りて以つて深きかな
時に、年二十四

とある。その中に新羅の僧、行心が大津皇子の骨法をみて「太子の骨法」と言っていることが分か

る。太子とは皇太子のことである。また大津皇子の「述志」と題する漢詩に付された「後人の聯句」なるものは、

赤雀含書時不至　　赤雀　書を含みて　時に至らず
潜龍勿用未安寝　　潜龍　用ゐること勿く　未だ安寝せず

と言うものであり、ここでは「潜龍」と呼んでいる。潜龍とは六龍の一つでまだ地中、水中にあり天の時を待つ段階のもので、皇太子の意味で用いられる場合が多い。萬葉集でも、今昔物語にも用例がある。すなわち大津の皇子こそ天武天皇の皇太子であったことを示しているのである。なお「潜龍勿用」は記述の如く『易経』の乾の所の文の引用である。

不遇であり、若くして〝殺されてしまった〟大津皇子に対して、文武天皇となった珂瑠皇子は藤原不比等によって庇護されての人生であったが二十四歳で他界してしまった。この文武天皇についての爵里は付されていない。草壁皇子の子供と言うことにしてあるなど改変の中央付近にある人物故書かぬが賢明との判断だったのではないだろうか。その出自が藤原不比等の子供であるとの推定については既に考察した通りである。

次の「神納言」とは中納言大三輪朝臣高市麻呂である。不思議なことに漢詩に関する名手の一人として名を挙げられながら、掲載されている漢詩は僅かに一首。それも華やかなものではなく、年老いてから再び召し出されて天皇の駕に従った時の詩である。それは、「従駕　應詔」と題するもので、既に第十章『懐風藻』序文が示唆する「持統天皇は藤原不比等」に引用してあるので参照願いたい。

既に年老いて白髪になり、病臥にあったのだが思いがけず天皇の駕の随行の機会を得た嬉しさを表現しているのだが、花鳥風月を謳いあげる詩ではなく、この詩文からは溢れるばかりの詩才を感じない。漢詩の名手としての作品の紹介とは思えぬもので、これは大三輪朝臣高市麻呂が長く不遇の生活をしていたことを示すためのものに思える。

大三輪朝臣高市麻呂は壬申の乱のときに大海皇子（天武天皇）側で参加し、戦功を立てている。天武天皇の葬儀においては、理官の事を誅した。後に、中納言直大弐となっていた大三輪朝臣高市麻呂は持統天皇六年（六九二年）二月十九日に持統天皇の伊勢行幸に反対、その行幸予定日の三月三日にはその職をかけて諫言したが伊勢行幸が同月六日に実行された。そして大宝二年（七〇二年）一月十七日に長門守に任ぜられるまで消息の記載はどこにもない。持統天皇により職を解かれ無冠となっていたと推察されるが、諫言時の従四位上という位は変化していない。大宝三年（七〇三年）六月五日に左京大夫となり、慶雲三年（七〇六年）二月六日に死去した。この時従三位を贈られている。大三輪朝臣高市麻呂は大三輪氏の長者であったらしい。死去の後、長者を弟の安麻呂が継いでいるからである。

さて、その弟の大三輪（大神）安麻呂の漢詩が『懐風藻』に載っている。題は「山齋言志」。

欲知間居趣　　間居の趣きを知ると欲し
來尋山水幽　　來りて山水の幽を尋ねむ
浮沈煙雲外　　浮沈　煙雲の外

攀翫野花秋
稲葉負霜落
蝉聲逐吹流
祇為仁智賞
何論朝市遊

攀翫　野花の秋
稲葉　霜を負ひて落ち
蝉聲　吹を逐ひて流る
ただ仁智の賞を為さむ
何ぞ朝市の遊を論ぜむ

と言うものだ。間居は閑居と同じで引き籠っていること。攀翫《はんがん》とは上の人にすがりついたり、可愛がられたりすることである。何とも悲哀を感じる寂しい詩ではないか。とても文学作品には見えない。恐らく、と言うより確実に兄の大三輪朝臣高市麻呂の人生を詠んでいるものと推察される。最終行の「朝市」が朝の市であるはずがなく、これは大三輪朝臣高市麻呂のことを指しているものだ。「朝」は「朝臣」から、「市」は「高市麻呂」からとったものであろう。

歴史の表舞台から姿を消していた十年間の大三輪朝臣高市麻呂の居場所を尋ねてみた時の、兄の人生に関する弟の述懐と言ったら良いだろうか。「來りて山水の幽を尋ねむ」との形容からはそれは吉野であろうと思われる。人生の浮き沈みなどどうでも良く、野の花のように人に愛でられようともせず、媚びることもなく、恵まれずに過ごしたが、ひたすら仁智に集中した。その表面上無駄のように見える人生（十年）をどうこう言える人などいない。そんな意味に取れる。この状況は後の議論の材料となるので記憶願いたい。

この大三輪安麻呂の漢詩は『懐風藻』での三十九番目のものだがすぐ後、すなわち四十番目の石川朝臣石足「春苑　應詔」と題する漢詩には天皇の元での何かの春の宴の華やかな様子が表現されているのだが、最後の部分が気になる。すなわち、

「今日足忘徳　勿言唐帝民」とあるのだ。「今日は徳を忘れてしまいそうな宴だ。しかし、だからと言って『唐帝の民』などと言ってはならない」といった意味だろうが、酒に酔い、気持ちが良いからといって中国系の天皇の民だなどと本当のことを言ってはならぬ、というのである。『唐帝』、まさに漢家本朝だと言っているに他ならない。

　本筋に戻り、藤原萬理の漢詩四篇について述べよう。

五言　過神納言墟　　神納言の墟を過ぐ

一旦辭榮去　　一旦　榮を辭して去る
千年奉諫餘　　千年　諫を奉ずる餘り
松竹含春彩　　松竹　春彩を含み
容暉寂舊墟　　容暉　舊墟に寂たり
清夜琴樽罷　　清夜　琴樽を罷み
傾門車馬疎　　傾門　車馬は疎なり
普天皆帝國　　普天　みな帝國
吾歸遂焉如　　われ歸つて遂にいづくか如かむ

五言　過神納言墟
君道誰云易
臣義本自難
奉規終不用
歸去遂辭官
放曠遊嵇竹
沈吟佩梵蘭
天閽若一啓
將得水魚歡

神納言の墟を過ぐ
君道　誰か云う易しと
臣義　本より難し
規を奉じて終に用られず
歸り去つて遂に官を辭す
放曠して嵇竹に遊び
沈吟して梵蘭を佩ぶ
天閽若し一たび啓かば
將に水魚の歡びを得む

五言　仲秋釋典
運冷時窮蔡
吾衰久歎周
悲哉圖不出
逝矣水難留
玉俎風蘋薦
金罍月桂浮
天縱神化遠

運冷やかにして時に蔡に窮し
吾衰ろふにして久く周を歎ず
悲しいかな図出でずして
逝きてかな水留めがたし
玉俎　風蘋薦め
金罍　月桂浮ぶ
天縦　神化は遠し

萬代仰芳猷

五言　遊吉野川

友非干祿友
賓是餐霞賓
縦歌臨水智
長嘯樂山仁
梁前柘吟古
峽上簧聲新
琴樽猶未極
明月照河濱

萬代　芳猷を仰ぐ

吉野川に遊ぶ

友は非ず祿を干むる友
賓は是れ霞を餐ふの賓
縦に歌つて水智に臨み
長く嘯いて山仁を樂む
梁前　柘吟古り
峽上　簧聲新た
琴樽なほいまだ極まらず
明月　河濱を照らす

嵇康《けいこう》は魏の人で竹林の七賢の一人。魏の曹操の曾孫娘を妻として、中散大夫となった。老荘思想に傾倒し、妄りに人と交わらず、山野に仙薬を求め、僅かな親しきものとの清談に時を費やし、栄達などまったく望まなかった。嵇康は詩を良くし、琴を好んで演奏したと言う。鍾会の讒言によって親友の呂安と共に死罪となった。

屈原は中国の戦国時代の楚の人、三閭と呼ばれる楚の王族の屈氏、景氏、昭氏の一つに生まれた。楚は西の秦、東の斉に挟まれ、連衡派と合従派に二分されていた。屈原は秦の魂胆を見抜き合従すべきと楚王、懐王に諫言するも容れられず、讒言され、左遷された。懐王は二度も騙され、遂に秦に捕らわれてしまう。屈原はさらに左遷され、楚の都が陥落した時に石を抱いて汨羅江《べきらこう》に身を投げた。すぐれた詩人でもあり、楚辞十七巻のうちの五巻が屈原の作であり、楚辞の代表的作者として有名である。その第一巻「離騒」（三百七十三句の長編）の冒頭部分を次に示す。なお、この「離騒」について『史記』は「屈平王聴の聡ならず、讒諛の明を覆ひ、邪曲の公を害し、方正の容れられざるを疾むなり、故に憂愁幽思して離騒を作る」と解題する。

帝高陽之苗裔兮　　帝高陽の苗裔《びょうえい》
朕皇考曰伯庸　　朕が皇考を伯庸と曰ふ
攝提貞於孟陬兮　　攝提孟陬《せっていもうすう》に貞《ただ》しく
惟庚寅吾以降　　惟れ庚寅に吾以て降れり
皇覽揆餘初度兮　　皇覽じて餘を初度に揆《はか》り
肇錫餘以嘉名　　肇めて餘に錫《たま》ふに嘉名を以てす
名餘曰正則兮　　餘を名づけて正則と曰ひ
字餘曰靈均　　餘を字して靈均と曰ふ
紛吾既有此内美兮　　紛として吾既に此の内美有り
又重之以脩能　　又之に重ぬるに脩能《しゅうたい》を以てす
扈江離與闢止兮　　江離と闢止《へきし》とを扈《こうむ》り

繫秋蘭以為佩　秋蘭を繫いて以て佩と為す
泊餘若將不及兮　泊として餘將に及ばざらんとするが若くし
恐年歳之不吾與　年歳の吾とともにせざるを恐る
朝搴此之木蘭兮　朝には此の木蘭を搴り兮
夕攬洲之宿莽　夕には洲の宿莽を攬る
（以下略）

長い引用となったが肝心の部分は「繫秋蘭以為佩」である。「秋蘭を繫いで帯とした」と言うのだが、これが「神納言の墟を過ぐ」の中の「沈吟して梵蘭を佩ぶ」というところに対応する。

つまり大三輪朝臣高市麻呂を魏の嵇康および楚の屈原になぞらえているのである。二人とも詩人であり、嵇康は讒言により死刑となり、屈原は諫言が聴きいれられず、逆に左遷され、最後は憤慨して水に身を投げての自死をした。そして屈原は楚辞という漢詩集の代表的作者であり、その楚辞は六言ないし七言で構成される、元々は民謡のようなものとされている。つまり、古事記、日本書紀などを「稗史」と言うならば、それらに対応するとも言えようか。そこからは大三輪朝臣高市麻呂が、萬葉集の歌の主たる作者である柿本人麻呂の、最後は刑死したらしい人生に重なるのである。この件に関しては後章で詳細に検討する。

さて、『懐風藻』の序文に登場する四人の代表的詩人（文学者）の一人として挙げられた大三輪朝臣高市麻呂の漢詩がいかにも侘しい不遇の日々を詠んだもの一篇だけであり、関連する、弟の大三輪安麻呂の詩も、藤原萬里の詩もこれまた大三輪朝臣高市麻呂の不遇を詠んだものばかりである。この意図的な撰録にこそ『懐風藻』の編纂目的が表れているようである。
漢詩に優れた四人だが、二人ずつを見れば、不幸にも刑死したものと栄華を極めたものの組み合わせになっている。この意図もいずれ明らかにしたい。
さて「神納言の墟を過ぐ」の意味を書いておこう。

或る朝、中納言という職を辞して去った。千年も継続するかという諫言を為したのちに。松竹には春の色が見え始めたが中納言の旧居には主の姿はなく寂々としている。清夜にも琴の音がなく酒を酌み交わす賑わいもない。傾いた門には訪れる車も馬もほとんどない。…この世はすべてあの帝に属しているのだから、戻ると言っても一体どこに行くところがあると言うのか…

君主の道は容易なものではない。臣としての振る舞いもまた難しいものだ。諫言を為したが遂に受け入れられず、とうとう官を辞した。魏の嵆康のように気ままに野山に過ごし、欄の帯をした楚の屈原のように嘆き、憂いた。…宮門が再び開いて中納言を受け入れてくれれば、水を得た魚の如く慶ぶことであろう…

「…」以下の部分は作者が付け足した感想、思いのようである。漢詩の末尾に作者が感情を書き足すのは珍しくはない。例えば頼山陽作の「本能寺」には「敵在備中汝能備」（敵は備中にあり、汝よく備えよ）と頼山陽の言葉が加えられている。

続く「仲秋釋典」と「遊吉野川」の二首も悲しい内容のもので、大三輪朝臣高市麻呂の人生を詠んだものとみて良いのではないだろうか。

この大三輪朝臣高市麻呂の経歴を『日本書紀』『続日本紀』に求めれば、

天武天皇元年（六七二年）壬申の乱に大海皇子側で参戦。
天武天皇十三年（六八四年）朝臣姓を賜る
天武天皇十五年、朱鳥元年(六八六年)天武天皇の葬儀で誄を読む。この時直大肆(従五位上に相当)
持統天皇六年（六九二年）二月十九日伊勢行幸に関して諫言、三月三日再度諫言し、受け入れられず職を辞したと考えられる。この時直大弐（従四位上に相当）
文武天皇六年、大宝二年（七〇二年）一月十七日、長門守に叙任。この時従四位上。
文武天皇十年、慶雲三年（七〇六年）二月六日、左京大夫に叙任。この時従四位上。

となっている。諫言事件以来十年間、任官もしていなければ、位階も進んでいないことが分かる。

ここで注意すべきは役職と位階の関係だ。

大納言には正三位及び従三位が、中納言には正四位下及び従四位上が、（新任）国司には従五位上が、そして左京及び右京の大夫には正五位上および従四位下が相当する。大三輪朝臣高市麻呂が長門守となる前年に伊勢守となった当麻真人櫻井の位階はちなみに従五位上である。

この関係から見れば、従四位上の大三輪朝臣高市麻呂が長門守に任命されたのも左京大夫に任じられたのも奇異である。このような場合、「それは特別な事情があったのでは」と記述を真実と信じて特別な事情をあれこれ想像するのが従来の考察には多かったようだ。しかし、奇妙な記述が、改変を知らせる目印である場合が少なくないことが分かってきた。著者は長門守、左京大夫になどなっていなかったのではないかと感じる。それは大三輪安麻呂や藤原萬里の詩にも大三輪朝臣高市麻呂の不遇な人生しか詠まれていないことが示していると思う。

この藤原万里は藤原の麻呂の別名である。藤原麻呂は藤原不比等と元天武天皇の夫人だった、藤原鎌足の娘である五百重娘との子とされる。生年は六九五年、没年は七三七年で四十三歳であった。大三輪朝臣赤市麻呂の没年は慶雲三年（七〇六年）だからその時の藤原万里はようやく十二歳である。『続日本紀』が伝える大三輪朝臣高市麻呂の長門守任官の七〇二年ではわずかに八歳だった。このような漢詩を本当に作ったか極めて疑わしい。それよりも生きた時代から見て藤原万里は大三輪朝臣高市麻呂も、その人生の最終章も知っていたはずである。そうであれば、もし大三輪朝臣高市麻呂が再び召し出され、例えば長門守に任じられれば欣喜雀躍して喜んだ場面を詠んだ漢詩が採録されていたはずなのではないか。

天閽若一啓　　天閽若し一たび啓かば
將得水魚歡　　將に水魚の歡びを得む

とまで詠んだのだから、そのはずであろう。逆に大三輪朝臣高市麻呂より後の世代の藤原万里が、藤原不比等の子という権力者でありながらそのような大三輪朝臣高市麻呂の喜ぶ様子の漢詩を残さなかったことが、そんな復帰劇などなかったことの証明のように感じる。

用済みとなったために、後日の禍の原因となるのを避けるために藤原不比等によって殺されてしまったのだと推察している。

藤原不比等の漢詩は五首が収められている。皆格調高いもので藤原不比等の漢才レベルの高さが分かる。北魏系皇統の後裔であれば当然なのだろうが。「應詔」と題していても、内容はまるで天皇自身の目線を感じさせる。

(二) 爵里の内容が政治的そして暗示的

『懐風藻』の序文では作者に爵里を付して……とあるのだが実際に爵里が載せられている作者は僅かである。リストアップしてみよう。

大友皇子、河嶋皇子、大津皇子、釋智藏、葛野王の五人であり、葛野王の詩の後の「大納言直大二中臣朝臣大島」と次の作者を書いたところに「二首，自茲以降諸人未得傳記」という付記がある。つまりこれより先の作者については爵里の記載はしないと言っている。それにもかかわらず、釋辨正、釋道慈、釋道融、石上朝臣乙麻呂、に関しては記述がある。すなわち、『懐風藻』には完成後に手が加えられたように考えられる。また、『懐風藻』序文に記述のある作者六十四人、詩篇百二十首にも不足があることも、後の改変があったことを強く示唆する。

『懐風藻』での爵里の特徴は、漢詩集という文芸集でありながら作者の文芸的特徴を述べるのではなくその人生における事件などに焦点が置かれていることであろう。

まずは大友皇子の爵里を見てみよう。

皇太子者、淡海帝之長子也。
魁岸奇偉、風範弘深、
眼中精耀、顧盼煒燁。
唐使劉德高、見而異曰、
此皇子、風骨不似世間人。
實非此國之分。
嘗夜夢、天中洞啓、朱衣老翁、
捧日而至。
擎授王子。忽有人、
從腋底出來、奪將去。

皇太子は淡海帝の長子なり
魁岸奇偉、風範弘深
眼中精耀、顧盼煒燁
唐の使、劉德高見て異なりとして曰く
此の皇子、風骨世間の人に似ず
實に此の國の分に非らず。と
嘗て夜夢みらく、天中洞啓し、朱衣の老翁
日を捧げて至り
擎げて王子に授く。忽ち人有り
腋底より出で來て、奪ひ將ち去らむ

覺驚異、具語藤原內大臣。
歎曰、
恐聖朝萬歲之後、有巨猾間釁。
然臣平生曰、豈有如此事乎。
臣聞、天道無親唯善是輔。
願大王勤修德、灾異不足憂也。
臣有息女、願納後庭、
以充箕帚之妾。
遂結姻戚、以親愛之。
年甫弱冠、拜太政大臣、
總百揆以試之。
皇子博學多通、有文武材幹。
始親萬機、群下畏莫不肅然。
年二十三、立為皇太子。
廣延學士沙宅紹明、塔本春初、
吉太尚、許率母、木素貴子等、
以為賓客。
太子天性明悟、雅愛博古。

覺めて驚異し、具に藤原內大臣に語る
歎じて曰く
恐らくは聖朝萬歲の後、巨猾の間釁有らむ
然れども臣平生曰く、豈此事の如く有らむや。と
臣聞く、天道に親無し、唯善は是を輔くと
願くは大王勤めて德を修めよ、灾異憂ふるに足らざるや
臣に息女有り、願くは後庭に納れて
以つて箕帚の妾に充てむ。と
遂に姻戚を結びて、以つてこれを親愛す
年甫めて弱冠、太政大臣を拜す
百揆を總べて以つてこれを試む
皇子博學多通、文武の材幹有り
始めて萬機に親しむ、群下畏れて肅然たらざる莫し
年二十三にして、立ちて皇太子と為る
廣く學士沙宅紹明、塔本春初、
吉太尚、許率母木素貴子等を延きて
以つて賓客と為す
太子の天性明悟、雅より博古を愛す

下筆成章、出言為論。　筆を下せば章と成り、言を出せば論と為る
時議者歎其洪學、　時に議する者其の洪學を歎ず
未幾文藻日新。　未だ幾ばくならずして文藻日に新たなり
會壬申年亂、天命不遂。　壬申の年の亂に會ひて、天命を遂げず
時年二十五。　時に年二十五

一行目から『日本書紀』の記述と異なる。大友皇子を皇太子と呼んでいるのである。天智天皇の皇太子は天智天皇の兄（日本書紀では弟とする）の大海皇子である。ここでは立太子したのを二十三歳の時、すなわち天智天皇十年（六七〇年）と書いているのだから、それ以前の皇太子が大海皇子だったと言っているようだ。唐の使者、劉徳高が大友皇子を見て、異なりとして言った言葉「この皇子、風骨世間の人に似ず。実にこの国の分にあらず」は、大友皇子が倭種には見えなかった、すなわち異人種に見えたことを示している。そして「嘗夜夢、天中洞啓、朱衣老翁、捧日而至。擎授王子。忽有人、從腋底出來、奪將去。」は大友皇子の運命を暗示している。すなわち「（四位、五位の漢人が着る）朱衣の老人が皇子に日（太陽）を捧げたのだが、突然現れた人がそれを奪い去った」とは「差し出された皇位を得ることなく、他のものに奪われた」ことを示すのだが、相談した内大臣（藤原鎌足）は「気にするな。我が娘を傍に差し出そう」と言い、姻戚関係になったと記述している。

日本書紀に載らぬ話を記述することによって、改変した歴史を正当化しているように感ずる。壬申の乱で大友皇子を滅ぼしたのは天が定めた運命だったことにして、批判を防ごうとの意識が働いたの

ではないだろうか。
河嶋皇子に関する爵里は巻末の資料の（注）二十三に含まれているので参照願いたい。「始與大津皇子、為莫逆之契、及津謀逆、島則告變」からは、大津皇子と親友だった河嶋皇子が大津の皇子の謀反を知るやすぐに通報したことが分かる。いやそう理解させようとしているのである。すでに検討したように天武天皇の皇太子は大津の皇子であって草壁の皇子ではなかった。したがって天武天皇崩御の後、皇位を皇太子である大津の皇子が継ごうとするのは謀反と言われるようなことではない。皇太子が謀叛と言われるのは天皇存命中に天皇を亡きものにしようとした場合だけであろう。第一、天武天皇が崩御の後、皇太子が謀反を企てたと一体誰に告げるのだろうか。この河嶋皇子の通報話は藤原不比等による大津皇子暗殺を歴史から消し、『日本書紀』の記述を補強するためのものだと判断される。

次は呉學生釋智藏の爵里である。

智藏師者、俗姓禾田氏。
淡海帝世、遣學唐國。
時、呉越之間、有高學尼、
法師就尼受業。
六七年中、學業穎秀。

智藏師は俗姓を禾田氏
淡海帝の世、唐國に遣學す
時に、呉越の間に高學の尼有り
法師その尼に就いて業を受く。
六、七年の中、學業穎秀し

同伴僧等、頗有忌害之心。
法師察之、計全軀之方、
遂披髮陽狂、奔蕩道路。
密寫三藏要義、盛以木筒、
著漆秘封、負擔遊行、
同伴輕蔑、以為鬼狂、
遂不為害所以。
太后天皇世、師向本朝。
同伴登陸、曝涼經書。
法師開襟對風曰、
我亦曝涼經典之奧義。
衆皆嗤笑、以為妖言
臨於試業、昇座敷演、
辭義峻遠、音詞雅麗、
應對如流、皆屈服莫不驚駭
帝嘉之拜僧正。
時歳七十三。

同伴の僧等頗ぶる忌害の心あり
法師これを察し、軀を全くするの方を計り
遂に髮を披り陽り狂し、道路に奔蕩す
密かに三藏の要義を寫し、盛るに木筒を以てし
漆を著けて秘封し、負擔して遊行す
同伴輕蔑して、以て鬼狂なりと為して
遂に害をなさず
太后天皇の世、師本朝に向ふ
同伴陸に登りて經書を曝涼す
法師襟を開きて風に對して曰く
我もまた經典の奧義を曝涼す。と
衆皆嗤笑して、以て妖言と為す
業を試みらるるに臨みて、座に昇りて敷演す
辭義峻遠して、音詞雅麗
應對流れる如く、皆屈服し驚駭せざるものなし
帝これを嘉して僧正に拜す
時に歳七十三

簡単に言えば、天智天皇の時に唐に渡った智藏という僧が呉と越の中間にいる高名な尼の弟子となって学び、大いに進歩を見た。一緒に唐に渡った僧たちがそれをねたんで危害を加えようとするので一計を案じ、狂人を装って難を逃れ、持統天皇の時に帰朝した。同行していた僧たちが唐で学んだ成果を語るとき、智藏も披露しようとした。皆ができるわけがないという中で智藏は玄奘三蔵の要義を写し取って、木筒に収めて密封し持ち帰ったものを懐から取り出して朗々と説明した。それにより僧正の位に就いたという話である。文芸論とはまったく無縁の話である。何を暗示しているのかを考えれば、『古事記』『日本書紀』それにこの『懐風藻』や『萬葉集』などがあるがそれらは皆、智藏と一緒に渡った僧たちの学んだ経書の如きものであり、玄奘三蔵の伝えた要義を記した秘巻、すなわち真実を書いたものが存在し、密かに伝えられているということではないだろうか。

どこかに、持統天皇や元明天皇が実は藤原不比等だったと書いた書物が存在したのだと考えられるのである。現存しないのか、現存するが今も隠し続けているのかは定かではないのだが。木筒に収め、漆で密閉した本当の歴史を書いた文書が伝えられているとすればそれは天皇家か、あるいは藤原家であろう。保管する人がいたとしても生涯口外せずに次代に引き継いでいくのだろうから存否が明らかにはなるまい。どこかの奥深くに、保存していることすら忘れ去られている可能性もある。

キリスト教に関する古文書である、いわゆる死海文書も長い時を経て偶然に発見された。発見されないとも限るまい。

次に葛野王の爵里について見てみよう。「五.『日本書紀』『続日本紀』に見る主要な疑問点」にその全文を収録しているので参照願いたい。

内容には不可解な点がある。「淨原帝嫡孫、授淨太肆、拜治部卿」の部分だ。高市の皇子は天武天皇(即位前)と胸形君徳善の娘である尼子娘との間に生まれた男子で、長屋王の父親である。だから浄原帝(天武天皇)の嫡子でもなければ嫡孫でなどない。『日本書紀』によれば天武天皇十四年(六八五年)に浄広弐となり、持統天皇四年(六九〇年)には太政大臣をなり、さらに持統天皇七年(六九三年)には浄広壱の位に進んでいる。治部卿は正四位下相当であり太政大臣となったという高市皇子に関する『日本書紀』の記述との食い違いが大きい。それ故この記述は葛野王に関してのものだと思われるのだが、爵里の冒頭で「王子者、淡海帝之孫、大友太子之長子也、母淨御原之帝長女十市内親王」と明記しているのだから葛野王が天武天皇の嫡孫であるわけがない。このような間違いを犯すとは思えないのだが、何かを暗示しているのだろうか。

興味深いのは「皇太后引王公卿士於禁中、謀立日嗣」との記述だ。高市皇子が死去したのは持統天皇十年(六九六年)のことである。持統天皇十年以降のことであるのに、天皇とも太政天皇とも書かないで皇太后と書いているのである。この記述は天武天皇の皇后(つまり後の皇太后)、菟野皇女は持統天皇ではないことを暗に示しているようである。葛野王の言葉、「從來子孫相承、以襲天位。若兄弟相及、則亂、聖嗣自然定矣」すなわち「帝位は代々子孫が継いでいくものであり、もし兄弟が継承したりすれば国が乱れる。世継ぎのことは自然に定まっているのだ」は父親から男子へと帝位が継がれてきたと言い切ったのである。それに対して弓削皇子が何かを言おうとしたが葛野王がそれを叱って話させなかったという場面である。天武天皇の後帝位をついだのは弟の藤原不比等であった。

天武天皇の子の大津皇子も草壁皇子も殺されてしまった。このことを挙げて弓削皇子は異議を申し立てたかったのだろうと思われる。

この爵里の内容は、藤原不比等が作った偽史の本質を指し示したものだと思う。


釋辨正にも説明がある。重要なのは「太寶年中、遣學唐國。時遇李隆基龍潜之日」の部分である。李隆基とは唐の玄宗皇帝のことである。その玄宗皇帝が潜龍だった時に、すなわち皇太子だった時に会ったと記述している。これで潜龍は皇太子のことだよと教えているのである。そうであれば、大津皇子のことを「潜龍王子」と序文に書いたのは、大津皇子が皇太子だったのだよと教えているものと思われる。


釋道慈に関する記述も暗示的だ。

大宝元年に唐に渡り、仏教の修行をし、唐で高僧百人を集めて仁王般若を講ぜしめた時の高僧の一人に選ばれる程だった。十六年を経て養老二年に帰国し、僧綱律師に任ぜられた。後段の四行が興味深い。曰く、

「性甚骨鯁、為時不容、解任歸遊山野。時出京師、造大安寺。年七十餘。」

つまり、甚だ性格が骨鯁《こっこう》だったので時世に合わず、容れられず、任を解かれて山野に遊んだ。後に京都に出て大安寺を作った、というのである。

硬骨漢の大三輪朝臣高市麻呂が職を辞して野に下ったことを暗示しているようである。

しかし、「初春在竹溪山寺於長王宅宴追致辭」の詩序と詩の内容についてはどうやら長屋王の変に関して参考になるもののようであるので、本書ではこれ以上扱わずに別の機会に譲ることにする。

なお、『懐風藻』に所載の百十六首の漢詩のうちに『藤太政の吉野の漢詩に和す』という漢詩が、大津連首と葛井連廣成とによって一首ずつ作られている。いずれも「吉野に遊ぶ」との漢詩に和するとしている。

正五位下陰陽頭兼皇后宮亮大津連首による、「五言　和藤原大政遊吉野川之作。[仍用前韻]」と題する詩と正五位下中務少輔葛井連廣成による、「五言　奉和藤太政佳野之作　[仍用前韵四字]」と題する詩だ。

詩の内容は省略するが、一般的に考えて前作に和する詩というものは、「この詩の韻に合わせて詩を作れ」と命じられて作るものであろう。『懐風藻』に所載の漢詩のうち天皇の御製であるのは文武天皇の漢詩だけであるが、その漢詩に和するものなど見当たらない。これは藤太政、すなわち藤原不比等が天皇であったことを示すもののように思える。

さて、ここまで暗示的、思わせぶりな爵里を見てしまうと懐風藻そのものの性格を見直してみる必要があると感じた。懐風藻の序文には編纂の目的が書かれている、すなわち、

「余撰此文意者、為將不忘先哲遺風、故以懷風名之云爾」（余は此の文を撰する意は將に先哲の遺風を忘れざらむと為す。故に懷風の名を以つて、これを云ふことしかり）

とある。

これがひょっとすると表向きの説明で隠された目的があるのかもしれぬと、懐風藻という書名を調べてみた。つまり「懐」「風」「藻」の漢字の意味を調べ直したのである。すると「懐」は、「思い」「ふところ」などと共に何と「隠す、納める」という意味があることが分かった。述懐という語が「心の内を述べる」というニュアンスであるのは、「懐」が「ふところにしまった、秘めた、隠した思い」を示しているからであろう。そして「風」には、「ほのめかし」「さとし」との意があったのである。さらに「藻」には「あや（文章）ある詩歌文章の辞」との意味があったのである。したがって懐風藻という名には「隠していることを暗示する詩歌文章」という意味が隠されていたと考えられるのだ。

そうであればこの極めて暗示的な内容が良く理解できるのである。

二十二・偽史の証拠づくりその二　萬葉集といろは歌の謎解明

（一）柿本人麻呂の正体

〈い〉歌聖柿本人麻呂

延喜五年（九〇六年）四月十八日に大内記紀友則が紀貫之、凡河内躬恒、壬生忠岑の三人に命じて、『萬葉集』に採録されなかった古歌を集めさせて編纂したのが『古今和歌集』である。

その序文には「古よりかく伝はるうちにも、ならの御時よりぞひろまりたにける。かの御代や歌の心をしろしめしたりけむ。かの御時に、正三位柿本人麻呂なむ歌の聖なりける。これは、君も人も身を合わせたりといふなるべし。秋の夕べ、龍田川に流るる紅葉をば帝の御目に錦と見たまひ、春の朝、吉野の川の桜は人麻呂が心には雲かとのみなむ見えける」とある。

元々の『萬葉集』は巻一と巻二でき上がっていたと思われるが、その場合には編纂者は柿本人麻呂その人に違いない。そして『古今和歌集』の序文が歌聖と評価している柿本人麻呂が『日本書紀』

にも『続日本紀』にもまったく記載されていないのは常識的にはあり得ないことである。ましてこの序文にあるように柿本人麻呂が正三位であったなら、五位以上であるから必ずや記録に残っていなければおかしい。それなのに記録がないということは柿本人麻呂という名がいわゆる筆名(ペンネーム)であることを意味するのだろう。柿本氏という一族が存在するからと言って、人麻呂をその一族の一員と判断するのは誤りであろう。

また、柿本人麻呂が正三位だと記した古今和歌集の編纂者は柿本人麻呂が誰なのかを知っていたということだろう。知っていて明記できない事情があるので敢えて「正三位」と書いて後世のものに分かるようにしたのかもしれない。

序文ではその後に二首の歌が載っている。すなわち、

ならの帝の御歌
龍田川紅葉乱れて流るめり　わたらば錦なかや絶えなむ
人麻呂
梅の花それとも見えず久方の　天霧る雪のなべて降れれば

とある。「ならの帝」を『日本古典文学全集　萬葉集』(小学館)の口語訳では「平城天皇」としているが果たしてそうだろうか。平城天皇は在位が延暦二十五年(八〇六年)から大同四年(八〇九年)であり人麻呂の時代から八十年以上も経過した時代の天皇であり、人麻呂と並べ、しかも先に置くの

は奇妙である。

既に書いたように奈良豆比古神社に保管されている元明天皇の陵碑拓本には、

「大倭國添上郡平城宮馭宇八州

太上天皇之陵是其所也

養老五年歳次辛酉冬十二月癸酉朔十三日癸酉葬」

と記されている。すなわち平城天皇は「平城宮にあって天下を治めた」元明天皇＝藤原不比等のことを指していると考えるべきではないのか。

さて、龍田川といえば龍田神社が思い浮かぶ。祭神は天御柱命と国御柱命となっていて、それぞれ級長津彦命（品津比古）と級長戸辺命のことだとされているが、どうやら道教の風神を祀ったものらしい。本殿が春日造りだというだけでなく、天武天皇の命によって建てられたところからも道教、そして北魏系渡来氏族である藤原氏が見え隠れしているようだ。龍田大社のホームページにも「陰陽五行の思想清々と」との言葉が載っているくらいだ。

『日本書紀』天武天皇四年（七四七年）四月の条には「癸未、遣小紫美濃王・小錦下佐伯連廣足、祠風神于龍田立野。遣小錦中間人連大蓋・大山中曾禰連韓犬、祭大忌神於廣瀬河曲」とあり、龍田に風神を祀ったことが分かる。

道教における風神を理解するために調べてみた。中国の道教宗廟三清宮のウェブサイト内の『道教各神尊聖記』には次の記述がある。

風、雲、雷、雨諸神聖紀

道教延襲我國上古的宗教思、其特性之一就是強調「萬物有靈」、也就是說任何現象和事物、都有主宰的神明各司其事、而且都有興善罰惡的作用、其中對於天象的變化、尤其成為重要的崇信、道教六部也以「雷部」最為重要。

我國對雷神的祭祀、早在秦漢時代就有了、「郊祀志」說：「平帝元始五年、分雷公風伯廟於東郊兆、雨師廟於北郊兆。」以後歷代多有風、雲、雷、雨之祀、「文獻通考」載有「天寶五年詔曰：」『發生振蟄、雷為其始、畫卦陳象、威物效靈、氣質本乎陰陽、功先施於動植、今雨師風伯久列於常祠、惟此震雷未登於群望、以後每祀雨師、宜以雷師同壇祭、供牲別置祭器。』之詔文以詔告天下、其後風伯雨師及雷神則並祀之。

宋真宗鹹平二年旱久不雨、詔有司祠雷師雨師。金章宗明昌五年三月庚辰、初定風雨雷師常祀。元世祖至元七年十二月、敕歲祀英師、雨師雷師、係合祀風雨雷諸神於一壇之史實。明世宗嘉靖九年、且更風雲雷雨之序為雲、雨、風、雷、並以雲師、雨師、風伯、雷師為天神、嶽鎮、海瀆、名山、大川之神為地祇、則雷神地位益顯崇偉。

「雲仙雜記」曰：「雷曰天鼓、神曰雷公。」故雷師亦稱雷公、道教以「天、地、水、火、風為五大」、又因金、木、水、火、土五行相生相尅、陰陽薄動、相震生雷、以五行皆能發雷、故曰五雷、是則雷公亦稱五雷元帥。相傳雷公手執斧鑿、專懲惡貫滿盈、忤逆不孝及糟塌五穀之人、隨身有「雷母」持鏡投照、然後施懲、因此先電後雷焉。道教及齋醮擂鼓、以輕重徐疾之聲、表示雲雨風雷變化之象。

風の字形は鳳凰に通じるので、一般的には翼のある鳥の姿をしているとされ、神話でも道教でも、飛廉という怪鳥が風神だと言われるようだ。東晋時代の『捜神記』によれば、角のある雀の頭、豹の文様の鹿の体、蛇の尾を持っているとのことだ。法隆寺の寺紋も鳳凰であった。飛鳥から平城にかけての道教化は著しいが、これを仏教化と間違えてはならない。

風神は、風が雲を起こし、雲が雷や雨をもたらす所から降雨の神として祀られることが多いのだが、吉野の龍門寺や山口神社（龍門大宮）が同じく降雨を呼ぶと言われてきた点、春日造りでかつ天武天皇など藤原一族との関係が深いなど強い共通性が認められる。

二首の歌の龍田川のものが錦を詠んだ、言わば藤原氏の栄華に関するものなのに対し、人麻呂の吉野の山の歌は舞う雪で春の梅の花さえ良く見えないといった寂しく悲しい情景である。（本文では「吉野の山のさくら」と書いておいて、和歌が「梅の花」とある理由は定かではない）

吉野の山の「梅の花」とあるが、梅の花が咲いているという情景だけを示しているのではないだろう。吉野の山口神社の本殿の正面には梅鉢が描かれている。これは藤原氏の紋なのだ。人麻呂が、梅の花で表した藤原氏の栄華も霧のように降りしきる雪でかすんでしまっている、すなわち栄華も衰える、と詠んでいるようにも感じられるのだ。

さて一首目が栄華を誇った藤原不比等の作で、寂しい光景の二首目が柿本人麻呂の作だとなれば、『懐風藻』の序文を思い出す。すなわち、

神納言之悲白鬢、
藤太政之詠玄造

である。我が国の詩歌における出色の人物として並び称される二人が、不遇な人生を送った大三輪朝臣高市麻呂と栄華を誇った藤原不比等を例示しているのである。『古今和歌集』序文での二人と同じ様式で伝えていることが分かろう。

これから、柿本人麻呂とは大三輪朝臣高市麻呂ではなかったのかとの強い考えが湧く。大三輪朝臣高市麻呂は従三位であった。正三位だったという柿本人麻呂とは完全な一致ではないが、記録されているべき正三位の柿本人麻呂がどこにも見当たらない以上、正三位は従三位と書けないために若干改変して記述したことも考えられよう。

〈ろ〉「柿は柿に非ず」、ペンネーム柿本人麻呂の意味

「くたばってしめぇ」が二葉亭四迷の元だったり、「エドガー・アラン・ポー」が江戸川乱歩の元だったりとペンネームにはそれぞれ命名の理由があるものだ。柿本氏という氏族があるから人麻呂もその一員だろうと誰もが思っていたのではないだろうか。しかしそれは違うのではないか。一歩ずつ着実に検討を進めてみよう。

柿本というのだから柿の木の下というのが原意だと思うのが普通である。漢字というものは偏が意

味を表し、旁が音を表すと習ったはずだ。であれば柿の音は旁の市の発音である「シ」となるはずだ。確かに熟柿は「ジュクシ」と読む。何の問題もない、ここまでは。では肺はどうだろう。「ハイ」と読むのだから、それでは「市」には「ハイ」との音があるのだろうか。他にも「伂」「沛」「伂」などは「ハイ」と読む漢字である。同じ「市」と書いて「シ」と「ハイ」のまったく異なる音が二つあるのはおかしい。実は「シ」と読むのは「市」であり。「ハイ」と読むのは「巿」なのである。

そこで「柿」だが、『字源』で確認すると「柿」は果樹の柿の意味ではない。果樹の柿は「柹」という字が正しいのである。

では「柿」の本当の意味は何だろうか。驚くなかれ、「木の削りかす、薄い板、こけら」などを表す漢字なのだ。木簡をイメージすれば良いだろう。古代にはそれに字を書いて書類や本としたのである。すると、柿本は「経木のような薄い木の削り屑に字を書いてまとめた本」ということになる。『萬葉集』を文字通りに解釈すれば「薄い葉を非常に多く集めたもの」ということだから「柿本」はまさしく「萬葉」と同義である。

では次に「人麻呂」を検討しよう。歌聖とまで謳われた人麻呂である。大きな確執があり、自分の名前が消されるであろうことを予測というか察知していたと思われる。そうであれば「萬葉」を「柿本」で暗示したように人麻呂にも今度は本名につながるヒントを埋め込んだとみて良いだろう。

最大の候補者大三輪朝臣高市麻呂だとしたら、その名前にあるキーワードは「三輪」「朝臣」「高「市」である。「大三輪」は「大神」とも書くからこれもキーワードの一つだろう。『懐風藻』序文では大三輪朝臣高市麻呂を「神納言」と書き表している。「神」は「大三輪（大神）」から、「納言」は「中納言」の職にあったからである。しかしこれでは「人麻呂」の「人」につながらない。『懐風藻』には大神朝臣安麻呂の漢詩がある。「山齋言志」と題するもので、その中に「何論朝市遊」という部分がある。この中の「朝市」が大三輪朝臣高市麻呂のことだと思われるのだ。因みに安麻呂は高市麻呂の弟である。ともかく高市麻呂が「市」と略されていることが分かる。ここからは推論になるが「市（いち）」は「一」に通じ、「一」は「ひとつ（一つ）」に通じるがゆえに「ひと」となり、「人」となったのだろう。

さて既に指摘したように「柿」は樹木の柿ではない。そこで「柿」から偏の「木」を取り去ってみれば、残るのは「市」である。柿本人麻呂は「柿本」で『萬葉集』を連想させ、「柿」で市と略して呼ばれていた大三輪朝臣高市麻呂であることを暗示していたのではないだろうか。

柿本人麻呂が大三輪朝臣高市麻呂であれば、總持（持統）天皇であった藤原不比等の伊勢行幸の時の諫言事件で中納言の職を辞し、剥落の身となった。その恨みは深かったはずだ。その恨む相手の名は「史」である。奈良時代までは「不比等」という書き方はされていないが読みは「ふひと」であった。「ふひと」は「不人」、すなわち「人でなし」と解釈できる。それだからこそ不比等の冷徹さに対して「お前は人ではないが俺は人だ」との思いを込めて人麻呂と名付けたのではないだろうか。

そして高市麻呂が「市」と呼ばれていたとすれば、「柿」の旁が「市」であることが意味を持ってくる。人麻呂は言葉の天才である。識者にはそれと分かる名前を考案したのだろう。

柿本人麻呂が柿本氏のものであれば、歌聖とうたわれた人麻呂を柿本氏は誇りに思い、一族出身の大歌人として語り継いだはずなのにそのような記録はないようである。

柿本人麻呂の名に秘められた意味を考えれば人麻呂とは大三輪朝臣高市麻呂であると考えられるのである。

（二）萬葉集とは、そして編纂場所は

萬葉集は多くの葉を集めたものとの意味であり、多くの木の削り屑（こけら）を集めた本との意味の柿本という名前に通じるものである。そしてその柿本人麻呂は藤原不比等（持統天皇）に諫言し、職を解かれて不遇な人生に追い込まれた大三輪朝臣高市麻呂であると前項で示した。

ではその『萬葉集』は何時、どこで、誰に命ぜられて、何のために編纂させられたのかを検討しよう。

『懐風藻』は日本の詩歌の歴史を説明し、優れた漢詩を撰録したとしているが、内容を見れば見るほど暗示的な編集がなされていることに気付く。むしろ『日本書紀』や『続日本紀』という、いわゆる改変された「正史」という「偽史」の裏付けの提供をこれまた「偽造」しながらも、真の歴史解読の鍵を提供するためにそこかしこに矛盾点や、ヒントをちりばめて編纂されたのではないかとさえ感じるものだ。そして『懐風藻』の漢詩の題材に多いのは、大三輪朝臣高市麻呂、吉野、長屋王関係である。そして既述の如く爵里などにも何かを暗示する記述が多い。

『萬葉集』の巻一と巻二を見れば、そこには柿本人麻呂が代理で詠んだとする多くの歌が載っている。

そして「○○王」や「○○天皇」が詠んだとある歌も本当は柿本人麻呂が作った歌なのかもしれない。

そもそも少なくとも藤原鎌足や天智天皇以降の天皇と皇子、皇女たちは北魏系渡来人、すなわちいわゆる「漢人」であり、漢詩は作るが倭語での詩歌など作れるとは考えられない。朝廷で用いる言語を定めたという『日本書紀』の記述は朝廷というか、天皇や皇子たちそしてその一族などが華語（中国語）を日常使用したことを意味しているように思える。そして公用の文書は漢文で書かれていた。長屋王の屋敷跡から発見された木簡の記述も漢文であるし、江戸時代の終焉までの日本の公式文書はすべて漢文だったのである。

漢家本朝の実体を隠すための「証拠づくり」の一環として『萬葉集』を編纂し、漢人があたかも倭人であるかのごとく装うために倭語での詩歌を詠んだことにしたものと考えられる。

大三輪朝臣高市麻呂は『懐風藻』序文において、漢詩における代表的作者として名前を挙げられている。つまり少なくとも漢詩に造詣が深かった人物と言えよう。『懐風藻』に採録されている漢詩は五言または七言のものである。『楚辞』に見えるような四言や六言の漢詩は見当たらない。そこに北魏という時代と文化の特徴が表れているのではないかとも思うが、この件はまだ検討していない。

翻って『萬葉集』の詩歌を見てみよう。特徴的なのは圧倒的に五音、七音の句で構成されているのだ。このスタイルは漢詩に造詣の深い大三輪朝臣高市麻呂が倭語の詩歌に持ち込み、確立した形式だったのではないかと感じている。

古事記に載る古歌に、

倭は　国のまほろば　たたなずく　青垣　山ごもれる　やまとし　うるわし

があるが、四音や六音の言葉が使われている。しかも「やまとは～」「あおがき～」「やまとし～」「うるわし～」と声に出して謳いあげてみると、これらの四音の躍動感が素晴らしいのである。こちらの方にこそ日本語の美しさ、リズムがあるように感じる。

そのような古歌の美しさに触れると、圧倒的な七五調の歌で埋め尽くされている『萬葉集』の巻一、巻二は柿本人麻呂がほとんど一人で歌自身も含めて作ったのではないかと考えられるのである。『萬葉集』を文学作品、芸術作品と見るのではなく、藤原不比等による歴史改竄の証拠づくりの一つととらえる視点からの検討にはまだまだ時間と労力が必要である。従ってその検討とその結果のまとめは別の機会に委ねたい。

さて、その『萬葉集』を柿本人麻呂、すなわち大三輪朝臣高市麻呂はいつ、どこで編纂したのか。大三輪朝音高市麻呂は總持（持統）天皇、すなわち藤原不比等の伊勢行幸に反対し、受け入れられずに中納言という職を辞した。これが總持（持統）天皇六年（六九二年）のことであった。そして大宝二年（七〇二年）に長門守に任ぜられるまでの十年間その消息は記録されていない。従四位上という高い位のものの記録がないのは異常であり、意図的に隠されているとみるべきだろう。

『懐風藻』所載の従三位中納言大神朝臣高市麻呂の漢詩「従駕　應詔」は年老いてから再び「不期逐恩詔」、すなわち予想もしていなかったのに急に恩詔を受け、「従駕上林春」、すなわち天皇の駕に従うことになったと述べているから大宝二年（七〇二年）の長門守任官頃の作であろう。そして「臥病已白鬢　意謂入黄塵」と言うから既に病に伏せり、間もなく命が絶えるような状態だったことが分かる。

尤も、大三輪朝臣高市麻呂が長門守に任ぜられたということ自身が捏造である可能性がある。藤原朝臣萬里の「過神納言墟」は「天闇若一啓　將得水魚歡」と結んでいる。すなわち、もしも天皇のお召があればさぞや喜ぶだろうにと言った藤原萬理の気持ちが詠み込まれているのであるが、この詩はその機会がなければないほど心に響く作品であろう。そして大三輪朝臣高市麻呂自作の「應詔」以外には、弟の安麻呂の作品を含めて再度天皇に召し出されたとの漢詩はない。これだけ大三輪朝臣高市麻呂の不遇を詠む漢詩を採録するならば、もし長い不遇の年月の後に再び晴れの舞台に登場する機会を得た大三輪朝臣高市麻呂のこぼれる笑顔、輝く瞳などを詠んだ漢詩が採録されていて当然ではないだろうか。実際には、歴史改変、捏造の裏付け資料たる歌を作り、歌集（萬葉集）にまとめた段階で、秘密を知るものを消し去るために殺害されたのではないかと思える。『萬葉集』にある人麻呂の石見で死んだとする歌も、関連する歌も、そう思わせるための細工ではないかと感じている。この件に関して触れる機会が別にあるかもしれない。

さて、藤原朝臣萬里の「過神納言墟」を見れば、大三輪朝臣高市麻呂の邸宅には誰も住んでいないで荒れ果てている様子が描写されている。

大三輪朝臣高市麻呂は、都にあった邸宅にはずっと暮らしていなかったことになる。ではどこにいたのか。参考になるのは同じく「過神納言墟」にある「放曠遊嵆竹　沈吟佩梵蘭」の部分である。竹林の七賢の一人嵆康と、諫言をして容れられず職を辞し山野の遊び最後は水に飛び込んで死んだ屈原については既に説明したが、要するに都のような都会ではなく人里離れたところで暮らしたと言っているのである。そしてその後に数首の吉野川を詠んだ漢詩が続く。これは暗に大三輪朝臣高市麻呂が職を辞した後の時を吉野で過ごしたことを示しているのではないだろうか。

そして『萬葉集』の巻一には「吉野宮に幸すときに柿本朝臣人麻呂の作る歌」と題して長歌二首、反歌二首が載っている。そして、持統天皇三年、四年、五年に行われた多くの吉野行幸のどの月のものなのかが分からない、との但し書きが付いている。

余り意味のない但し書きに見えるのだがこれが「何時のことか分からない。もっと別の、諫言事件以後のことだよ」とでも言うための但し書きだとしたら大きな意味を持つものとなる。

『古事記』『日本書紀』などの史書編纂と、その『歴史』を裏付けるための『萬葉集』を作るならば、その作業は同じ場所で行われなければならないだろう。裏付け資料に基づいて歴史書をまとめるのではなく、先に都合の良い歴史書があり、それに後付けで言わば「証拠集」を作るのだから。

その『歴史』は絶対権力者であり、漢家本朝完成の使命を帯びた總持（持統）天皇、すなわち藤原不比等の指示を受けながら作り上げる必要があったと思われる。そこに三十回以上の吉野行幸を繰り返した吉野という場所が編纂を実行したところとして浮かび上がる。勿論、歴史を実体験したものが存命で、以前の歴史もそれぞれの氏族で記録し、記憶しているのだから、藤原京などで行う訳にはいかなかった。主要十八氏の墓詩を提出させて歴史編纂の参考にするとともに、十八氏からその伝える歴史を奪ってしまったのも目的を考えれば頷けるのである。

では吉野のどこであろうか。吉野の宮滝に離宮があった。片麻岩という岩石の特性から河床には白黒の流紋が現れ、独特の雰囲気を醸し出す。また淵は深く、濃い緑の水は知恵をためているように静かだ。その景観は正に神仙境だ。しかし吉野離宮も朝廷のおおやけの施設である。藤原氏のものではない以上他の氏族の目にも触れ、耳にも聞こえる。藤原氏のものが秘密裏に作業を進められる場所は、それは藤原氏独自の施設となる。

壇山宮（後の談山神社）があるのだが、何と言っても藤原宮から近い。そこに多くの知識人が集まって作業をしていれば目立つ。

明日香から談山神社の脇を抜けて南下すると伊勢街道に出る。伊勢街道を吉野に向けて南下、実際には南西に吉野川に向かって進むと山口に至る。そこから北の龍門岳に向かって岳川を遡った山中に竜門の滝がある。十メートルほどの滝が二段になって落下し、滝の周辺も山全体も片麻岩という中国五台山の南台のような地質が神仙境の雰囲気をいや増しに増しているようだ。滝壺からわずか下流には久米仙人の岩窟も存在する。

その地に龍門寺が藤原氏の寺として造られたと『今昔物語』にある。山道の脇に下乗石が立っているので、その道が古来馬や輿でも到達可能なほど整備されていたことが分かる。そしてその下乗石の横面に龍門宮と彫られているので龍門寺と言われているものが元は龍門宮という道教寺院だったことも分かるのだ。

そして伊勢街道からの分岐点には山口神社がある。元は龍門大宮と言ったという所からはやはり道教寺院であったのであろうと考えられる。そしてそこから宮滝にある吉野離宮は近い。
龍門岳の奥深い所にある藤原氏の道教寺院で密かに歴史が都合良く作り変えられ、それに合致する逸話を創作し、歌にし、歌集を編纂したと考えるのが一番合理的だと思う。

余談になるが、『日本古典文学全集』（小学館）の解説に『萬葉集』の特徴に関する興味深い指摘があるので紹介するとともにコメントを付す。

「巻一と巻二とだけは、おおむね『何々宮御宇天皇代』という標目を建てるなど形式面で共通するところがあること、雑歌・相聞・挽歌という『萬葉集』の三つの代表的な部立が、両巻あわせて一まとまりになるように実施されていること、歌屑といえるほどの拙劣な歌がないことなどから、この二巻は勅撰なみ、あるいは少なくとも精選された古い巻でなかったか、ということが考えられる」

「巻一は、巻二と共に標目が建てられている。

泊瀬朝倉宮御宇天皇代（雄略）
高市岡本宮御宇天皇代（舒明）
明日香川原宮御宇天皇代（皇極）
後岡本宮御宇天皇代（斉明）
近江大津宮御宇天皇代（天智）
明日香清御原宮御宇天皇代（天武）

藤原宮御宇天皇代

寧樂宮

右のうち、『藤原宮御宇天皇代』はその下に『高天原広野姫天皇（持統）』と注してあるが、実際は文武・元明を含めた三代の歌が収められている。持統天皇は『太政天皇』、文武は『大行天皇』、そして元明天皇をただ『天皇』とだけ記してあることは、この巻が同じ元明天皇が平城（寧樂）に遷都した後の在位六年間に一応の選定を終えたことの証左であろう。その次の『寧樂宮』だけは以上の形式と異なっているが、同じ元明天皇の代であるからだと思われる。ただし、和銅三年に遷都しているのに、和銅五年の歌（八一～八三）が『寧樂宮』の標目の前にあることはよくわからない」

「このことから、巻一の歌は雄略天皇の代から元明天皇代に至るまでの歌というふうに編纂者たちは理解していたことが知られる。しかし、巻頭にある雄略天皇の歌は、実際に雄略天皇その人の作とは信じられない。内容はいかにも雄抜不羈な天皇の人柄にふさわしい歌であるが、自敬表現の使用ということから見ても伝承歌であることは疑いない」

持統、文武、そして元明天皇をそれぞれ、太政天皇、大行天皇、天皇と呼んでいることからこの編纂が行われた時期が元明天皇、すなわち藤原不比等が平城宮にいた時期だと分かるのだが、それは大三輪朝臣高市麻呂の浪人時代と重なる。大三輪朝臣高市麻呂は『続日本紀』に「慶雲三年（七〇六）二月庚辰（乙亥朔六）。左京大夫従四位上大神朝臣高市麻呂卒。以壬申年功。詔贈従三位」とあるところから文武朝最末期に世を去っているとされるが、藤原不比等の自分自身の経歴まで改変し、墓まで知られぬように歴史改変をしたのを見れば、大三輪朝臣高市麻呂の死去の時期も改変されている可能性が小さくないと思われる。

雄略天皇の歌が敬語の使い方などから本人の作ではないだろうと気付くのだが、それはそのように気付かせようと敢えて不審に思うようにした可能性も高い。それは本人が作ったとされる歌も柿本人麻呂の手になるものが多いということを暗示しているのかもしれない。『尊卑分脈』の藤原史に関する記述に、「有所避事」と書いて、書いてあるのは捏造したものですよとそっと告げるのと同様の暗示の仕方のように感じる。

「額田王の『熟田津に』（八）の歌は斉明天皇に代わって詠んだ歌である。一〇～一二も中皇命の斉明天皇代作、一七～一八がまた額田王の天智天皇代作である。このような代作の傾向は、その後にもあるが、初期万葉、それもことに皇族の周辺に多い。この場合、注意すべきことは、山上憶良の編んだ『類聚歌林』が一貫して、これは何天皇の御製であるというふうに代作依頼者の名を作者として掲げていることである。そして、『万葉集』で一般に代作歌の実作者の方の名を掲げるのはなぜかということとともにもっと考えてよいことではなかろうか」

この指摘は二つのことを示している。一つは、皇族とその周辺に代作が顕著だというのは天皇はじめ主な皇族が既に漢人（北魏系渡来氏族中心の中国人）によって占められていて、漢詩は作れても和歌など作れない現実の反映ではないかということである。總持（持統）天皇の御代に初めて踏歌が宮で演じられるようになったというのも、踏歌自体が漢の時代から伝わる中国の舞踊でそれに伴う歌は勿論華語でのものである点などから、またそれを舞ったのが漢人であるとの記述からも宮中が漢人社会であったことは明らかであろう。漢家本朝の完成がここにも表れているのである。

二つ目は、山上憶良の『類聚歌林』では代作依頼者が実作者として記述されている点からみて、代作者の記述は意図的に、敢えて記したものではないかということである。代作であることの強調は、言外に「作者だけでなく歌の情景や背景なども含めフィクションだ」と語っているのではないかと感じさせる。

この推定は、大三輪朝臣高市麻呂が職を辞したのち、吉野の龍門宮で『日本書紀』の編纂内容に合わせた歌を創作し、歌集としたものが『萬葉集』であるとの本書での推論と整合的であることを指摘しておきたい。

「一三の題詞の『中大兄近江宮御宇天皇三山歌一首』の書き方は異常である。『皇子』の字もなく、『御歌』ともしない。また、巻一と巻二とは相似た巻であるとは言ったが、巻一は『何々歌何首』と書かず、また長歌の下に反歌があっても『并短歌』と小書きする習慣を持たない、という違いがある。それなのに、ここに『一首』とあることは不審である（ただし、元暦校本矢紀州本には『一首』がない）。私的な記載を持つ原資料の字づらがたまたま残ったのではなかろうか」

この部分からは、中大兄皇子の歌に関して「中大兄」と呼び捨てで、皇子との敬称もなく、御歌とすることもしないのを解説者が不思議に感じているのが良く分かる。この中大兄皇子の扱いは『萬葉集』をひねくり回しても明らかにはならないであろう。天智天皇（中大兄皇子）とその兄である大海皇子との関係にその背景があるのである。中大兄皇子は藤原鎌足と寶皇女との間の子であるが、大海皇子は藤原鎌足と同じく北魏系渡来氏族の娘である鏡王との間の子である。すなわち、天智天皇が北魏系渡来人（高向氏）と倭人とのハーフであるのに対して、大海皇子は北魏系渡来人（高向氏）の純血の皇子であった。藤原鎌足は彼ら、すなわち北魏系皇統の後裔が天皇を継承していくとの夢を実現すべく天智天皇の排斥をしたのである。その経緯は既に検討した通りである。

天智天皇の子、大友皇子を壬申の乱で打倒した天武天皇（大海皇子）は、天智天皇の弔問に来た新羅の使いを筑紫から追い返してしまっている。その天智天皇排除の動きと言うか歴史の底流を知らなければ『萬葉集』における礼を失した扱いの理由は理解できないと思う。

「文武天皇の代以後、題詞・左注の記載の仕方に変化が起こる。これまで編者は、『日本書紀』や『類聚歌林』を引いて作歌年代を考証していたが、文武以後の歌については、

大宝元年辛丑秋九月、太政天皇幸于紀伊国時歌

などのように書かれるようになった。『萬葉集』は『日本書紀』（持統天皇の代までの史書）を参考にすることはあっても、『続日本紀』（文武天皇以後の史書、延暦十六年完成）を引くことのない事実と無関係ではなかろう」

『続日本紀』を引用しないのは、その成立が延暦十六年（七九七年）であるから当然であろう。むしろ注目すべきなのは、『日本書紀』しか引用しない点である。『日本書紀』の成立は元正天皇六年(七二〇年）のことである。『萬葉集』の巻一、巻二に収録された歌で時代が一番降るのは巻二の挽歌（二三〇～二三四）であり、そこには霊亀元年（七一五年）と記されている。

これらのことは『萬葉集』の編纂が『日本書紀』の成立後に完成したのではなく、『日本書紀』の編纂中に終了したことを意味するのではないか。そしてそれは柿本人麻呂、すなわち大三輪朝臣高市麻呂が『日本書紀』編纂の場所に共に存在して、その原稿を参照し、引用していたことを物語っていると考えられる。

（三）　いろは歌の謎を解く

〈い〉「咎なくて死す」だけがメッセージなのか

まずはいろは歌と呼ばれるものを見てみよう。

以呂波耳本へ止
千利奴流乎和加
餘多連曽津祢那
良牟有為能於久
耶万計不己衣天
阿佐伎喩女美之
恵比毛勢須

読みで書き表せば、

いろはにほへと
ちりぬるをわか
よたれそつねな
らむうゐのおく
やまけふこえて
あさきゆめみし
ゑひもせす

と言うおなじみのものとなる。現在でも習字での仮名の稽古に用いられるが、過去にもそのように使われてきた。

この文字の並べ方は奇妙である。

いろはにほへと
ちりぬるを
わかよたれそ
つねならむ
…………………
………………

と何故七五調に従って並べないのであろうか。そのことについては後述する。

ともかく、古来七音ずつ並べたいろは歌が伝わっているのである。

そして七音ずつ並べた時の最下部の音を横に読み取ると、

「止加那久天之須」

つまり、

「とかなくてしす」

文字を替えれば、

「咎なくて死す」

と読めるのである。

つまり、罪もないのに殺されたとの叫びがいろは歌に埋め込まれていたというわけだ。

このことは古くから多くの人に認識されていたようで、例えば歌舞伎の「菅原伝授手習鑑」での「手習鑑」とは「いろは歌」のことであるし、「仮名手本忠臣蔵」の「仮名手本」はまさしく習字のイロハの手本のことである。赤穂の浪士四十七士が主君の敵を討ったその行為は罪に問われるべきものではないとして「咎なくて死す」を思い起こすようにと「仮名手本」と付けたのであろう。また、いろは歌が四十七文字の仮名ででき上がっているためでもあろう。

さて、いろは歌の行端の文字をたどるだけで分かる「咎なくて死す」だが、あまりに簡単に分かるのでこれでは隠した言葉だとは思えない。もっと深い言葉を隠すためのいわば陽動作戦としての「咎なくて死す」ではないかと思われるのである。

作者は誰だろう。歌の意味は、こめられたメッセージは、など疑問は多く、すでにたくさんの人が謎解きに苦心した。そこで、いろは歌の謎解きに本気で取り組んでみた。

〈ろ〉作者は誰か。柿本人麻呂である

「いろは」は「色葉」であることには諸人異論がない。では色葉とは何か。それは紅葉である。秋風

が吹き、冬が近づくにつれその風が冷たくなる。広葉樹の葉が色づく。桜の葉も柿の葉も赤く色づくが何と言っても赤は蔦漆と楓だ。そして銀杏が美しい黄色を呈する。それらが混じるとき、それはまさに錦と言うべき美しさとなる。「色は匂えど」と言うのがその状態だろう。しかし紅葉が美しいのは一週間だ。心を動かすほどの紅葉は瞬く間に過ぎ、葉はくすんだ色に変わり、僅かな風にも散り始める。そして枝がむき出しになった寒々とした景色に変わってゆく。

この様子はいかにもいろは歌全体を構成する無常観と一致するのだが、そのような文学的な見方、捉え方で良いのだろうか。「咎なくて死す」と敢えて盛り込んだ作者の意図はもっと別の所にあったのではないか。

さて、「咎なくて死す」を織り込んだいろは歌であるが、この、或る言葉を織りこむという手法は「カキツバタ」の例があるので和歌には良くあることだと思っている人が多いのではないだろうか。しかしこの手法と言うか趣向は漢詩にもあるのである。と言うより、漢詩での折込から和歌においても用いられるようになったのではないだろうか。

たとえば、『懐風藻』の正五位上紀朝臣古麻呂の「秋宴　得聲清驚情四字」は題にあるように聲、清、驚、情の四字を織り込んでいる。

明離照旻天　　明離　旻天を照し
重震啓秋聲　　重震　秋聲を啓く
氣爽煙霧發　　氣爽かにして煙霧發し

時泰風雲清　　時泰かにして風雲清し
玄燕翔已返　　玄燕　翔つて已に返り
寒蝉嘯且驚　　寒蝉　嘯いて且に驚く
忽逢文雅席　　忽ちに文雅の席に逢ひ
還愧七歩情　　還りて七歩の情に愧づ

七歩の詩については『太安万侶の暗号（五）～漢家本朝（上）陰謀渦巻く飛鳥～』の中で既に説明してあるので参照されたい。

さて、美しいがすぐに散ってしまうという無常感あふれる紅葉、すなわち「色葉」の対極に位置するのは何であろうか。それは散ることもなく青々として繁る青葉である。それが『万葉』と表したものであろう。

こうして見るといろは歌は萬葉集という分厚い歌集を一篇の長歌と見立てた時の反歌に当たるものだと理解できよう。

萬葉集はある意味で藤原一族の栄華を詠んでいるのだが、このいろは歌は藤原一族の将来の衰退、悲劇を詠んでいるようである。

柿本人麻呂が大三輪朝臣高市麻呂と同一人物であることはすでに検討し、説明した。また大三輪朝臣高市麻呂はかつて中納言であったことから神納言と漢詩では表現されていることも述べた。それだけではなく朝市との表現もあることを指摘した。朝は朝臣から、市は高市麻呂からとった文字である。

さていろは歌を見てほしい。左上隅だ。そこには「以千」すなわち「いち」、文字を替えれば「市」となる二文字がある。「咎なくて死す」だけでは誰が罪もなく殺されたのかが分からない。この言葉を織り込んだ作者がそれが誰か知ってもらわなくてはいろは歌の完成度に満足できぬのではないだろうか。だから「市が咎なくて死んだ」と読むべきなのである。

市は勿論大三輪朝臣高市麻呂、すなわち、柿本人麻呂なのである。

また市を「以千」としたところにも苦心が見えるのである。「ち」に「智」などを使わずに「千」を使い、「万」すなわち『萬葉集』を連想させる工夫をしたのである。

〈は〉「いろは歌」に見える文法的疑問

いろは四十七文字と言う。しかし四十八手の裏表などという言葉もある。四十七文字か四十八文字か気になるところだが、四十七文字には「ん」が入っていない。やはり「ん」を足して四十八文字とした方が良いように思うが。だとすれば柿本人麻呂は何故「ん」を入れなかったのだろうか。それは意図的に外しておき、そこに「ん」を入れることに気付いた人だけが隠した言葉を読み取れるように細工をしたと考えられないだろうか。このことが後に重要な意味を持つのだがそれは後回しにする。

いろは歌には文法的に疑問に思うところがいくつかある。第一に指摘すべきは「わかよたれそつねならむ」の所だ。これは反語形で、我が世が何時までも平穏であろうか、いやそんなことはない、との意味だ。しかし反語形なら「我が世誰か常ならむ」とすべきなのである。仮名を一回ずつ使って作ったのだからと、そうせざるを得なかったとする意見が多いようだが歌聖と言われた人麻呂のこと、文法上の間違いを犯さないように作ることもできたのではないか。私は人麻呂が仕方ないと許容される範囲でわざと誤りを含ませたのではないかと考えている。何故か。それは人麻呂がいろは歌に隠したある言葉を見つけ出してもらうためになのだ。

文法的な誤りをすれば、知識階級の人なれば、「あれっ」と感じるはずだ。『日本書紀』の解読でも「あれっ」と感じるところが歴史改竄を復元するヒントを与える所だった。いろは歌も同様に、ふと疑問に感ずるところこそ人麻呂が注目させたい場所なのに違いない。

次に、「わかよたれそ」つまり「我が世誰ぞ」は六音であって、七音五音の歌としては一音不足している。和歌の名手人麻呂がそんなミスをするだろうか。私はこれも意図的な細工の一つだとみる。

和歌の場合の一音の不足と同様に漢詩においても一文字の不足が起きることがままある。そのような時にどうするのか。『史記』や『漢書』に記載されている有名な楚の項羽の「垓下の歌」を例に挙げよう。

力抜山兮気蓋世
時不利兮騅不逝

騅不逝兮可奈何
虞兮虞兮奈若何

『新釈倭漢名詩選』（内田泉之助、明治書院）にも紹介されているが、

力山を抜き気は世を蓋う。
時利あらず騅逝かず。
騅逝かず奈何すべき。（「騅の逝かざるを奈何せん」と父からは教わったが）
虞や虞や若《なんじ》を奈何せん。

と読み下しているが、強調や文字の不足を補う「兮（けい）」の使用とその役割が解説されていないし、文意に反映されていないようだ。
『楚辞』に所載の漢詩にもこの「兮（けい）」は頻繁に使われている。大三輪朝臣高市麻呂が例えられた屈原の詩が『楚辞』にある。一例を示せば、

帝高陽之苗裔兮
朕皇考曰伯庸
攝提貞於孟陬兮

惟庚寅吾以降

である。意味を持たない「兮（けい）」が使われているのが分かるだろう。

漢詩に造詣が深い大三輪朝臣高市麻呂、すなわち柿本人麻呂が「我が世誰ぞ」と一音不足の句を使う場合にこの「兮(けい)」に相当するブランクがそこにあるように感じるのは当然ではないだろうか。

では「我が世誰ぞ」の後に一文字分ブランクを入れていろは歌を並べ直せば、

以 呂 波 耳 本 へ 止
千 利 奴 流 乎 和 加
餘 多 連 曽 ■ 津 祢
那 良 牟 有 為 能 於
久 耶 万 計 不 己 衣
天 阿 佐 伎 喩 女 美
之 恵 比 毛 勢 須

となる。

使用した升目は四十八個となり、最後の一升がブランクで七言七句四十九文字と比べて歪感が否めない。大三輪朝臣高市麻呂が漢詩をも良くした人物であれば、この一文字を補って綺麗な正方系の形にするのではないか。そこで使わなかった四十八番目の仮名文字である「ん」をそこに入れて方陣を完成させてみた。それが次である。

以	呂	波	耳	本	へ	止
千	利	奴	流	乎	和	加
餘	多	連	曽	■	津	祢
那	良	牟	有	為	能	於
久	耶	万	計	不	己	衣
天	阿	佐	伎	喩	女	美
之	恵	比	毛	勢	須	ん

先帝崩御の後の四十九日のことを『日本書紀』でも「七七の日」と表記していることを参考にすれば、七掛ける七のこのいろは歌は四十九、すなわち「始終苦」を意味しているとも考えられる。

ところで漢詩と言うものを考慮した時に、この七言七句が気になる。漢詩は古くは四言のものが主流であったが時代を経て六言も多くなり、そして主流は五言と七言に集約されていく。そして句は偶数のことが多く、四句のものを絶句とよぶ。勿論八句の漢詩も数多い。偶数句の漢詩は吉で奇数句の漢詩は凶とされているようでもある。漢詩は偶数句で韻を踏むのが言わば決まりである。だから四句を成句と呼び、漢詩の基本単位とするのであろう。このいろは歌のように七言七句では漢詩としては極めて歪な感じがするはずだ。漢詩の達人でもある大三輪朝臣高市麻呂、すなわち人麻呂はその異常さをも強調したかったのではないだろうか。だからこそ、和歌の常識的並べ方ではなく漢詩的に七言を一句として扱って並べたものと考えられる。

五言の場合は二言と三言に、七言の場合は四言と三言に区分するのが漢詩の常道であるので、試みにこのいろは歌の七言の後部三言の始めである第五言を並べてみると、

本乎■為不喩勢

となる。喩とは内容を悟らせることで、暗喩、隠喩、比喩、引喩などとして使われる。勢は軍隊、力のことである。乎は「を」であるから「遠」と書き換えられるだろう。そして■はそこに文字がないのだから「無」と置き換えるとすれば、

本遠無為　不喩勢

と書き換えが可能であろう。その意味は、「本当は無為から遠く、勢を悟らせぬ」となるではないか。「有為の奥山と書いた無常の歌の中に恐ろしい意味を込めた」と知れるのである。それが簡単には分からぬように、まるでからくり箱のように二重三重に仕掛けが施されていると見て良いだろう。同じ音でもどの文字を使うかにまで、細心の注意と知識を総動員して作っていると感じる。

文法上気になるところは他にもある。「阿佐伎喩女美之」（浅き夢見し）の部分である。これが過去形だとすれば「浅き夢見き」とあるべきである。これを否定の文ととって「浅き夢見じ」と解釈する人もいるようだが、その場合はその後の「酔ひもせず」は「酔ひもせじ」とあるべきではないだろうか。「我が世誰ぞ」が「我が世誰か」の誤りであることは明らかであるが、意図的に暗号カ所を示すための道しるべのように若干の誤りを残したとすれば、「朝き夢見し」の「し」もまた重要な暗示のあることを示す徴だと考えられよう。

では「し」を見てみよう。並び替えたいろは歌では「し」は「之」として左上の角にある。大三輪朝臣高市麻呂、すなわち人麻呂を示す「以千（いち）」の向かいの位置だ。

大三輪朝臣高市麻呂と向かい合うもの、それは職を辞し、吉野の山奥に籠って萬葉集という言わば偽歌作りをさせた恨み骨髄の藤原史しかない。その藤原不比等は当時の文献では皆「藤原史」と書いている。つまり不比等という名は「史（し）」と書くのだ。「史」＝「之」なのである。いろは歌の作者が大三輪朝臣高市麻呂＝柿本人麻呂で歌の相手が藤原不比等だと分かると、いろは歌で「我が世誰ぞ常ならむ」つまり「お前の人生も今は良いが何時までも続かないぞ」と語りかけている理由が理解できる。

さらに「之」には特別な意味がある。之という漢字の意味と言えば、あれ、これの「これ」がすぐに思い浮かぶが元々の意味は「行く」という意味である。転じて「変わる」との意味を表す。易に之卦という言葉があるがこれは未来を暗示する卦である。そもそも易は未来を暗示するものだろうとの声が聞こえてきそうだが、易で出丈があるとき、さらに時間が経ったときにその運命がさらにどう変わっていくかを暗示するものが之卦であり「しけ」と読む。

『漢籍国字解全書　易経』（早稲田大学出版部）の解説では「之卦に就いて」として別途説明を加えている。一部を引用して理解の助けにしたい。

「之卦とは本卦に対して変卦を云えるものなること既記の如し。然るに変卦を得る方法の、易経中に見えざるが為に、諸家の間に異説あるを免れざること、卜筮法の同じからざるが如し。新井白峨は既に本卦を得たる後に、再び揲筮《せつぜい》して変爻《へんこう》を定るものと為し、眞勢中州等の易学者は本卦の爻中に大陽（四四四）あればこれを陰に変じ、大陰（八八八）あれば之を陽に変じて得るものとなせるが如き其例なり。」

つまり、「之」の字で、相手が藤原不比等であることを示すだけでなく藤原不比等のこれから変わりゆく定めをいろは歌で詠んでいることをも示しているのである。「色づいた美しい紅葉もすぐ散るものだ。不比等よ、お前の栄華の時代がそのまま長続きなどしない。いずれ悲しい定めが待っているのだ」という呼びかけをしているのである。

左下の三文字を右から読めば「ひゑし」である。「ひゑし」とは「稗史」であり、先ほど来の「之」は「史」であると再確認をしているかのようだ。稗史とは民間の瑣細な歴史のことであり、古事記の序文の稗田阿禮の所で解説したように、北魏皇統の後裔から見れば倭国という蛮夷の国の歴史をまとめた『古事記』『日本書紀』などはまさに稗史という感覚だったのだろうと推察される。つまり藤原不比等が稗史と考えていた『古事記』『日本書紀』をそこに暗示し、連想させることで二重に「之」

が藤原不比等であることを示している。

或いは、コメよりはるかに評価の低い「稗」と書くことにより「稗のような不比等」と書くことで藤原不比等を蔑む気持ちを表したのかもしれない。

さて、並べ替えたいろは歌の右下隅を見てみよう。そこにあるのは「衣美須」すなわち「えみす」だ。美は「び」とも読むから「エビス」ととらえて良いだろう。エビスは恵比寿様の恵比寿である。天皇などという言葉が渡来人によってもたらされる遥か前、東北の日高見国が大倭を高見（支配）したときに大倭を治めるために派遣した王をエビス尊と呼んだと考えている（『太安万侶の暗号〜日輪きらめく神代王朝物語』参照）。また、このことは藤原不比等が天皇であったことを示しているものと思われる。

ここまで見てきて、この並び替えたいろは歌の特徴としてその角の部分に重要なメッセージがあることが分かってきた。そこで今一つ残っている右上隅を見れば、何とそこには「加止へ」との文字が。これは「かどへ」つまり「角へ」の意味だから角に注意せよと言っているようでもあり、反対側の角につなげと言っているようでもある。これについては少し後で検討する。

先に「我が世誰ぞ　常ならむ」は正しくは「我が世誰か　常ならむ」とあるべきだと指摘した。そこでためしに「曽（そ）」を「か」に替えてみよう。「か」には、いろは歌では「加」が当てられているが、同音の「下」という字もある。「下」だとしてその位置の下の文字を見れば「有」である。さらにもう一文字下を見れば「計」である。「有計」だから「計り有り」つまり何かの謀（はかりごと）

ありと読めるではないか。そして「有」はこの並べ替えたいろは歌の中央に位置する文字なのである。

そこで、右上隅の「止」、中央の「有計」、右下隅の隠し文字「ん」、そして左下隅の「之」を繋げると「とうけんし」という文字列となる。「し」は不比等の「史」だから残りの「とうけん」とは何か、何か意味のある言葉かが気になる。

『太安万侶の暗号（六）～漢家本朝（注）乙巳の変、そして白村江の敗戦から倭国占領へ～』に併録の「園田豪の『藤原鎌足考』」で既に指摘した重要なことがある。藤原氏は藤原鎌足に始まるが桓武天皇の時代に至っても「ふじわら」とは発音されていなかったと考えられることだ。では何と呼ばれていたかだが、それは「とうげん」である。

桓武天皇の時、延暦二十年（八〇一年）の遣唐使の名を『宋史　列傳　日本国』では「滕元葛野」と記している。日本では「藤原葛野」と書いているから「藤原」は「ふじわら」ではなく「とうげん」と発音していたと考えられる。「ふじわら」との発音を唐の官吏が「滕元」と書き表すはずがないからである。これから、並び替えたいろは歌にある、隠し文字列「とうけんし」は「滕元史」、すなわち藤原史（不比等）のことを表していることが分かる。

並び替えたいろは歌の右上隅の一角だけを占める「以千」（大三輪朝臣高市麻呂、柿本人麻呂）がのこりの三角を占める巨大な権力を持つ藤原不比等に対して、先に読み取ったように「恐ろしいことを書き込んだ」ことを示しているのである。そして「史」を使わずに之卦を暗示させる「之」の字を使って不比等を暗示したところに、そのメッセージが藤原不比等の未来に関するものであることを示している。

さてそれは何であろうか。
「止有計ん之」(とうけんし)のうち、「ん」は隠し字だから外せば「止有計之」となる。「下」の指示に従って中央の「有計」を先に出し、「止」を次に置き、「止」の所の「角へ」の指示に従って対角にある「之」を続けると、

有計止之

主語の「市」を頭に付け、「計」を同音の「希」に置き換え、「止」も同音の「与」に置き換え、さらに「之」を「死」に置き換えると、

市有希与死

との恐ろしいメッセージが浮かび出てきた。

市(柿本人麻呂、大三輪朝臣高市麻呂)に死を与えるとの願いあり

勿論ここで市と表される大三輪朝臣高市麻呂、すなわち柿本人麻呂がこのメッセージを送る相手は「死」に重なっている「史」(ふひと)なのである。

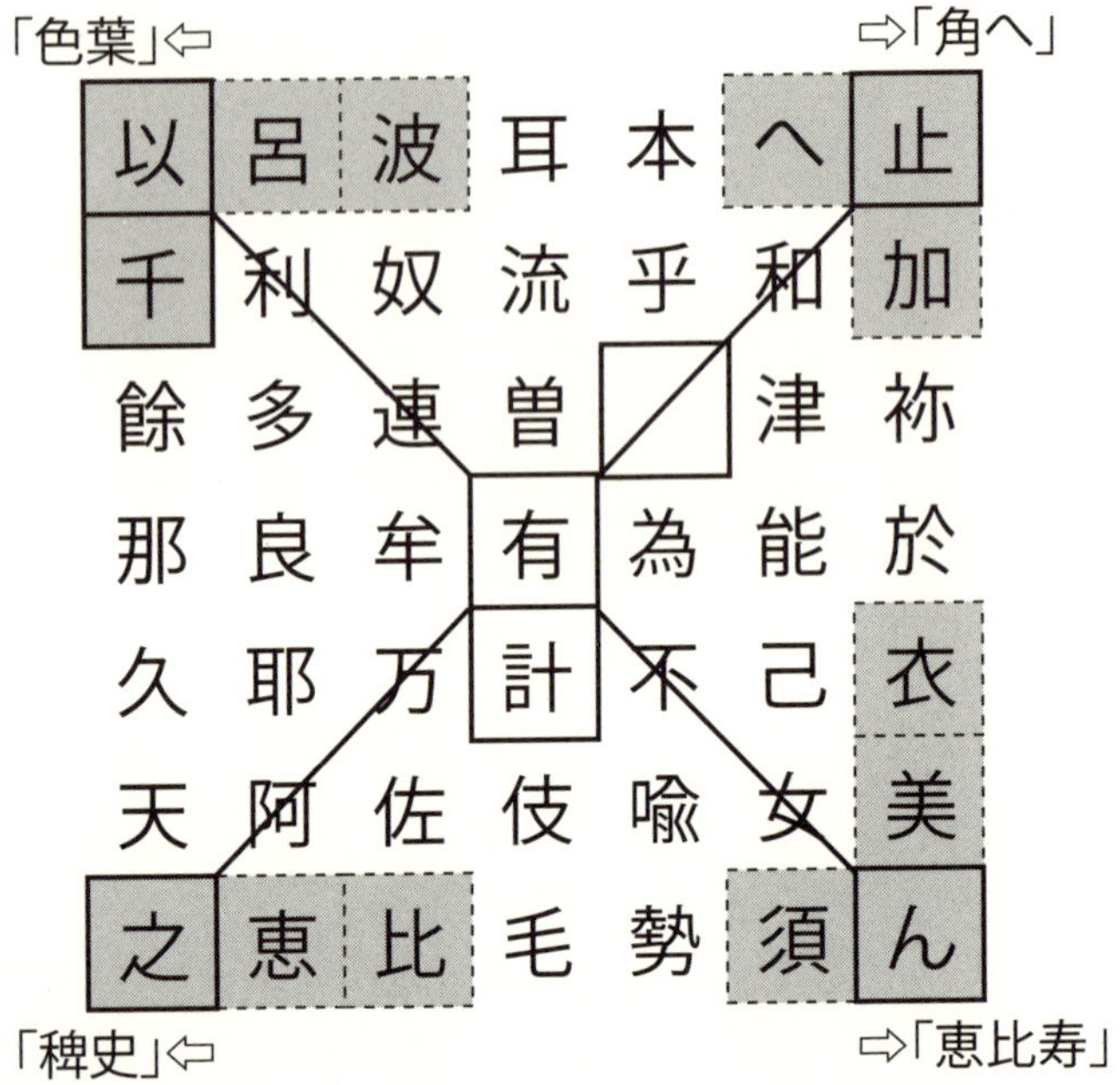

「以千」＝「市」、「一」、「人」⇨大三輪朝臣高市麻呂
⇨柿本人麻呂（柿）
「止有計ん之」＝「とうけん史」＝「謄元史」＝「藤原不比等」⇔「不人」

〈のろいの言葉〉
「以千有計止之」⇨「市有希与死」

いろは歌の謎　総合解読図

もう一度いろは歌を分かりやすく書いておく。

天武天皇が病となったのは草薙剣の祟りであった。草薙剣を直ぐに熱田に戻し、伊勢を始め在地の神に奉幣したがそのまま崩御するにいたった。この祟りに藤原不比等も神経を使った。中納言であった大三輪朝臣高市麻呂の諫言を拒絶して伊勢方面への行幸を強行したのも祟りを恐れてのことだったのであろう。その祟りの元の剣、つまり「刀剣」が奇しくも藤原の呼び方である「とうげん（謄元）」に一致するのである。二重三重に藤原不比等に呪いをかけたものと解釈するのが一番妥当だと思われる。

もとの文字配列からはこのような意味は浮かび上がらず、無常の歌を伊呂波の文字を一つずつ使って作ったものと誰もが捉える。そしてそれが人麻呂の本意に基づくものと理解されるようにわざと「とがなくてしす（咎なくて死す）」との言葉が隠されているかのように作ったものと考えられる。そうすれば並び替えて秘密を発見されることがないからだ。

ただしここで読み解いたように人麻呂は解読の鍵を示しておいたのである。

このようなからくりをいろは歌に仕掛けた柿本人麻呂の言葉の技巧、漢文能力、漢詩に関する造詣の深さ、そして易経の知識まであるなど、まさしく漢詩、漢学に関してもその時代の一流であった大三輪朝臣高市麻呂の面目躍如である。

一つ確かめておかなければならないことが残っている。いろは歌は七五調の歌であるだから七言、五言で以て並べてみて、何か隠れた言葉が浮かび上がるのかを確かめておかなくてはならないのだ。七五調で並べてみれば、

以呂波耳本へ止
千利奴流乎
和加餘多連曽
津祢那良牟
有為能於久耶万
計不己衣天
阿佐伎喩女美之
恵比毛勢須

となる。縦に、横に、そして斜めに読んでみても、文字を同音の異字に替えてみても有意の文章は得られなかった。したがって柿本人麻呂は最初から七言七句を想定してこの歌を考案したものと思われる。

〈に〉 なぜ四十七文字を一回ずつ使ったのか

仮名四十七文字あるいは「ん」を足して四十八文字を一回ずつ使って歌を作ることは回文などと同じく多くの人が試みている。良く知られる例では、

鳥なく声す　夢覚ませ　見よ明け渡る…

がある。

呪いの言葉を隠すだけなら一文字を一回限り使ってというのは制約がきつく完成までには相当な困難が伴う。それを押してまでそうしたのは何故だろうか。

かつてジブラルタル海峡を渡ってスペインに侵入したアラブはグラナダにアルハンブラ宮殿を建てた。後にキリスト教軍がアラブを追い払いアルハンブラ宮殿を破壊しようとしたが、そのあまりに精緻な装飾に驚き、破壊せずに保存した。

いろは歌も、仮名全てを一回ずつ使って無常観を歌にしたという類を見ない巧みさのゆえに捨て去られることなく広く流布し、今日にまで伝わったものと考えられる。それは柿本人麻呂が強く望んだことだったのである。

そして、全仮名を一回ずつ使用したのは、実際に後世そう取り扱われたことからも分かるように、手習の手本となることを期待したからだと思う。そして現在でも「色は匂えど　散りぬるを　我が世誰ぞ……」ではなく「い、ろ、は、に、ほ、へ、と、ち、り、ぬ、る、を……」と四十七音を順に唱

えるのは、七言で一句とするために原いろは歌の七五調が崩れ、歌としての意味を感じさせなくするためではないかと思う。「いろは……」は箇条書きの際の頭として用いられる記号の一種としてさえ用いられているのである。

機械的に唱えるいろは歌はそれこそ多くの子供そして大人が唱えるある意味で「呪文」のように普及しているのである。

仏教での声明でも多くの僧が唱和する。声を和すことは言葉の力、効果を強くするものだ。後世の多くの人が津々浦々にわたってこの大三輪朝臣高市麻呂、すなわち柿本人麻呂の藤原不比等に対する「呪いの言葉」を隠し持ついろは歌を未来永劫唱え続けることがいろは歌作成の目的であり、柿本人麻呂の願いだったのだと考えられる。

以上から、いろは歌の本質は「無常」ではなく「呪詛」だと知る。

二十三．柿本人麻呂の死の謎

柿本人麻呂と同一人物と考えられる大三輪朝臣高市麻呂の『懐風藻』採録の漢詩が唯一年老いてから再度天皇に召されて駕の供をしたことを示している。しかし、弟の大三輪朝臣安麻呂の漢詩は大三輪朝臣高市麻呂の不遇な境遇を詠んだものばかりであるし、時の権力者藤原万里、すなわち藤原不比等の四男麻呂の漢詩も、藤原万里の生きた時代から見て大三輪朝臣高市麻呂の生涯の結果を知っているにもかかわらず、大三輪朝臣高市麻呂に天皇から声がかかるようなことがあれば良いのに、と実際には不遇のままで終わったことを告げるような内容である。それは、大三輪朝臣高市麻呂作の漢詩に見える天皇に年老いてから召されたというのが嘘であると述べているようでもある。

大三輪朝臣高市麻呂が總持（持統）天皇、すなわち実際には藤原不比等に諫言し、職を辞したのちに、藤原不比等が進める「偽史編纂」に合わせた「偽史の証拠、根拠づくり」のための『萬葉集』の編纂を担当させられて吉野の山中の龍門寺に籠って、歌を捏造し、歌集を編纂していたとすれば、その編纂の目途が付いた時点で殺害されていたと考えるのが自然である。今も昔も死人に口なしである。

『萬葉集』は巻一と巻二とででき上がっていたものだと構成や、詞書、太政天皇、大行天皇、天皇の使い分けなどから考えられるが、その場合の作者は圧倒的に柿本人麻呂が多い。天皇や皇子、皇族の歌にも柿本人麻呂の代作が多く含まれる。さらに巻一の最初の雄略天皇の歌もその言葉づかいからは当人の作とは考えられない。第一首が本人の作ではないことは『萬葉集』の歌が、代作と明記されていない場合でも代作である可能性がかなりあることを暗示しているのではないか。柿本人麻呂本人が雄略天皇の作として他の人の歌を第一首に置くことで後世の人に『萬葉集』編纂の目的を知らせようとしたのではないだろうか。いろは歌に隠された藤原不比等に対する呪いの言葉の存在を知ればその可能性が十分あると思われるのである。

そして巻二の挽歌には柿本人麻呂自身の自傷の歌までが含まれている。まずそれだけで奇妙に感じないだろうか。歌集の編纂者がその歌集に自分の自傷の歌を含めたり、死後の妻の歌を含めたりできるわけがない。それも「石見国」という当時の地の果てのようなところが場面になっているのだ。誰かに「柿本人麻呂が遠い石見国で理由は不明ながら死んだ」ことを示すような歌を作り『萬葉集』に加えよ、と命じられたのではないだろうか。

柿本人麻呂は『古今和歌集』の序文で「歌聖」と呼ばれている第一級の歌人であり、『萬葉集』を編纂した人である。その歌聖の死がどこにも記載されていなければその謎ときが『萬葉集』そのものの謎解きに波及し、遂には『日本書紀』『古事記』が偽史であると気付かれてしまう。それを恐れて自傷の歌などを含めたのであろう。

実は、柿本人麻呂はそう命じられることを予期していたのではないだろうか。いろは歌でもそうであるが、注意深く読めば気付くような細工を施したのだと思う。先に書いた巻一の最初の歌に雄略天皇作ではないものを雄略天皇の歌として載せたのも意図的な細工とすれば良く理解できるのである。

さて、柿本人麻呂の自傷の歌などが何時の時点のものかを検討しよう。幸い『萬葉集』の挽歌などは年代順に並べられている。その付近の歌の順を調べると、

歌番二〇三の詞書に「但馬皇女の薨じて後に…」とある。但馬皇女薨去は七〇八年
歌番二〇四の詞書に「弓削皇子の薨ズル時に…」とある。弓削皇子薨去は七〇九年
歌番二〇五は二〇四の反歌
歌番二〇六は同短歌
歌番二〇七の詞書に「柿本朝臣人麻呂、妻の死にし後に、泣血哀慟して作る歌二首…」
歌番二〇七は同長歌
歌番二〇八と二〇九は同短歌
歌番二一〇は同長歌
歌番二一一と二一二は同短歌
歌番二一三は同長歌
歌番二一四、二一五、二一六は同短歌
歌番二一七の詞書に「吉備津采女の死にし時に…」とある。その時期確定できず
歌番二一八、二一九は同短歌
歌番二二〇の詞書に「讃岐の狭岑の島にして…」とある。その時期不明

歌番二二一、二二二は同短歌
歌番二二三の詞書に「柿本朝臣人麻呂、石見国に在りて死に臨む時に、自ら傷みて作る歌一首」とある。時期未確定
歌番二二四の詞書に「柿本朝臣人麻呂の死ぬる時に、妻依羅娘子の作る歌二首」とある
歌番二二五は同上
歌番二二六は詞書に「丹比真人名欠けたり、柿本朝臣人麻呂の心をあてはかりて、報ふる歌一首」とある
歌番二二七は「或る本の歌」であり、作者不詳とのこと
そして「寧樂宮」と時代表記あり
歌番二二八の詞書に「和銅四年歳次辛亥、…」とある。和銅四年は西暦七一一年
歌番二二九は同上
歌番二三〇の詞書に「霊亀元年、歳次乙卯の秋九月…」とある。霊亀元年は西暦七一五年
その後、二三一～二三四の三首で『萬葉集　巻二』は終わる

ここで不思議なことに気付く。柿本人麻呂、すなわち大三輪朝臣高市麻呂は五十歳で死去していると言い、『懐風藻』の漢詩では既に白髪の老人である。

その老人が石見国で死んだときに依羅《よさみ》娘子という妻があり、その妻が「逢いたい」とする歌を作っているのだが、本当にその年寄りにそんな妻がいたのだろうか。

何故なら歌番二〇七から二一六までは柿本朝臣人麻呂の妻が死んだときに人麻呂が泣血哀慟して詠んだ歌（或る本を含む）というのだ。長歌三首、短歌七首という圧巻の分量である。それに対し、老人となり、死んだときの歌は僅かに短歌二種である。依羅娘子というのが作り話かまたは別人の歌のように感じられるではないか。さらにそれを気付かせるかのように歌番二二七は「或る本の歌に曰く」と詞書があるものだが驚くことに歌番二一五の人麻呂が妻の死を嘆いた時の短歌とそっくりである。人麻呂が殺されたのを隠すための細工として挿入された歌のようにも感じられる。

さて、柿本朝臣人麻呂の自傷の歌というのは短歌一首である。

「鴨山の　岩根しまける　我をかも　知らにと妹が　待ちつつあらむ」

いろは歌の謎解きで解き明かしたように柿本朝臣人麻呂は呪いの言葉をいろは歌の中に隠しこんでいた。ひょっとしてこの自傷の短歌にも何か、ヒトマロコードともいうべき暗号が隠されているのではないかと気になった。

『萬葉集』を読むといっても通常はその読み下しを読んで味わっているのではないだろうか。『古事記』における古代歌謡は一音一音を萬葉仮名（漢字）で表していたので読み間違いはあまり起こらないのだが、『萬葉集』所載の歌は全部が漢字であり、一部は訓読みであり、一部は音読みである。すなわち漢字仮名交じり文の草分け的なものである。そして訓読みすべき部分に読みは記入していない。つまり訓読みの部分をどう読むかについては後世の人（研究者）が諸説を唱えている個所もあるのである。

また、『萬葉集』が偽史の捏造裏付け資料の性格を強く持つことが分かってくると、これを芸術作品だと思い込んで見ることにも疑問が出てくる。必ずしも芸術性が高い作品が多いとも感じられないからだ。ブランドが評価に先入観を与えるように、『萬葉集』という名（ブランド）が歌の芸術性評価に影響を与えていないのだろうか。

さて、柿本朝臣人麻呂の自傷の歌の原文を示そう。

鴨山之
磐根之巻有
吾乎鴨
不知等妹之
待乍将有

いろは歌の句尾を並べると「咎なくて死す」との言葉が浮かび上がったことを思い起こし、句尾を並べてみれば、

之有鴨之有

と読み下しとはまったく雰囲気の異なる、何やら意味ありげな一文が出てきた。いろは歌の時と同様に「之」を「死」ととらえれば、「死有り、死有」と何やら不吉な予言のようなものとなる。

歌舞伎に通じた人は「一谷嫩軍記」の三段目「熊谷陣屋」の中での義経が「此花江南所無也一枝窃盗の輩に於いては天永紅葉の例に任せ、一枝を伐らば一指を剪るべし」と弁慶に書かせた高札を立て、「一枝を伐らば一指を剪るべし」を義経が「一子（敦盛）を切るなら一子（小次郎）を切るべし」としめしていると理解した熊谷次郎直実が敦盛を殺さずに我が子小次郎を身代りにする場面を思い浮かべるのではないだろうか。ここでの柿本人麻呂自傷の歌に隠された「之有鴨之有」は「一子を切らば一子を切るべし」の源流ともいうべき表現ではないか。

しかし「鴨」が意味不明だ。しかし調べてみると鴨を使った「鴨脚樹」が「公孫樹」の別名であることが分かった。葉が鴨の脚に似ていることによるとのことだ。そして「鴨」の直後にある言葉は「不知等」である。この三文字を見て「不比等」を連想しない人はいないであろう。というより、柿本人麻呂は不比等を連想させるために意図的に「不知等」と表現したのだろう。「公尊不比等」とすれば完璧だ、それは藤原不比等のことを意味しているに違いない。また上の句には「吾」の文字も存在する。さらに未来形を表す「将」をも含めて補えば、

死有吾、公尊不比等死将有

死吾に有り、公尊不比等の死は将に有らんとす

と読み取れるのである。

柿本人麻呂すなわち大三輪朝臣高市麻呂は『萬葉集』の自傷の歌にも藤原不比等を呪う言葉を読み込んでいた。いろは歌に読みこんでいたのは「謄元史（藤原不比等）に死を与える願（希）い有り」というものであり、この自傷の歌に読みこんだのをまったく同じ呪いの言葉なのである。

ついでながら、歌番二二六の、丹比真人が人麻呂の心を推し量って詠んだという短歌を原文で見れば、

荒浪尓
縁来玉乎
枕尓置
吾此間有跡
誰将告

であるが、先ほどと同様に句尾を並べれば、

尓乎置趾（誰将）告

文字を変えれば、

荷を置き、後のことを（誰が）告げるだろうか

といった意味に取れそうである。すなわち「（不比等に命じられた）萬葉集編纂のことを終えた。その後の我が運命を誰か話してくれるだろうか」といった気持ちを埋め込んだのではないかと想像するのだが、深読みが過ぎるだろうか。

さらに詠み人の丹比真人だが、「名欠けたり」とあるのは、丹比真人某という実在の人物なのか、丹比真人という架空の人物なのかの判別を困難にしている。しかし歌に隠された意味を考える時、それは柿本人麻呂自身ではないかとの思いが強くなるのである。何故なら「荷を置いた」のは柿本人麻呂当人のことなのだから。

もし、「柿本朝臣人麻呂の心をあてはかりて」この歌を詠んだのが柿本朝臣人麻呂本人だとしたら、すなわち丹比真人という名が仮の名前だとしたらそれにはどのような意味があるのだろうか。丹比という名は実際に存在するが多治比と書かれる方が多いだろう。河内の国の多治比坂という所もあるのでそのあたりの豪族らしい。また近くには依網池という溜池もあり、柿本人麻呂の妻として歌を詠んだとしている依羅娘も含め実在しそうな名前なのだ。

ともあれ丹比真人を検討しよう。丹は赤色を表す。丹心とは赤心と同じく真心のことである。真人は八色の姓の一つで、継体天皇の近親のものやその後の天皇の子孫にだけ与えられた姓である。柿本人麻呂が仮名を使って本心を短歌で知らせようとしたと考えれば、真人の単なる姓以上に意味を持つはずだ。柿本人麻呂というのも仮名であり、先に検討したように、不比等を「不人（人に非ず）」と

して、私はそれに対し「人である」と強調したものだったと推論した。真人も同様ではないだろうか。「私は真の（本当の）人である」と強調しているように思う。どうやら柿本人麻呂と命名の趣旨、方法は同じようだ。

では残る「比」は何を意味するのか。「比」の意味を調べてみれば、「比べる」「並べる」「類い」といったもの以外に驚くようなものがあった。「綴る」「緝める」というものである。『漢書』の儒林傳に「公孫弘比緝其義」との用例がある。

柿本の柿は果樹の柿ではなく、「木の削りくず、こけら」といった意味であり、そのようなものに文を書いて本にしたものとの意味を持つ『萬葉集』に通じる名前であった。「比」の意味に気付けば「丹比真人」もまた「丹（赤、すなわち中国渡来人）の歴史を綴緝した本当の人」あるいは「赤心を以て綴緝した、本当の人」との意味を持つことになり、「柿本人麻呂」とほぼ同義だと分かるのである。

さらに調べれば、「丹書」という言葉があることが分かった。長期にわたって文字が消えることがないように丹を以て書いた書物のことをいう。実際に萬葉集を柿本人麻呂が丹で書いたかどうかは分からないが、消え去ることがないように綴り緝《あつ》める（つむぐ）ことをしたとの意味だろう。因みに編集は古くは編緝と書いた。

柿本人麻呂と丹比真人が同義であり、柿本人麻呂の自傷の歌にも、人麻呂の心を推察して詠んだとする丹比真人（実は人麻呂自身）の歌にも同様に藤原不比等を呪う言葉が埋め込まれていることも含めて纏めれば、

柿本人麻呂が大三輪朝臣高市麻呂その人であり、
『萬葉集』と『いろは歌』は両方とも柿本人麻呂が作者であり、
『いろは歌』には藤原不比等への柿本人麻呂の呪いの言葉が埋め込まれており、
『萬葉集』中の柿本人麻呂自傷の歌にも藤原不比等への呪いの言葉が、
そして丹比真人は実は柿本人麻呂のことであり、
その柿本人麻呂の心を推察する歌にも藤原不比等への呪いの言葉があり、
その呪いの言葉はすべてが「藤原不比等の死を願う」ものである。
いろは歌に見る七言七句との構成、漢文の埋め込み、『萬葉集』の自傷の歌などに見る呪いの文の埋め込みなどから柿本人麻呂は和歌の達人の前に漢学、漢詩の達人である。
この藤原不比等と大三輪朝臣高市麻呂（柿本人麻呂）の相互関係があってこそ『懐風藻』に二人が並んで記されたのであろう

との結論が導ける。

柿本人麻呂が編纂した『萬葉集』を分析すればまだまだ歴史解読の鍵が発見できるように思う。芸術とは異なる視点から見れば異なった景色が見えるのではないだろうか。しかし、性急な解釈、解読は間違いの元でもあるだろう。いずれじっくり取り組んでみたいと考えているのでそれまでお待ち願いたい。

二十四・残る問題

偽史の復元作業はかなり進んだのだが、何しろ復元のヒントは限られている。皇統譜は解読、復元できたのであるが、全ての資料が残っているわけでもなく口伝も得られないためにどうしても疑問の中に留めざるを得ないことがある。

例えば藤原不比等の四人の子供の母親の比定である。藤原武智麻呂、房前、宇合、麻呂の四兄弟は、武智麻呂（南家の祖）の母は蘇我娼子（蘇我連子の娘）と言われる。房前（北家の祖）の母も同じく蘇我娼子だとする。宇合（式家の祖）の母も蘇我娼子とされる。そして麻呂（京家の祖）の母は五百重娘とされている。漢家本朝である天皇の皇后と為る娘は藤原氏から出すことにしていたはずだから、その藤原四家の当主が蘇我氏の娘を母に持つとは考えられない。藤原不比等の歴史改竄は子供たちの母親にまで及んでいると見て良いだろう。こう言った問題はまだ少なからず残っている。折を見てさらに追及してみたいと感じている。

資料一・『日本書紀』等に基づく天智、天武、持統朝年表

西暦	年号	主な出来事
六六二	天智元年、龍朔元年	唐と新羅が高句麗を攻撃。倭国は高句麗に援軍を派遣。劉仁軌の唐軍と新羅軍が百済を攻撃。倭国は百済救援軍の準備に入る。
六六三		倭国が新羅征討軍二万七千を派遣。（三月）唐軍を率いて劉仁願、劉仁軌が、そして新羅軍が百済に侵攻。唐の水軍七千が熊津に集結、そして白村江に移動。倭国水軍（千艘）と交戦（白村江の戦）。倭国水軍四百艘が炎上、敗戦。百済王豊璋等は高句麗に逃れる。（七月）百済の完全滅亡。
六六四	麟徳元年	百済鎮将劉仁願は倭国に戦後処理のために郭務悰を派遣。（五月）郭務悰に入京させぬ旨を通告。同時に鎌足の使いを派遣。（十月）郭務悰帰国。対馬島、壱岐島、筑紫国に砦と烽火台を造る。また、筑紫に水城を建造する。
六六五		百済滅亡により倭国が引き取った遺民のうち四百人を近江国神前郡に移住させる。麟徳二年の唐の高宗の泰山での封禅の儀に倭国代表を送る。「麟徳二年　封泰山　仁軌領新羅及百濟、耽羅、倭四國酋長赴會　高宗甚悅　擢拜大司憲」（舊唐書

		列傳　第三十四　劉仁軌傳）「是歳、遣小錦守君大石等於大唐、云々。等謂、小山坂合部連石積・大乙吉士岐彌・吉士針間。蓋送唐使人乎」（日本書紀）が倭国側の対応記述だが、使者のランクが低すぎる。本当は倭国酋長（王）として高向大海（人）が赴いたものと考える。 長門国、筑紫国に、百済人に命じて山城を造らせる。 唐が劉徳高、百済禰軍、郭務悰らを倭国に派遣。唐に留められていたものや戦時捕虜二百五十四人を返還した。また、倭国との敗戦協議に基づき宇治で戦利品、賠償品を受け取り唐に持ち帰った。（九月）
六六六	乾封元年	百済遺民のために整備した「筑紫大済府」を唐の「筑紫都督府」として差し出すことになり、百済遺民二千人を東国に移す。 高句麗から援軍要請あるも、倭国は占領下にあるため対応できず。
六六七		唐の百済鎮将劉仁願は司馬法聰を十一月九日に筑紫に派遣してきた。泰山の封禅の儀の時に唐に出向いた境部連石積等を送り返した。そして筑紫都督府の建設状況を確認して足かけ五日の滞在ですぐに戻っていった。 唐の占領軍進駐間近とみて倭国は高安城、屋嶋城、対馬の金田城を大慌てで造った。さらに近江国大津宮に遷都した。

六六八	総章元年 天智元年	年初に天智天皇即位。 高句麗滅亡。 唐の熊津都督府（百済）から末都師父等が派遣され、四月六日から十六日という僅かな滞在で、筑紫都督府の状況を再確認して帰った。 唐の筑紫都督府に対応するために、倭国は筑紫率を新設し、栗前王をそれに任じた。 倭国は近江国に兵を集め調練を開始。近江国に牧を造り、馬を増産。越国から燃える水、燃える土を取り寄せ備蓄。
六六九		筑紫率に天智天皇腹心の蘇我赤兄を任じた。 筑紫大済府に残っていた百済遺民七百を近江国に移す。 唐の平高句麗の賀に河内直鯨らを派遣。
六七〇	咸亨元年	『新唐書　日本伝』には、「咸亨元年　遣使賀平高麗　後稍習夏音惡倭名更號日本」とある。つまり、この年に倭国が日本と国名を替えた。六七〇年に国名を日本に替えたことは『三国史記』にも記載有。 （唐と友好的関係にあった）吐蕃が突如天山南路の四鎮などを急襲、占領。そして吐谷渾にも攻め込んだ。唐は吐谷渾の救援要請もあり、吐蕃に対して十万の兵を送る。吐蕃は四十万の兵で迎え撃ち、青海湖の南、大非川で交戦。唐の大敗北となる。機をうかがっていた新羅の文武王が鴨緑江を渡って唐と戦端を開く。

六七一		天智天皇が大友皇子を太政大臣とする。 唐の百済鎮将劉仁願が李守眞を派遣。 天智天皇死去（暗殺？）。郭務悰筑紫から帰国。 新羅軍が旧百済首都、泗沘城を落とし、旧百済領を占領。唐は薛仁貴率いる水軍を派遣するも黄海で新羅水軍に敗退。 十一月に唐の倭国占領軍が筑紫都督府に入る。「十一月甲午朔癸卯、對馬國司、遣使於筑紫大宰府、言「月生二日、沙門道久・筑紫君薩野馬・韓嶋勝娑婆・布師首磐四人、從唐來曰『唐國使人郭務悰等六百人・送使沙宅孫登等一千四百人、總合二千人乘船卌七隻、倶泊於比智嶋、相謂之曰、今吾輩人船數衆、忽然到彼、恐彼防人驚駭射戰。乃遣道久等預稍披陳來朝之意。』」（日本書紀　天智天皇）
六七二	天武元年	壬申の乱。大友皇子死去。飛鳥浄御原宮に遷都。
六七三		天武天皇即位。大來皇女を伊勢の斎王とする。 耽羅が朝貢。新羅から即位の祝いの使者と、天智天皇への弔いの使者が来るも、祝いの使者だけ大和に迎え入れ、弔いの使者は筑紫より帰国させる。 新羅が高麗の朝貢使を筑紫まで送り届ける。
六七四	上元元年	唐の高宗は新羅の文武王への冊封を取り消し、弟の金仁問を新羅王に冊封。唐が新羅に出兵。 日本にいた百済王昌成《しょうじょう》（義慈王の子）が死去。 対馬での銀の賦存の報告あり。

六七五		二月に新羅の文武王が唐に詫び、高宗は文部王への新羅王冊封を回復。しかし九月には新羅は唐軍に攻撃を再開、泉城で薛仁貴率いる唐軍を撃破、さらに買肖城では李謹行率いる唐軍を破る。 初めて占星台を造る。 十市皇女、阿閉皇女が伊勢神宮に参る。（注一）参照 新羅が朝貢。高麗も朝貢。 當摩公廣麻呂と久努臣麻呂の朝参を停止。麻績《おみ》王を因幡に流す。 大伴連國麻呂を大使、三宅吉《き》士《し》入石《いりし》を副使として新羅に派遣。（対唐戦での協力関係の打ち合わせであろう） 十月に筑紫より唐人三十人が大和に送られてきた。それらを遠江国に置いた。（注二）参照 （同月、唐からの新たな軍の派遣に備え）「諸王以下、初位以上のものは全員武装せよ」との詔を発している。
六七六	儀鳳元年	新羅は錦江河口で薛仁貴が率いる唐の水軍を撃破。唐は吐蕃との緊張関係を考慮し、朝鮮半島からの撤退を決定し、熊津都督府と安東都護府を遼東に移した。これにより新羅は朝鮮半島の統一に成功。（統一新羅時代の開始） 日本（旧倭国）の筑紫都督府からも唐は撤退。日本は唐の占領から脱した。

		（唐の支配を脱した祝いであろう）高市皇子以下、小錦以上の大夫に衣、袴などを下賜し、大宴会を催す。そして耽羅からの客には船一艘を賜った。 栗隈王が六月に死去。 八月には大祓を実施。そして、刑一等を減ずるなどの恩赦を実施。（唐を追い出したのを祝うためであろう） 九月に京都幾内に調査官を派遣し、人々の所有する武器を調査。同月、筑紫大宰、屋垣王を土佐国に流罪。 十月一日に群臣を集めて宴を開催。（中国の風習。孟冬旬） 物部連摩呂を大使とし、山背直百足を小使として新羅に派遣。（注三）参照 十一月に、新羅が朝貢の使者とは別に「政を請う」ために金清平を日本に派遣。 同月、高麗も朝貢。（唐の日本占領が終わったことを賀す使いだろう） 新城《にひき》に都を造る計画が出た。
六七七		二月、物部連摩呂が新羅から帰国。 四月、杙田史名倉を不敬ありとして伊豆嶋に流刑。（史の姓から渡来人と分かる） 六月、東漢直等に「小墾田の世以来七つの罪を犯した。罰すべきだが今回だけは許してやる」と天皇が宣言。（注四）参照 浮浪人が本願地に戻り、再度浮浪人となった場合には本願地の分も課役を科せと詔を出した。 十一月、筑紫からの赤烏（瑞兆）の献上を受けて大赦を行う。

六七八		一月、天神地祇を祀るために大祓を実施し、倉梯の川上に斎宮を建てる。斎宮へ行く日を卜占すると七日と出た。行列の先頭は既に出発していたのに、急に具合が悪くなった十市皇女（大友皇子妃、葛野王の母）が死去。斎宮行きは中止となり、天神地祇を天皇みずから祀ることができず。（注五）参照 新羅の使者が来て、先に朝貢使を送ったが暴風にあって、井山《じょうせん》だけが生き残ったと告げたが、その井山も来なかった。
六七九	調露元年	高麗が朝貢。 二月、「天武十年（六八一）に親王、諸臣、百寮の保有する武器と馬を調べるので準備せよ」と詔を出す。 三月、天武天皇が後岡本天皇陵（斉明皇極陵）に参拝。石川王死去。 五月、吉野宮に行幸。六皇子の誓約。（注六）参照 七月、葛城王死去。 八月、諸氏に若い女を差し出すように命ず。また良馬の提供を命じ、天武天皇自ら迹見《とみ》（現桜井市外山）の驛屋の傍でその疾走を視察。 九月、新羅、高麗、耽羅などに派遣していた使者が帰国。 十月、見て見ぬ振りの横行に対し「上は下の過を責め、下は上の暴《あらき》を諫《あは》めば、国家治まらむ」と詔を出す。新羅が朝貢。調物豊富。 十一月、倭馬飼部造連を大使とし、上寸（村の略字）主光父を小使として多禰嶋に派遣。（注七）参照

		龍田山と大坂山に関を設置。難波に羅城を築く。（羅城とは京を囲む城壁） 十二月、恩赦。
六八〇	永隆元年	五月、高麗が朝貢。新羅が例年のように筑紫まで送り届ける。 七月、天武天皇が犬養連大伴の屋敷に出向いた時に病気になる。飛鳥寺の弘聡僧死去。舎人王死去。 十一月、皇后病に臥す。薬師寺を建立。病気平癒し、恩赦。新羅が朝貢。 天武天皇が病を得るもすぐに回復。
六八一		二月、律令（浄御原律令）の作成の詔。二月二十五日に草壁皇子を立太子。万機を皇太子に委ねる。 二十九日には阿倍夫人が死去。そして三月四日には葬る。（注八）参照 三月十七日、河嶋皇子、忍壁皇子、廣瀬王、竹田王、桑田王、三野王、大錦下上毛野君三千、小錦中忌部連首、小錦下阿曇連稲敷、難波連大形、大山上中臣連大嶋、大山下平群臣子首に対し帝紀や上古の諸事を書にまとめよと命ずる。（古事記、日本書紀編纂の端緒） 天武天皇が新宮の井上で、鼓吹（太鼓と角笛）の練習をさせた。四月、禁式九十二条を公布。 錦織造《にしこりのみやつこ》小分《をきだ》、田井直吉摩呂、次田倉人椹足《むくたり》、石勝、川内直縣、忍海造鏡、荒田、能麻呂、大狛造百枝、足坏、倭直龍麻呂、門部直大嶋、宍人《しひと》造老、山背狛烏賊麻《いかま》呂《ろ》の十四人に対し「連」の姓を下賜。

七月、采女臣竹羅を大使とし、當摩公楯を小使として新羅に派遣。また、佐伯連廣足を大使とし、小墾田臣麻呂を小使として高麗に派遣。

閏七月、皇后が誓願のために諸寺に経をあげさせる。

八月、三韓からの帰化人に対し、「十年という調税の免除期間は既に過ぎた。しかし十年前の最初の年（天武元年）に帰化した時に一緒に来た子孫については調と役とを免除する」と詔を出した。

先年、多禰嶋に派遣したものたちが戻り、多禰嶋の図面を差し出した。多禰嶋は京を去ること五千余里、筑紫島の南の海中にあり、稲の二毛作をしているなどを報告。

九月、高麗と新羅に派遣した使者が帰国した。

十月、新羅が朝貢。

廣瀬野に行宮を造り、輕市での閲兵を計画したが、天武天皇が何故か来なかった。大錦以上の大夫は木の下に並んで座り、大山位以下のものは騎乗した。そして南から北に行進した。

新羅の使者が文武王の死を報告した。

十一月、田中臣鍛師、柿本臣猨、田部連國忍、高向臣麻呂、粟田臣眞人、物部連麻呂、中臣連大嶋、曾禰連韓犬、書直智德の十人に小錦下の位を授ける。また、舎人造糠蟲と書直智德に連の姓を下賜。

六八二

一月、氷上夫人死去。赤穂に葬る。

三月、都を造ろうと新城《にひき》の候補地を調査。境部連石積等に「新字一部四十四巻」の作成を命ず。（注九）参照

四月、従来の倭風の髪型、垂髪などを禁止（中国風に髪を結い上げることを指示）。親王以下の服装も衣冠などを禁止。女子の馬の横乗りを禁止。（注十）参照

越国の蝦夷が俘囚七十戸を一郡としたいと願い出、それを認める。

五月、倭漢直等に連の姓を下賜。倭漢直等の一同が揃ってお礼のために集まり拝朝。

六月、高麗が朝貢。

六月六日をもって男子の髪の結い上げを始める。漆紗冠《しつしゃかん》の着用を義務化。（注十一）参照

殖栗王死去。

七月、隼人が大勢で方物を献上。多禰人、掖玖人、阿麻彌人に物を与え、隼人には宴を催す。

八月、禮儀言語の狀を定めた。（注十二）参照

日高皇女、またの名は新家《にひのみ》皇女（この時三歳？）が病気になったからと、百九十八人に特赦を与え、百四十余人を出家させた。（注十三）参照

九月、跪禮と匍匐禮の禁止。（注十四）参照

六八三	
	一月、「治世が良い時には瑞祥が現れる。天武天皇の世には次々に瑞祥が現れる。目出度いのでともに喜びたい」としてものを与え、恩赦を行う。そして「小墾田の儛」や三韓の楽を催した。 二月、大津皇子（二十一歳）が初めて朝政に参加。 三月、僧正、僧都、律師を置く。 四月、銀銭の使用を禁じ、銅銭の使用を命ずる。 六月、高坂王死去。 七月、天武天皇が病臥中の鏡姫王を見舞う。翌日死去。（注十五）参照 九月、倭直、栗隈首、水取造、矢田部造、藤原部造、刑部造、福草部造、凡河内直、川内漢直、物部首、山背直、葛城直、殿服部造、門部直、錦織造、縵造、鳥取造、來目舍人造、檜隈舍人造、大狛造、秦造、川瀬舍人造、倭馬飼造、川内馬飼造、黄文造、薦集造、勾筥作造、石上部造、財日奉造、泥部造、穴穗部造、白髮部造、忍海造、羽束造、文首、小泊瀬造、百濟造、語造の三十八氏に連の姓を与える。 十月、三宅吉士、草壁吉士、伯耆造、船史、壹伎史、娑羅々馬飼造、菟野馬飼造、吉野首、紀酒人直、采女造、阿直史、高市縣主、磯城縣主、鏡作造の十四氏に連の姓を与える。 十一月、諸国に陣法（諸葛孔明流や孫子流であろう）を習わせる（後の持統朝では陣法博士を派遣している）。新羅が朝貢。

十二月、国内諸国の境界を定める作業に着手。都城、宮室は二、三用意するとして、難波に都を造ろうと考える。

六八四

一月、三野縣主、内蔵衣縫造《くらのきぬぬひ》に連の姓を下賜。

二月、陰陽師を含む調査団を畿内に派遣し、都建設の適地を調査。別に信濃国でも適地調査を実施。

三月、天武天皇が飛鳥周辺を巡り、都建設の地を決定。

四月、恩赦。高向臣麻呂を大使とし、都努臣牛甘を小使として新羅に派遣。閏四月、軍事の大切さを説き、文武官に対し、武器を持ち、馬に乗ることを覚えよと命じた。（注十六）参照
また、中国風の服装などに関する詔を出した。

信濃国調査団から地図が提出された。

五月、帰化を願った百済の僧尼など二十三人を武蔵国に置いた。三輪引田君難波麻呂を大使とし、桑原連人足を小使として高麗に派遣。

十月、八色の姓を制定。内容は、真人、朝臣、宿禰、忌寸《いみき》、道師、臣、連、稲《いな》置《き》。そして、守山公、路公、高橋公、三國公、當麻公、茨城公、丹比公、猪名公、坂田公、羽田公、息長公、酒人公、山道公の姓を真人とする。伊勢王を派遣して諸国の境界を定める。縣犬養連手繦《たすき》を大使とし、川原連加尼《かね》を小使として耽羅に派遣。

大地震が起きる。（東南海大地震？）

十一月、大三輪君、大春日臣、阿倍臣、巨勢臣、膳臣、紀臣、波多臣、物部連、平群臣、雀部臣、中臣連、大宅臣、栗田臣、石川臣、櫻井臣、采女臣、田中臣、小墾田臣、穂積臣、山背臣、鴨君、小野臣、川邊臣、櫟井臣、柿本臣、輕部臣、若櫻部臣、岸田臣、高向臣、宍人臣、來目臣、犬上君、上毛野君、角臣、星川臣、多臣、胸方君、車持君、綾君、下道臣、伊賀臣、阿閉臣、林臣、波彌臣、下毛野君、佐味君、道守臣、大野君、坂本臣、池田君、玉手臣、笠臣の五十二氏に朝臣の姓を与える。（注十七）参照

伊賀、伊勢、美濃、尾張の四か国に対しては、調の年には役を、役の年には調を免除すると決定。（注十八）参照

十二月、大伴連、佐伯連、阿曇連、忌部連、尾張連、倉連、中臣酒人連、土師連、掃部連、境部連、櫻井田部連、伊福部連、巫部連、忍壁連、草壁連、三宅連、兒部連、手繦丹比連、靫丹比連、漆部連、大湯人連、若湯人連、弓削連、神服部連、額田部連、津守連、縣犬養連、稚犬養連、玉祖連、新田部連、倭文《しつおり》連、氷連、凡海《おほしあま》連、山部連、矢集《やつめ》連、狭井連、爪工《はたくみ》連、阿刀連、茨田連、田目連、少子部連、菟道連、小治田連、猪使連、海犬養連、間人連、舂米《つきよね》連、美濃矢集連、諸會臣、布留連の五十氏に宿禰の姓を賜う。

唐に留学していた学生、土師宿禰甥《おひ》、白猪史寶然《ほね》および百済の役（～白村江の戦）の際に唐の捕虜となっていた猪使《ゐつかひ》連子首と筑紫三宅連得許《とくこ》が新羅経由で帰国してきた。新羅が筑紫まで送り届けた。

六八五	
	一月、爵位の名を改め、階級を増やす。草壁皇子尊に浄廣壹位を、大津皇子に浄大貳位を、高市皇子に浄廣貳位を授けた。（注十九）参照 二月、唐人、百済人、高麗人の百四十七人に爵位を与える。 四月、牟婁の湯がとまる。 五月、高向朝臣麻呂、都努朝臣牛飼らが新羅より戻る。六月、大倭連・葛城連・凡川內連・山背連・難波連・紀酒人連・倭漢連・河内漢連・秦連・大隅直・書連の十一氏に忌寸《いみき》の姓を下賜。 六月、朝服の色を制定。 九月、皇太子以下忍壁皇子までに布を下賜。宮處王、廣瀬王、難波王、竹田王、彌努王を京及び畿内に派遣して人々の持つ武器を調査。都努朝臣牛飼を東海使者とし、石川朝臣蟲名を東山使者とし、佐味朝臣少麻呂を山陽使者とし、巨勢朝臣粟持を山陰使者とし、路眞人迹見を南海使者とし、佐伯宿禰廣足を筑紫使者とし、各判官一人と史一人を付け、國司、郡司および百姓の状況を巡察させる。 宮處王、難波王、竹田王、三國眞人友足、縣犬養宿禰大侶、大伴宿禰御行、境部宿禰石積、多朝臣品治、采女朝臣竹羅、藤原朝臣大嶋の十人に御衣袴を下賜。翌日には、皇太子以下諸王卿四十八人に羆皮《くまかわ》山羊皮《かましし》を下賜。（注二十）参照 天武天皇発病。 十月、輕部朝臣足瀬《たるせ》、高田首新家《にひのみ》・荒田尾連麻呂を信濃に派遣し、行宮を造らせる。

	泊瀬王、巨勢朝臣馬飼ほか判官合わせて二十人を畿内の役《えだち》に派遣。伊勢王等を東国に派遣。 十一月、鐵《くろがね》一萬斤を周芳（周防）の総領に送る。絁百匹、絲百斤、布三百端、庸布四百常、鐵一萬斤、箭竹二千連を筑紫大宰の依頼を受け送る。 大角、小角、鼓、吹、幡旗、および弩《おおゆみ》と抛《いしはじき》などの軍団用装備品の個人所有を禁ずる詔を諸国に出した。 新羅が使者を派遣し、政策の打ち合わせをする。 十二月、筑紫に派遣した防人が漂流してしまい衣服を失ったので、衣服用に筑紫に布を送る。 皇后の命として、王卿等五十五人に朝服一揃いを下賜。
六八六（朱鳥元年）	一月、新年の宴に臨んで天武天皇が諸王卿に無端事（ヒントなし）の問題を出し、答えさせた。高市皇子と伊勢王が正解し、褒美を得た。諸王卿、博士、才人、陰陽師、医師などに物を下賜。 真庭の大蔵省から出火して宮が兵庫職を残して全焼。 四月、新羅の朝貢品が筑紫より届く。 大赦。獄舎が空になった。 六月、一月以来たびたびの宴の開催、物の下賜、爵位の下賜、封戸の加増を行ってきたが天武天皇は病を得た。卜占の示す所は、草薙剣の祟りであった。即日草薙剣を尾張国の熱田社に戻し送る。（注二十一）参照

伊勢王たちを飛鳥寺に派遣して病気平癒を祈願。四寺の主だったものなどに物を下賜。さらに百官を川原寺に派遣して燃燈供養。法忍僧と義照僧に加増。

七月、僧正、僧都らを宮中に呼び、悔過《くゑくわ》を行わせる。諸国に大祓をさせる。百人の僧を宮中に集め、金光明経を読ませる。民部省の蔵が火事。

政務を皇后と皇太子に任せると天武天皇が言う。

大赦を実施。

天武十四年（六八五）以前の借金については公私に限らず免除させる。

天武天皇の病気平癒を願い、改めて朱鳥元年と言うことにする。

七十人を出家させる。

諸王臣が天武天皇のために観世音像を造り、大官大寺で観世音経を読む。

八月、八十人を出家させる。

神祇に祈る。秦忌寸石勝を派遣して土佐大神に幣を奉る。

皇太子、大津皇子、高市皇子に四百戸を加増。河嶋皇子と忍壁皇子に百戸を加増。

芝基皇子と磯城皇子に二百戸を加増。檜隈寺、大窪寺、軽寺に百戸を三十年限りで加増。巨勢寺に二百戸を加増。

九月、親王以下諸臣が悉く川原寺に集まって病気平癒の誓願をする。

九月九日、天武天皇死去。殯宮を建てる。皇后の称制開始。

十月、大津の皇子の謀反が発覚。（注二十二）参照

		加担した、八口朝臣音橿《おとかし》、壹伎連博德、中臣朝臣臣麻呂、巨勢朝臣多益須《たやす》、新羅沙門行心および帳内《とねり》礪杵道作《ときのみちつくり》ら三十余人を捕える。発覚の翌日に大津皇子に死を賜る。妃の山邊皇女が髪を乱して走り寄り一緒に死ぬ。 「大津皇子は既に死んだ。騙されて加担したものたちは皆許せ。礪杵道作だけは伊豆に流せ」と詔。（注二十三）参照 十一月、伊勢斎王、大來皇女が伊勢から都に戻る。 十二月、故天武天皇のために大官寺、飛鳥寺、川原寺、小墾田豊浦寺、坂田寺で無遮大會を執り行う。（注二十四） 閏十二月、筑紫から百済、新羅、高麗からの帰化のもの六十二人を献上してきた。 （高麗とは高句麗遺民の報徳国のことだろう）
六八七	持統元年	一月、繰り返し殯宮へ皇太子他が参る。 田中朝臣法麻呂と守君苅田等を新羅に派遣し、天武天皇崩御を知らせる。 三月、帰化してきた高麗人五十六人を常陸国に住まわせる。帰化した新羅人十四人を下毛国に住まわせる。 四月、筑紫から新たに帰化した新羅人二十二人を送ってくる。これらを武蔵国に住まわせる。 六月、大赦。

	七月、「天武十四年（六八五）以前の借金に関し利子をとってはならない。もし労役で支払っている場合にはその労役分を利子に当てることをしてはならない」と詔を出す。（注二十五）参照 八月、殯宮に供え物をする。 天皇が藤原朝臣大嶋と黄書連大伴に命じて、三百人の高僧を飛鳥寺に集めさせ、袈裟を奉らせた。そして「この袈裟は天武天皇の御服を縫い直して作ったものだ」と言った。 九月、新羅が王子、金霜林、金薩慕、金仁述、蘇陽信を派遣し、国情を報告し、貢物を奉った。筑紫についた際、筑紫大宰が天武天皇崩御を知らせると、使者たちは哀悼の意を表した。 十月、天武天皇の大内陵を造り始める。
六八八	一月、薬師寺にて天武天皇のために無遮大會を執り行う。 二月、國忌日《はてのひ》（天皇の命日）は毎年、齋をせよと詔を出す。 五月、百済の敬須徳那利を甲斐国に移す。 六月、「死刑は刑一等を減ぜよ。軽い罪のものは放免せよ。全国の民のこの年の調賦を半分にせよ」を詔を出した。 八月、伊勢王をして葬儀の予定を発表させる。 十一月、皇太子以下、外国の使者も伴って殯宮に集まり、それぞれ誄を奉る。楯節儛《たふしのまひ》（楯臥儛）を演じ、蝦夷の誄も騰極《ひつぎ》を陳べる誄も奉る。その後大内陵に葬る。

六八九	
	一月、二年間停止していた元日の朝拝を復活。二日に大学寮が卯杖八十を献上。（注二十六）参照 新羅に派遣した使者、田中朝臣法麻呂等が帰国。筑紫大宰、粟田真人朝臣等が隼人百七十四人などを献上。天皇が吉野に三日間行幸。 二月、年限が満ちた防人は交代させよと詔を出す。 三月、大赦。 四月、帰化した新羅人を下毛国に住まわせる。 十三日に、皇太子、草壁皇子尊死去。（注二十七）参照 新羅が天武天皇を弔うために金道那等を派遣してきた。 五月、金道那の許に土師宿禰麻呂を派遣して新羅の不埒な振る舞いに対する詔を伝える。（注二十七）参照 八月、天皇の吉野行幸。 閏八月、戸籍の作成、成年の四人に一人を兵士とすることを諸国に指示。 河内王を筑紫大宰帥に任ずる。 九月、石上朝臣麻呂と石川朝臣蟲名等を筑紫に派遣し位記を届けさせる。また新城を検分させる。 十月、天皇が高安城に出向く。 下毛野朝臣子麻呂とその奴婢、陸百足《むももたり》を免罪。 十一月、高田首石成が三種の武芸に秀でているのを賞す。

十二月、雙六《すごろく》の禁止。（注二十八）参照

六九〇

一月、忌部宿禰色夫知《しこぶち》が皇后に、神璽である劒と鏡を奉る。皇后が即位する。（注二十九）

即位の祝宴。大赦。貧窮のものに稲を与え調役を免除。

二月、掖上で公卿大夫の馬を観る。

新羅から五十人が帰化。そのうち十二人を武蔵国に居住させる。

四月、百官のものにその勤務期間、功労などにより冠位を下賜。

五月、吉野に行幸。

百済から二十一人が帰化。位あるものを召し出し、姓と年齢を言わせる。

七月、高市皇子を太政大臣とする。丹比嶋真人を右大臣にし、地方官の大異動を実施。

宮での相対的身分間における礼法を規定。

死去した皇太子のために多くの僧に奉施。

八月、吉野に行幸。帰化した新羅人を下毛国に住まわせる。

九月、紀伊国を巡幸するので、この年の京師の田租、口賦（人頭税）を取らぬと詔を出す。この月に紀伊國巡幸を実施。

十月、吉野に行幸。

		大伴部博麻が、斉明天皇七年に唐の捕虜となってから、身を売って金を作り土師連富杼、氷連老、筑紫君薩夜麻、弓削連元寶の四人を帰国させ、三十年唐で苦労したことを褒め、褒美を与えた。 高市皇子が藤原京の土地を検分。 十一月、元嘉暦と儀鳳歴を初めて使用。 十二月、吉野へ行幸。天皇が藤原京の土地を自ら検分。
六九一		一月、高市皇子、穂積皇子、河嶋皇子、右大臣丹比嶋真人、百済王禅廣、布施御主人朝臣、大伴御行宿禰に加封。 筑紫史益の筑紫大宰府での二十九年の勤務に対して加封。 天皇が吉野に行幸。 四月、天皇が吉野に行幸。 六月、度を越した長雨に、公卿、百寮人に禁酒を命じる。四月からの雨続きに、大赦。 七月、天皇が吉野に行幸。伊豫国が白銀を献上。 八月、大三輪、雀部、石上、藤原、石川、巨勢、膳部、春日、上毛野、大伴、紀伊、平群、羽田、阿倍、佐伯、采女、穂積、阿曇の十八氏に命じて、祖の墓記等を提出させる。 九月、河嶋皇子死去。 十月、天皇が吉野に行幸。 新益京（浄御原京を東北に拡大した藤原京のこと）の地鎮祭。 十一月、戊辰に大嘗。天神壽詞と宴。

位により与える宅地の広さを定める。

六九二		一月、高市皇子に加封。 天皇が新益京の大路を検分。天皇が（葛城の）高宮に行幸。 二月、天皇が、三月三日に伊勢に行幸するので準備せよと指示。中納言大三輪朝臣高市麻呂がその行幸は農繁期なので止めた方が良いと奏上。 三月、廣瀬王、當摩真人智徳、紀朝臣弓張等を留守官に任命。大三輪朝臣高市麻呂が冠を脱いで捧げ持って（進退をかけた様子）行幸中止を進言。天皇はそれを聞き入れずに伊勢行幸を実施。通過した神郡、伊賀、伊勢、志摩の国司に冠位を下賜。大赦を実施。 五月、吉野に行幸。 難波王を派遣して藤原京の宮地の地鎮祭を行う。 筑紫大宰率、河内王に、かつて唐の郭務悰が天智天皇のために造った阿彌陀像を送るように命ず。 六月、天皇が藤原京を検分。 七月、大赦を実施。 天皇が吉野に行幸。 八月、大赦を実施。 十月、天皇が吉野に行幸。 十一月、新羅が朝貢。 十二月、新羅の調を伊勢、住吉、紀伊、大倭、菟名足の五社に奉る。

六九三		一月、高市皇子を浄廣壹、長皇子と弓削皇子を浄廣貳とする。 百済王善光を正廣参とする。 漢人等が踏歌を奉る。 二月、新羅の使者が新羅王（神文王）の喪を知らせる。造京師、衣縫王等に（工事中に）掘り出した屍を収容せよと命ず。 三月、天皇が吉野に行幸。 全国に、桑、紵、梨、栗、蕪菁など植えることを勧める。 五月、天皇が吉野に行幸。 七月、天皇が吉野に行幸。 八月、天皇が藤原京を視察。また、吉野に行幸。 九月、天皇が多武嶺に行幸。 九月十日に浄御原天皇（天武天皇）の命日（九月九日）として無遮大會（天皇が施主となる大法会）を内裏に開く。 十月、「今年から親王以下進位までのものの所有する武器を調べる。浄冠から直冠までは、甲一領、大刀一口、弓一張、矢一具、鞆一枚、鞍馬を、勤冠から進冠までは、大刀一口、弓一張、矢一具、鞆一枚をあらかじめ用意しておくように」と詔を出す。仁王経を初めて講じた。（注三十）参照 十一月、天皇が吉野に行幸。 十二月、陣法博士を諸国に派遣し、軍事訓練を実施。

六九四		一月、漢人が踏歌（十七日）。唐人が踏歌（十九日）。 天皇が藤原宮訪問。 天皇が吉野に行幸。 四月、天皇が吉野に行幸。 五月、諸国に金光明経を送り、毎年一月の上弦の日に読むことを指示。 七月、巡察使を諸国に派遣。 八月、飛鳥皇女のために百四人を出家させた。 九月、天皇が吉野に行幸。三野王を筑紫大宰率に任命。 十一月、大赦。 十二月、藤原宮に遷る。
六九五		一月、舎人皇子を浄廣貮とする。 閏二月、天皇が吉野に行幸。 三月、新羅が遣使及び朝貢。天皇が吉野に行幸。 五月、隼人の相撲を見物。 六月、天皇が吉野に行幸。 八月、天皇が吉野に行幸。 九月、小野朝臣毛野、伊吉連博徳等を新羅に派遣。 十月、菟田の吉隠《よなばり》に行幸。 十二月、天皇が吉野に行幸。

六九六		二月、天皇が吉野に行幸。 三月、二槻宮に行幸。渡の嶋の蝦夷、伊奈理武志と粛慎の志良守叡草《えそう》に物を賜う。 四月、伊豫国の物部薬と肥後国の壬生諸石を追大貳とする。長期間唐に抑留された労をねぎらう。 天皇が吉野に行幸。 六月、天皇が吉野に行幸。 七月、後皇子尊（高市皇子）死去。 十二月、金光明経を読ませる。
六九七		二月、當麻真人国見を東宮大傅《おほきかしづき》に任ず。路真人跡見を春宮大夫に任ず。 三月、春宮で無遮大會。 四月、天皇が吉野に行幸。 六月、天皇が病になる。公卿、百寮が病気平癒を祈願して仏像を造る。 八月、皇太子に譲位。（注三十一）参照 藤原宮子を夫人に、紀竈門娘と石川刀子娘を妃に。 十月、新羅の使者来朝。
六九八		一月、新羅朝貢使拝賀。 二月、天皇が宇智郡に行幸。 三月、因幡国が銅を献上。 五月、大野城、基肄城、鞠智城の修理を大宰府に命ず。

		八月、藤原朝臣の姓を下賜。不比等にこれを承けしむ。ただし、意美麻呂等は旧姓に戻す。 高安城の修理。 当耆皇女を伊勢の斎宮に送る。 十月、薬師寺の構作ほぼ終了。 十一月、大嘗。
六九九		一月、難波宮に行幸。 坂合部女王が死去。 四月、越後国の蝦夷百六人に爵を賜る。 五月、役君小角を伊豆嶋に流す。 六月、日向王が死去。春日王が死去。 七月、弓削皇子が死去。 九月、高安城を修理。新田部皇女が死去。 十月、大赦。 十二月、大江皇女が死去。 三野城と稲積城の修理を大宰府に命ず。 鋳銭司を設置し、その長官に中臣朝臣意美麻呂を任命。

七〇〇		二月、磐舟柵を修理。 東山道に巡察使を派遣。 王臣と京畿に武器を供えさせる。 三月、道照和尚が死去、はじめて火葬を行う。 諸王臣に大宝律令の令文を読ませる。また律文を作る。 諸国に牧地を選定させ、馬を放たせる。 四月、明日香皇女が死去。 五月、佐伯宿禰麻呂を大使とし、佐味朝臣賀佐麻呂を小使として新羅に派遣。 六月、刑部親王、藤原朝臣不比等、粟田朝臣真人、下毛野朝臣古麻呂、伊岐連博得、伊余部連馬養、薩弘恪、土部宿禰甥、坂合部宿禰唐、白猪史骨、黄文連備、田辺史百枝、道君首名、狭井宿禰尺麻呂。追大壱鍜造大角。進大壱額田部連林。進大弐田辺史首名、山口伊美伎大麻呂、直広肆調伊美伎老人等に勅して律令を選定させる。（藤原不比等が含まれているのは持統天皇が不比等であることを隠すためと思われる） 八月、大赦。 十月、波多朝臣牟後閇を周防の総領に、上毛野朝臣小足を吉備の総領に、百済王遠宝を常陸守に任ず。 周防国に使いを派遣し、船を造らせる。
七〇一	長安元年	一月、粟田朝臣真人を遣唐執節使とし、高橋朝臣笠間を大使とし、坂合部宿禰大分を副使として唐に派遣。

二月、泉内親王を伊勢の斎宮に送る。

天皇が吉野に行幸。

凡海宿禰麁鎌を陸奥冶金に派遣。

大宝元年と改元。

五月、遣唐使に節刀を与える。

六月、七道に使いを送り、新しい令によって政を行うように指示。

太政天皇が吉野に行幸。

八月、律令選定が初めて終わる。浄御原朝廷のものに大体同じて若干修正したもの。

明法博士を六道に派遣し、新しい令を説明させる。

高安城を廃する。

九月天皇が紀伊国（牟婁温泉）に行幸。

十二月、大伯内親王（天武天皇の皇女）が死去。

この年に、夫人藤原氏が皇子を産む。

（『新唐書』に「長安元年　其王文武立　改元曰太寶」とあり、文武天皇即位はこの年のこととする。）

縣犬養（橘）三千代が藤原不比等（總持天皇）の後妻となる。


（壬申の乱の詳細年表は『太安万侶の暗号（七）～漢家本朝（下）壬申の乱そして漢家本朝の完成～』にあるので参照願いたい）

（注一）十市皇女と阿閉皇女とが天武天皇四年に伊勢神宮に参拝したのを『日本古典文學大系　日本書紀』（岩波書店）の頭注では「壬申の乱の際の神宮の協力に対する報賽の意味を持つものであろう」としているが大海（人）皇子は桑名から伊勢方面を見ただけで何かを祈ったわけでも願ったわけでもない。伊勢神宮と結び付けようとのこじつけであろう。
　大來皇女を伊勢斎王としたのも古来の習慣であって天武朝に始まったことではない。

（注二）六七五年十月に筑紫から三十人の唐人が送られてきた。これを『日本古典文學大系　日本書紀』（岩波書店）の頭注では「入朝時不明」と書いている。唐からの使者であれば筑紫から送られてきた彼らをすぐに遠江国に移すわけがない。また唐は白村江の戦での戦勝国である。敗戦国の倭国に帰化するものが出る可能性は低いはずだ。これらの唐人は筑紫都督府に進駐してきた唐人の一部であり、新羅と唐の戦争状態と、吐蕃と唐の状況から好機到来と筑紫都督府を日本軍が攻撃した際に捉えた捕虜であろう。六七六年に朝鮮半島の熊津都督府と安東都護府を遼東に移転させたのとおおよそ同時期に筑紫都督府からも唐が撤退したとみるべきである。

（注三）例年朝貢してくる新羅に使いを送ることは異例である。六七五年に新羅が唐軍への攻撃を再開する時にも異例の使いを送っていることから見て、六七六年の使いは唐軍を破り、熊津都督府と安東都護府の移転（撤退）と筑紫都督府の撤退成功を両国で賀したのであろう。そして新羅から金清平が派遣されてきて「政を請うた」のも唐への対応の協議であったと考えるべきだろう。

（注四）東漢氏、すなわち倭漢氏の七つの大罪であるが日本書紀には内容が記述されていない。東漢駒による崇峻天皇暗殺、山背大兄王他上宮家一族殺害、蘇我赤兄による有馬皇子の謀反捏造などを言っているのだろう。

（注五）十市皇女は天武天皇の娘であるが、その夫は天智天皇の子であり、太政大臣となって皇位を継ごうとした大友皇子であり、壬申の乱で天武天皇（当時の大海〈人〉皇子）が滅ぼそうとした相手だった。北魏の皇統につながる渡来人であり、厚く道教を信じる天武天皇としては元々日本の天神地祇を敬う気持ちなどなく、十市皇女の急死を理由にしたに過ぎないように思える。

（注六）天武天皇に従って吉野に行った皇子は、草壁皇子尊、大津皇子、高市皇子、河嶋皇子、忍壁皇子、芝基皇子の六人である。天武天皇が「朕、汝らと倶に庭に誓いて、千歳の後に、事なからしめんと欲す。いかに」と呼びかける。すなわち、ようやく手にした倭国（日本）の政権、朝廷をこの天武の一族、つまり北魏の皇帝の子孫が千年先までも維持掌握し、安泰にさせる誓いを立てようと呼びかけたのである。一同は同意し、草壁皇子が、「我ら兄弟合計十人余は異腹ではあるが、同腹、異腹の区別なく天武天皇の勅に従って力を合わせていく」と誓った。続いて各皇子が同様に誓った。そして天武天皇が、「お前たちはそれぞれ腹が異なるが同腹のように取り扱う」と誓い、六人の皇子を抱き寄せた。皇后も同様に誓いを立てた。この『日本書紀』の記述は大きな改変がなされた結果のようである。本文中で議論したので参照願いたい。

（注七）六七九年五月の吉野行幸における六皇子の誓約や吉野会議においての国家運営方針に基づき日本（旧倭国）の国境を視察、調査するために大部隊を筑紫の島南方域に派遣したものと考える。

（注八）阿倍夫人が誰を指すのかが不明なのだが、草壁皇子の立太子に続いての記述なので草壁皇子の妃の安倍皇女（阿陪皇女、天智天皇の娘）のことではないか。天武以降聖武までの皇統は改竄が激しく真実が分かりにくい。『日本古典文學大系　日本書紀』（岩波書店）の頭注では「天智天皇の嬪、安倍倉梯麻呂の女橘娘か」と根拠に言及なく記している。

（注九）『釈日本紀』では私記の引用として、
「私記曰師説此書今在図書寮但其字躰頗似梵字未詳其字義所准拠乎」

とある。北魏は中国北方の草原の遊牧民である鮮卑族の氏族たる拓跋部の国であった。元々は古チュルク文字またはソグド文字を使っていたのではないだろうか。モンゴル文字の系統とも言えよう。いずれも梵字に似た形態を持つ。

（注十）倭国（日本）では馬に乗る女子は少なかったはずで、乗る場合も横乗りであったようだ。これを馬に跨る乗り方に改めさせたもの。北魏を構成した拓跋部は騎馬民族であり、男女とも馬を駆って草原を行き来した。日常の乗り物なるがゆえに女子といえども男子と同じように騎乗したのだろう。

（注十一）漆紗冠は絹紗を用いて作った紗帽に漆をかけたもの。『日本古典文學大系　日本書紀』（岩波書店）の頭注には「唐の沙帽の制をひくもの」とあるが、沙帽は中国では四世紀から存在し、上下に関わらず着用されてきている。唐の制度をまねたと特定することができるのか疑問。

そもそも遣唐使は、六三〇年の犬上御田耜の派遣が最初である。犬上御田耜の帰国時に倭国に来た唐の高表仁と倭国の太子（恐らくは蘇我入鹿）との言い争いから高表仁は表も奉呈せずに帰国し、以降六五三年（白雉四年）の遣唐使までの間三十年以上唐との間に交渉はない。したがって唐文化は倭国にもたらしようがなかった。この六五三年（白雉四年）の遣唐使は翌六五四年に唐から戻り、文書や宝物を持ち帰った。

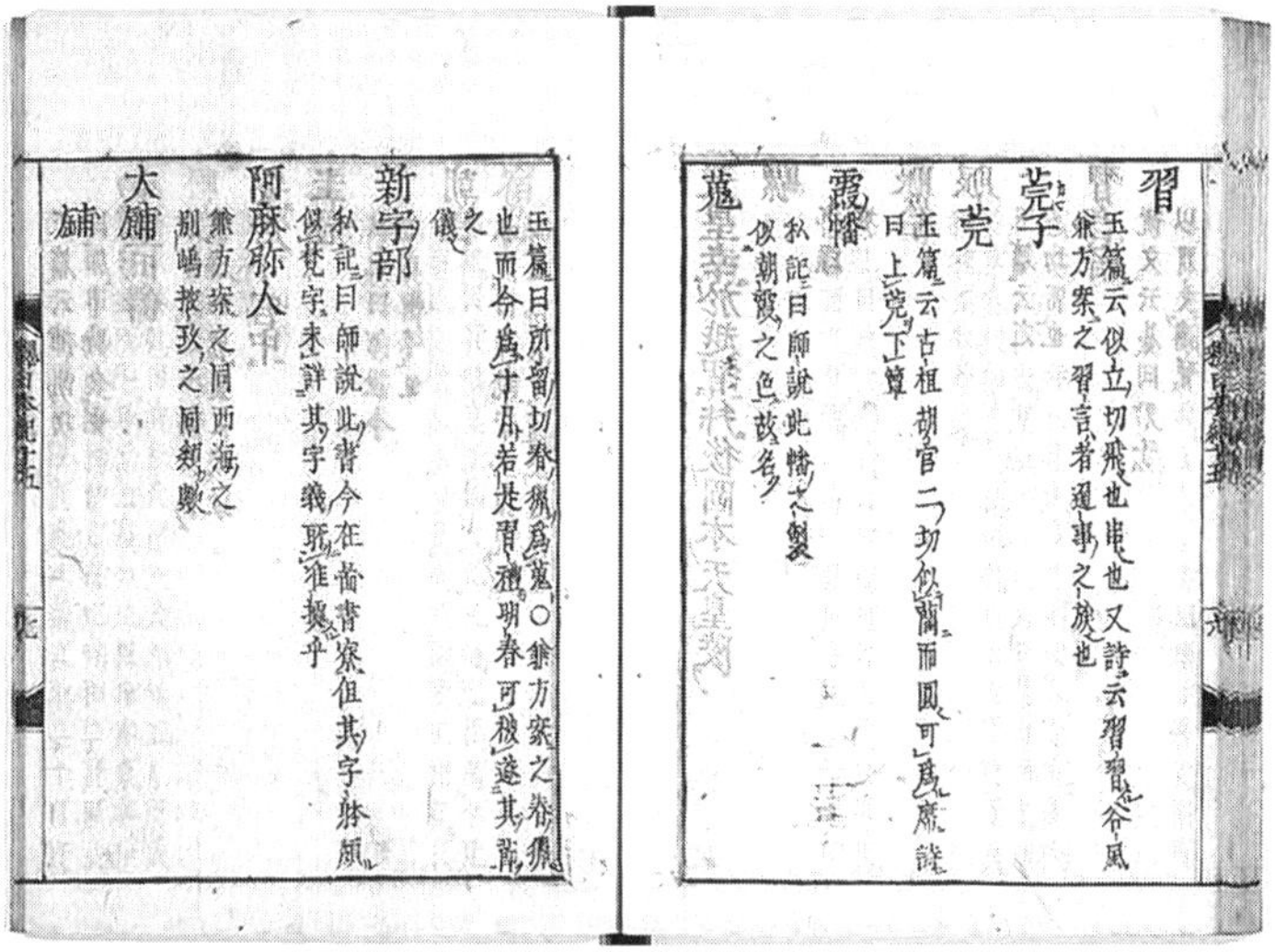

習
玉篇云似立切飛也鳥也又詩云習習谷風
兼方案之習言者還事之旅也
莞字
莞
玉篇云古桓胡官二切似藺而圓可為席詩
曰上莞下簟
霞幡
私記曰師説此幡之製
似朝霞之色故名
蔥

玉篇曰所留切春獵為蒐○兼方案之春獵
也而今為十月若是習禮明春可被遂其禮
之儀
新字部
私記曰師説此書今在圖書寮但其字体頗
似梵字未詳其字義所准據乎
阿麻弥人
兼方案之同西海之
耽嶋掖玖之同類歟
大餔
餔

『釈日本紀』の「新字部」の解説文

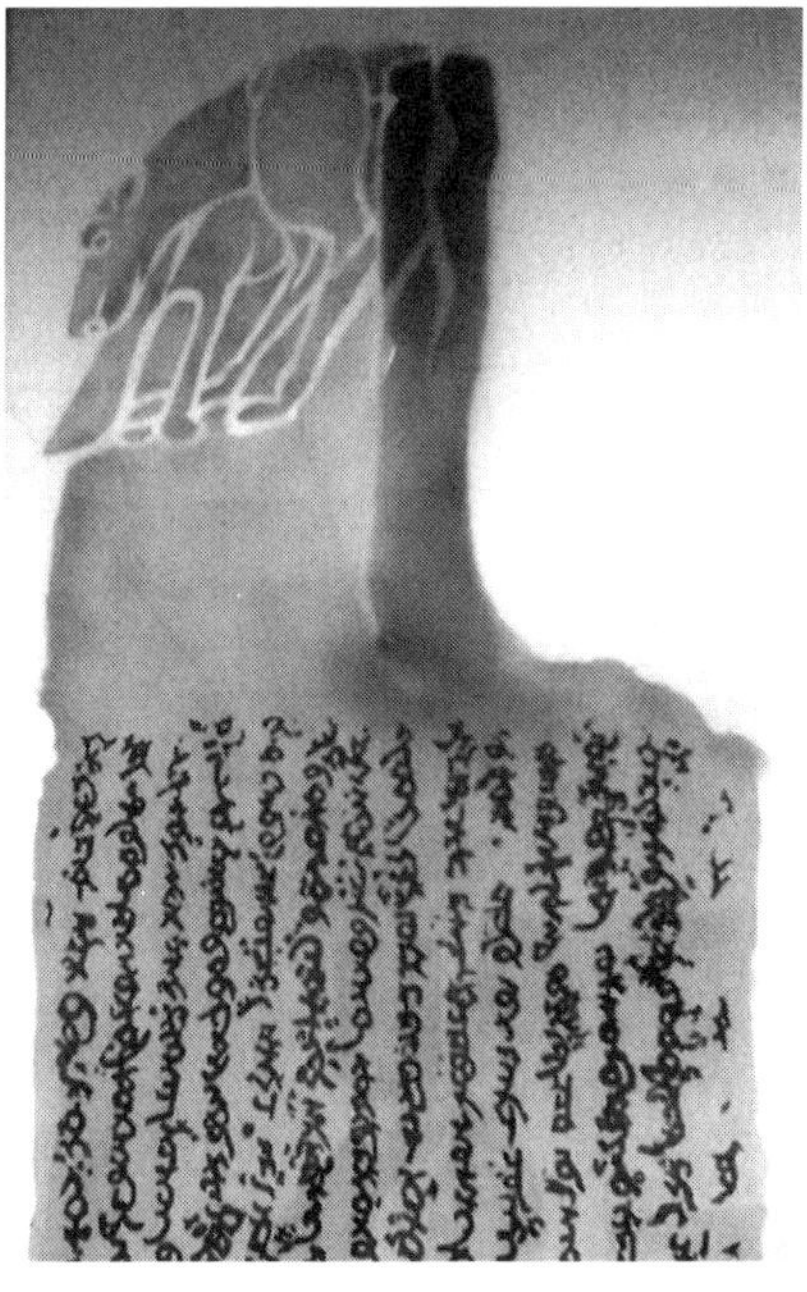

モンゴルで発見された
ソグド文字

六五四年の遣唐使と六五九年の遣唐使は唐が百済への侵攻を控えていたこともあり、情報漏えいを恐れた唐が遣唐使を隔離、軟禁した。これらの使者が帰国するのは白村江の戦で倭国が唐に敗北し、唐が筑紫に占領統治のための都督府を設置するに及んでのことである。すなわち唐での活動はできず、結果として文化的資料の持ち帰りなど不可能であったろう。また、六六五年の遣唐使とは、実は唐の高宗が泰山で行った封禅の儀に参加し、高宗の前に百済、新羅、高句麗の酋長（王）と共にひれ伏し、唐への服属を示すためのものだった。文化的使節などではない。さらに、六六九年の遣唐使とされるものは敗戦国倭国が唐の高句麗征討の祝賀のために派遣したものである。そして六七六年に新羅と共に、唐と対峙した倭国（日本）は唐の占領軍を筑紫都督府から追い返すことに成功する。勿論唐との関係は敵対関係であり遣唐使の派遣などできる状況にない。次に遣唐使を派遣するのは七〇一年というさらに三十二年後のことである。文化的な目的での遣唐使としては六五三年以来実に四十八年ぶりであった。その間の制度改革なり、文化的変化をすべて唐の模倣のように考えることは明らかな誤りであろう。北魏系の高向氏が渡来時から所有していた北魏の資料、習慣に基づいての変革とみるのが一番自然である。

（注十二）本文にて考察している。

（注十三）氷高皇女は天武天皇と菟野皇女との子である草壁皇子が阿陪皇女との間になした女であ

る。草壁皇子は天皇になっていないからその子は王、姫王とあるべきだが氷高皇女とある。その弟も珂瑠皇子とあり、王とはしていない。既存の注などでは、持統天皇や元明天皇に配慮して、とするものが多いが誤りであろう。皇女、皇子と使ったのは本当は草壁皇子の子ではないことを示しているのだと思う。皇子、皇女と呼ばれる天武天皇の子であればこそ、特赦を与え、多くを出家させてまで病気平癒を願ったのであろう。三歳くらいの子に対する扱いとしては異例であり、それは日高皇女や珂瑠皇子が皇統を継ぐべき身分の女性から生まれたことを示すものと思われる。

（注十四）跪禮は跪き、両手を地につく挨拶（礼）の仕方。魏志倭人の条にも記載がある倭国古来のものである。匍匐禮は脚をかがめ、両手をついての進退のことだろう。後世の膝行に相当するものか。いずれにせよ倭国古来の礼法を禁止した。恐らくは中国式の拝礼法に切り替えようとしたのであろう。遣唐使などによる唐との交流のない長期間の間に中国式への変化が起きている点に留意が必要であろう。

（注十五）興福寺縁起によれば鏡姫王は藤原鎌足の嫡室（正妻）。ただしその素性は不明。天武天皇が自ら藤原氏の女性の見舞いにその家まで出向いたことはこれ以外にない。以前から述べているように天智天皇（中大兄皇子）が藤原鎌足と倭人である寶皇女との間の子であるのに対して天武天皇（大海〈人〉皇子）は藤原鎌足と同じ高向氏の高位の女性との子である。状況からは、この鏡姫王こそ天武天皇の実母ではないかと考える。

（注十六）毎年朝貢の使者を送ってくる新羅に向け高向臣麻呂を大使とし、都努臣牛甘を小使としてとの正式な使者を逆に送るのは極めて異例であり、それには外交上の重要な打ち合わせの必要があったことがうかがわれる。さらに同じ六八四年には武官のみならず文官にも武器を持ち、馬に乗ることを求めている。新羅にも関係する軍事的緊張があったと考えるべきである。

さて、唐は六六〇年に百済を滅ぼし、六六八年には高句麗を滅ぼした。その夫々に熊津都督府及び安東都護府（現在の平壌市）を置いただけでなく、同盟を結び共に百済、高句麗攻めを行った新羅に対しても鶏林州都督府を置いて朝鮮半島全体の支配を意図した。これに反発した新羅は唐と戦い、六七六年に唐を朝鮮半島から撤退させることに成功した。そして旧百済の金馬渚（現在の全羅北道益山）に高句麗遺民を住まわせ、新羅の傀儡国を樹立する。六七〇年に作ったその国を報徳国と称した。六八三年にはその王、安勝に新羅王家と同じ金姓を与えてもいる。しかし六八四年十一月に、安勝の一族の大分将軍が反乱を起こした。高句麗遺民が新羅の官吏を殺害するなど大いに乱れたので神文王は軍をもってこれを鎮圧した。

この乱に乗じて唐が新羅攻略の軍を進める可能性があったので新羅が緊張し、日本は筑紫都督府から唐の占領軍を追い返した後でもあるので唐の出兵を心配した。そして両国が唐に対する方策の打ち合わせを必要としたのが使者の派遣の背景であり、またその情勢を受けて日本国内の武力増強が図られたのであろう。

なお、高句麗滅亡後も日本（倭国）に朝貢する高麗とはこの新羅の傀儡政権の報徳国のことである。

（注十七）「真人」の姓は継体朝以降の天皇の近親者の後裔で、従来「公」姓を称した氏族に与えられた。また「朝臣」の姓は、景行天皇以前の諸天皇の後裔と伝える皇別氏が多いとされているのだが、この「朝臣」姓を賜った五十二氏の中には高向氏、波多氏、多氏など中国系渡来氏族が紛れ込んでいる。倭国古来の氏族を装う目的だったのだろう。

（注十八）伊賀、伊勢、美濃、尾張の四か国に対する負担軽減措置の理由は不明である。『日本古典文學大系　日本書紀』（岩波書店）の頭注では、「この四国に対する優遇は、壬申の乱の関係によるものか」と根拠なく書いている。この年は六八四年で、壬申の乱（六七二年）から既に十二年が経過している。壬申の乱の貢献者に対する論功行賞は乱直後に行われているし、瑞祥を報告した地域にはその都度税の減免を含め優遇措置が取られている。したがってこの四か国に対する優遇を壬申の乱に結び付けるのは間違いと断じて良いと思われる。この六八四年には東南海地震と思われる超巨大地震が起こり、伊豆から四国の土佐に至る広範囲に甚大な被害を出した。また、十一月二十一日の夜には七星が一緒に東北に流れ落ちるとの怪しき徴が現れ、同月二十三日には「天文悉く乱れ、星墜ちること雨の如し」と形容する状態だった。さらに彗星が現れ、スバルと同様の動きを見せ月末に消えた。このような天象などを受け、式盤による卜占を行った結果としてこの四か国の取り扱いを変えたのではないだろうか。

もう一つは、この四か国が大和から見て直近の東国であるとの位置関係から見て、かつて列島全体を支配した日の本の国が攻勢を強めた可能性である。東北多賀に本拠を置く日の本の国側が新羅情勢や大和政権と唐との不穏な関係を見て好機と判断し、失地回復を図ったのかもしれない。

(注十九)六八一年二月二十五日に草壁皇子が立太子したと日本書紀は既述するが、六八四年一月二十一日に草壁皇子は浄廣壹位に叙せられている。この日定められた十二階は、明大壹、明廣壹、明大貳、明廣貳、浄大壹、浄廣壹、浄大貳、浄廣貳、浄大参、浄廣参、浄大肆、浄廣肆であり、草壁皇子が授かった位は、諸王以上の位というこの十二階の上から五番目のものである。元より太子であれば諸王の位に就くことも、しかも上から五番目の位に就くことなど考えられないであろう。真実は、草壁の皇子は太子となっていなかったと考えられる。

(注二十)『日本古典文學大系　日本書紀』(岩波書店)の頭注では「以上の賜物は十八日(前日)の博戯《はくぎ》に結果によるか」とあるが、勝負事の景品であれば負けた方が勝った方に何かを渡すのではないだろうか。また、先の十人の品の方が良く、皇太子と王卿という身分の高いものの方の品が低いのが気になるところである。

（注二十一）六八五年九月に一度病になった天武天皇は回復し、翌年、朱鳥元年との目出度い年号を定め、宴を度々開き、博戯に興じ、皆に物を下賜し、例年になく華やかに過ごしていたが、六八六年六月に急に病に倒れた。その原因を占うと、草薙剣の祟りと出た。すぐさま草薙剣を元あった熱田神宮に送り、納めた。

卜占を得意とする天武天皇には感じるところがあったのだろう。

草薙剣は三種（本当は二種のようだが）の神器の一つである。天孫降臨の時に天照大神から「同床同殿」の神勅を受けた神器である。それが正規の天照大神の系譜の天皇に祟るはずはないのである。ここで「祟った」とあるのはすなわち、天武天皇が漢家本朝という北魏系渡来氏族のものである、少なくとも天孫系ではないことを暗示している。

「同床同殿」の神勅が存在しながら草薙剣がなぜ熱田神宮にあったかについて略述する。天孫系の天皇が継承してきた天皇位を百済の王子が得て、崇神天皇となったが神器である内侍所（鏡）と草薙剣の祟りによってノイローゼになり、ついに神器を追い出してしまう。転々とした後伊勢の五十鈴川の川上の地に祀られることになるのだが、ヤマトタケルが東国に出向く際に倭姫から借り受けた。帰路立ち寄ったみやず姫の許に置いて鈴鹿の山中に入った。そしてその剣は熱田神宮に祀られることになったのである。

天武天皇が神器に祟られた様子は崇神天皇の場合と相似形である。

(注二十二) 大津皇子の謀反を告げたのは河嶋皇子だと言う。『懐風藻』に載る爵里の全文を「五・『日本書紀』『続日本紀』に見る主要な疑問点 (三) 吉野の六皇子の誓約の参加皇子」に引用しているので参照されたい。

『懐風藻』の著者であると思われる淡海三船はこの河嶋皇子の末であるが、河嶋皇子の態度、行いを潔しとしていない。なぜこのような行動をとったかは明らかではないが、中大兄皇子が蘇我赤兄を使って有間皇子の謀反をでっち上げたと同じように大津皇子を陥れたものがいたのではないか。私はその人物を藤原不比等だと見る。

従来の謀反に関する処置では加担したもののうち、主だったものは死罪や流罪になっていた。天武天皇が死去した直後の謀反に、大津皇子だけが死罪となり他のものが全員許されること自体が奇妙である。大津皇子を排除(殺害)することだけが目的だったと推定できる。妃の殉死も無実なのに罪を着せられて死なねばならぬ夫を見ての行動だと考えるほうが現実的に思える。

(注二十三) 謀反に加担したもの全員を許せという詔だが、その詔を出したものが明記されていない。当然称制中の皇后(菟野皇女)だと思わせる書き方だが、どうも違うようだ。天武天皇の時代の記述では「皇太子」との表現は多く使われているが、その皇太子が草壁皇子だと特定させる記述はほとんどない。

（注二十四）この場合は天武天皇死去の後の今で言う百か日の法要である。無遮大會とは本来天皇が施主となるものなのだがここも「皇后が」とは書いていない。

天武天皇の病気平癒の祈願などを見ればそのほとんどが仏式のものであり、神道系のものは殆ど見られない。倭国人ではなく、北魏系渡来氏族が天皇位をのっとったことがこの様子からも分かるだろう。

（注二十五）六八七年に「天武十四年（六八五）以前の借金は公私共にこれを免除する」との詔を出しているのでこの詔は整合性を欠く。

（注二十六）正月の卯の日に邪気を払うという杖を献上する中国の風習に沿って行われたもの。天武天皇となってからの儀式などの中国化が激しいことが分かる。卯杖《うづえ》は漢の時代に桃の枝で剛卯杖を作り鬼気を払い除いたとの故事に基づくものであり、その卯杖そのものについては『延喜式』（九二七年）の中の「左右兵衛式」に記述がある。

（注二十七）詔の内容は、「田中朝臣法麻呂を新羅に派遣して大行天皇（天武天皇）の喪について連絡したが、その時新羅は無礼なことを言った。すなわち、『新羅の勅を奉《うけたまわ》る人は、以前は蘇判の位（新羅の位階で十三階のうちの第三）との決まりであった。今その決まりに戻そうと考える』と言った。使者の田中朝臣法麻呂は直廣肆（四十八階中の第十六番目）だったので詔を読むこともできずに帰った。しかし以前のことを言うならば、孝徳天皇の喪を知らせた巨勢稲持の伝えた詔を金春秋（第二位）が承ったではないか。だから以前の決まりというものに合致しない。天智天皇の喪に新羅が派遣したのは一吉湌（十七階中第七位）金薩儒であったではないか。今回来た金道那は級湌（十七階中第九位）ではないか。言っていることが出鱈目である。また新羅は『我が国と、遠い祖先の時代から舳を並べて檝《かじ》を干さず』と言ってきたにもかかわらず今回は一艘だけの派遣ではないか。また『遠い昔から清明心を以て日本に仕えてきた』と言うが、忠誠心がなく本来なすべきことをしない。清明どころか、媚びることを要求する。したがって今回の調賦などは受け取らずに封をして新羅に差し戻す。心と態度を入れ替えるならば長い間の関係を考慮して日本は新羅をいつくしむであろう。かえって新羅王に良く説明せよ」というものである。

困ればにじり寄って助けを請い、恵を求め、相手に隙ありと知れば簡単に裏切り、攻撃する。そして助けの必要がないと思えば尊大な態度になる。これが新羅の振る舞いなのである。

（注二十八）「雙六」は盤双六のことであり、「双六」は絵双六のことで異なるもの。『日本古典文學大系　日本書紀』（岩波書店）の頭注では「唐から渡来した遊戯」とあるが一般的にこの書の頭注などの説明は、この時代のものがすべて唐から伝わったことに意図的にしたいという背景があるように感じられる。長い間遣唐使が途絶える時代に何もが唐伝来とする考え方には大きな難がある。『涅槃経』（五世紀に翻訳されたもの）では「波羅塞戯」と漢字表現されている。北魏では「握槊《あくさく》」と呼ばれていた。また南朝では「双陸」とも呼ばれた。唐以降は「双六」と呼ばれた。

『魏書』術芸列伝には、

「高祖時…趙国李幼序。洛陽丘何奴並工握槊。此蓋胡戯、近入中国云。胡王有弟一人遇罪、将殺之、弟従獄中為此戯以上之。意言孤則易死也。世宗以後、大盛於時。」

とあると言う。

（注二十九）まず忌部宿禰色夫知が皇后に奉った「神璽の劒鏡」であるが、『養老律令』の「神祇令」には、

「凡践祚之日。中臣奏天神之總詞。忌部上神璽之鏡剣。」

とあり、「神璽である劒と鏡」を奉るとなっている。つまり三種の神器ではなく二種である。しかし三輪大社に残る即位灌頂の資料からは、神璽、劒、鏡の三種があり、神璽は現皇室が持つ八尺瓊の勾玉ではなく、杖のようなものだったとされている。（『太安万侶の暗号（ゼロ）～日本の黎明、縄文ユートピア～』の中の「園田豪の『日本（日の本）の起源と文化考』の14．アワウの国の残照」の章でそれらを図示した上で、詳しく説明した。また何故本来の神璽が倭の王に伝えられなかったのかについては『太安万侶の暗号～日輪きらめく神代王朝

物語〜』で明らかにしている。さらに崇神天皇が劒と鏡を宮から追い出した状況は『太安万侶の暗号（二）〜神は我に祟らんとするか〜』で詳しく示した）

注意すべきは本物の劒と鏡は崇神天皇が異民族（百済人）だったがゆえに「同床同殿」の神勅があるにもかかわらずそれに耐えられずに宮から追い出してしまったことである。劒と鏡は倭姫によって各地を巡りそして遂にいすず川の上流に留まる。伊勢の内宮に祀られたのであるが、劒の方はヤマトタケルが借り出してその後熱田神宮に納められた。ではここで皇后に奉られた劒と鏡はいかなるものかだが、それらは崇神天皇が追い出した後作らせたレプリカ、つまり偽物である。レプリカなれば異民族の崇神天皇も同床同殿が問題なくできたのである。余談だが現在皇室に祀られる劒と鏡のうち鏡はこのレプリカが伝わったものであろう。しかし劒は平家滅亡の折に二位の局が安徳天皇と入水するに当たって重石として一緒に壇ノ浦に沈んでしまった。つまり劒はその後の制作になるものである。

さて皇后の即位であるが、これには疑念がある。

六八六年九月九日に、「天渟中原瀛眞人天皇崩、皇后臨朝稱制」と皇后称制の記述があるが、それ以降「皇后」の語は見えず、「天皇」との記述になっている。即位直前にも、即位前年の十月十一日の部分に「天皇幸高安城」とあり、「皇后」とは記されていない。天武天皇崩御後の「天皇」と記述されたものは「皇后」とは別人である可能性が高い。

さて『懐風藻』の「葛野王」に関する爵里から読み取れる莵野皇女の状況については「五．『日本書紀』『続日本紀』に見る主要な疑問点（一）天武天皇の皇后が持統天皇になったのか」

で考察したので参照されたい。

（注三十）仁王経は仁王般若経とも言われる。釈迦と舎衛国の波斯匿王との問答形式で書かれたもので、国王のあり方について説いている。天皇の践祚後に行う即位式、大嘗祭と共に一代一度の大仁王会（践祚仁王会）として開かれる。

（注三十一）日本書紀には珂瑠皇子の立太子のこともその時期も書いていない。また譲位した相手も皇太子とあるだけで名を書いていない。そしてその即位、すなわち文武天皇の即位は『新唐書　日本伝』では「長安元年　其王文武立　改元曰太寶」とあるから長安元年、すなわち七〇一年のことになっている。天武天皇から聖武天皇に至る皇統譜は大きく改変されているようである。

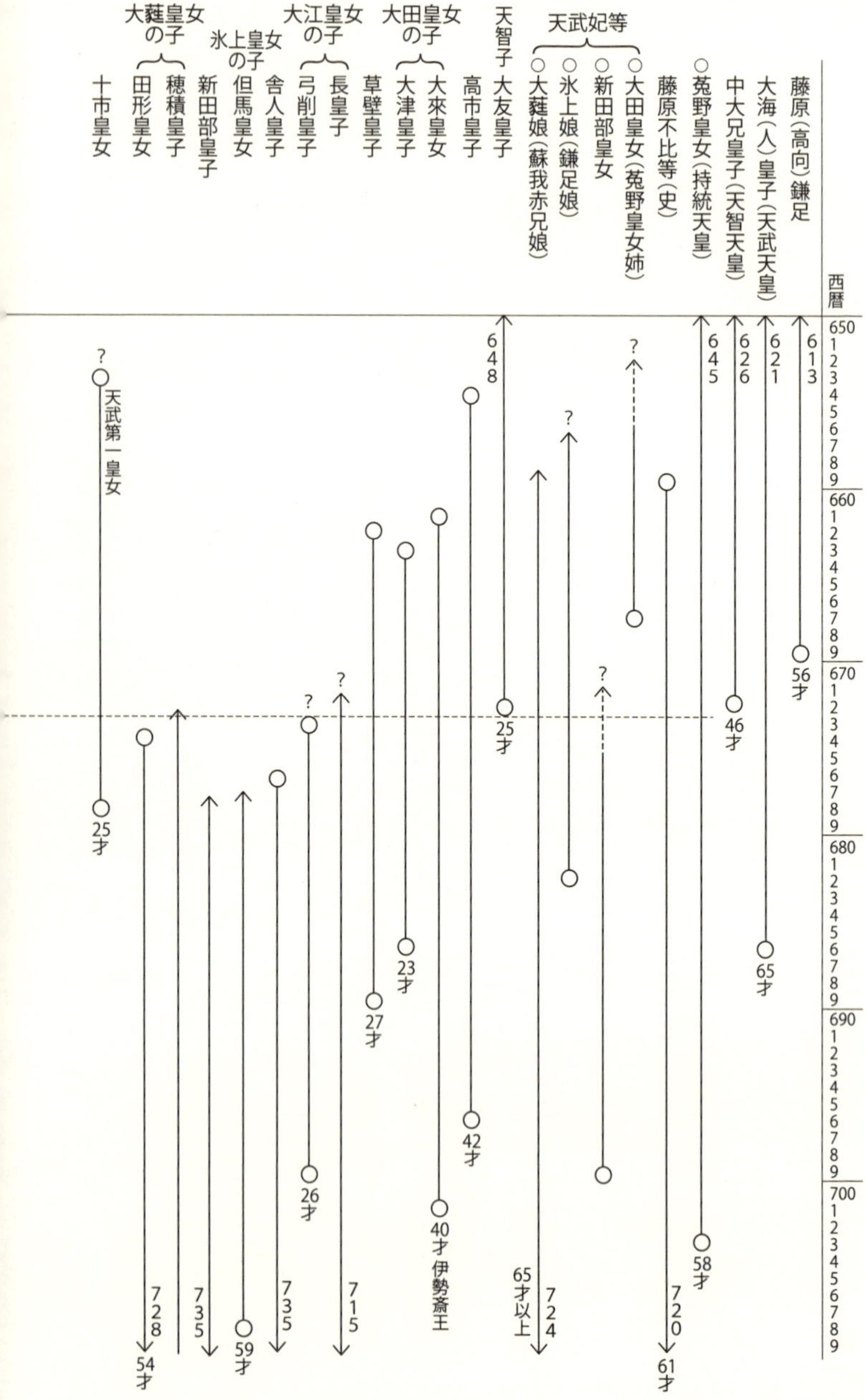
西暦
650
660
670
680
690
700
藤原（高向）鎌足
613
56才
大海（人）皇子（天武天皇）
621
65才
中大兄皇子（天智天皇）
626
46才
○菟野皇女（持統天皇）
645
58才
藤原不比等（史）
720
61才
天武妃等
○大田皇女（菟野皇女姉）
?
○新田部皇女
?
○氷上娘（鎌足娘）
?
○大蕤娘（蘇我赤兄娘）
724
65才以上
天智子
大友皇子
648
25才
高市皇子
42才
大田皇女の子
大來皇女
40才 伊勢斎王
大津皇子
23才
草壁皇子
27才
大江皇女の子
長皇子
?
715
弓削皇子
?
26才
舎人皇子
735
氷上皇女の子
但馬皇女
59才
新田部皇子
735
大蕤皇女の子
穂積皇子
田形皇女
728
54才
十市皇女
?
天武第一皇女
25才

資料二．主要人物の生没年表

不詳：五百重娘、額田姫王、尼子娘、檝媛娘、紀皇女、磯城皇子、賀茂比売、蘇我温子、藤原長娥子、藤原多比能

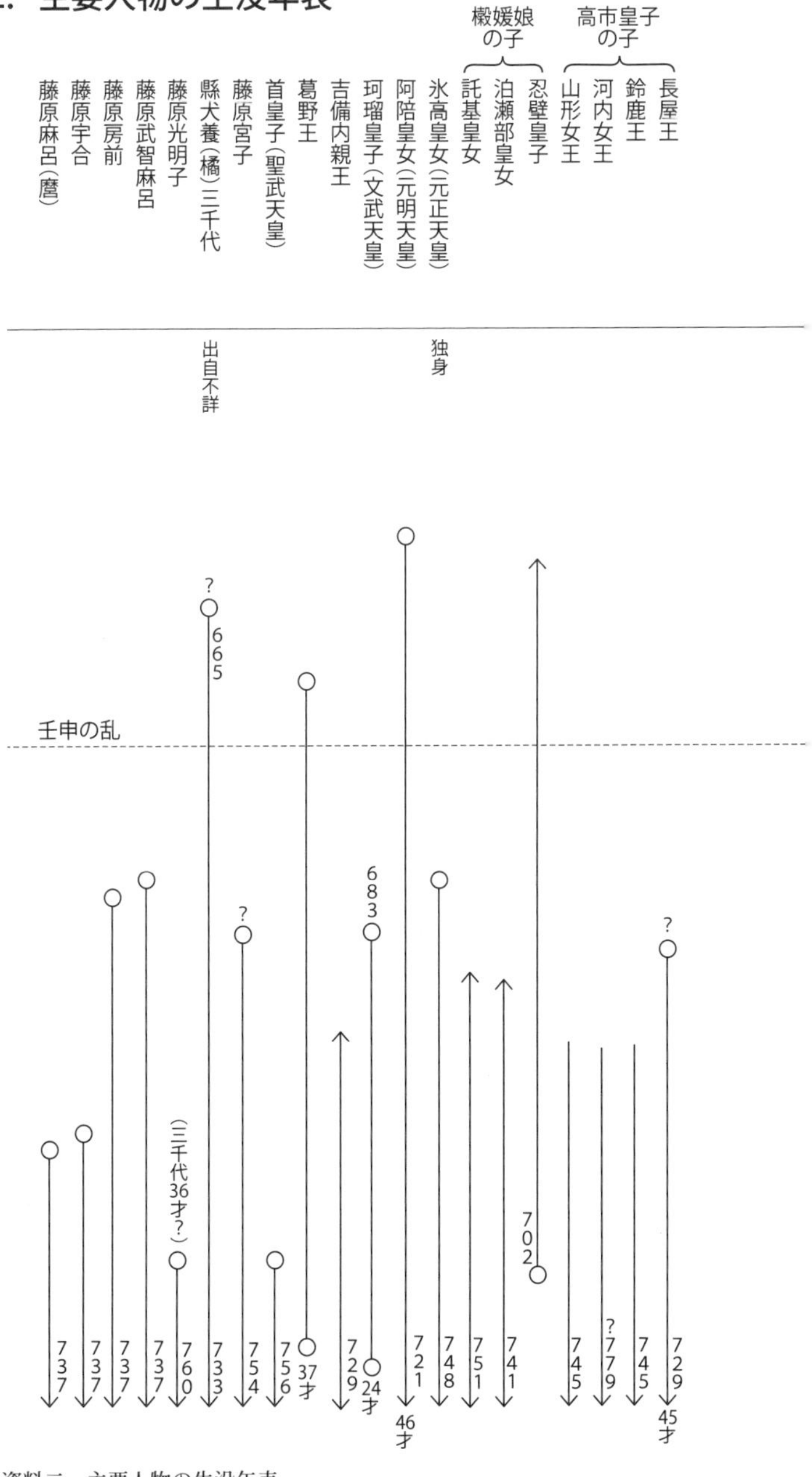

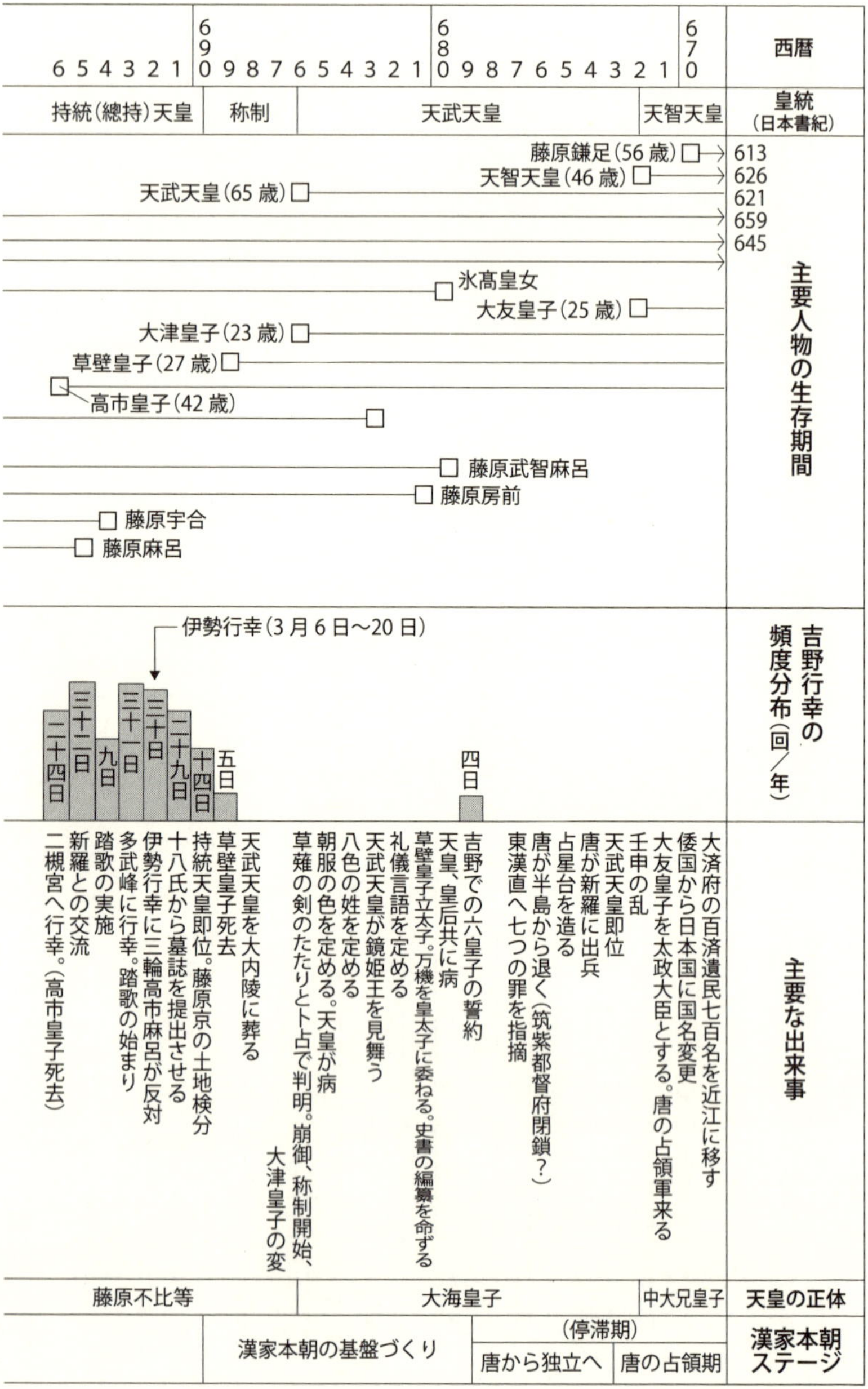

西暦
670
680
690
6 5 4 3 2 1 0 9 8 7 6 5 4 3 2 1 0 9 8 7 6 5 4 3 2 1 0
皇統（日本書紀）
天智天皇
天武天皇
称制
持統（總持）天皇
主要人物の生存期間
藤原鎌足（56歳）613
天智天皇（46歳）626
天武天皇（65歳）621
659
645
氷高皇女
大友皇子（25歳）
大津皇子（23歳）
草壁皇子（27歳）
高市皇子（42歳）
藤原武智麻呂
藤原房前
藤原宇合
藤原麻呂
吉野行幸の頻度分布（回／年）
伊勢行幸（3月6日〜20日）
二十四日
三十二日
九日
三十一日
三十日
二十九日
十四日
五日
四日
主要な出来事
大済府の百済遺民七百名を近江に移す
倭国から日本国に国名変更
大友皇子を太政大臣とする。唐の占領軍来る
壬申の乱
天武天皇即位
唐が新羅に出兵
占星台を造る
唐が半島から退く（筑紫都督府閉鎖？）
東漢直へ七つの罪を指摘
吉野での六皇子の誓約
天皇、皇后共に病
草壁皇子立太子。万機を皇太子に委ねる。史書の編纂を命ずる
礼儀言語を定める
天武天皇が鏡姫王を見舞う
八色の姓を定める
朝服の色を定める。天皇が病
草薙の剣のたたりと卜占で判明。崩御、称制開始、大津皇子の変
天武天皇を大内陵に葬る
草壁皇子死去
持統天皇即位。藤原京の土地検分
十八氏から墓誌を提出させる
伊勢行幸に三輪高市麻呂が反対
多武峰に行幸。踏歌の始まり
踏歌の実施
新羅との交流
二槻宮へ行幸。（高市皇子死去）
天皇の正体
中大兄皇子
大海皇子
藤原不比等
漢家本朝ステージ
（停滞期）
唐の占領期
唐から独立へ
漢家本朝の基盤づくり

資料三．天武天皇から聖武天皇にいたる総合データシート

730	9	8	7	6	5	4	3	2	1	720	9	8	7	6	5	4	3	2	1	710	9	8	7	6	5	4	3	2	1	700	9	8	7

聖武天皇	元正（皈依）天皇	元明天皇	文武天皇	

藤原不比等（62歳）□

菟野皇女（58歳）□

阿閉皇女（62歳）□

748

珂瑠皇子（24歳）□

□ 首皇子

756

737

737

737

737

654

717年元正天皇が行幸。美濃、近江（9月11日～9月28日）

美濃行幸（2月7日～3月3日）

702年太上天皇（持統帝）が参河。尾張、美濃、伊勢、伊賀に行幸（10月10日～11月25日）

（内持統が十日）

七日

十八日

一日

四日

皇太子に譲位。宮子入内

不比等の子孫のみ藤原姓とする

役小角配流。弓削皇子死去

大宝律令一部発効

大宝律令完成（新唐書ではこの年文武即位）

二槻宮修理。太上天皇（天武皇后）崩御

太上帝（菟野皇女）火葬後大内陵に合葬

葛野王死去

風紀の乱れについての詔

文武天皇崩御。火葬後檜隈安古陵に葬る

四月、柿本朝臣佐留卒、平城地鎮祭

征蝦狄本格化

平城遷都。山階寺を奈良に移し興福寺と改名

古事記完成。最上・置賜二郡を出羽国に置く

風土記編纂を命ずる

出羽国で養蚕開始

禅位

高麗人千七百九十九人を武蔵国に移す

日本書紀完成。藤原不比等死去

養老五年太上天皇不予、右大臣と房前に遺言して死去

禅位

首皇子	藤原宮子	藤原不比等	珂瑠皇子	

漢家本朝完成	漢家本朝永続システム構築期（歴史改編と証拠ねつ造、藤原氏支配）

あとがき

『太安万侶の暗号（七）～漢家本朝（下）壬申の乱そして漢家本朝の完成～』の対象範囲は本来天智天皇の死から、壬申の乱、天武朝、そして持統朝まで、すなわち『日本書紀』が記述している持統天皇の時代までであるのだが藤原不比等が元明天皇であったと判明したので元正天皇の時に太上天皇として亡くなるまでを対象範囲とした。この時代に漢家本朝はほぼ完成を見たと言って良い。しかし、漢家本朝を千年後までも継続させようとの北魏系皇統の後裔は、自らの氏族を渡来系ではなく倭国の正当な継承者であったとする歴史改竄を必要とした。『日本書紀』の編纂は正史という名のもとに偽史を編纂したのである。その経緯と実際を読み取らなければ『太安万侶の暗号（七）～漢家本朝（下）壬申の乱そして漢家本朝の完成～』の執筆などできなかった。そこでシリーズ最終巻である同書を書き上げるために天武天皇から聖武天皇に至る時代を検討した。『日本書紀』『続日本紀』『懐風藻』『萬葉集』はじめ、『舊唐書』『新唐書』『宋史』などの倭国と日本に関する記述を読み、理解を深めるために、『釈日本紀』『尊卑分脈』『今昔物語』『古今和歌集』などに参考資料を求め、『漢書』『史記』『易経』『楚辞』などに知識を求めた。

その考察は、今までは太安万侶の暗号シリーズ各巻の中に併録論考として収録してきたのだが今回の考察は『懐風藻』の序文や爵里の読み解き、『萬葉集』の内容の吟味から「いろは歌」の謎解きや柿本人麻呂の正体解明に至るまで多岐にわたり、論考は併録の形では収録できないボリュームとなった。

そこで本書『人麻呂の暗号《ヒトマロコード》と偽史「日本書紀」～萬葉集といろは歌に込められた呪いの言葉～』を別途出版する運びとなったのである。本書は同時出版の『太安万侶の暗号（七）～漢家本朝（下）壬申の乱そして漢家本朝の完成～』の裏付けとなるもので、二つの作品は表裏一体とも言える関係にある。興味の赴くままの順序でお読みいただいても良いのだが、『太安万侶の暗号（七）～漢家本朝（下）壬申の乱そして漢家本朝の完成～』を先に読み、学校で習ってきたストーリーと違うと感じてからこの論考をお読みいただく方が内容の理解が容易になるように思う。

論考は科学的な考察を原資料に基づいて行うものとの性質上、証拠となる資料がない部分に関しては推定、推察、想像といったものになり、時代に伴う現象、事実の流れが十分に伝えられない。逆に物語の方ではストーリーは理解しやすいが、どの部分の信憑性が高く、どの部分を推定で描いているのかが分かりづらい。なにやら『古事記』の序文での、「已に訓によりて述べたるは、詞心に逮ばず、全く音を以ちて連ねたるは、事の趣更に長し。是を以ちて今……」と太安万侶が書き方を迷ったのと同じような悩みを覚える。

従来、まったくの論考部分以外は、物語の中に注として資料や考察などを記して両者の短所を補い、長所を活かすべく試みてきたのはこの理由による。

藤原不比等は北魏系皇統の後裔という自らや一族の出自を隠すことを始めとして、藤原一族が日本の天皇として未来永劫に君臨することのためのシステムを築き上げた。その過程での最重要事項として歴史改竄を綿密に、しかも壮大に行った。しかし、その改竄と証拠資料の捏造が完璧であればあるほど藤原鎌足、天武天皇、藤原不比等などが心血を注いで日本の天皇位奪取に取り組んだ歴史も出自も、その一族のものでさえ認識できなくなる。それを防ぐために気付かせる手がかりを意図的に残した。その手掛かりがなければ本当の歴史を読み取り再現することなどできなかったと言って良いだろう。そして気づかせる素材として重要なのは『懐風藻』である。その序文、爵里に秘められたもの、漢詩の選び方から、内容の暗示するものなどきわめて興味深い。『萬葉集』もそうだが単なる文芸集ととらえて読むのではその存在理由も理解できないのではないだろうか。柿本人麻呂が石見の国で死んだときにその妻が詠んだ歌が出てくるかなり前には、人麻呂が亡くなった妻に関して詠んだ歌が載っている。『萬葉集』の詞書にあるセッティングをそのまま信用するのは危険である。機会があればそこにある人間模様をじっくり検討してみたいと思っている。

さて、偽史を創ったのなら本史も編纂したのではないか。実際に本史に相当するものがあった（あるだけに別の意味で興味深いものである。『懐風藻』の釋智藏の爵里の内容は、文芸論とも詩論とも無関係ものである）のかもしれない。『懐風藻』の釋智藏の爵里の内容は、文芸論とも詩論とも無関係ものであるだけに別の意味で興味深いものである。智藏が狂人を装って玄奘三蔵の要義を写し取ったものを木筒に収め、漆で封をして持ち帰ったという逸話なのだが、何か藤原不比等が本当の歴史を書いた、或いは書かせたものを密かに伝えていることの暗示ではないかと感じるのである。本文にも書いたがキリスト教における「死海文書」のようにどこかに伝えられ、隠されている可能性がないわけではない。

また偽史や本史に関する口伝も存在したと考える方が自然である。『古今和歌集』は元々『続萬葉集』という名で編纂が始められたとの記録もあり、正史（政府がまとめた史書であることを意味するが、だからと言って正しいことが書かれている保証はない）にも、それどころかどこにも表れない柿本人麻呂について歌聖であると論じているところから見て、何か偽史に関する秘密に関する示唆、暗示を含むものかもしれない。それこそ秘密めいた「古今伝授」なるものまであったのだから。それらにも二重三重に偽装が施されているものと思われ、読み解きは相当に困難だろうと思われる。

現時点で逸文しか発見されない、『海外國記』や『釈日本紀』に引いている壬申の乱その他に関する私記の類はどうやら鎌倉期までは存在していたようである。『太平記』の幻の第二十二巻、『今昔物語』の題目だけで記述が消されたものの存在、「子細に拾った」と言うのにもかかわらずほとんど既述のない仁賢天皇から推古天皇に関する部分が示す完成した『古事記』に手が加えられている様子、などなどはもしかして削除、改変前のものが見つかれば、との期待を抱かせるものである。これらは今後の研究課題であろう。

それにしても、継体朝に渡来した北魏系の拓跋部のものたちが倭国に再度北魏を模した拓跋の国を再興するべく元大拓から藤原鎌足、天武天皇、藤原不比等（持統天皇、元明天皇）と何代も掛けての壮大な国盗り物語なのだ。改変されない本当の歴史は、三国志並みに面白い読み物になったであろう。そしてその漢家本朝を完成させた藤原不比等は元明天皇として亡くなった関係で藤原不比等としての墓を残さなかった。行ったことの善悪はともかくとして、これほどに才能あふれ、慎重であって大胆な行動をし、大事を成し遂げながら自らの歴史を目立たぬものに替え、墓さえ残さなかった藤原不比等という男を私は尊敬に値する人物だと思う。今回、藤原不比等が元明天皇として眠る奈保山東陵を訪ねた際に、挨拶もし、今回約千三百年もの間秘密にしてきた本当の歴史と、藤原不比等像を復元すると報告してきた。漢家本朝は天武天皇の願った千年の後どころではなく今も続いているのだろう。

しかしながら武家が天下を治めるようになるにつれ相対的に漢家本朝の力は低くなった。約三百年日本を統治した徳川家は上州世良田別所がその基盤である。すなわち日の本の国のものが倭国からの侵攻軍に捉えられ、諸国の別所に隔離されたとの歴史を持つ氏族である。

幕末の薩長同盟を結び、後に王政復古を叫んで倒幕の戦を起こしたのは主に薩摩藩と長州藩であるが、薩摩藩の藩主の島津家は何と秦氏の末裔である。つまり祖先は中国からの渡来人だ。そしてもう一方の長州藩の藩主の毛利家は、鎌倉幕府政所の初代別当となった大江広元の末である。大江広元の父は正三位参議藤原光能であり、藤原北家御子佐流の人である。

つまり薩摩と長州は共に中国系渡来氏族を祖に持つ家系であった。漢家本朝系の二大雄藩が協力して日の本系、すなわち日高見国の流れをくむ徳川に反旗を翻して天下を奪い返したともとれる。その結果できた明治政府が、かつて藤原不比等が歴史を歪めてまで作った万世一系なる偽史を「皇国史観」なる言葉を使って国民に教え込んだのもあながち偶然ではないのかもしれない。そもそも犬猿の仲だった薩摩と長州の橋渡しをした人物が、漢家本朝の秘密と徳川家の出自を説いて同盟を勧め、倒幕に向かわせたと考えることもできるのである。因みに二卿五朝臣落ち（一般に言う七卿落ち）で長州藩に匿われ、後に大宰府に移った三条実美は宗像の赤間宿に一か月滞在し、その間に薩摩藩の西郷隆盛や長州藩の高杉晋作と大宰府の延寿王院に集まり時勢を語り合ったことが分かっている。三条実美が古きを語り、倒幕を持ちかけた可能性もあろう。時に三条実美は藤原北家閑院流の嫡流である。藤原北家の嫡流として漢家本朝の内実を知っていた可能性は高く、また長州藩主の毛利家とは同じ藤原北家の流れという間柄であった。王政復古と言うよりも、また源平交代論と言うより在地形と渡来系の交代論と言った方が実態を表しているのではないだろうか。明治二年の廃藩置県と同時に従来の公卿、諸侯を「華族」と呼ぶと定めたのだが、それ以前は藤原氏の嫡流を摂家、それ以外の公家を華族と呼んでいた。そしてその後に藤原氏の寺である興福寺の門跡や院家だった公家の子孫が還俗したものが華族に加えられた。これを奈良華族という。華族の「華」は中華の「華」である。漢家本朝の実相が呼び名にも表れているようではないか。

『愚管抄』には平家とは中国からの渡来氏の坂上田村麻呂の子孫だと明確に記述されているのだから。歴史というものが連綿たる流れの継続性と、時として大波となり、或る時は奔流となる擾乱性との双方が織りなしていくものだと感じるのである。

さて本作品の考察に役立てるために取材旅行を行った。行先は奈良県の吉野と奈良坂方面である。今回も(株)郁朋社の佐藤社長に同行願っただけでなくドライバーも務めていただいた。厚く謝意を表する。

吉野での目的地は談山神社の脇を南下して（旧）伊勢街道に入り、さらに少し進んだところにある龍門寺址と吉野宮滝遺跡だった。

山口神社の脇から岳川沿いに龍門岳への登山道につながる道を山に入った。集落の中でも狭い道が、林道となると木々からの落ち葉と落枝に覆われる。龍門寺が呼んでいるような気がして何としても到達しなければと途中で車を停め、後は徒歩でさらに奥を目指した。最初に眼にしたのは久米仙人窟趾という石柱だった。仙人の居た場所を訪ねたのは初めてだった。中国で言えば崑崙の山の中といったところなのかと感じた。そのほんの少し先に龍門の滝があった。大きく二段に分かれた滝である。

滝壺に降りてみると小さな祠と松尾芭蕉の句碑がある。滝壺のほとりで地質を確認するために石を手にした。それは片麻岩だった。中国五台山の独立峰である南台の地質も片麻岩である。壇山宮（談山神社）やこの龍門寺の位置選定に地質まで考慮している北魏系拓跋氏の知識の広さと深さに敬服する。

滝を越えてすぐの所には龍門寺の塔の跡があった。五個の礎石が残っている。かつてはいくつかの堂塔を構えた道教寺院だったと思われる。道端に立つ下乗石の側面に龍門宮とあるのがその証拠である。

龍門寺は藤原氏の寺である。宮滝の吉野宮がおおやけのものであるのに対し、壇山宮と同様に私的な施設である。仙人が住むような山奥であるから、おおやけの場ではできない秘密の作業のために作ったものと考えられる。

龍門寺址から宮滝に移動の途中で立ち寄った山口神社は訪ねてみて驚いた。横に広がった大きな拝殿までは普通の神社だと感じていたのだがその裏の本殿を見てびっくり。朱塗り極彩色の明らかに壇山神社と同系列の建物が現れた。春日造りという藤原系の神社の様式で、日本の伝統的神社形式ではなく、詳細は本文中に記載したが、屋根も千木も反り返った中国道教寺院型のものである。何と山口神社はかつては龍門大宮と呼ばれていたとのことだった。

奈良坂界隈では元明天皇陵と、奈良豆比古神社を訪ねた。そこで舞われる猿楽、後の能楽の起源ともいう翁舞の舞台などを見、かつ元明天皇陵の陵碑の拓本を観察するためだった。この神社も本殿は彩色のもので春日造りである。舞台には談山神社や春日大社を想起させる吊り灯篭が並ぶ。そして資料館に保管されている元明天皇陵の陵碑の拓本を見れば『日本書紀』の記載通りであるだけでなく北魏の陵碑、墓誌の特徴である、飾りなしの正方形であった。漢家本朝完成への最終段階で活躍したと思われる龍門寺と奈良豆比古神社を訪ねることを勧める。作られた日本史に疑問を抱かせる契機になること間違いなしと思われる。十月八日、すなわち旧暦では九月八日との天武天皇の命日(九月九日)の前夜に奉納される翁舞や、三番叟の動画を見、そして現代の能楽に伝わる翁舞なども動画で確認した。「千歳」など「千年の先にも……」と願った天武天皇に捧げる舞なのではないかと感じた。

吉野の宮滝に行けばそこがかつて神仙境と考えられたことがその景観から理解できると思う。

いろは歌についてだが、七言の句末を並べて「咎なくて死す」となることは見ただけで分かることである。それは謎でもなんでもない。柿本人麻呂は『日本書紀』にも『続日本紀』にも、そしてその他の史書にまったく記載されず、然るに『古今和歌集』では歌聖として記述される人物である。それを解く鍵は『懐風藻』の中と、「柿」は果樹の柿のことではないとの発見にあった。柿とはこけら、木簡に用いられたような木の削り屑のようなものを意味している。それで本を作れば、それこそ「万葉」との形容がぴったりのものとなろう。柿本とは万葉と意を通じる名前だったのである。人麻呂が大三輪朝臣高市麻呂だと分かれば、いろは歌の「以千」が「市」に通じることから人麻呂の作と分かり、『萬葉集』という言わば長歌に対する反歌に相当することが分かった。そしてそのいろは歌の中に、人麻呂が文法の誤りを意図的に犯して暗号とした部分を手掛かりに、からくり箱を開ける時のように、ずらし、補っていくと美しい七言七句の詩になり、そこに秘められた「呪いの言葉」が表れたのである。「人麻呂コード」とも呼ぶべき暗号を解読した結果から、柿本人麻呂、すなわち大三輪朝臣高市麻呂の類まれなる才能と藤原不比等に対する強い怨念がこのいろは歌を生んだのだと理解できるのである。『懐風藻』序文がこの二人を並べて紹介する深い意味の存在理由もまた納得できるのである。

『古事記』の序文の稗田阿禮の謎も解読できた。多くの発見があったのだが、それは夜半に多く起こったひらめきをきっかけとしたものである。ある時は夢の中に現れた漢文を読み解いて解を得たこともある。午前二時に起き出して気付いたことをまとめたりもした。なにか大きな力が助けてくれているように感じる。

いろは歌の中に隠された人麻呂の呪いの言葉はいじくりまわしているうちに偶然に見つけたといったものではない。文法上の誤りは人麻呂が残した暗号であろうとして読み解き、文字も同音異字を以て入れ替えながら考察した。七五調のいろは歌を七言一句で表記する美意識は漢詩への造詣の深さを表し、七句という凶句数で纏める所に人麻呂の思いがにじむ。『太安万侶の暗号(六)〜漢家本朝(中)乙巳の変、そして白村江の敗戦から倭国占領へ〜』に併録した「園田豪の『藤原鎌足考』」で詳しく説明したように、藤原は「ふじわら」ではなく「とうげん」であったことは桓武天皇時代の遣唐使、藤原葛野が唐側では「謄元葛野」と記録されていることからも間違いない。そしてその「とうげん」をいろは歌の中の角と中央の文字としてついに発見した時の「解けた!」との感動は今も忘れ得ない。そして漢文として見れば浮かび上がる藤原不比等を呪う言葉。謎解きの興奮、高揚感をお楽しみいただければと思う。

そして『萬葉集』の中の柿本人麻呂の自傷の歌を漢字だけの原文で検討した時にそこにも藤原不比等を呪う言葉が浮かび出た。さらに丹比真人なる人の人麻呂の心を推し量って詠んだという歌を原文で見てまたもや呪いの言葉が隠されているのを発見した。歴史のからくり箱はかなり開けられたように感じている。

北魏皇統の後裔が渡来し、漢家本朝として君臨し、秦氏や倭漢氏などの中国系渡来民が支配階級となり、公用言語を華語（中国語）に定め、公文書も漢文とした。何と江戸時代でも、武士政権でも明治政府が変えるまでは基本的に漢文で公文書は書かれていたのである。地方の上級官吏も中国系渡来人が占める結果、現在の関西圏文化が成立してきたのだと考えられる。英語を母国語とするものが日本語を話す場合には独特のイントネーションになるのが普通である。同様に中国人の話す日本語にも中国アクセントが入りこむ。関西方言のルーツがそこにあると思われる。

なお、『懐風藻』の原文及び書き下し文については多少の修辞は加えたもののその殆どは「万葉集柿本人麻呂と高市皇子」（DOKATAKAYO、http://blogs.yahoo.co.jp/dokatakayo/folder/1107021.html）から部分引用している。著者の名前などプロフィルが記載されていないので紹介できないが、敬意を表するとともに感謝する。

古代史に関してまだまだ考究し、明らかにすべきテーマは数多い。可能な限り、全力で取り組んでいくつもりである。歴史を政治的に利用することは特定の外国だけではなく日本にもあったことであるがそれはすべきことではない。また、歴史は逆さまに考えるものでも、斜めに読むものでもない。ひたすら科学的に考究すべきものだと思う。勿論政治的に歪めるなどもってのほかである。学校教育を通じて日本人には明治以来政治的な刷り込みが行われてきている。本書ではできるだけ原資料を提供してきたがすべてを提示できるわけもない。興味や疑問を持ったときには原資料を探し、読み解いていただきたい。『萬葉集』など原文は別世界の感がある。新たな発見がそこにある可能性があると思う。

大阪府立三国ヶ丘高校を卒業したのだが、その折に教頭であった森田義夫先生から記念に戴いたのが和辻哲郎の『風土』、国語の安藤先生から戴いたのが『漢詩入門』（大法輪閣）、静岡大学に入学してすぐに古書店で購入したのが『漢籍国字解全書』（早稲田大学出版部）の『易経』『近思録』など、そして『蝦夷草子』などだった。㈱石油資源開発に勤務中に探鉱関係の先輩の正谷清氏にいただいたのが『古事記』、それも江戸時代の写本だった。自然科学を専門としながらも、今日の歴史への道、取り組みは何十年も前から定められていたような気がしてならない。

天武天皇から聖武天皇の時代、すなわち漢家本朝が藤原不比等（持統天皇であり、元明天皇）によって完成され、その「漢家」の部分を歴史から消し去る作業が行われた。それを解読し、本当の歴史の復元がかなりできたのでそれに基づいて『太安万侶の暗号（七）～漢家本朝（下）壬申の乱そして漢家本朝の完成～』の執筆を進めることにする。

平成二十八年　一月

仙台は広瀬川の畔にて　　園田　豪

安万侶も　舎人もそして　人麻呂も
偽史創りたる　龍門の宮

漢家なる　本朝建てし　謄元史
千歳の夢に　眠る奈保山

元明天皇（藤原不比等）陵正面

藤原不比等像
元明天皇の奈保山東陵にて頭に浮かんだ不比等のイメージ。
平成二十八年一月七日画

著者プロフィール

一九四八年静岡県生まれ。

伊達政宗公以来の伊達藩士の家系であり、岡倉天心の姪を曾祖母に持つ。曾祖父は「徳川制度史料」「大阪城誌」「天文要覧」などの著者。

東京大学大学院理学系研究科修士。一九七三年石油会社に入社し、サハリンの「チャイヴォ」「オドプト」油・ガス田の発見・評価や中東オマーンの「ダリール」油田の評価・開発に携わった石油開発専門家。東京大学の資源工学部の講師として「石油地質」を教えたこともある。

種々雑多な情報の中から有意の情報を摘出・総合して油田を探し当てる情報分析の手法を用いて、また漢文読解力、古文書解読力などを駆使して日本の古代史の謎ときに力を注いでいる。

石油開発会社を早期退職して著述の道に転身したのは、明治時代に内務省を辞して赤貧のうちに著述一筋に生きた曾祖父の生き方に似る。

なお、著書には「グッダイパース」（郁朋社）などオーストラリア紀行三部作、「魅惑のふるさと紀行」（経済産業省、ウェブ作品）、アクション小説「オホーツクの鯱」「白きバイカル」「キンバリーの淵」「キャメルスパイダー」「カスモフ」、歴史小説「かくて本能寺の変は起これり」「真田幸村見参！」古代小説「太安万侶の暗号（ゼロ）―日本の黎明、縄文ユートピア―」「太安万侶の暗号―日輪《アワ》きらめく神代王朝物語―」「太安万侶の暗号㈡―神は我に崇らんとするか―」「太安万侶の暗号㈢―卑弥呼（倭姫）、大倭を『並び立つ国』へと導く―」「太安万侶の暗号㈣―倭の五王、抗争と虐政、そして遂に継体朝へ―」「太安万侶の暗号㈤―漢家本朝（上）陰謀渦巻く飛鳥―」「太安万侶の暗号㈥―漢家本朝（中）乙巳の変、そして白村江の敗戦から倭国占領へ―」などがある。

人麻呂の暗号《ヒトマロコード》と偽史《ぎし》「日本書紀《にほんしよき》」

――萬葉集《まんようしゆう》といろは歌《うた》に込《こ》められた呪《のろ》いの言葉《ことば》――

2016 年 7 月 15 日　第 1 刷発行

著　者 ― 園田《そのだ》 豪《ごう》

発行者 ― 佐藤　聡

発行所 ― 株式会社 郁朋社《いくほうしや》

〒 101-0061　東京都千代田区三崎町 2-20-4
電　話　03（3234）8923（代表）
ＦＡＸ　03（3234）3948
振　替　00160-5-100328

印刷・製本 ― 日本ハイコム株式会社

落丁、乱丁本はお取り替え致します。

郁朋社ホームページアドレス　http://www.ikuhousha.com
この本に関するご意見・ご感想をメールでお寄せいただく際は、
comment@ikuhousha.com　までお願い致します。

　ISBN978-4-87302-620-6 C0093